Angela Mohr
Ada

Angela Mohr,
geboren in Stuttgart, hat sich die Welt wegen eines Sprachfehlers schreibend erschlossen. Nach ihrem Theater- und Literaturstudium war sie in den verschiedensten Berufen tätig. Sie hat selbst ihre Kindheit und Jugend in einer christlichen Sekte verbracht, bis sie sich aus ihr befreite. Heute wohnt sie mit ihrer Familie im Rhein-Neckar-Kreis und arbeitet neben dem Schreiben am Aufbau einer freien Schule mit. Dies ist ihr drittes Jugendbuch.

Weitere Bücher von Angela Mohr im Arena Verlag:
Wach auf, wenn du dich traust
Vergiss nicht, dass du tot bist

Angela Mohr

ADA

Im Anfang war die Finsternis

Arena

Dieses Buch ist allen Aussteigern gewidmet.
Euer Mut und Eure Liebe sind größer als die Angst

FSC
www.fsc.org
MIX
Papier aus verantwortungsvollen Quellen
FSC® C110508

1. Auflage 2015

Dieses Werk wurde vermittelt durch die Michael Meller Literary Agency GmbH, München.
Covergestaltung: Frauke Schneider
Gesamtherstellung: Westermann Druck Zwickau GmbH
ISBN 978-3-401-60112-0

www.arena-verlag.de
Mitreden unter *forum.arena-verlag.de*

»Und des Herrn Wort geschah zu mir und sprach: Du Menschenkind, kehre dein Angesicht wider die Berge Israels und weissage wider sie.« Hesekiel 6, 1–2

Prolog

Freitag, 8. Mai

Liz

Sie schlägt vor uns auf wie ein gestrandeter Fisch.

Es wird heftig gebremst, Autoreifen quietschen, aber sie starrt nur von rechts nach links, ohne sich zu rühren. Als würde sie langsam in einem Sumpf versinken oder in Treibsand, der sie festhält.

Marga stürzt zu ihr hin und reißt sie von der viel befahrenen Ringstraße und auf den Gehsteig. Das Mädchen stolpert mit, aber es wirkt noch immer irgendwie bewegungsunfähig. So ganz scheint es aus dem Treibsand noch nicht raus.

»Was war das denn«, frage ich, »keine Augen im Kopf oder was?«

Meine Mutter hält immer noch die Hand des Mädchens fest, als habe sie Angst, dass das seltsame Wesen umfällt, sobald sie loslässt. »Geht's dir gut?«, fragt Marga.

Das Mädchen sieht uns stumm an.

»Alles in Ordnung?«

Jetzt nickt das Mädchen. Wenigstens was.

»Komm, da drüben ist eine Bank. Setz dich erst mal.«

Tatsächlich hat es jemand für eine schlaue Idee gehalten, neben der vierspurigen Straße in regelmäßigen Abständen Bänke zu platzieren. Als ob hier jemand die Aussicht genießen wollte. Dazwischen versuchen Ahornbäume, den Abgasen zu trotzen.

Marga bugsiert das Mädchen auf die Bank, beinahe rennt es dabei in den Papierkorb. Die ist doch auf Drogen!

»Okay?«, fragt Marga, als sie sitzt, und das Mädchen nickt langsam. »Brauchst du Hilfe?«

Ich ziehe meine Mutter am Ärmel. »Mo-hom«, flüstere ich, »die ist besoffen.«

Marga runzelt die Stirn. »Meinst du?«

Meine Mutter ist so was von weltfremd, wirklich.

»Lass uns weitergehen«, sage ich genervt.

Marga sieht noch einmal zu dem Mädchen hin, dann nickt sie zögernd. Ich spüre genau, dass es ihr nicht passt, sie aber auch nicht weiß, was sie jetzt tun soll.

»Komm jetzt«, dränge ich. Wenn Marga erst Zeit zum Nachdenken bekommt, fällt ihr garantiert noch irgendwas ein zum Thema »Wir helfen unseren Mitmenschen ohne Rücksicht auf Verluste«.

Sie folgt mir und wir gehen weiter die Straße entlang. Ich freue mich, endlich zu McGriffins zu kommen. Marga hat es in den letzten zwei Stunden tatsächlich geschafft, immer zielstrebig in die Geschäfte reinzusteuern, die so gar nicht gehen. Nur weil sie in Second-Hand-Klamotten rumläuft, denkt sie wohl, dass das alle anderen auch wollen.

Aber es ist MEIN Geburtstag. Und sie hat mir versprochen, mir das zu kaufen, was ich brauche, damit ich mich nicht völlig unmöglich mache auf der Party. MEINER Party. Auf der auch Neal sein wird.

Corinna hat ein Foto von der Jeans gepostet, die ich haben muss. Ich habe Marga wohlweislich nicht den Preis genannt, das erfährt sie noch früh genug, wenn wir bei McGriffins sind. Sie kann sich noch nicht mal den Namen merken und sagt immer McDingsbums. Ich hätte mit Corinna in die Stadt gehen sollen, aber wenn Marga sieht, wie gut die Jeans mir steht, legt sie vielleicht ja noch was drauf.

Oder ich hätte Dad fragen können, aber das wollte ich ihm nicht zumuten, obwohl er ja am besten wissen müsste, wie es um Margas Modebewusstsein bestellt ist. Er hat so viel zu tun, da möchte ich ihm shoppen gehen echt nicht noch aufs Auge drücken.

»Hätten wir nicht einen Krankenwagen rufen sollen?«, fragt Marga zwei Minuten später, als wir bereits vor dem Mauertor stehen, das die Ringstraße von der Innenstadt trennt.

»Einen Krankenwagen? Wieso?«, gebe ich betont beiläufig zurück.

»Vielleicht hat sie sich irgendwas getan.«

»Die war doch völlig unversehrt.«

Marga bleibt stehen und sieht mich an. »Ich verstehe dich nicht«, sagt sie und dreht sich um, um noch mal einen Blick auf das Mädchen zu werfen, bevor wir durch das Tor in Richtung Fußgängerzone verschwinden. »Ich habe kein gutes Gefühl, wenn wir sie einfach so da sitzen lassen.«

»Mom, jetzt nerv nicht. Du hast mir versprochen, an meinem Geburtstag mit mir shoppen zu gehen. Und der ist HEUTE!«

Marga schnalzt mit der Zunge. »Das machen wir ja auch. Aber irgendwas stimmt doch mit dem Mädchen nicht. Ich glaube wirklich, wir sollten sie noch mal fragen.«

Ich stöhne auf. Das ist mal wieder typisch Marga. »Du hast bereits gefragt. Und sie hat nicht geantwortet!«

»Ich weiß nicht.« Sie macht immer noch keine Anstalten weiterzugehen.

»Mom!«, rufe ich. »Jetzt lenk nicht ab! Seit drei Stunden zerrst du mich durch diese Billigläden, damit ich ja nichts kaufe, was dein Budget übersteigt. Soll ich vielleicht in den letzten Lumpen rumlaufen, nur weil du es nicht geregelt kriegst, Geld ranzuschaffen? Und wenn ich wirklich mal was will, gibt's immer einen Grund, weshalb es nicht geht. Das ist armselig!«

»Du hast doch einen ganzen Schrank voller Klamotten.«

Ich verdrehe die Augen. Meine Mutter rangiert definitiv am hinteren Ende der Ahnungslosen.

»Ich rede von Kleidung. Nicht von ›Anziehsachen‹.«

»Elisabeth ...«

»Liz«, fauche ich. »Ich heiße Liz!«

Marga seufzt.

»Du hast es mir VERSPROCHEN!« Meine Stimme klingt schon fast ein bisschen quengelig und ich hasse es, dass ich mir jetzt vorkomme wie ein Kleinkind.

»Und ich halte meine Versprechen. Aber tu mir bitte einen Gefallen und sieh dir das Mädchen wenigstens an!«

Es ist hoffnungslos. Meine Mutter hat irgend so einen Psychospleen. Helfersyndrom oder wie das heißt. Sie vergisst dann alles um sich herum, vorzugsweise mich.

Ich stoße demonstrativ den Kopf vor und glotze mit aufgerissenen Augen die Straße runter. Das Mädchen ist schon ganz schön weit weg, aber soweit ich sehen kann, sitzt es immer noch friedlich auf der Bank.

»So, gesehen. Reicht das? Am besten nehmen wir sie gleich mit zu McGriffins. Könnte ein paar neue Klamotten vertragen.«

Das war mir vorher gar nicht aufgefallen. Was das Mädchen anhat, geht einfach gar nicht. Der knöchellange Rock taugt höchstens dazu, haarige Beine zu verstecken. Vermutlich ist er nicht einmal bequem. Die hochgeschlossene Bluse auch nicht.

»Vielleicht ist sie blind«, sagt Marga und ich lache auf.

»Die hat uns aber angeguckt.« Ich stemme die Arme in

die Hüfte. »Weißt du, was? Wenn du überhaupt nicht vorhattest, mir irgendwas zu kaufen, das mir auch gefällt, hättest du es gleich sagen können. Ich jedenfalls gehe jetzt. Du kannst ja gerne hierbleiben und bei fremden Leuten Mutter Teresa spielen!« Ich drehe mich um und rausche durchs Tor.

Ich muss unbedingt meinen Vater fragen, ob er mir eine Kreditkarte besorgt. Wenn Marga nicht wieder seine Anrufe abfängt.

Marga kommt in den Laden, als ich mich bereits durchs halbe Sortiment gewühlt habe und feststelle, dass die Farbe, die ich wollte, nicht mehr da ist.

»Die gibt's nicht mehr«, sage ich, »wir sind zu spät.« Ich ziehe ein hässliches schwarz-weiß gestreiftes Ungetüm heraus.

»Die ist doch auch hübsch«, sagt Marga.

Ich funkele sie an. »Die ist das Letzte!«

Meine Mutter schließt die Augen und atmet geräuschvoll ein und aus. Mir egal. Sie hätte schließlich auch daheimbleiben und mir einfach das Geld geben können. Corinna liebt es, mit ihrer Mutter einkaufen zu gehen. Glückskind.

Ich stelle mich vor einen Spiegel und halte eine dunkelblaue Jeans vor mich, während Marga mir mit den Augen folgt. Sie sagt nichts. Ich betrachte mich von links und von rechts, dann lächele ich mein Spiegelbild an. Genau die ist es.

»Wenn sie dir gefällt, dann probier sie an«, sagt Marga.

»Willst du nicht erst das Preisschild sehen?«

»Nein«, antwortet meine Mutter. »Nimm sie einfach.«

Ich kann es kaum glauben. »Ist das dein Ernst?«

»Wenn ich es sage.« Sie zuckt lächelnd mit den Schultern.

Ich bin so perplex, dass ich mich sogar dazu hinreißen lasse, Marga um den Hals zu fallen. Vielleicht ist der Tag ja doch noch zu retten.

Ich verschwinde in der Umkleide und erlaube Marga ausnahmsweise, mitzukommen und vor dem Vorhang zu warten.

Die Jeans ist ein Sahneteil. Ich probiere ein paar Hüftschwünge aus, mit denen ich diskret, aber in Reichweite von Neals Augen, experimentieren will. Dann schiebe ich den Vorhang zur Seite und Marga staunt.

»Wow«, sagt sie, »wirklich hübsch.« Ich drehe mich zurück zum Spiegel, und was ich sehe, macht mir noch bessere Laune.

»Darf ich mich noch ein bisschen umschauen? Keine Angst, ich will nichts mehr kaufen.«

»Von mir aus.«

Ich ziehe mich um, drücke Marga die Jeans in die Hand und wühle mich durch den Laden. Beinahe tut es mir ein wenig leid, dass ich Marga das wahrscheinlich teuerste Stück des ganzen Ladens aufs Auge gedrückt habe. Aber sie hat es schließlich versprochen. Außerdem weiß ich genau: wenn Marga ein wenig mehr auf sich geachtet hätte. Wenn sie darauf geschaut hätte, was sie anzieht, wie sie herumläuft und sich bewegt, all diese Sachen, die ihr so unerträglich egal sind. Dann hätte uns Dad auch nicht verlassen.

Irgendwann stehen wir wieder draußen und Marga hat mir tatsächlich noch einen Loop gekauft, der an der Kasse lag. Ich bin bester Laune – so lange, bis wir zur Äußeren Ringstraße kommen.

Als wir durch den Torbogen treten, dröhnt uns der Autolärm entgegen. Weiter hinten fiedelt einer ziemlich schräg auf einer Geige herum. Man hört die falschen Töne bis hierher.

Alles wie immer.

Und das Mädchen ist weg. Hoffe ich.

Aber den Gefallen tut sie mir nicht. Sie sitzt noch immer da. An derselben Stelle, als hätte sie dort jemand einbetoniert.

»Sieh dir nur ihre Klamotten an«, staune ich, weil mir ihr komischer Aufzug nach dem Besuch bei McGriffins erst recht auffällt. »Und Schuhe scheint sie wohl überhaupt keine zu haben.«

Wir gehen langsam die Straße entlang und nähern uns der Bank. Das Mädchen scheint sich keinen Millimeter bewegt zu haben. Je näher wir kommen, desto langsamer werde ich.

»Die ist auf Drogen«, überlege ich laut.

»Das glaube ich nicht«, erwidert Marga, »so sieht sie nicht aus.«

»Woher willst du denn das wissen?«

Marga lacht leise, als hätte ich etwas sehr Dummes gesagt, dann antwortet sie: »Ein Gefühl.«

Ich schnaube laut auf.

Marga geht auf das Mädchen zu und dann bleibt sie vor ihr stehen.

»Hey du«, sage ich laut und aus sicherer Entfernung, »hast du dir was eingepfiffen, oder was?«

»Liz!« Marga wirft mir einen mahnenden Blick zu.

Ich komme näher und bleibe vor dem seltsamen Wesen stehen.

Das Mädchen hat seine Haare zu einem dicken dunkelbraunen Zopf geflochten, dessen Ende ich nicht sehen kann, weil er zwischen ihrem Rücken und der Banklehne eingeklemmt ist. Bluse und Rock sind viel zu warm für den milden Frühlingstag. Und von Farben scheint sie auch noch nichts gehört zu haben. Der Rock grau, die Bluse beige oder natur oder was immer das sein soll. Sie ist nicht geschminkt, trägt keinen Schmuck, keine Tasche, kein Handy. »Also, wenn du jetzt nicht irgendwas sagst, dann machen wir hier 'nen Abgang. Und zwar 'nen endgültigen.«

Ich weiß nicht, woran ich zuerst merke, dass das Mädchen reagiert. Es richtet den Kopf auf, der kaum zu ihrem Körper zu gehören scheint. Dann bewegen sich ihre Lippen. Sie hört sich an wie eine Besoffene. Mit hauchiger, stockender Stimme, die nur schwer den Weg durch ihre Lippen zu finden scheint, sagt sie: »Die Pferde trugen rauchblaue Panzer.«

»Hä?«, mache ich. Alter Freund. Wusst ich's doch. Die ist völlig psycho.

Nicht mal Marga fällt was ein, sie öffnet und schließt den Mund wieder, und das ist mal wirklich ein interessanter Anblick.

»Die ist irre«, murmele ich. Ich weiche zurück, wer weiß, vielleicht ist sie sogar ansteckend.

»Dann müssen wir ihr erst recht helfen«, sagt Marga.

Ich stöhne innerlich. »Dann ruf halt 'nen Krankenwagen, und dann gehen wir!«

Als Marga keine Anstalten macht, ihr Handy herauszuholen, tue ich es und fange an loszutippen. Je schneller die Profis kommen, desto eher bekomme ich meine Mutter von hier weg.

Da legt Marga eine Hand auf meine. »Ich weiß nicht«, sagt sie. »Das ist vielleicht ein bisschen voreilig.«

»Voreilig?« Ich schnappe nach Luft. »Das ist 'ne Psycho. Kapier's doch. Oder willst du ihr und ihren rauchblauen Panzern Gesellschaft leisten?« Ich verdrehe die Augen und schüttele den Kopf. Meine Mutter nervt manchmal so unaushaltbar, dass ich mich frage, wie lange es noch dauert, bis ich selbst irre werde.

Sie macht noch immer keine Anstalten, Hilfe zu rufen.

»Hallo? Die spricht wirres Zeug, reagiert nicht. Aber gut ...« Ich stecke das Handy wieder ein. »... wir können sie natürlich auch ohne Hilfe hier sitzen lassen. Hab ich ja die ganze Zeit schon vorgeschlagen.«

Was folgt, ist eine geradezu unheilvolle Pause.

Dann: »Wir nehmen sie mit.«

Mein Unterkiefer klappt runter und bleibt dort hängen. »Äh ... hä?«

»Im Wohnzimmer ist das Sofa und ...«

»Äh-äh-äh-äh.« Ich schüttele Kopf und Hand im Takt hin und her, als könnte ich Margas Idee damit irgendwie abwehren. »Kei-ne. Chan-ce.«

»Nicht für lange. Nur, bis wir herausgefunden haben, wer sie ist. Wahrscheinlich wird sie schon vermisst.«

Ich fasse es einfach nicht. »Nein!«

»Liz, wir können sie nicht hierlassen. Es ist Freitagnachmittag. Wenn sie heute ins Krankenhaus kommt, wird sich übers Wochenende eh niemand um sie kümmern. Die sind am Wochenende chronisch unterbesetzt.«

Meine Mutter ist Krankenschwester, sie muss es also wissen. Trotzdem weigere ich mich, ihr diesen Irrsinn durchgehen zu lassen. »Wir können auch einfach die Polizei rufen«, schlage ich vor.

»Und dann?«

»Nehmen die sie mit und helfen ihr! Was weiß ich! Wahrscheinlich legen sie sie erst mal trocken.«

Das Mädchen beginnt zu zittern. Es wiegt sich hin und her.

»Das ist ’ne Psycho, die kann von Gott weiß woher kommen!« Ich werde langsam panisch, weil ich merke, dass Marga ihren Entschluss schon beinahe festgeklopft hat.

Das Mädchen schaukelt immer stärker hin und her. »Wahrscheinlich vermisst die kein Mensch, so wie die aussieht«, rede ich weiter, »vielleicht hat sie irgendwelche ansteckenden Krankheiten! Aids oder so was.«

Meine Mutter starrt mich entgeistert an.

»Mal im Ernst: Wir können doch nicht einfach jemanden mit nach Hause nehmen. Wir haben keine Ahnung, wo die herkommt! Vielleicht machen wir uns sogar strafbar.«

»Wir können sie aber auch nicht einfach ihrem Schicksal überlassen.«

»Krankenhaus«, wiederhole ich und komme mir vor wie eine Warteschleifenansage. »Oder Polizei. Die kümmern sich um solche Fälle wie die da. Und zwar besser als du.«

Marga schüttelt den Kopf. »Ich hab einfach kein gutes Gefühl dabei.«

»Ach? Aber das da«, ich zeige auf das Mädchen, das jetzt völlig weggetreten wirkt, »in unserem Wohnzimmer einzuquartieren, dabei hast du wohl ein gutes Gefühl, oder was?« Ich zeige mit dem Finger auf das Mädchen, weil ich genau weiß, dass Marga das aufregt. Nackter Finger, angezogene Leute und so.

Meine Mutter antwortet nicht gleich. Sie scheint nachzudenken und ich hoffe inständig, dass sie selbst erkennt, wie beschissen ihre Idee ist. Doch dann gibt sie sich einen Ruck und ich erkenne sofort, dass ich verloren habe.

»Es ist ja nicht für lange«, sagt sie und dann setzt sie sich neben das Mädchen.

Ich kann mich keinen Millimeter bewegen. Unsere Wohnung ist winzig und die sollen wir jetzt mit einer Wahnsinnigen teilen? Das ist doch bitte alles überhaupt nicht wahr. Wahrscheinlich hat die sich seit Wochen nicht gewaschen und stinkt wie eine Herde in den Regen gekommener Schafe.

»Mom!«, schreie ich in einem letzten Versuch, meine Mutter wieder zu Verstand zu bringen. »Ich feiere morgen ’ne Party!«

Meine Mutter schaut auf. »Das kannst du doch trotzdem.«

Ich reiße den Mund auf und bringe kein Wort raus. »Und wie soll das gehen? ... Ach so ja, in unserem mehrstöckigen Haus mit dem fetten Partykeller ist das kein Problem, klar!« Ich baue mich vor Marga auf. »Die muss morgen wieder weg sein.« Ich sehe auf mein Handy. »Vierundzwanzig Stunden«, sage ich, »keine Minute länger. Und in mein Zimmer setzt die keinen Fuß!«

Erster Teil

Etwa vier Wochen zuvor

Ada

Es ist einer dieser Träume. Einer der Träume, die ich nicht haben darf.

Ich schrecke hoch. Meine Lunge ist voll von all der Luft, die ich auf einen Schlag eingesaugt habe. Ich zwinge mich, langsam auszuatmen, und meine Schultern sinken langsam nach unten. Durch die Lücken im Fensterladen fällt helles Mondlicht und wirft Streifen quer über den Holzboden.

Meine Stirn ist feucht, ich wische mit der Hand darüber. Dann setze ich mich vollends auf. Ich schlage die Decke zurück, lasse die Beine über die Bettkante hängen und taste mit den Zehen die Rillen zwischen den abgenutzten Holzdielen ab. Es ist still, nur Nikos Atem geht schwer durch den Raum. Wenn ich die Augen schließe und mich konzentriere, kann ich auch Rahels Atem hören. Unser Haus ist eines der kleinen am Ende des Dorfes. Es hat drei Zimmer: die Küche und das, in dem wir Kinder schlafen. Alle in einem Zimmer, Rahel zwei Meter von meinem Fußende entfernt, Niko an der anderen Seite an der Wand. Sein Bett wird bald zu klein sein, dann wird Vater die Gitter am Fußende absägen und ein Brett als Verlängerung anbringen müssen. Das vierte Bett ist leer. Seit acht Monaten.

Meine Eltern schlafen oben, in dem kleinen Dachzimmer mit der Schräge. Wenn etwas mit den Kleinen ist, bin ich es, die aufwacht und nach ihnen sieht.

Vorsichtig stehe ich auf, schleiche mich an Nikos Bett und streiche ihm eine Strähne aus der Stirn. Seine Nase ist verklebt, morgen früh werde ich die Krusten mit lauwarmem Wasser lösen. Dann gehe ich vorsichtig zu Rahel. Sie hat einen leichten Schlaf, genau wie ich, und wenn ich nicht mäuschenstill bin, wacht sie auf. Aber Rahel bleibt ruhig, also gehe ich aus der Tür und tappe in die Küche – dem einzigen Raum, in dem es immer warm ist, auch im Winter. Auf dem mit Holz befeuerten Herd stehen zwei große Schüsseln mit Wasser. Das Feuer hält sie warm und so können wir uns morgens meist mit lauwarmem Wasser waschen. Auf dem großen Holztisch stehen zwei Wasserkrüge und ich nehme einen großen Schluck direkt aus dem Krug. Das tue ich sonst nie, aber einen Becher herauszuholen, würde bedeuten, Geräusche zu verursachen.

In jedem Haus des Dorfes gibt es einen großen Holztisch, auch in unserem winzigen. In seiner Mitte liegt die Heilige Schrift und wir setzen uns jeden Morgen und jeden Abend daran, um in ihr zu lesen. Vater am Kopfende, Mutter neben ihm. Besser gesagt: Sie saß dort. Früher, als sie noch nicht im Bett lag.

Wenn es etwas zu nähen, eine kleine Mahlzeit vorzubereiten oder Kräuter aufzufädeln gibt, legen wir die Bibel auf die Anrichte, damit wir arbeiten können, immer mehrere Frauen in einem Haus. Danach räumen wir das Heilige Buch wieder in die Mitte. Vater schenkte mir eine eigene Bibel, als ich sieben wurde und lesen gelernt habe: Eine schöne, in Leder gebundene, mein einziger Besitz, den ich unter meinem Kopfkissen hüte. Das Heilige Buch ist unser Leben, unser Zentrum. Denn wir sind die Siegelträger.

Seit Mutter im Bett liegt, und morgen sind das genau sechs Monate, kommen die anderen nicht mehr so gern in unser Haus. Deshalb gehe ich mit Rahel und Nikodemus oft zu Apollonia. Meine Freundin wohnt mit ihren Eltern und

Geschwistern in einem der großen Gebäude am Versammlungsplatz, zusammen mit acht weiteren Familien.

Gerne würde ich jetzt hinausgehen. Die kühle Nachtluft spüren. Ich könnte das tun, auch wenn die meisten im Dorf Angst vor der Dunkelheit haben. Aber vor der Dunkelheit fürchte ich mich nicht.

Es sind andere Dinge, vor denen ich mich fürchte.

Ich nehme noch einen weiteren Schluck, dann starre ich durchs Küchenfenster in die Nacht hinaus und versuche, den Mond zu entdecken. Ich hätte gerne mehr gehört von den Nachtgeräuschen, doch alles, was an meine Ohren dringt, ist das Schniefen meines kleinen Bruders. Und Vaters leises Schnarchen, das von oben durch die geschlossene Tür zu hören ist.

Und dann kommt das Blut.

Ich werde ganz steif, als ich spüre, wie es zwischen meinen Beinen hervorzuquellen beginnt und einen schwindelerregenden Moment lang weiß ich, dass ich es nicht rechtzeitig schaffen werde. Hilflos bleibe ich stehen, wage nicht, meine Beine zu bewegen – ich sehe mich um, versuche, etwas in Reichweite zu erwischen, das ich an diese ewig offene Stelle pressen könnte, doch da ist nichts.

Als ein leises Plitschen davon kündet, dass ein Tropfen auf den Boden gefallen ist, weicht jeder Gedanke aus meinem Kopf und ich habe das Gefühl zu fallen. Ich presse meine Beine so fest zusammen, dass sie zittern. Dann tripple ich in winzigen Schrittchen zurück in unser Zimmer und zum Schrank. Im obersten Fach, fernab von Kinderhänden und -augen, liegen die zusammengefalteten Stoffbinden. Ich öffne die Holztür millimeterweise, stelle mich auf die Zehenspitzen und angele im dunklen Schrank herum, bis ich einen Fetzen erwische, doch es ist nur der Ärmel einer Bluse. Ich stöhne stumm auf, falte die Bluse notdürftig wieder zusammen und lege sie zurück, strecke meine langsam taub werdenden Beine noch ein wenig mehr, dann endlich habe ich das richtige Stück Stoff erwischt.

Obwohl es dunkel ist, wende ich das Gesicht ab, während ich versuche, die Binde in die Unterwäsche einzulegen.

Dann krame ich nach einem zweiten Tuch, gehe zurück in die Küche und wische damit auf dem Boden herum. Ich kann nicht erkennen, ob ich an der richtigen Stelle wische. Morgen werde ich den Boden schrubben müssen. Blutflecken aus dem Holz zu entfernen, ist nicht leicht.

Ich weiß, was gegen dieses Gefühl, dass mein eigener Körper mir fremd ist, helfen kann. Ich weiß es, trotzdem zögere ich, schleiche zurück ins Zimmer und halte den Atem an.

Erst als ich mir ganz sicher bin, dass Rahel und Niko nicht aufgewacht sind, nehme ich den Wollumhang und mein Kleid vom Stuhl, klemme mir das Wischtuch unter den Arm und gehe, barfuß wie ich bin, nach draußen.

Die Wärme überrascht mich. Es ist Mitte April, die Sonne ist noch nicht aufgegangen, trotzdem ist der Boden nicht mehr eisig. Die letzte Woche hat es beinahe permanent geregnet, nun ist die Erde aufgeweicht und schlammig. Ein gekiester Weg führt einmal quer durch das Dorf, die Pfade zu den Häusern sind mit geschnittenen Rindenstückchen belegt oder sie bestehen nur aus gestampftem Lehm, so wie bei uns.

Ich weiß, warum ich aufgewacht bin und dass ich mich nun nicht einfach wieder hinlegen kann.

Ich atme in die kühle, klare Luft. Es riecht so heftig nach Frühling, dass in mir etwas zu kribbeln beginnt. Erste, einzelne Vogelstimmen klingen vom Wald herüber und ich erkenne das Schnarren des Rotschwanzes und ganz entfernt den Schlag einer Singdrossel.

Heute werde ich die Entscheidung der Ältesten erfahren und ich werde wach bleiben.

Konntet ihr nicht einmal eine Stunde mit mir wachen?

Ich werde wachen, bis der Morgen anbricht. Ich werde die Sünde, von ihm geträumt zu haben, sühnen, bis Gott mir vergibt. Und dann werde ich das Urteil der Ältesten erfahren, vor dem ich mich fürchte und das ich ersehne.

Eine Stunde lang saß ich im Versammlungshaus vor den sechs Männern: Immanuel, dem Vorsteher des Ältestenrates, Gabriel, Hosea, Jeremiah, Noah und Philemon. Sie haben mich geprüft – mein Herz, meine Gedanken und meinen Mut. Ich glaube, dass ich bestanden habe. Die Heilerprüfungen sind schwierig, und nur wer stark ist, kann sie bestehen. Aber ich bin nicht zurückgewichen, vor nichts.

Ich werde meinem Geist nicht erlauben, in der Nacht schwach zu werden.

Das Badehaus liegt auf halbem Weg zwischen dem Versammlungshaus und dem Haus meiner Eltern. Das letzte Stück gehe ich vorsichtig, denn auch wenn die Haut an meinen Füßen so dick ist, dass mir die Kieselsteine rund um das Badehaus nichts ausmachen, möchte ich doch vermeiden, dass jemand aufwacht.

Ich öffne die Holztür und trete ein. Um diese Zeit ist niemand außer mir hier und ich bin bei meiner Zwiesprache mit Gott alleine.

Ich lasse die Wanne bis obenhin volllaufen und stelle zusätzlich noch eine Schüssel davor. Schlick und Kies haben sich zwischen meinen Zehen festgesetzt. Ich stelle die Füße in die Schüssel, bis der gröbste Dreck ab ist.

In den Häusern gibt es keine Badewannen, nur hier im Badehaus können wir uns ganz ins Wasser eintauchen. Für alle Fälle hänge ich dann doch den Wollumhang auf die andere Seite der Tür, damit jeder sieht, dass sich dahinter jemand befindet.

Ich weiß nicht, wie lange ich es dieses Mal schaffen werde, aber ich habe vor, bis an meine Grenze zu gehen und noch ein wenig darüber hinaus. Satans Träume haben mich heimgesucht und ich muss ihn aus meiner Seele und aus meinem Körper waschen, bis ich, rein wie zuvor, wieder vor Gott treten darf.

Der Moment kurz vor dem Eintauchen in das kalte Wasser ist immer der Schwierigste. Aber ich erwärme es nie. Es ist das achte Mal, dass mein Körper mir zeigt, dass ich eine Frau bin, und ich kann mich immer noch nicht daran gewöhnen, obwohl das Bad ein wenig hilft. Nur hier, in der eisigen Kälte der Wanne, habe ich das Gefühl, wirklich sauber zu werden.

Wenn ich erst Heilerin bin, werde ich ganz andere Dinge als das monatliche Bad bestehen müssen, zu dem wir Frauen verpflichtet sind. Deshalb tauche ich meinen Körper so oft es geht in das kalte Wasser, bleibe so lange darin, bis das Zittern aufhört. Bis ich beginne, die Schmerzen nicht mehr zu spüren.

Ich werde Heilerin, flüstere ich und lasse mich in die Wanne gleiten. Atmen ist unmöglich, das Wasser schlägt wie eine eisige Decke über mir zusammen. Mein Nachthemd bauscht sich über der Wasseroberfläche. Mit beiden Händen zwinge ich den Stoff und mich selbst unter Wasser.

Wer seinen Körper beherrschen kann, wird nicht von ihm beherrscht. Dem kann auch die Krankheit nichts anhaben.

Wer hinausgeht, wer sich unter die Kranken begibt, braucht einen eisernen Willen und einen eisernen Körper.

Ich zähle langsam bis hundert, während mein Atem langsamer wird. Ich spüre, wie die Ruhe sanft und leise wie ein Nachtvogel in meinen Körper zurückkehrt.

Bei jeder Zahl werde ich ruhiger, bis mein Körper begonnen hat, sich anzupassen. Die Wärme muss aus mir selbst kommen, ich muss das innere Feuer entzünden, das nach außen strahlt.

Und dann spreche ich mit IHM.

»Lass mich eine gute Heilerin sein«, bete ich und horche hinaus und glaube schon zu spüren, wie ER mir einen Hauch von Güte sendet, doch dann ist plötzlich ein anderes Bild da.

Kassian. Er lächelt mich an, so wie er es oft in meinen Träumen tut.

Ich fahre hoch, reiße den Kopf auf die andere Seite und stoße Luft aus, um ihn zu vertreiben, doch es ist bereits zu spät. Er hat es gesagt. Dieses eine Wort. Dieses eine winzige, unbedeutende Wort.

Ada.

Es spart sich den Umweg über meine Ohren und dringt direkt durch meine Haut, die Mauer meines Körpers, ein, als gäbe es sie überhaupt nicht.

Es ist der Satan. In meinen Träumen schreie ich jedes Mal. Und ich frage mich immer, ob mich jemand hört. Wenn es jemand hört, wissen sie, welch eine Sünderin ich bin.

Ich versuche, an etwas anderes zu denken. Versuche, mich wieder mit IHM zu verbinden und meinen Kopf mit Worten freizubekommen, die ich auswendig kann.

Die Kälte nimmt mir jeden Gedanken und ich muss mich konzentrieren, um Gottes Wort nicht zu verlieren.

Die Liebe ist langmütig
Die Liebe ist gütig
Sie neidet nicht
Die Liebe tut nicht groß
Sie bläht sich nicht auf
Sie benimmt sich nicht unanständig
Sie sucht nicht das Ihre
Sie lässt sich nicht erbittern
Sie rechnet Böses nicht zu.

Meine Lippen zittern vor Kälte und ich muss mich mit aller Macht dazu zwingen, jedes Wort mit dem Mund zu formen.

Ada.

Ich schüttele mich heftig und reibe mit beiden Händen über mein Gesicht, schütte Wasser über Mund, Nase, Augen, Haare, immer mehr Wasser. »Geh weg«, flüstere ich, »geh weg.«

Aber ich bin eine Lügnerin und Gott weiß von meiner tiefen Schlechtigkeit.

Ich will nicht, dass er weggeht.

Damals, vor sechs Monaten, als klar war, dass mein Bruder nicht mehr zurückkommen würde, habe ich geweint. Es war falsch, doch ich war schwach. Denn wer an der Krankheit stirbt, über den sollen die Lippen schweigen, sonst kommt die Krankheit zu denen, die von ihm sprechen. Ich weiß auch, dass es falsch ist, die Träume zu fürchten und sie gleichzeitig herbeizusehnen.

Entschieden atme ich aus und zwinge mich, nur auf das Mondlicht zu schauen. Das Badehaus hat ein Deckenfenster, durch das man direkt in die zögerlich aufkeimende Dämmerung sehen kann.

Irgendwann beginnt mein Körper zu zittern. Es fängt von

außen an und dann kriecht es nach innen und ich versuche, es noch ein wenig länger auszuhalten. Als Heiler musst du das Wasser mit dem Feuer deines Geistes aufheizen können, hat Kassian gesagt, und seitdem versuche ich es.

Wenn ich dann heraussteige, mit gefühllosen Armen und Beinen, die sich nur ganz langsam wieder mit Leben füllen, bin ich frei. Dann gibt es nichts mehr zwischen mir und dem Himmel. Dann schwebe ich. Ein paar Stunden, einen halben Tag lang. So lange, bis ich wieder zurück in meinen Körper sinke und alles von vorn beginnt.

Durch das Fenster in der Decke fällt ein zarter Lichtstreif träge auf die Wasseroberfläche. Ich lasse den Kopf nach vorn sinken, bis ich mit der Nase ins Wasser tauche, dann drücke ich den Kopf ganz nach unten und atme unter Wasser aus. Als ich den Kopf wieder aufrichte, hat sich eine seltsame Stille über die Welt gelegt. Einen Moment lang lausche ich angespannt hinaus, ohne zu atmen, ohne mich auch nur einen Millimeter zu bewegen. Dann höre ich die Ziegen schreien und ich begreife, dass dies der Moment ist, in dem der Tag die Nacht ablöst. Einen Moment, in dem die Welt den Atem anhält, weil sie nie sicher sein kann, ob Gott es dieses Mal wieder zulassen wird. Vielleicht muss ER sich jedes Mal aufs Neue entscheiden und ich weiß nicht, was ich wünschen soll: dass ER sich dafür oder dass ER sich dagegen entscheidet.

Nur noch wenige Stunden, dann werden die Ältesten mir ihren Entschluss mitteilen. Sie haben mich befragt und ich habe zu ihnen gesprochen, viel zu wenige Fragen haben sie gestellt, denn ich hätte noch tausend Dinge mehr sagen wollen.

»Welche Frauengestalt ist dein Vorbild?«

»Judit.«

Immanuel hatte gelächelt. »Und was gefällt dir besonders an ihr?«

»Dass sie es alleine mit allen aufnimmt.«

In ein paar Stunden werde ich wieder vor ihnen stehen. Bruder Immanuel wird mich anlächeln – ernst und gleichzeitig voller Freude – und er wird mir sagen, dass er gesehen hat, dass ich in der Lage bin, die Heilerausbildung zu schaffen.

Ich stehe langsam auf. Der nasse Stoff meines Nachthemds zieht schwer an meinen Schultern. Ich halte dagegen, richte den Kopf auf und sehe durchs Fenster in den heranziehenden Tag.

Ich bräuchte eine Uhr, um prüfen zu können, wie lange ich es dieses Mal ausgehalten habe, aber es gibt nur eine Uhr, und die befindet sich im Versammlungshaus. Es war lang gewesen, sehr lang, und als ich aus der Wanne auf den Boden steige, fühlt dieser sich schwammig und wacklig an, doch ich weiß, es sind nur meine Fußsohlen, die im Wasser aufgequollen sind.

Wenn ich ihnen sage, dass ich zwei Stunden im kalten Wasser bleiben kann, wird das vielleicht der letzte Beweis für meine Stärke sein. Dann senke ich den Kopf.

»Was ist deine häufigste Sünde?«

»Der Hochmut.«

Mit den Fingern wringe ich das Wasser aus dem Nachthemd, dann ziehe ich es mir über den Kopf. Ich reibe mich mit dem zusammengerollten Wischtuch ab, falte das Nachthemd zusammen, streife mir mein Kleid über und binde es mit dem daran hängenden Gürtel zusammen.

»Was tut ein Heiler, wenn er in die Welt da draußen geht?«

»Er sucht nach denen, die noch nicht verloren sind.«

Ich senke den Kopf und bitte Gott um ein demütiges Herz.

Dann fasse ich nach meinen feuchten Haaren, presse Wasser heraus und flechte einen Zopf. Meine Haare sind dick und dunkelbraun, nicht so wie die von Rahel und Nikodemus, die beide feines helles Haar haben. Dann hänge ich mir den Wollumhang über den Kopf.

Nach dem Bad sind meine Sinne geschärft und so höre ich die Stille, noch bevor sie kommt. Die Große Stille, vor der wir uns fürchten wie vor nichts anderem auf dieser Welt.

Ich erstarre.

Langsam und mit Ohren, die bis in den Wald zu reichen scheinen, greife ich nach dem nassen Nachthemd. Meine Hände krampfen sich so fest um den Stoff, dass es aus ihm heraustropft, und ich schaffe es kaum, sie wieder zu lockern.

Ich muss sofort zurück.

Rahel wird mich nicht in meinem Bett finden und sie wird nach mir rufen. Dass es nichts bringt, nach Mutter zu schreien, hat sie schon länger verstanden als Niko.

Ich sehe mich um, unschlüssig, ob ich den Verschluss im Boden der Wanne ziehen soll oder nicht. Das Wasser läuft dann glucksend ab und es kommt mir riskant vor, obwohl ich glaube, dass die Reiter darauf nicht achten werden.

Kurz entschlossen ziehe ich den Stopfen, warte aber nicht, bis das Wasser abgelaufen ist, sondern haste sofort nach draußen.

Im ersten Tageslicht wirkt der Wald noch dunkler als sonst. Hinter der Hecke, die das gesamte Dorf einfriedet wie ein Schutzwall, liegt er, schwarz und unheilvoll. Er ist weit weg und doch nicht weit genug. Niemals gehen wir in den Wald. Der Wald ist gefährlich, wir alle wissen das. Es ist verboten hineinzugehen, denn was dort haust, ist mächtiger als wir alle. Was aus ihm kommt, kann einen Menschen durch einen einzigen Blick töten.

Die Vögel haben aufgehört zu singen. Die Härchen an meinem Nacken stellen sich auf.

Und dann kommt das Sirren.

Als ob ein brennendes Gift in meinen Beinen aufkocht, laufe ich los. Ich muss beim Haus sein, bevor die Glocken losgehen. Doch dann höre ich schon das Läuten. Ohrenbetäubend reißt es alle aus dem Schlaf.

Ich renne die letzten Meter zu unserem Haus, hetze hinein und achte nicht darauf, dass ich Schlamm mit hereinbringe.

Keuchend reiße ich die Tür zu unserem Zimmer auf. »Was ist?«, fragt Rahel schlaftrunken, doch als sie die Glocken hört, ist sie augenblicklich wach.

»Komm«, sage ich und helfe ihr hoch. »Zieh die Schuhe an.«

Dann gehe ich an Nikos Bett und wecke ihn auf. Die beiden Kinder greifen nach ihren Umhängen, die stets griffbereit neben den Betten hängen. Dann schwanken sie zur Tür und schlüpfen in die Schuhe.

Ich sehe auf. Hinter mir ist Vater die Treppe heruntergekommen. Er nickt mir zu und würgt die Frage ab, die ich stellen will. »Geht«, sagt er, »so schnell wie möglich. Ich komme mit Mutter nach.«

Ich will etwas erwidern, doch Niko hat jetzt angefangen zu weinen und ich nicke Vater zu. In meinem Hals hat sich ein Kloß festgesetzt. Ich nehme die beiden Kinder an der Hand, während ich in meine Schuhe schlüpfe. Dann rennen Rahel, Niko und ich durch die Dämmerung, unter dem drängenden Ton der Glocken, zum einzigen Ort, an dem wir jetzt sicher sind.

Der Keller scheint weit weg. Es gibt zwei von ihnen: einen beim Schieferbruch, der andere in der Nähe des Versammlungshauses, aber der ist zu weit weg für uns. Deshalb rennen wir zum Schieferbruch, auch wenn wir uns dort oft die Füße aufschneiden. Im Sommer tragen wir selten Schuhe und der Schiefer ist brüchig und scharf, doch für die Kinder ist es das größte Geheimnis und die größte Verlockung. Natürlich gehen trotzdem alle immer dorthin, auch wenn sie hinterher bestraft werden.

Niko strauchelt und ich packe ihn so fest am Arm, dass er aufschreit. »Komm«, sage ich, »komm!«

Ich beiße die Kiefer aufeinander, um nicht von der Angst überwältigt zu werden.

Es ist dicht hinter uns. Viel zu dicht. Und es kommt schneller näher, als ich es jemals erlebt habe. Das Sirren: ein klagender Ton, als ob die Luft uns heulend verfolgt, einer Schlange gleich, die sich auf und ab windet. Das Grauenvollste ist, dass der Ton so zart ist. So schön, dass man stehen bleiben möchte und ihm lauschen, aber so ist er, der Teufel. Er lügt und betrügt.

Ich stolpere über einen Stein und reiße Niko beinahe mit.

»Wir schaffen es nicht«, fiept Rahel neben mir.

»Doch, wir schaffen es!«

»Das ist noch ganz weit!« Ihre Stimme klingt schrill.

Der Schieferbruch zeichnet sich wie ein riesiges schwarzes Wesen vor uns ab. Man sieht den Eingang zu den Kellern nicht sofort, aber ihn zu erreichen, ist unsere einzige Chance.

»Nicht reden! Laufen!« Rahel gehorcht. Niko keucht ebenfalls neben mir her und strauchelt auf seinen kurzen Beinchen über die Steine.

Ich würde gerne meinen Rock zusammenraffen, aber ich

wage nicht, eines der Kinder loszulassen. Dann höre ich neben mir weitere Schritte und drehe mich um: Jesabel, ihre drei Kleinen im Schlepptau, hastet heran. Ihre schmalen Schultern beben und sie sieht mich aus ihren immer erschöpften, rot geränderten Augen an. Elesar und Gilead, die vierjährigen Zwillinge, sind völlig zerzaust. Den zweijährigen Ham trägt sie auf dem Arm. Er wimmert.

Das Sirren wird lauter. Höher. Es will uns. Meine Hände sind so feucht von Schweiß, dass ich fürchte, Rahel oder Niko zu verlieren. Ich packe sie noch fester.

»Au«, heult Rahel atemlos, »au!«

Ich habe keine Ahnung, was ihr wehtut, und es ist mir auch egal. Ich kann mich später darum kümmern. Das Sirren ist nah und ich muss aufpassen, dass ich nicht starr werde vor Angst und einfach stehen bleibe wie ein erschrecktes Kaninchen.

Vor uns sind nun auch die anderen; von allen Seiten strömen Menschen auf die Keller zu. Ich erkenne sie als Schatten. Hoseas weißer Bart blitzt in der Dämmerung auf.

Der Keller ist noch etwa fünfhundert Meter entfernt, als etwas meine Schulter berührt. Mein Zwerchfell wird erschüttert von einer Übelkeit erregenden Angst. Instinktiv stoße ich die Kinder nach vorn. Doch Rahels schweißfeuchte Finger krallen sich um meinen Arm.

»Da!«, schreit sie und ihre Stimme ist kaum wiederzuerkennen. »Da!«

Auf meiner Brust liegen Steine. Ich drehe mich um zu dem, der aus dem Wald kam.

Er ist fahl.

Ein fahler Reiter auf einem fahlen Pferd.

»Nein.« Rahel scheint ihre ganze Stimme für den Schrei

verbraucht zu haben. Jetzt pfeift es nur noch aus ihrem kaum geöffneten Mund.

»Sterben wir jetzt?«, wispert Nikodemus.

»Rahel!«, befehle ich. »Du nimmst Niko und Gilead. Lauft! Schnell!«

»Aber ... Ada ...« Rahel sieht nicht so aus, als könne sie den einfachsten Befehl ausführen, auch wenn er nur »laufen« heißt.

Ich erkenne meine Stimme selbst nicht wieder und fühle mich zwei Meter groß, während ich ihnen das Einzige zurufe, das sie retten kann: »LAUFT!«

Endlich gehorchen sie. Einen winzigen Moment lang sieht es so aus, als knicke Rahel um, doch dann rafft sie ihren Rock, dreht sich um, nimmt Niko an die eine, Gilead an die andere Hand und dann rennen sie mit den anderen in die Dunkelheit. Ich kann ihr aufgeregtes Schluchzen hören. Rahel wird den Weg finden, sie ist ihn Hunderte Male gerannt, genau wie ich. Wir finden den Weg in die Verstecke alle, mit verbundenen Augen, ob es dunkel ist oder nicht, ob wir aus dem Schlaf gerissen werden oder vom Essen weg, vom Feld oder aus dem Badehaus. Jederzeit müssen wir bereit sein, zu laufen, laufen, laufen.

Ich drehe mich um und versuche, mich aufzurichten. Nicht zu schwanken, während ich mit beiden Händen meine Haare aus der Stirn streife. Ich ziehe so fest an ihnen, dass es schmerzt, und dann senke ich den Kopf, um dem Reiter meine Stirn entgegenzuhalten, obwohl ich am liebsten davonlaufen würde.

»Ich trage das Siegel!«, rufe ich, während ich gegen den mächtigen Impuls ankämpfen muss zu flüchten. »Hier, siehst du? Ich trage das Siegel!«

Das Pferd schnaubt und im fahlen Licht sehe ich, wie

seinen Nüstern eine Dampfwolke entweicht. Ich kann die Augen des Reiters nicht erkennen. Er trägt eine Kapuze, die so tief ins Gesicht gezogen ist, dass es aussieht, als habe er keines. Trotzdem weiß ich, dass er mich ansieht. Von seinem Blick geht ein Feuer aus, das direkt in meine Brust dringt.

»Was willst du?«, rufe ich, meinen letzten Mut zusammennehmend. Ich muss Zeit gewinnen. Rahel und Niko sind hoffentlich bald in Sicherheit. Wir dürfen das Versteck der Keller nicht preisgeben.

Der Reiter antwortet nicht.

Ich richte mich auf, zitternd, und versuche, furchtlos zu wirken. »Was willst du? Mich töten?«

Der Reiter gibt einen kehligen Laut von sich und zieht am Zügel seines Pferdes. Das Tier wirft den Kopf hin und her und stößt ein weiteres Schnauben aus. Worauf wartet er? Ich weiß nicht genug von den Reitern, nicht mehr als alle anderen, obwohl ich es derzeit bin, die den Kindern die Geschichten erzählt. Der Geruch des verschwitzten Tieres dringt zu mir herüber.

»Wir tragen alle das Siegel«, sage ich laut. »Alle, die hier sind. Du wirst hier niemanden finden zum Mitnehmen.«

Der fahle Reiter lacht ein heiseres Lachen. Und dann spricht er. Noch nie habe ich eine solche Stimme gehört. Sie kriecht in mein Ohr wie ein Insekt, das sich dort eine finstere Höhle bauen will, um seinen Feinden aufzulauern. »Wo sind eure Gerechten?«

Ich kann nicht antworten. Das Pferd tänzelt unruhig hin und her.

Jetzt reißt der Reiter an den Zügeln und es bäumt sich auf. Ich weiche unwillkürlich zurück, um nicht von seinen Hufen getroffen zu werden.

»Die Schalen sind gefüllt mit dem Zorn Gottes«, zischt die Insektenstimme. Der Reiter kommt näher und ich bleibe starr stehen. Ihn anzusehen, wage ich nicht. Er streckt einen Arm aus und fährt mit der behandschuhten Hand über meine Wange. Mir wird schlecht vor Angst.

»Bist du sicher, dass du ohne Sünde bist?«, flüstert er. Meine Hand tastet unwillkürlich nach meinem Siegel, doch ich weiß, dass es sinnlos ist. Die Reiter sehen nicht das Äußere. Sie dringen in unser Herz vor. In unsere Träume.

Nein, will ich sagen, doch ich bekomme nicht einmal ein Krächzen heraus. Nein, ich bin nicht ohne Sünde.

Plötzlich wendet der Reiter das Pferd und schnellt davon, Matsch und Schlamm hinter sich aufspritzend. Seine Hand hebt sich und er dreht das Schlangenrohr schnell, bis es anfängt, zu heulen und zu sirren.

Ich bleibe stehen, atme schwer und bekomme dennoch keine Luft.

Langsam drehe ich mich um und versuche, die Insektenstimme aus meinem Ohr zu schütteln; zu lauschen, ob das Sirren noch da ist. Oder die Stille. Aber ich höre nur das Blut, das in meinen Ohren rauscht.

Luca

Ich bin frei. Vollkommen frei.

Während ich zwei Pinsel gleichzeitig in die schwarze Farbe tauche, spüre ich, dass das hier etwas ganz Besonderes wird.

Die Formen ergeben sich wie von selbst. Ich frage mich nicht, wohin ich die Striche setzen muss, wo die Schwünge hinkommen, die Schatten, die Lichtreflexe. Es ist so klar und nichts hindert mich. Nicht die Buchrücken, die sich in unterschiedlichen Abständen hervorwellen. Nicht die Aufschriften auf den Aktenordnern, die Regalbretter, die so dünn sind, dass sie sich in der Mitte biegen, nicht einmal die Poster an den Wänden, Poster von Landschaften und Motorrädern und wahrscheinlich auch irgendwo von nackten Frauen, in den Schränken vielleicht. Alles fügt sich und wird ein Teil von etwas, das nur in mir ist und das jetzt da hinkommt, wo es hinmuss.

Ich bin Michelangelo, ich bin Hieronymus Bosch und etwas in mir weiß ganz genau, was als Nächstes zu tun ist. Ich muss die Schränke nicht öffnen, ich sehe auch nicht nach, ob es Bilder von nackten Frauen gibt. Oder nackten Männern. Ja, wahrscheinlich von nackten Männern, aber auch das ist vollkommen unbedeutend. Alles ist unbedeutend, bis auf die Bewegungen meiner Hände. Und auch meine Hände sind nur ein Werkzeug.

Ich atme kaum, weil ich es nicht muss. Nur manchmal, da strömt ein Luftzug durch meinen Mund. Doch nichts mehr hat Bedeutung, nicht einmal der Atem.

Es ist immer zu wenig Farbe in den Tuben. Ich nehme sie mit dem Pinsel auf und erkenne sofort, wenn das Verhältnis nicht stimmt. Wenn irgendwo zu viel Schwarz ist. Zu viel Rot. Zu wenig Weiß.

Ich hatte die Schreibtischunterlage zur Palette gemacht, doch jetzt muss sie weg. Ich fege sie vom Tisch und sie landet mit der Farbseite auf dem Boden und hinterlässt einen schwarz-roten Streifen.

Ich spüre ein Zucken in meinem rechten Mundwinkel. Dann gehe ich auf die Unterlage zu, setze einen Schuh auf und beginne, das rechteckige Plastikding in kleinen Kreisen über den Parkettboden zu schieben. Ich male eine Spur bis zum Sofa und wieder zurück zum Schreibtisch. Dann stelle ich mich mit beiden Stiefeln darauf und presse den letzten Rest Farbe zwischen Plastik und Parkett heraus.

Und plötzlich weiß ich: Es braucht Farben! Viel mehr Farben! Ich muss auf die Bilder hören. Nur darauf. Alles andere ist unwichtig. Ich nehme eine Tube nach der anderen, sie sind orange und gelb und grün und blau und türkis. Ich lege sie auf einer Seite des Schreibtischs ab und dann fege ich alles, was auf der überdimensionierten Holzplatte liegt, hinunter.

Die Glühbirne der Schreibtischlampe zerspringt klirrend. Ein paar Blätter wirbeln sachte herum und landen in der rot-schwarzen Farbspur.

Ich greife nach der ersten Tube, strecke beide Hände nach vorn, presse die Handflächen zusammen und die grüne Paste fällt in einem langen Strang auf den Tisch, rollt sich zusammen, bleibt liegen.

Ich drücke die ganze Tube aus.

Dann greife ich nach der nächsten.

»Was machst du?«

Ich lächele und betrachte wie ein Anatom meine Hand, die langsam den Pinsel in die Orange taucht. Mit der anderen nehme ich Königsblau auf. Ich halte die Pinsel aneinander.

Und ich sehe, dass es gut ist.

»O que estás a fazer aí? Luca, was machst du?«

Als ich mich zur Wand drehe, erkenne ich sofort, was noch fehlt: Die Rundung am unteren Ende, dort fehlt noch der leichte Glanz, der Glanz von Schweiß. Und der Haaransatz. Der Haaransatz ist nicht deutlich genug. Ich könnte mit Pink experimentieren. Ja! In meinem Bauch, in der Nähe des Nabels, kribbelt es und ich erkenne, dass es der richtige

Gedanke ist. Dass ich es gefunden habe. Manchmal dauert es Minuten, Stunden, sogar Tage. Doch dann ist es da, es löst sich etwas und ich spüre dieses Vibrieren in der Nabelgegend. Dann weiß ich, dass ich es endlich habe. Es ist Pink.

Ich sehe zu den Tuben. Das Pink liegt noch auf der anderen Seite des Schreibtisches, vor dem Regal, dort, wo ich die Kiste mit den Farben abgestellt habe. Ich gehe um den Schreibtisch herum.

»Luca!«

Ich brauche Pink, unbedingt Pink.

»Vorsicht!«, sage ich, weil meine Mutter beinahe auf einen rot-schwarzen Klecks getreten wäre. Ich gehe an ihr vorbei zurück zum Schreibtisch.

Pink muss ich genau an fünf Stellen setzen. Ich sehe sofort, welche es sind, und spüre, dass es mir heute gelingen wird. Heute gelingt mir alles.

Den ersten Streifen mache ich auf der linken Seite.

Ein Aktenordner verschwindet unter meinem Pinsel. Ich trete einen Schritt zurück und sehe sofort: Es passt.

Die vier anderen Striche sind klein, beinahe unbedeutend. Aber als ich sehe, was sie verändern, weiß ich, dass es beinahe vollkommen ist. Beinahe. Irgendetwas fehlt noch.

Wenn das Licht um mich plötzlich heller wird, weiß ich, dass es fertig ist. Dann schiebt sich etwas zur Seite, als sei mein Leben eine Nebelwand, durch die ich mich verzweifelt hindurchzumalen versuche. Und wenn ich es geschafft habe, öffnet sie sich und ich sehe die Welt in ihren eigentlichen Farben.

Ich lasse den Pinsel sinken und dann drehe ich mich ganz langsam im Kreis. Noch ist der Nebel nicht ganz verschwunden. Aber die Wände schreien. Das ist gut. Sie sollen schreien.

Auf halbem Weg streift mein Blick die aufgerissenen Augen meiner Mutter Cleide. Sie hat sich eine Hand an die Lippen gepresst und ich weiß, wenn sie sie wieder wegnimmt, wird sie portugiesisch sprechen. Ihre Zuflucht, ihr Weg zu mir, weil sie weiß, dass *er* uns dorthin nicht folgen kann.

»O que fizestes? Isso é ...«, keucht Cleide.

»Schwänze«, sage ich. »Schwänze ist das Wort.«

Sie gibt einen Kiekser von sich und dann sieht sie sich um, ängstlich, als könnten die Bilder sprechen. Und das tun sie ja auch.

Ich entdecke eine Unvollkommenheit, gehe links an ihr vorbei und setze einen gelben Streifen an eine hervorstehende Stelle des Bücherregals.

»Mas Luca ... Porquê ...« Sie bringt den Satz nicht zu Ende.

»Da hat noch ein Lichtreflex gefehlt.«

Von ihr kommt ein unterdrücktes Stöhnen.

»Irgendwas stimmt noch nicht. Wenn ich wüsste, was«, murmele ich und beginne langsam, die Tuben zuzuschrauben. Manchmal wird mir beim Aufräumen erst klar, was noch fehlt.

»Die Reinigung wird ein bisschen was kosten, nehme ich an. Aber das sind Kollateralschäden, nicht?« Ich lächele meine Mutter an.

»Warum machst du das?«

Mein Arm erstarrt mitten in der Bewegung. »Warum?« Ich schüttele den Kopf und lache leise, während ich mich um die nächste Tube kümmere. »Ausgerechnet du fragst, warum?«

Als ich sie ansehe, verdichtet sich die Nebelwand wieder. Cleides linke Gesichtshälfte ist geschwollen und den provisorischen Verband, den sie um die Nase gelegt hat, muss sie dringend erneuern. Das Blut ist hindurchgesickert und hat dunkle Flecken hinterlassen.

Ich gehe auf sie zu und hebe eine Hand, um ihr den Verband abzunehmen. Da zuckt sie vor mir zurück. Meine Mutter zuckt vor mir zurück, als wolle ich sie schlagen.

Ich starre sie an, meine Hand bleibt auf halbem Weg zu ihrem Gesicht stehen. »Darum«, sage ich und höre selbst, dass meine Stimme zittert, *»darum,* verstehst du.«

»Das ist doch nichts«, sagt sie unwillig, doch als ich auflache, dreht sie den Kopf von mir weg. »Du verstehst das nicht. Er hat es eben nicht leicht.«

»Er?«

Cleide sieht mich an und ich muss mich beherrschen, nicht auf sie zuzugehen, sie an den Schultern zu packen, sie zu schütteln und ihr ins Gesicht zu schreien: *Er* hat es nicht leicht?

»Du denkst eben immer nur an dich.«

Ich lache auf. »Und was ist mit deiner Nase? Hat er dabei vielleicht an dich gedacht?«

Meine Mutter steht im Zimmer und dreht sich langsam um sich selbst. »Wie kannst du mir das nur antun?«, flüstert sie.

»Ich tue dir gar nichts an.«

»Es geht ihm doch ohnehin schon so schlecht im Moment. Kannst du nicht einmal versuchen, dich in ihn hineinzuversetzen?«

»Okay, ich versuch's«, sage ich, aber ich darf meine Mutter dabei nicht ansehen. »Also: Er hat uns eigentlich wahnsinnig lieb. Wenn er sich nur nicht leider immer so schrecklich elend fühlen würde. Da braucht er uns dann einfach zum Abreagieren. Richtig?« Ich presse den Deckel so fest auf eine Tube, dass sie sich verbiegt.

»Er ist kein schlechter Mensch.«

»Das stimmt ausnahmsweise mal.«

Jetzt lächelt meine Mutter, weil sie glaubt, ich würde wieder auf ihre Spur einbiegen, und ihre Erleichterung verursacht mir Übelkeit. »Er ist kein schlechter Mensch«, wiederhole ich langsam. »Er ist überhaupt kein Mensch.« Ich knalle die Tube in die Kiste zu den anderen. »Er ist ein Dämon.«

Jetzt sehe ich sie an und ich kann nicht anders, ich muss in ihr verbundenes Gesicht ätzen. »Für einen Dämon ist er sogar richtig gut.«

Die Farbe weicht aus Cleides Gesicht und einen Moment lang sieht es aus, als könne sie sich nicht mehr auf den Beinen halten.

»So etwas darfst du nicht sagen«, flüstert sie und sie sieht sich um, als suche sie nach einer Sitzgelegenheit.

Ich bin hin- und hergerissen zwischen dem Wunsch, sie anzuschreien, und dem, meinen Arm um ihre Schultern zu legen.

»Mama«, sage ich, obwohl ich weiß, dass es sinnlos ist, »geh weg von ihm.«

Sie lächelt und tastet nach meiner Hand, sodass ich einen winzigen Moment lang ihre kalten Finger spüre. »Das geht nicht«, sagt sie.

Ich schüttele ihre Berührung ab. »Warum nicht?«

»Er ist mein Mann. Und er braucht mich.«

»Der braucht ’nen Psychiater!«

»Du siehst eben nur das, was du sehen willst.«

Ich weiche einen Schritt vor ihr zurück. »Und du? Was willst du sehen?« Ohne es wirklich zu wollen, äffe ich ihren Tonfall nach und ich hasse mich selbst dafür, denn in ihren Augen sammeln sich Tränen, aber ich kann nicht anders:

»Der Arme. Er ist nur krank, er kann nichts dafür. Er ist ein guter Mensch. Er liebt uns!«

»Luca«, zischt sie.

»Verlass ihn!«

Sie seufzt.

Ich spüre, dass ich an einem Punkt bin, an dem ich nicht mehr zurückkann. So was sagt sich so einfach, es ist ein abgedroschener Satz; aber das zu fühlen: dass man an einem Weg steht, der nur noch links oder rechts geht, aber nicht mehr geradeaus, dabei stirbt etwas in dir. Unwiderruflich.

Heute Nacht wird mein Vater zurückkommen und ich werde nicht mehr hier sein. So einfach ist das. Die Schwänze über sein gesamtes Arbeitszimmer geschmiert: mein Abschiedsgeschenk an ihn.

»Dann gehe ich allein«, sage ich. Es ist meine letzte Waffe.

Meine Mutter steht in seinem Arbeitszimmer, das von oben bis unten voller Farbe ist. Ich kann dabei zusehen, wie der Horror in ihr aufsteigt.

Er hat den letzten Prozess verloren, der Herr Anwalt. Er wird sich in der Hotelbar mit den anderen die Wunden lecken und morgen wird er zurückkommen und er wird Trost brauchen und dann wird sie allein mit dem Dämon sein.

Es ist Erpressung, aber etwas anderes habe ich nicht.

»Es wird doch besser«, behauptet Cleide.

»Was genau?« Ich deute mit dem ausgestreckten Zeigefinger in ihr Gesicht. »Das da?«

Sie dreht sich weg. »Das war ein Versehen«, wispert sie. »Nicht so schlimm.«

»Ein Versehen?« Ich bekomme Lust, ihr den Verband abzureißen. »Deine Nase. Die wird nie wieder gerade werden.«

Sie antwortet nicht.

»Geh wenigstens zum Arzt!«

»Não é preciso.«

In mir sammelt sich alles für ein Erdbeben. Es beginnt sanft in der Nähe des Bauchnabels. Doch ich spüre jetzt schon, dass ich es nicht aufhalten kann.

Als die nächste Welle kommt, zieht sich meine Haut zusammen, krampft sich um einen Kern aus Zorn. Ich strecke die Hände nach unten, dehne mich, um die Wellen auseinanderzuzerren, sie irgendwie zu beruhigen, und da fällt mein Blick an die Decke.

Plötzlich erkenne ich: Ich habe die Decke vergessen! Wie konnte ich nur die Decke vergessen?

»Doch!«, schreie ich. Meine Hände pressen sich gegen meinen Nabel, um den Kampf nicht ganz zu verlieren. »Das IST nötig! Du musst ins Krankenhaus. Und du darfst nie wieder zurückgehen zu ihm. Wir müssen hier weg. Sofort!«

Sie schüttelt den Kopf, ohne mich dabei anzusehen.

Da spüre ich, dass der Dämon etwas zurückgelassen hat. Hier, in diesem Raum, der seiner ist. Er hat etwas zurückgelassen, das nur darauf wartet, in mich hineinzukriechen, sogar dann, wenn er selbst nicht da ist. Ich sehe das lächelnde, leidende, stumme Gesicht meiner Mutter und ich sehe, wie ich es zertrümmern werde. Wie ich ihre gebrochene Nase noch weiter brechen werde, wie ich sie ihr einschlagen werde. Ich sehe sie schreien und ich bin über ihr ...

Ich keuche auf, drehe mich um und stoße mit Geheul den Schreibtisch um. Ich ramme ihn gegen die Wand und ich hätte ihn auch durch die Wand hindurchgerammt, das hätte ich geschafft dieses Mal, denn die Wände, die sind ja nur aus Gips, die hat er einmal eingebaut, der Idiot, der keinen Schraubenzieher gerade halten kann.

Meine Mutter schreit auf. Es ist ein lächerlicher Schrei, er erreicht kaum mein Ohr. Aber ich stürme hinaus, lasse die Schreie – ihre und meine eigenen stummen, die so laut von den Wänden dröhnen, dass das Universum davon erzittern wird, in dem Raum zurück, in dem ich gemalt habe. In dem ich zwei Meter große Schwänze gemalt habe, quer über die Regalreihen, quer über das verlogene weiße Ledersofa, quer über die geschmacklosen Poster an den Wänden, quer über den Boden, quer über den Schreibtisch, quer über alles, nur die Decke habe ich vergessen.

Vielleicht spreche ich das Todesurteil über meine Mutter, wenn ich jetzt gehe, aber der Luchs ist erwacht. Der Luchs wacht über mich seit meinem ersten blauen Fleck und er sagt mir, dass der Dämon bald kommen wird. Dass wir die Nacht nicht abwarten sollten.

Ich stürme in mein Zimmer und nehme alles, was ich brauche: die Jacke, den Skizzenblock und eine Mappe mit Zeichnungen, die er noch nicht zerstört hat; das Geld, das ich ihm über die Jahre hinweg abgenommen habe, und ich sehe nur einen kurzen Moment lang zurück, dahin, wo meine Leinwände sind, die nackt und verkrüppelt auf dem Boden liegen, dort, wo der Dämon sie zerstochen und zertreten hat, und dann packe ich alles in den Rucksack, stopfe wahllos noch ein paar Klamotten dazu, gehe nach draußen und werfe meine Zimmertür zu.

»Luca! Tu não podes ir! Lass mich nicht alleine!« Ihre Schreie, so grell wie Kinderschreie gellen in meinem Ohr. In mir zerbricht etwas.

Ich stehe im Flur und es sind nur ein paar Schritte bis zur Tür, durch die ich gehen werde, um nie mehr zurückzukommen. Ich drehe mich um.

»Komm«, sage ich und strecke ihr die Hand hin. Der Rucksack zieht schwer an meinen Schultern. »Komm mit.«

Cleide rührt sich nicht. Sie fleht mich stumm an, wie ein Kind fleht sie mich an – mich! –, nur mit ihren Augen, die klein wirken in ihrem Gesicht mit dem Verband und ich weiß, sie schafft es nicht aus eigener Kraft. Der Luchs jault und treibt uns zur Eile.

Bevor zum zweiten Mal etwas in mir zerbrechen kann, und diesmal endgültig, gehe ich zu ihr. Ich bin mit fünf Schritten da, denn ich bin schon größer als er, und als sie allemal, und dann packe ich sie einfach. Sie kommt mit, obwohl sie nicht will, obwohl ich selbst keine Ahnung habe, wohin, und obwohl sie fünfundzwanzig Jahre älter ist als ich – sie ist meine Mutter, verdammt! –, weiß ich genau, dass ich von jetzt an für sie verantwortlich bin. Dass ich es schon mein ganzes Leben lang bin. Ich könnte schreien, aber ich habe meine Schreie in seinem Arbeitszimmer gelassen und dort sollen sie auf ewig bleiben und ihm mitten ins Gesicht schreien.

Ich nehme meine Mutter, ich lasse ihr nicht einmal Zeit, Sachen zusammenzupacken, und als die Tür hinter uns ins Schloss knallt, weiß ich, dass sich die Welt verändern und neu zusammensetzen wird.

Ada

Ich stolpere zum Schieferbruch, und als ich das rechteckige Blech sehe, das sich zwischen Grasbüscheln verbirgt, hebe ich den schweren Ring an, der daran befestigt ist. Ich lasse ihn wieder fallen. Einmal. Zweimal. Dreimal.

Kurz darauf öffnet sich die Klappe.

Marthas von dunklem Grau durchzogener Haarschopf

kommt zum Vorschein. Sie bewohnt mit Hosea, ihrem Mann, das kleine Häuschen neben uns, und seit Mutter im Bett liegt, ist sie neben Apollonia der vertrauteste Mensch für mich. Martha hält sich stets gerade und auch jetzt, mit der schweren Luke, die sie mit beiden Armen nach oben stemmen muss, hat sie die Kraft, mich zu fixieren. Unter ihrem Blick, streng und gütig zugleich, wie es ihre Art ist, knicken meine Beine fast unter mir ein.

»Komm schnell«, flüstert sie und reicht mir eine Hand. Ich ergreife sie, lasse sie aber nach den ersten beiden Stufen wieder los und steige an Martha vorbei in den Keller hinunter.

Unten klammert sich sofort ein warmes, weiches Wesen an mich.

»Ada hat den Reiter gesehen«, schluchzt Rahel, »Ada ist bei ihm gewesen!«

»Scht«, mache ich und streiche Rahel über den Kopf. »Nicht.«

Ich will nicht, dass jemand mitbekommt, was geschehen ist. Ich will nichts gefragt werden.

Die Lampen, die in allen Ecken des Kellers an den Wänden hängen, verströmen ein beinahe behagliches Licht, das mir ein Gefühl von Geborgenheit gibt. Obwohl es in den Kellern stickig ist und die Luft von der Angst der Menschen getränkt, gibt es Momente, in denen ich gerne hier bin. So wie jetzt, wenn Rahel und Nikodemus zu mir gelaufen kommen und im Schlepptau noch drei, vier andere Kinder haben – alle mit zerzausten Schlafhaaren. Nur die Haare der Mädchen sind notdürftig zu Zöpfen geflochten worden.

Benjamin, ein Blondschopf, der ungefähr zur selben Zeit wie Rahel geboren wurde – vor acht oder neun Wintern –, guckt uns aus großen Augen an. Er hat so tiefbraune, fast schwarze Augen wie es selten ist im Dorf.

»Du hast wirklich die Reiter gesehen?«, fragt er.

»Na klar, Dummkopf«, sagt Rahel und reckt stolz das Kinn. »Ada hat ganz allein mit ihm gekämpft. Sie ist nämlich stark!«

Ich muss lachen. »Gekämpft habe ich nicht mit ihm«, erkläre ich leise.

»Aber sie hat ihn besiegt!«, verkündet Rahel. »Ganz alleine! Besiegt und verjagt! Oder?«

Ich antworte nicht, sondern streiche Rahel nur über den Kopf.

Einen Augenblick später hängen die Kinder an meinen Armen und an meinem Rock. Sie reden auf mich ein und wollen die Geschichten hören. Die Geschichten von den Reitern, auch wenn es sie dabei gruselt.

Sie ziehen mich in die hellste Ecke des Kellers, wo die meisten Lampen sind und der große Tisch mit den Keksen steht, und sie zerren mich auf einen Stuhl und ich kann ihren bittenden Augen nicht widerstehen. Die Stunden in den Kellern sind lang und grauenvoll und es ist hier immer Nacht. Die Kinder wollen Geschichten: eine Stimme, die das Sirren übertönt und ihnen das Gefühl gibt, nicht alleine zu sein mit dem Grauen über ihren Köpfen.

Meine Stimme ist immer etwas zu leise, deshalb müssen alle ganz still sein, wenn ich spreche.

»Es kam eine Stimme vom Himmel, wie Donner so laut. Und sie sagte: ›Komm!‹

Und dann kam ein weißes Pferd. Und der darauf saß, hatte einen Bogen. Einen Bogen mit Pfeilen. Man gab ihm einen Kranz in die Hand und das war ein Siegeskranz, weil er über seine Feinde gewinnen sollte.

Und die Stimme sprach wieder: ›Komm!‹

Dann kam ein zweites Pferd, das war rot. Rot wie Feuer. Und der darauf saß, der bekam ein Schwert. Denn er sollte dafür sorgen, dass es nie wieder Frieden gäbe. Er sollte die Menschen dazu bringen, sich gegenseitig zu töten. Es war ein großes Schwert. Größer, als je einer zuvor eines gesehen hatte. Und so schwer, dass kein sterblicher Mann es tragen kann.«

Ich sehe die Kinder der Reihe nach an. Nikos Mund steht offen und Bathseba kaut auf ihrem kleinen Finger. Benjamin hat einen Keks in den Mund geschoben und vergessen, davon abzubeißen. Die Zwillinge Elesar und Gilead halten sich an den Händen, ihre Löckchen kringeln sich bis zu den Mundwinkeln und decken ihre Augen beinahe zu. Rebecca, die in der Schule immer neben Rahel sitzt, steht hinter einem Stuhl und sieht ausdruckslos vor sich hin, die sechs Kinder von Ketura, drei Mädchen, drei Jungen, drücken sich eng aneinander.

»Und da sprach die Stimme zum dritten Mal: ›Komm!‹

Und dann kam das dritte Pferd und das war schwarz. Der Reiter, der auf ihm saß, hielt in der Hand eine Waage. Denn er sollte dafür sorgen, dass es nie genug für alle gäbe. Nie sollte genug auf der Waage sein, dass alle satt würden.

Und wieder sprach die Donnerstimme: ›Komm!‹

Und dann kam das vierte Pferd. Es war fahl. Und auf ihm saß der Tod.«

Eines der Kinder gibt einen erschreckten Laut von sich. Rahel beginnt, am Ende ihres Zopfes zu lutschen, und ich ziehe ihn ihr vorsichtig wieder aus dem Mund, während ich weiterspreche: *»Er zog ein Heer der Unterwelt mit sich. Ein ganzes Heer! Und sie zogen über die Erde, um ein Viertel der Menschheit zu töten. Ein Viertel der Menschheit, auf einmal. Und wisst ihr, wie sie töteten?«*

»Mit dem Schwert«, flüstert Niko und ich nicke.

»Mit dem Schwert. Durch Hunger. Durch Krankheit. Und durch wilde Tiere.«

Ich nehme einen Schluck Wasser aus Rahels Becher.

»Natürlich gab es immer welche, die fragten: Warum werden die Toten nicht gerächt? Aber ihnen wurde gesagt: Ihr müsst noch eine Zeit warten. Es müssen noch einige eurer Mitstreiter sterben, bis die volle Zahl erreicht ist. Und dann kam ein gewaltiges Erdbeben. Es war so gewaltig, dass die Sonne schwarz wurde wie ein Trauergewand und der Mond wurde rot wie Blut. Es gab ein so gewaltiges Beben, dass die ganze Erde erzitterte! Und die Sterne fielen herab, wie wenn ein Baum seine Früchte abwirft. Und dann ... dann folgte eine Stille. Eine Stille, wie sie nie zuvor vernommen worden war.«

Wir halten alle unweigerlich den Atem an und lauschen schaudernd in den Morgen über uns, der Erschrecken und Geheimnis in sich birgt.

Lioba kommt auf mich zu und die Kleinen weichen zurück. Sie gehen zu ihren Müttern, die in der anderen Ecke des Kellers begonnen haben zu singen. Unsere eigene Mutter, Esther, ist nicht hier und deshalb weichen Rahel und Niko nicht von meiner Seite. Ich vermisse meinen Vater, auch wenn ich weiß, dass er Mutters wegen oben geblieben ist und ich seinen Mut bewundere. Ich schiebe die beiden Kinder sanft von mir. »Geht zu Martha«, sage ich. »Singt mit den anderen.«

Wir sind die Siegelträger und als Gottes Knechte auserwählt, aber wir sind auch Menschen und tragen Furcht in unseren Herzen. Wenn wir singen, kommen wir Gott näher und die Furcht schwindet.

Gerne würde ich mit den anderen in das Lied einstimmen, doch Lioba nimmt mich zur Seite. Sie ist alt und ihr Gesicht unter dem schneeweißen Haar von tausend Falten durchzogen. Manchmal habe ich Angst vor ihr, und nicht nur, weil sie Immanuels Ehefrau ist. Ich fürchte mich vor allem vor ihren Augen, die jeden Winkel durchdringen können, wenn sie es nur will. Und auch wenn es keine verborgenen Winkel zwischen Brüdern und Schwestern geben darf, nähre ich doch eine Dunkelheit in meinem Herzen, für die ich mich schäme und die niemand sehen soll.

Lioba lächelt und ihr Gesicht zeigt all seine Spuren. »Du erzählst gut.«

Ich mag es nicht, gelobt zu werden. Lob macht hochmütig. Außerdem weiß ich sehr gut, dass meine Stimme zu leise ist und ich immer wieder das Wichtigste vergesse.

Mit einem Mal vermisse ich Apollonia. Meine Freundin ist meist im anderen Keller, da es von ihrem Haus dorthin näher ist. Nur manchmal, wenn die Glocken uns vom Feld rufen oder wir einen Moment lang unbeobachtet im Schieferbruch sind, fliehen wir gemeinsam hierher. Wenn Apollonia nicht da ist, ihr blonder Zopf nicht im Kerzenschein schimmert, kommt mir der Keller besonders dunkel vor.

»Du hast wahrhaftig die Reiter gesehen?«, fragt Lioba.

»Nur einen«, gebe ich widerstrebend zu.

»Wie sah er aus?«

Ich zögere. »Fahl«, flüstere ich schließlich.

Lioba nickt nachdenklich. »Und hat er etwas gesagt?«

Ich antworte nicht.

Lioba neigt ihren Kopf zu mir und ich kann jede einzelne Furche in ihrem Gesicht erkennen. Jede Spur, die das Leben in sie eingegraben hat. Jede Flucht vor den Reitern, jedes Jahr schwerer Arbeit, alle Momente der Angst.

»Du musst es sagen«, raunt sie.

Als ob ich das nicht wüsste.

Da ich immer noch keine Anstalten mache zu sprechen, legt Lioba ihre rauen Hände auf meine. »Gott will nicht, dass wir uns vor unseren Brüdern und Schwestern verschließen. Es ist eine große Sünde, Geheimnisse zu haben. Du trägst das Siegel, mein Kind. Du hast nichts zu befürchten, wenn du dich an die Gesetze Gottes hältst.«

Ich bezwinge meine Angst. »›Die Schalen sind gefüllt mit dem Zorn Gottes‹«, wispere ich. »Das hat er gesagt.«

Ich weiß nicht, ob es eine ebenso große Lüge ist, etwas zu verschweigen, wie etwas Falsches zu sagen. Aber das andere bringe ich nicht über die Lippen. Ich schaffe es einfach nicht, ihr alles zu sagen.

Bist du sicher, dass du ohne Sünde bist?

Lioba blickt vor sich hin, als läse sie dem Boden die Geheimnisse des Lebens ab. Dann nickt sie langsam. Sie nimmt ihre Hand von meiner und zieht mit einem Finger mein Gesicht vorsichtig in ihre Richtung, sodass ich ihr in die Augen sehen muss. Das Licht einer der Lampen spiegelt sich in ihren.

»Wir müssen es den Ältesten sagen«, sagt sie. »Es geht schneller, als wir gedacht haben.«

»Was bedeutet das?«, flüstere ich.

»Dass das Ende gekommen ist.«

Luca

Manche Leute behaupten, dass sie nachdenken und dann das tun, was sie für richtig halten. Aber das ist Quatsch. Man tut einfach irgendwas und meistens ist es falsch. Erst hinterher überlegt man sich dann irgendwelche schlauen Rechtfertigungen, damit es nicht so aussieht, als habe man einfach aus dem Bauch heraus gehandelt. Genau das tut man aber. Das ist übrigens auch das Einzige, worauf es ankommt.

Ich gehe mit meiner Mutter ins Krankenhaus. Einfach, weil ihre Scheißnase wieder angefangen hat zu bluten. Ein paar Meter von unserem Haus entfernt geht es los, und noch während ich überlege, wohin wir jetzt gehen könnten (weg! weg! weg!), gibt Cleide ein leises Stöhnen von sich. Als ich sie ansehe, als ich den roten Streifen sehe, der aus ihrer Nase läuft, bis auf die Oberlippe und dort die zarten Härchen bedeckt, wird mir klar, dass ich sie so nirgendwohin mitnehmen kann. Sie muss zu einem Arzt.

»Komm«, sage ich zu ihr, nehme sie am Arm und ziehe sie hinter mir her zur nächsten Straßenbahnhaltestelle. Es ist mir unangenehm, mit ihr einzusteigen, und ich fummele ein altes Taschentuch aus meiner Jackentasche – nicht mehr besonders sauber, aber zum Blutabwischen reicht es.

Sie sieht den Fetzen verständnislos an, den ich ihr hinhalte, und hält sich am Sitz fest, als säßen wir in einem schwankenden Schiff. Und genau das tun wir ja. Es schwankt verdammt stark, unser Schiff, und ich wische ihr den Blutstreifen ab.

Ein Mann sieht uns an, doch als ich in seine Richtung stiere, wendet er sich schnell wieder ab. Ich war das nicht!, will ich ihm entgegenschreien, doch das ist völlig sinnlos, und ganz sicher bin ich mir außerdem auch nicht.

Angefangen hat schließlich alles damit, dass er meine Bilder zerstochen hat. Damit, dass ich die Bilder gemalt habe. Oder damit, dass ich geboren wurde.

Meine Mutter sagt etwas, aber ich kann sie nicht verstehen. »Was machen wir nur, was machen wir nur?«, murmelt sie immerfort.

»Wir versorgen dich jetzt erst mal«, sage ich, aber ich bin nicht sicher, ob meine Worte zu ihr durchdringen.

Am Maximiliansplatz steigen wir aus. Von hier sind es noch ein paar Minuten zu Fuß bis zum Krankenhaus, aber ich weiß nicht, ob meine Mutter das schafft. Ich greife unter ihren Arm und schleppe sie förmlich die Straße entlang.

Als die Lichter des Krankenhauses vor uns auftauchen, scheint sie plötzlich zu realisieren, wo wir sind, und sie bleibt stehen. »Die werden Fragen stellen.«

Ich bin kurz davor auszurasten. Von mir aus können die gerne eine ganze Latte an Fragen raushauen und ich beantworte ihnen jede einzelne davon. Ich beiße die Zähne zusammen, um mir nichts anmerken zu lassen. Meine Mutter fasst mich am Arm.

»Wir sagen, dass ich die Treppe hinuntergefallen bin, ja?«

»Ist gut«, presse ich zwischen den Zähnen hindurch. Mir egal. Alles egal, solange sie endlich mit mir da reingeht und sich die Nase richten lässt. Die Treppe runtergefallen. Dass ich nicht lache. Das hören die Ärzte sicherlich am Tag Dutzend Mal, wenn die Frauen mit den blauen Flecken ankommen.

Ich will sie weiterziehen, doch sie krallt sich an meinem Ärmel fest. »Versprichst du es mir?«, fragt sie und ich nicke in ihr bleiches Gesicht.

»Ja.«

Sie nickt ebenfalls, wahrscheinlich, um sich selbst zu versichern, dass das 'ne super Idee ist. Dann endlich schlurft sie an meinem Arm die letzten Meter bis zum hell erleuchteten Eingang.

An der Pforte müssen wir uns erst mal registrieren lassen

und irgendwelche Zettel ausfüllen. Ich habe die Krankenkassenkarte meiner Mutter nicht, doch als ich hoch und heilig verspreche, gleich morgen wiederzukommen und sie vorbeizubringen, dürfen wir trotzdem eine Nummer ziehen.

Ich trage in das Formular ein, dass der Unfall heute passiert ist, obwohl es schon gestern war. Mutter blickt mir über die Schulter, sie sagt nichts und verlangt auch nicht nach dem Stift.

Ich gebe den Block ab und dann warten wir. Beinahe zwei Stunden.

Wir sprechen nicht.

Und dann weiß ich plötzlich, was wir tun werden. Der Gedanke ist so einfach da, wie wenn man einen Radiosender einstellt und nach dem ganzen Rauschen endlich Worte zu verstehen sind.

Wir gehen zu Tante Anna. Meine Tante ist vielleicht nicht der umgänglichste Mensch, den ich mir vorstellen kann, aber sie ist immerhin Cleides Schwester und vielleicht kann sie meine Mutter zur Vernunft bringen. Zumindest hoffe ich das. Auf jeden Fall wird sie uns aufnehmen, fürs Erste. Bis Cleide sich beruhigt hat. Bis die Nase verheilt ist. Bis ...

Mein Gehirn weigert sich weiterzudenken.

Vielleicht sollte ich Tante Anna anrufen und sie vorwarnen. Aber ich kenne ihre Nummer nicht auswendig und ich will meine Mutter nicht danach fragen. Solange sie noch in dieser merkwürdigen Trance ist, macht sie einfach alles mit und das ist im Moment zu hilfreich, als dass ich riskieren könnte, dass sie daraus zu früh erwacht.

Und dann sind wir endlich dran. Ich darf nicht mit ins Behandlungszimmer, und als sich die Tür hinter meiner

Mutter geschlossen hat, gehe ich zum Kaffeeautomaten und ziehe mir einen Milchkaffee. Er schmeckt nach Plastik.

Ich sehe aus dem Fenster, aber weil es draußen dunkel ist, kann ich nur mein Spiegelbild erkennen und ich ziehe mir die Haare glatt.

»Herr Kilian?«

Ich verschlucke mich beinahe und drehe mich um. Hinter mir steht ein Mann in einem weißen Arztkittel. Er hat tiefe Geheimratsecken, obwohl er noch ziemlich jung wirkt, höchstens dreißig. Er lächelt mich an. Neben ihm steht Cleide, mit einem Verband um die Nase, der halb so groß ist wie der vorige, aber doppelt so stabil. Sie sieht mich nicht an.

»Ich möchte Sie gerne einen Moment sprechen«, sagt der Arzt, »allein.«

Ich sehe zu meiner Mutter. Die blickt endlich auf und versucht sich an einem Lächeln.

»Ich gehe nicht weg«, sagt sie, meine Gedanken erratend, die vermutlich wie eine Leuchtreklame an meiner Stirn geschrieben sind.

»In der Cafeteria gibt es hervorragenden Kaffee«, sagt der Arzt und nickt zu meinem Becher, »besser als der aus dem Automaten.« Er lächelt meiner Mutter zu.

»Fünf Minuten«, sage ich, um Cleide und dem Arzt klarzumachen, wie das hier laufen wird, »dann bin ich wieder draußen.«

Der Arzt zeigt mit einer Hand auf die Tür, hinter der auch meine Mutter vorhin verschwunden ist. Ich versuche krampfhaft, etwas Unsympathisches in dem Arztgesicht zu finden, aber es gelingt mir nicht. Trotzdem bleibe ich wachsam. Erwachsenen zu vertrauen, ist leichtsinnig.

Nachdem der Arzt die Tür geschlossen hat, setzt er sich

mir gegenüber. Ich soll wohl auch sitzen, aber ich tue es nur widerstrebend und auf der Stuhlkante.

»Herr Kilian«, sagt der Arzt, auf dessen Namensschild ich nun auch lesen kann, dass er Stephan heißt. Ich weiß nicht, ob Menschen zu trauen ist, deren Nachname wie ein Vorname klingt.

»Oder soll ich Luca sagen?«

Ich stelle den Plastikkaffee ab und zucke mit den Schultern, was ihn aber nicht aus dem Konzept zu bringen scheint.

»Gut, dann bleiben wir beim Sie. Ich will nicht lange drum herumreden, Herr Kilian. Wie häufig kommt das vor, dass Ihre Mutter ... stürzt?«

Ich hebe den Kopf und sehe dem Mann direkt in die Augen. Wenn ich den Blick des Malers einnehme, kann ich den Leuten stundenlang ins Gesicht starren. Dann sehe ich die Konturen, die Schatten und Linien ihrer Gesichter. Was sich darin abzeichnet, macht nichts mit mir, es lässt mich kalt und ich seziere nur ihre Gruben und Vertiefungen, während ich mir überlege, welche Farbtöne diese Formen am besten abbilden.

Der Arzt lässt mir Zeit, aber irgendwann merkt er, dass ich nichts sagen werde. »Sind immer Sie es, der sie ins Krankenhaus bringt?«

»Normalerweise geht sie überhaupt nicht«, sage ich und fixiere sein Gesicht auf der Suche nach einer Reaktion.

Der Arzt hebt die Augenbrauen. Sie sind etwas asymmetrisch und das ist das Interessanteste, was ich bisher an ihm wahrgenommen habe. Es zeigt mir, dass mehr in dem Mann steckt, als es auf den ersten Blick scheint. Er gibt sich nicht mit der Oberfläche der Dinge zufrieden.

»Sie lässt sich nicht ärztlich versorgen?«

Ich lächele nur.

Dr. Stephan faltet die Hände und legt sein Kinn darauf. Er scheint ernsthaft nachzudenken. »Sie sollten sich Hilfe holen«, sagt er.

Ich lache auf. »Kann ich jetzt gehen?«

Er legt eine Hand flach auf seinen Schreibtisch. »Ich gebe Ihnen Adressen von Beratungsstellen.«

»Wir gehen zu meiner Tante«, sage ich, als ob das eine Antwort wäre.

Dr. Stephan zieht wieder die Augenbrauen hoch und es tut mir beinahe ein wenig leid, diesen Mann so anzuraunzen, denn mein Luchsinstinkt sagt mir, dass er es wirklich gut meint.

»Ich behandele mehrmals pro Woche solche ›Stürze‹«, erklärt er und man kann die Anführungszeichen förmlich hören, »meine Erfahrung ist die, dass es ohne professionelle Hilfe selten einen Ausweg gibt.«

Er dreht sich um und zieht eine Broschüre aus einer Schublade im Schrank hinter sich.

»Das ist eine Anlaufstelle für Jugendliche«, sagt er und tippt darauf.

»Sie ist zweiundvierzig«, sage ich.

»Ich spreche nicht von Ihrer Mutter. Ihr habe ich ebenfalls eine Adresse gegeben. Es geht um Sie.«

Ich lache erneut. »Mir geht's gut, danke.«

Der Arzt sieht mich an und es fällt mir schwer, sein Gesicht nur aus Linien, Vertiefungen und Flächen bestehend zu sehen, obwohl ich es nach Kräften versuche.

»Es ist nicht Ihre Aufgabe, ihr zu helfen, Luca«, sagt er und ich registriere, dass er zu einer seltsamen Mischung aus Sie und Vornamen übergegangen ist. »Kinder sind nicht für ihre Eltern zuständig.«

Ich stehe auf, der Stuhl rutscht laut über den Boden und kippt beinahe um.

»Ist das alles?«, frage ich. »Kann ich gehen?«

Der Arzt seufzt, dann nickt er und drückt mir die Broschüre in die Hand. Ich stecke sie in die Innentasche meiner Jacke. Ihm zuliebe.

»Viel Glück«, sagt er, als ich bei der Tür bin, und ich nicke bloß.

Ich bin schon auf halbem Weg in die Cafeteria, als mir einfällt, dass ich meinen Kaffee beim Arzt habe stehen lassen. Scheiß drauf. Er war ohnehin scheußlich.

Ich folge den Wegweisern zur Cafeteria. Plötzlich befürchte ich, dass meine Mutter abgehauen ist. Bestimmt ist sie sofort zurückgegangen, zurück zu ihm, wie sie es immer tut. Sie hat ja noch nicht mal Geld dabei. Vielleicht sitzt sie schon auf dem Boden seines Arbeitszimmers und wischt mit Spiritus an den Farben herum, in der wahnwitzigen Hoffnung, er würde es vielleicht nicht merken, wenn sie nur gründlich genug scheuert.

Als ich endlich die Glastür sehe, die zur Cafeteria hineinführt, renne ich beinahe. Ich reiße die Tür auf, scanne hektisch den Raum und sehe Cleide zuerst nicht. Erst beim zweiten Hinsehen erkenne ich, dass sie tatsächlich dort sitzt. Sie ist nicht alleine. Meine Mutter unterhält sich mit einem Mann und einer Frau, die mit ihr am Tisch sitzen.

»Hallo«, sage ich, als ich bei ihnen bin, und lasse mich auf einen der vier Stühle fallen. Meine Mutter hat ein Glas Wasser vor sich stehen und eine Nussschnecke, die sie nicht angerührt hat.

»Darf ich?«, frage ich und deute auf das Gebäckstück.

Cleide nickt und schiebt mir den kleinen weißen Porzellanteller zu. »Andreas hat das gekauft«, sagt meine Mutter.

»Ist doch nett, oder?« Sie nickt dem dunkelhaarigen jungen Mann ihr gegenüber zu. Er hat einen merkwürdigen Haarschnitt mit einem schnurgeraden Pony, der etwas oberhalb der Brauen endet, und sieht mich aus nebelgrauen Augen aufmerksam an. Neben ihm sitzt eine junge Frau mit langen blonden Haaren, die sie zu einem Pferdeschwanz gebunden hat. Auch ihr fällt ein Pony in die Stirn.

»Was bekommen Sie?«, frage ich und will nach meinem Geldbeutel greifen.

Der Mann schüttelt auflachend den Kopf, wobei seine Brille leicht verrutscht. Er schiebt sie mit einer schnellen Geste wieder hoch. »Nein, ich bitte Sie, wirklich. Sie sind selbstverständlich eingeladen.« Er wirkt beinahe beschämt.

Die Frau lächelt und streckt mir die Hand hin. »Ich bin Caroline«, sagt sie. Ich schüttele ihre warme, kräftige Hand. Caroline scheint nicht viel älter zu sein als Andreas. Ihr Pferdeschwanz hüpft bei jeder Bewegung hin und her. Sie hat Lachfältchen um die Augen.

»Na dann, danke«, sage ich und widme mich der Nussschnecke, deren Anblick mir unmissverständlich klarmacht, dass ich seit beinahe vierundzwanzig Stunden nichts gegessen habe. Ich stopfe ein Stück süßen, fettigen Teig in mich hinein und spüle es mit einem Schluck Wasser aus dem Glas meiner Mutter hinunter.

»Andreas und Caroline sind oft hier und unterhalten sich mit den Menschen«, sagt meine Mutter. »Ist das nicht nett?«

Nett. Mir fallen die Beratungsstellen von Dr. Stephan ein und ich frage mich, zu welcher davon Caroline und Andreas gehören.

»Das ist übrigens Luca«, sagt meine Mutter, »mein Sohn.«

»Sehr erfreut«, sagt der Mann und streckt mir jetzt ebenfalls seine Hand hin. »Ich bin Andreas.« Ich ergreife seine

Hand mit meinen klebrigen Fingern. Es scheint ihn nicht zu stören.

»Cleide hat schon viel von dir erzählt«, sagt Caroline und ihre Augen blitzen vergnügt. »Du scheinst ja mächtig Talent zu haben.«

Ich frage mich, ob ich wirklich so lange weg war, dass meine Mutter viel von mir erzählen konnte.

»Wie man's nimmt«, erwidere ich unbestimmt.

»Wir haben auch einen Künstler bei uns in der WG«, fährt Caroline fort. »Rolf würde sich bestimmt freuen, dich kennenzulernen.«

Caroline sieht sehr jung aus, wenn sie lacht. Ich frage mich, wie man mitten in der Nacht derart vergnügt sein kann, ohne getrunken zu haben.

»Macht ihr das jede Nacht, im Krankenhaus rumsitzen?«, frage ich und es hört sich unfreundlicher an, als ich beabsichtigt habe. Meine Güte, ermahne ich mich, vielleicht will ja mal jemand einfach nur freundlich sein.

»Ach, das ist bei uns so«, sagt Andreas. »Vielleicht haben wir es uns einfach zur Aufgabe gemacht, die Welt wenigstens ein bisschen zu verbessern.« Er rührt in seiner Tasse, dann sieht er mich an. »Schlimm genug ist sie doch von selbst, oder?«

Wo er recht hat, hat er recht.

»Wir sind alle so«, sagt Caroline zaghaft lächelnd und wirft ihren Zopf zurück. »Deshalb wohnen wir auch zusammen. Wir helfen uns gegenseitig. Und weil wir davon was abgeben wollen, kommen wir öfter hierher. Das ist irgendwie ... also es ist einfach ein innerer Wunsch. Das zu teilen mit anderen, die vielleicht weniger glücklich sind.«

»Ja«, sagt meine Mutter gedankenverloren, »das muss sehr schön sein, so ein Zusammenhalt.« Dann sieht sie auf und der jungen Frau direkt ins Gesicht. »Aber wenn man älter wird, ist das anders als für Sie junge Leute.«

»Meinen Sie wirklich?«, fragt Andreas zurück. Mama errötet, und als ich sie ansehe, bleibt mir die Nussschnecke auf halbem Weg stecken, irgendwo zwischen Backenzähnen und hinterem Gaumen. Was ist denn hier passiert? Ich kann kaum länger als fünf Minuten bei dem jungen Arzt mit den wohlmeinenden Broschüren gewesen sein, dachte noch, dass meine Mutter vielleicht längst weg ist, wenn ich rauskomme – zurückgeschlichen in das unerträgliche Haus, aus dem sie sich jahrelang kaum lösen konnte. Und jetzt sitzt sie hier und tut – was? Flirten? Ich erinnere mich daran, dass die Nussschnecke unzerkaut nicht appetitlicher wird. Während ich langsam weiterkaue, beobachte ich meine Mutter genau. Irgendwas an dieser Begegnung flößt ihr offenbar ein wenig Leben in die ausgehöhlten Wangen und dafür sollte ich den beiden dankbar sein, auch wenn ich nicht verstehe, was sie eigentlich machen.

»Na ja, ich meine ...«, setzt Cleide von Neuem an.

»Glauben Sie wirklich, es ist zu spät zu erkennen, wie wertvoll Sie sind? Dass es vielleicht sogar so etwas wie einen Plan gibt – nur für Sie?«, unterbricht sie Andreas, ohne seinen Blick von ihr zu wenden. »Jetzt leiden Sie, vielleicht sogar schon seit vielen Jahren. Aber was, wenn ich Ihnen sage, dass Sie wertvoll sind, kostbar wie ein Edelstein im Sand? Dass es einen Weg gibt, für Sie, dass es ihn schon immer gegeben hat, aber Ihr Herz bisher nicht bereit war, ihn zu sehen? Aber jetzt könnten Sie den Weg gehen. Die Liebe kommt dann von selbst.«

Meine Mutter sieht den Mann an, als sei er eine Erscheinung.

Caroline wendet sich mir zu und sagt leise: »Mit dem

Alter hat das wirklich nichts zu tun. Rolf ist schon über fünfzig.«

Caroline wirft Andreas einen Blick zu, dann schlägt sie vor: »Kommt doch mit. Bei uns ist immer noch Platz, oder?«

Andreas nickt. »Aber sicher. Wenn Sie möchten.«

Jetzt fasst die junge Frau nach der Hand meiner Mutter. »Bei uns kommt immer wieder mal jemand unter«, sagt sie. »Ich finde, man sollte zusammenhalten, gerade, wenn es mal nicht so gut geht. Oder nicht?«

Meine Mutter nickt, aber ich sehe ihr an, dass sie immer noch an den Worten des Mannes herumkaut.

»Wie meinen Sie das?«, fragt sie. »Dass es einen Plan gibt?«

Er lacht ein herzliches Lachen. »Das klingt wahrscheinlich ein bisschen verrückt für Sie?«

»Nein, das nicht, aber – ich weiß nicht, ob ich es verstehe.«

»Es ist auch ein großes Mysterium«, erwidert Caroline. »Man versteht nicht sofort, was es bedeutet, auf dem richtigen Weg zu sein. Das fühlt man erst, wenn es so weit ist.«

»Es ist kein Zufall, dass wir uns begegnet sind«, sagt Andreas. »Da war Führung im Spiel.«

Ich folge dem Gespräch wie von einem weit entfernten Logenplatz. Was geht denn hier ab? Ich sehe mir diesen Andreas genauer an. Es ist schwer, sein Alter zu schätzen. Die fehlenden Falten sagen mir, dass er kaum älter als fünfundzwanzig sein kann. Aber sein Auftreten, seine Haltung und irgendetwas anderes an ihm, das ich nicht benennen kann, hat etwas von einem alten Mann.

»Kann sein«, unterbreche ich die Unterhaltung, »aber wir gehen jetzt besser.«

Cleide sieht mich bittend an. »Können wir nicht noch ein wenig bleiben?«

Ich betrachte sie wortlos. Was ist aus meiner willenlosen Mutter geworden?

»Wohin willst du überhaupt gehen?«

»Wir gehen zu Tante Anna«, eröffne ich ihr.

Sie presst die Lippen zusammen.

»Hört mal«, sagt Caroline vorsichtig, »ich will mich wirklich nicht einmischen. Aber deine Mutter hat uns erzählt, dass ihr ... na ja, dass es zu Hause Probleme gibt, sagen wir mal.« Sie lächelt scheu. »Also, wir bieten euch wirklich gerne an, bei uns in der WG zu übernachten.« Sie wirft die Hände hoch. »Keine Angst, wir tun euch nichts und es kostet auch nichts. Ihr könnt selbstverständlich jederzeit wieder gehen. Aber vielleicht wollt ihr euch lieber bei Tageslicht überlegen, wohin?«

In diesem Moment tönt »Spiel mir das Lied vom Tod« durch die Cafeteria.

Der Klingelton, den ich nur für seine Anrufe reserviert habe: damit ich genau weiß, wann der Dämon nach mir ruft. Die Töne scheinen von den Wänden durch den ganzen Saal geworfen zu werden.

»Geh nicht ran«, flüstert Cleide. Als ob ich das vorgehabt hätte.

»Wir fahren zu Tante Anna«, wiederhole ich bestimmt. Wenn wir morgen früh auf dem Sofa in einer fremden Wohnung aufwachen und Katerstimmung aufkommt, wird meine Mutter so schnell wie möglich zurück nach Hause wollen, und dort wird sie zwei Tage lang auf den Knien herumrutschen, bis alle Farbspritzer weggeätzt sind mit irgendeinem Chemieputzzeug.

»Da wird er uns zuerst suchen«, sagt Cleide leise und das ist vermutlich das Vernünftigste, das ich in den letzten Jahren von ihr gehört habe.

Das Handy verstummt.

»Meine Güte«, flüstert Caroline mitfühlend und sieht meine Mutter aus großen Augen an. Mir fällt auf, dass ihre Hand noch immer auf Cleides liegt. »Sie müssen es wirklich schwer haben.«

Plötzlich fängt meine Mutter an zu weinen.

Ein Vibrieren in meiner Hosentasche kündet von einer SMS. Um mich von den Tränen meiner Mutter abzulenken, hole ich das Handy heraus.

Ich finde euch. Egal, wo ihr seid: Ich finde euch.

Ich stehe auf und nicke Caroline, Andreas und meiner Mutter zu. »Also gut, wo ist diese WG?«

Ada

Als wir aus den Kellern kommen, ist der Tag schon weit fortgeschritten. Die Ältesten werden nun die Zeichen deuten. Bis dahin sollen wir alle unserer Arbeit nachgehen, Rahel und Niko schicke ich mit den anderen Kindern zur Schule.

Der Schulunterricht findet in einer ehemaligen Lagerhalle statt und im Winter ist es dort schrecklich kalt, obwohl an der Wand ein Ofen steht, in den ständig jemand Holz wirft. Was hier einmal gelagert war, weiß niemand im Dorf genau, aber die Ältesten sagen, es waren gottlose Dinge, vielleicht sogar Kriegsgerät.

In der Schule lernen die Kinder lesen, schreiben und biblische Geschichte. Außerdem alles, was wir für die tägliche Arbeit brauchen, auch wenn man das meiste davon ohnehin bei der Arbeit selbst lernt.

Seit ich vierzehn bin, gehe ich nicht mehr zur Schule und bin darüber nicht traurig. Bruder Philemon, ein Ältester und unser Lehrer, ist ein dicker, alter Mann, der schrecklich schwitzt, selbst im Winter, wenn alle Kinder mit roten Nasen in ihre Mäntel gehüllt sind. Er ist nicht besonders streng, aber der Unterricht ist fürchterlich langweilig.

Trotzdem mochten wir die Stunden bei ihm lieber als die bei Bruder Immanuel. Überall da, wo Bruder Philemon mit einem tadelnden Blick hinwegsah, guckte Bruder Immanuel erst recht hin. Und dann saß man manchmal bis zum Nachmittag in der Schule. Wenn etwas nicht schön genug geschrieben war oder man eine Bibelstelle nicht sofort wusste.

Der Unterricht geht bis Mittag, aber oft saßen wir Schulter an Schulter freiwillig noch bis nachmittags im kalten Schulraum und schrieben seitenweise aus der Bibel ab, wenn sich dadurch eine einzige Begegnung mit Schwester Tabitha vermeiden ließ.

Apollonia und ich sprechen bis heute nur im Flüsterton von ihr, denn jedem Kind, das zu ihr geschickt wird, steht der Schrecken ins Gesicht geschrieben. Und obwohl ich schon seit zwei Jahren nicht mehr in die Schule gehe, wage ich immer noch nicht, Schwester Tabitha anzusehen. Aus Furcht, dass in meinem Körper Erinnerungen wach werden. Ich musste nicht sehr oft zu ihr, aber wenn Rahel nach Hause kommt, fahnde ich nach Anzeichen. Manchmal sehe ich es an ihrem Gang. Manchmal an dem gebeugten Rücken. Seit sie neun Jahre alt ist, will sie nicht mehr, dass ich ihr den Rücken eincreme, und auch Kräuter darf ich nicht daraufstreichen. Ich habe ihr jedes Mal gesagt, dass Schwester Tabitha nur ausführt, was des Herrn Wille ist, und dass auf die reinen Kinder besonders geachtet wird, doch ich spüre ihre Schmerzen wie meine eigenen und vielleicht ist es besser, dass ich sie nicht mehr berühren darf, denn ich fürchte, dass Rahel das Zittern meiner Hände spürt. Als sie noch kleiner war, hat Rahel manchmal still geweint. Aber mittlerweile jammert sie nicht mehr.

Wer seinen Sohn liebt, hält den Stock für ihn bereit, damit er später Freude erleben kann.

Niko und Rahel begeben sich widerstrebend mit den anderen zum Schulraum und mich drängt es, nach Mutter zu sehen. Doch gerade nach einer Heimsuchung durch die Reiter dürfen wir unsere Arbeit nicht vernachlässigen und so lenke ich meine Schritte zu den Ziegen.

Die Tiere sind seit Tagen unruhig, die Wurfzeit hat begonnen. Jeden Tag können die kleinen Zicklein kommen. Seit ich ein kleines Mädchen bin, bin ich dabei, wenn die Ziegen geworfen haben, denn von allen Tieren sind sie mir die liebsten. Wenn Rahel nicht in der Schule ist, kommt sie mit und dann erkläre ich ihr in der Wärme des Stalls alles über die Ziegen, was ich weiß.

Laban ist schon da. Als er mich sieht, lächelt er und ich nicke ihm zu. Laban ist stumm und vielleicht liegt es daran, dass ich sein Alter nicht schätzen kann. Er hat struppiges Haar und seine drahtigen Hände können kräftig zupacken. Er spricht mit den Ziegen auch ohne Worte und ich bin gerne mit ihm zusammen, weil ich dann meinen Gedanken nachhängen kann.

Manchmal bittet er mich mit Gesten, zu singen oder etwas zu erzählen, und lauscht mir so aufmerksam, als gäbe es keine anderen Töne auf dieser Welt.

Ich habe nicht gewagt, Rahel zu erzählen, dass ich Heilerin werde. Denn ich weiß genau, dass sie sich dann verzweifelt an meinen Rock klammern wird. Mein Herz wird schwer, weil ich weiß, dass ich es ihr sagen muss, spätestens heute, wenn ich bei den Ältesten war und sie mir ihren Entschluss mitgeteilt haben.

Obwohl ich die Szene, die Rahel machen wird, bereits vor meinem geistigen Auge habe, lächele ich. Ich werde Heilerin, Kassian. Ich werde Heilerin!

Ich werfe den Ziegen noch einen Ballen Stroh hin, taste die Bäuche der trächtigen ab, die mich alle schon so gut kennen, dass sie es gutmütig über sich ergehen lassen, dann gehe ich zurück zu unserem Haus.

Von Weitem sehe ich, dass David, mein Vater, dabei ist, Holz zu hacken. Er hebt beide Arme über den Kopf und spaltet mit zwei kräftigen Hieben den Scheit, der auf dem Hackklotz liegt. Die Stücke fallen links und rechts herunter.

Als er mich sieht, macht er einen Moment Pause und lehnt sich auf den Stiel der Axt, die er auf den Klotz stemmt. Ich komme näher und schichte die Scheite in einen Weidenkorb.

»Es ist ein warmer Tag«, sagt mein Vater und wischt sich mit dem Ärmel über die Stirn. »Sehr warm für Mitte April.«

Ich nicke, dann drehe ich mich in dieselbe Richtung, in die er blickt. Mein Vater und ich sehen minutenlang der Sonne zu, die ihren höchsten Punkt bereits überschritten hat.

»Geh rein«, sagt er schließlich und greift nach dem nächsten Scheit. »Ich glaube, sie wartet auf dich.«

Ich nicke, wuchte den Korb mit dem Holz hoch und schleppe ihn über die Schwelle bis zum Herd, wo ich die Holzstücke an die vorgesehene Stelle schichte. Im Haus ist es immer noch kalt und ich lege einen Scheit ins Feuer, obwohl wir nach dem März den Herd möglichst selten anmachen sollen, denn das Holz müssen die Männer aus dem

Wald holen. Wir wollen sie nicht zu oft dorthin schicken, denn im Wald lauern noch schrecklichere Dinge als die Reiter. Letzten Herbst hat Adam beinahe ein Bein verloren, weil er auf Teufelszeug getreten ist. Wenn die Männer im Wald sind, stehen die Frauen Todesängste aus.

Ich fülle etwas von dem lauwarm gewordenen Tee in einen Becher und dann steige ich die Treppen hinauf zum Schlafzimmer meiner Eltern.

Meine Mutter liegt im Bett. Sie starrt mit offenen Augen aus dem Fenster und rührt sich nicht einmal, als ich mich zu ihr setze und den Tee auf dem kleinen Schränkchen neben ihrem Kopf absetze.

»Du solltest etwas essen«, sage ich, obwohl ich weiß, dass das vergeblich ist.

Ich greife nach dem Becher und schaffe es wenigstens, sie dazu zu bewegen, sich etwas aufzurichten und ein paar Schlucke zu trinken.

»Ich werde eine Heilerin, Mutter«, sage ich, weil ich nicht sicher sein kann, ob sie es nicht schon wieder vergessen hat. Jetzt wendet sie den Kopf langsam in meine Richtung. »Ja«, erwidert sie irgendwann. Dann hebt sie in einer langsamen Bewegung ihren Arm und streicht mir über den Kopf. »Verlieren wir dich also auch.«

»Nein, Mutter. Ich werde wiederkehren. Die letzten Seelen müssen gefunden werden!«

Plötzlich packt sie meinen Arm und drückt ihn mit einer Kraft, die mich erschreckt. »Du darfst nicht gehen«, raunt sie. Ihre Fingernägel krallen sich in meine Haut. »Nicht du. Ohne dich sind wir verloren.«

Ich schlucke. »Wollen wir zusammen beten?«, frage ich und löse ihre Finger vorsichtig von meinem Arm. Sie seufzt und sinkt wieder ins Kissen zurück.

Ich beuge mich näher zu ihr und falte ihre Hände zwischen meinen. Dann beten wir. Die Worte kommen erst zögerlich, dann immer kräftiger aus ihrem Mund, doch als wir fertig sind und ich die Augen öffne, sehe ich, dass sie mit leerem Blick aus dem Fenster starrt. »Du solltest arbeiten«, sage ich. »Arbeiten ist das Beste gegen trübe Gedanken.«

Meine Mutter seufzt und lächelt traurig. »Du bist ein gutes Kind, Ada. Aber du warst von Anfang an eine Sünde.«

Ich atme tief ein, ihre harten Worte erschrecken mich. »Hör auf damit«, sage ich, aber meine Stimme zittert, auch wenn ich nicht verstehe, weshalb sie so spricht.

»Ich hätte dich überhaupt nicht bekommen dürfen«, fährt meine Mutter fort. Es ist, als spräche sie zu sich selbst. Als bekäme sie überhaupt nicht mit, dass ich an ihrem Bett sitze. »Es war falsch. Alles war falsch. Aber jetzt ist es zu spät.«

»Wovon sprichst du?«

Sie schüttelt heftig den Kopf. »Geh, Kind. Geh zu Kassian.«

»Kassian ist tot.« Vor Schreck, dass sie seinen Namen einfach so über die Lippen bringt, begehe ich dieselbe Sünde wie sie und spreche seinen Namen laut aus. Furchtsam halte ich mir eine Hand an den Mund.

»Ach ja«, seufzt meine Mutter, als sei es ihr eben erst wieder eingefallen. Dann streicht sie mit fahrigen Bewegungen auf der Decke hin und her. »Meine Kinder sind tot. *Der Herr hat gegeben, der Herr hat genommen. Gelobt sei der Name des Herrn.«*

Einen Moment lang glaube ich, ihre Augen werden feucht, doch dann wird Mutters Gesicht wieder grau und ein Schleier legt sich über ihren Blick. »Wenn du uns nicht retten kannst, ist es wohl wirklich besser, du gehst fort.«

Es ist kalt geworden in ihrem Zimmer. Ich stehe auf. »Jesus rettet uns, Mutter. Es ist Jesus.«

Sie antwortet nicht und blickt weiter starr aus dem Fenster. Mutter hat sich in ihre Welt zurückgezogen, zu der schon lange niemand mehr Zugang hat.

Ich steige zitternd die Treppe hinunter. Die Kleinen sind schon zurück und Niko ist gerade dabei, Rahel mit Apfelmus zu beschmieren. Sie steht nur da und lässt es geschehen.

»Hörst du wohl auf damit«, schimpfe ich. Vater, der eben von draußen hereinkommt, klopft sich die Stiefel ab und legt Holz vor den Ofen. Er nimmt eine Tasse Tee und sieht mir zu, wie ich versuche, Rahel von Mus zu säubern. Doch sie entwindet sich mir und baut sich vor Vater auf. »Du liebst uns nicht«, sagt sie plötzlich.

Mein Vater zuckt zusammen.

»Warum sagst du denn so etwas?«, ermahne ich meine Schwester.

»Warum schlägst du uns nicht? Wer seine Kinder liebt, der schlägt sie!«, verkündet Rahel.

Mein Vater wird grau und sinkt förmlich in sich zusammen. »Rahel, meine Kleine ...«

Rahel zieht einen Stock hinter dem Rücken hervor. »Ich will, dass du mich schlägst!«

»Aber Rahel«, gehe ich dazwischen, »das willst du doch nicht wirklich.«

»Doch!« In ihren glühenden Augen schimmern Tränen. Sie versucht, Vater den Stock in die Hand zu pressen. »Los«, befiehlt sie, »schlag mich endlich! Oder Mutter stirbt!«

Sie lässt den Stock fallen und rennt nach draußen. Ich gehe ihr nach.

Rahel hockt hinter dem Hackklotz, wo sie sich immer

versteckt, obwohl sie genau weiß, dass ich sie dort zuerst suche.

»Geh weg!«, schreit sie.

»Rahel …«

»Geh weg! Du willst mich doch nicht mehr!«

Ich gehe neben ihr in die Hocke. »Das stimmt nicht.«

»Doch! Du willst auch weggehen. Du willst eine Heilerin werden!«

Ich frage mich, woher sie das weiß. »Das ist doch überhaupt noch nicht sicher«, versuche ich, sie zu beruhigen.

»Von mir aus könnt ihr alle sterben! Alle!« Aus ihren Augen blitzt eine so heftige Wut, dass ich zurückzucke.

»Erzähl mir, was los ist, Rahel«, bitte ich und sie muss durch ihre Wut hindurch aufschluchzen.

»Das kommt alles nur, weil Papa uns nicht schlägt.«

»Wer sagt das?«, frage ich, obwohl ich die Antwort bereits kenne.

»Tabitha«, flüstert sie und dann sieht sie mich so erbärmlich an, dass ich zu ihr gehe und die Arme um sie lege. Sie lässt es zu und klammert sich so fest an mich, dass ich beinahe keine Luft mehr bekomme.

»Und du willst auch weg und dann kommst du nicht mehr zurück und bist tot«, murmelt sie in meinen Nacken.

»Ich werde nicht sterben«, sage ich leise und streiche ihr über die duftenden Haare. »Ich helfe Menschen.«

Rahel hebt den Kopf und sieht mich aus rot geweinten Augen an. »Das hat Kassian auch gesagt.«

Ich packe sie fest an den Schultern. »Rahel! Du darfst seinen Namen nicht sagen! *Was aber aus dem Mund herauskommt, das kommt aus dem Herzen, und das macht den Menschen unrein.«*

Rahel rückt ein Stück von mir weg. »Weißt du, was? Er ist überhaupt nicht tot!«

Ich starre sie erschrocken an. »Rahel!« Unwillkürlich blicke ich mich um, ob uns jemand gehört hat.

»Ich weiß es aber.« Sie deutet auf ihren Bauch. »Dadrin. Dadrin weiß ich es.«

Als ich nichts antworte, dreht sie sich um und rennt so schnell davon, dass ich sie nicht halten kann. Ich schlucke heftig, doch da ist etwas in meiner Kehle, das sich nicht wegschlucken lässt. Etwas, das ich tief in mir spüre, das sich aus der Dunkelheit meines Herzens durch meine Gedanken und jede Faser meines Körpers brennt. Aus der Dunkelheit in mir, gegen die ich jeden Tag versuche anzukämpfen, mit Gebeten und Arbeit, steigt die Gewissheit auf, dass Rahel recht hat.

Dass Kassian lebt.

Luca

Er ist da.

Seine Anwesenheit kriecht durch die Luft, kriecht bis hinein ins Schulgebäude. Der Luchs nimmt Witterung auf. Obwohl ich meine Kopfhörer nicht abnehme, habe ich seine Stimme im Ohr, als ich auf die Haupttüren zugehe. Ich spüre ihn, bevor ich ihn sehe.

Einen kurzen Moment überlege ich, einfach den Hinterausgang zu nehmen. Er kann ja nicht an zwei Orten gleichzeitig sein, außerdem ist er mit Sicherheit zu blöd, überhaupt zu kapieren, dass es einen Hinterausgang gibt.

Ich werde langsamer. An mir drängen sich Schüler vorbei, auf die Ausgänge zu, froh, endlich nach draußen zu kommen. Ich drehe die Musik lauter und lasse mich von den anderen umspülen wie ein großer Stein in einem Flussbett. Dann beschließe ich, dass mir der Hinterausgang egal ist. Ich werde zu den Haupttüren hinausgehen. Wenn ich nicht mit ihm sprechen will, muss ich das auch nicht tun. Ich muss gar nichts. Ich pumpe Luft in meine Lungen und drehe die Musik noch ein wenig lauter.

Er wartet direkt vor dem Tor. Er sitzt in seinem 210-PS-Schlachtschiff, bei dem ich schon tausendmal bedauert habe, dass man den Stern nicht mehr abreißen kann, weil sie irgendwann dazu übergegangen sind, den in die Kühlerhaube zu integrieren. Der Stern war ein zu beliebtes Opfer, schätze ich, und das Opfersein ist den Schlachtschiff-Fahrern nicht so recht.

Als ich auf ihn zukomme, fährt die Scheibe auf der Beifahrerseite runter. Ich werde nicht langsamer. Ich steuere direkt darauf zu und dann mache ich im letzten Moment einen Schlenker nach rechts und gehe an ihm vorbei, lächelnd, aufrecht, geradeaus sehend. Einen Moment lang habe ich die irre Vorstellung, dass mich jetzt gleich eine Kugel trifft. Aus dem Auto mit den getönten Scheiben heraus wie in einem Mafia-Film.

Er fährt neben mir her. Die Bässe dröhnen in meinen Ohren und ich schlendere den Weg entlang, er ruft mir vermutlich zwischen den parkenden Autos etwas zu. Dass ich nicht reagiere, macht ihn mit Sicherheit rasend, aber ich bekomme nichts davon mit.

Dann höre ich plötzlich Reifen quietschen, und obwohl es nur gedämpft zu mir durchdringt, weiß ich, dass es die des Schlachtschiffes sind. Es rast die Straße vor und dann wendet es und bremst und wartet am Ende der Straße auf mich, da, wo der Fußgängerweg endet und ich die Straßenseite wechseln muss. Ich hasse das Herzklopfen, das ich bekomme, und ich versuche, mich am Riemen zu reißen. Ich greife mit einer Hand in meine Jackentasche und fahre die Lautstärke runter, die Musik ist nur noch Hintergrundgeräusch. Die Kopfhörer lasse ich im Ohr, so kann ich jederzeit so tun, als höre ich sein Gerede nicht. Ignoranz macht ihn wütend.

Mein Vater ist gewohnt, dass ihm jeder zuhört: Er ist jemand, dem man ohne Weiteres sein Geld und die Rechte seiner Kinder anvertraut. Ein Anzugträger. Anwalt. Die Seriosität in Person.

Die Seriosität, die jetzt auf mich wartet, kaum noch zwanzig Meter entfernt. Ich glaube beinahe, sein Rasierwasser bis hierher riechen zu können.

Dann steigt er aus.

Spiel mir das Lied vom Tod. High Noon. Die Kontrahenten stehen sich in der sengenden Mittagshitze gegenüber. Die Bewohner der kleinen Stadt haben sich in ihren Häusern verbarrikadiert. Die Mundharmonika ertönt. Aus Ritzen in den Holzhäusern starren ein paar verängstigte Augen heraus. Die Gegner ziehen ihre Waffen.

»Luca«, sagt er und lächelt. Dann öffnet er die Arme, als sei ich ein kleiner Junge, der es kaum erwarten kann, sich an Papis Brust zu drücken. Ich beiße die Zähne zusammen und spüre das Spiel meiner Kaumuskeln.

Er nimmt die Arme wieder runter. »Na komm«, sagt er, »jetzt spiel nicht den Beleidigten. Wir können doch über alles reden.«

»Ich hab dir nichts zu sagen«, murmele ich, während ich an ihm vorbeigehe, und ich wünschte, meine Worte hätten nicht so nuschelig geklungen.

»Luca!« Jetzt klingt er schon weniger gutväterlich.

Ich drehe mich um, bleibe stehen. Sehe ihn an.

»Okay«, sagt er und lacht, »okay. Ich bin ... ein wenig ausgerastet, gut. Du aber auch.« Er lacht nochmals.

Ich bewege keinen Muskel.

Er winkt ab. »Schwamm drüber, das kriegen wir alles gereinigt. Hast ja ganz schön zugelangt.«

Ich bleibe stehen, auch als er jetzt langsam auf mich zukommt. Er hat definitiv zu viel Rasierwasser aufgetragen.

»Ihr könnt doch nicht ewig wegbleiben«, sagt er, »wo wohnt ihr denn jetzt überhaupt?«

Ich antworte nicht. Eine Gruppe Jugendlicher drängt sich an uns vorbei.

Er seufzt. Noch versucht er, den Dämon zu beherrschen, und einen Moment lang tut er mir beinahe leid, weil ich weiß, dass er den Kampf verlieren wird, sobald ich es will.

Er kommt noch näher und dann sehe ich, wie sein Arm nach oben zuckt, er will eine vertrauliche Geste machen, weiß aber nicht so recht, ob das eine gute Idee ist. »Jetzt komm, Luca«, sagt er, »sei nicht albern. Ich mache mir Sorgen. Ich weiß doch, dass ihr kein Geld habt. Seid ihr bei Tante Anna?«

»Da warst du doch schon«, antworte ich und an dem winzigen Zucken seines rechten Augenlids weiß ich, dass ich ins Schwarze getroffen habe.

»Ihr könnt nicht untertauchen«, sagt er und dann sehe ich, wie der Dämon langsam in seinen Körper fährt. Seine Augen verengen sich. »Du weißt, dass ich Kontakte habe.«

»Ach ja«, sage ich und mache runde Augen, als falle mir das gerade siedend heiß ein, »deine Kontakte.«

Ich beuge mich zu ihm vor, immer näher, zu seinem Ohr, während ich mir mit einer Hand den Stöpsel aus meinem eigenen Ohr pule. »Du interessierst mich nicht«, zische ich in sein rosafarbenes, von öligem Schweiß bedecktes Ohr. Dann drehe ich mich um und gehe weiter. Ich bemühe mich, ruhig zu atmen, mit geschlossenem Mund. Aufrecht zu gehen. Ich biete dem Dämon meinen nackten Rücken, aber ich fühle mich wie gepanzert.

»Ich mach euch fertig!«, schreit er nun. Und obwohl ich weiß, dass der Dämon jetzt wieder da ist, in voller Lautstärke, und dass er sich wie ein Tier im Käfig fühlen muss, weil er hier auf der Straße nicht seine Dämonenfinger nach mir ausstrecken kann, und obwohl ich innerlich zittere, drehe ich mit einem Lächeln die Musik wieder auf.

Das Schlachtschiff dröhnt an mir vorbei, und als es außer Sichtweite ist, gehe ich noch ein paar Schritte mit aufgedrehter Musik, bevor ich sie leiser stelle. Sie ganz ausmache. Mich auf eine von Vögeln vollgekackte Bank setze. Minutenlang ins Leere starre.

Er versucht nur, mir einzureden, dass wir nicht wegkönnen. Es ist nicht die Wahrheit. Das sage ich mir hundert Mal, aber es gelingt mir nicht, mich davon zu überzeugen. Das letzte Mal, als ich dachte, dass die Welt intelligenter sei als er, war, als der Rektor meine Eltern kommen ließ, um mit ihnen über meine »Disziplinprobleme« zu sprechen.

Mein Vater ging rein, und als er wieder rauskam, sah der Rektor aus, als habe er irgendeinen Preis gewonnen. Vielleicht haben sie sogar Brüderschaft getrunken, mit einem Flachmann, den er in einer heimlichen Schublade versteckt hat, oder was weiß ich. Der Jugendamtsmitarbeiter, der einmal auf uns angesetzt war (wie hatte das nur passieren können? Irgendwann war er wohl doch einmal unachtsam gewesen, in der Grundschule war das, und es hatte tatsächlich mal jemand nicht daran geglaubt, dass ich so ungeschickt stürze), hatte sich nach kurzer Zeit wieder verabschiedet. Alles in bester Ordnung. Die sind ja auch so ordentliche Leute, die Eltern. Gebildet. Und er selbst Rechtsanwalt, der wird doch nicht. Nein. Lachen. Also, das kann ja gar nicht sein.

Mein Vater hat Kontakte. Ich hole mein Handy aus der Jackentasche und schalte es aus. Ich nehme sogar den Akku raus. Handyortung. Vielleicht kann er wirklich jemanden damit beauftragen. Vielleicht hat er es schon getan.

Vielleicht weiß er bereits, wo wir sind, und wartet dort auf mich. Mit irgendeinem richterlichen Befehl oder was ihm sonst so einfällt, dem Herrn Rechtsanwalt.

Mit steifen Beinen trete ich den Weg zu der Wohnung an, in der ich mir seit drei Tagen ein Zimmer mit meiner Mutter teile. Unser neuer Unterschlupf ist mir immer noch unvertraut.

Als ich in die Bartholomäusstraße einbiege, werde ich langsamer und halte nach dem Wagen meines Vaters Ausschau, aber ich kann keinen Verfolger entdecken.

Ich klingele – einen eigenen Schlüssel habe ich nicht – und nach dem Summen drücke ich die Tür auf und steige die knarrenden Holztreppen hinauf in den dritten Stock. Im Treppenhaus riecht es nach Putzmitteln, altem Holz und Essen.

Als ich in die Küche hineinlinse, sehe ich, dass Cleide mit vier anderen am Küchentisch sitzt: Caroline mit dem wippenden Pferdeschwanz und Rolf, dem »Künstler«, einem ernsten Mann mit intelligenten Augen und einem gleichmäßigen Bart, der ihm ein unbestimmbares Alter verleiht. Seine Kunst, die in der ganzen Wohnung an den Wänden verteilt ist, besteht aus Variationen eines einzigen Bildes: Ein Engel kommt zu Maria. Die Figuren im Vordergrund wechseln; einmal hat er sich sogar daran versucht, Cleide und mich vor den Engel zu setzen.

Außerdem gibt es noch zwei knapp zwanzigjährige Mädchen, Marian und Kira. Auch sie sind irgendwie in diese WG geschlittert, aber wie, wollen sie nicht erzählen. Nur, dass sie Studentinnen sind, aber in die Uni scheinen sie wenn nur sehr unregelmäßig zu gehen. Marian erzählt mit Sicherheit zehnmal am Tag, wie froh sie ist und dass sie ihr Glück, in einer derart herzlichen Wohngemeinschaft zu leben, immer noch nicht fassen kann. Kira hat ein bleiches, trauriges Gesicht, das von schwarzen, ebenso traurigen Haaren umrahmt wird. Doch jetzt lächelt sie und die Augenringe, die ihr Gesicht sonst noch grauer machen, erhellen sich ein wenig. Ich würde sie gerne zeichnen, habe aber bisher noch nicht gewagt, sie zu fragen. Ich kann es nicht erklären, aber ich will nicht, dass Rolf meine Bilder sieht.

Andreas scheint unterwegs zu sein.

Meine Mutter sitzt über ein dickes Buch gebeugt. Als sie mich kommen hört, sieht sie auf und lächelt.

»Hallo«, sagt Caroline und springt auf. »Schön, dass du kommst. Wir haben schon auf dich gewartet. Sieh mal«, sie zeigt auf den Herd. »Cleide hat etwas zu essen gekocht. Ist das nicht wunderbar?«

»Total lecker«, bestätigt Marian, die fülligere der beiden Mädchen, deren Busen selbst von den sackartig geschnittenen T-Shirts, die sie trägt, nicht verborgen wird. Sie leckt sich die Finger, als habe sie gerade eben erst das letzte Stück in den Mund geschoben.

Unwillkürlich knurrt mein Magen. Die Frikadellen meiner Mutter sind wirklich fantastisch, sie hat sie seit einer Ewigkeit nicht mehr gemacht. Ich greife direkt mit den Fingern in die Schüssel und hole mir eine heraus.

»Na, na.« Caroline klatscht mir gespielt auf die Hände. »Erst Hände waschen. Und es gibt Teller.«

Ich zucke die Schultern, beiße hinein, und als ich die hauchdünnen Zwiebeln, die Petersilie, das fein durchgedrehte Fleisch schmecke – direkt beim Metzger durch den Fleischwolf gedreht, so muss das sein –, schließe ich die Augen. Es steigt etwas in meiner Kehle auf, etwas, das ich seit Jahren nicht gefühlt habe. Ich öffne schnell die Augen, lecke meine Finger ab und nehme noch eine Frikadelle. Dann gehe ich in das Zimmer, das ich mit Cleide bewohne, und werfe Jacke und Rucksack ab. Das Zimmer ist klein, vielleicht fünfzehn Quadratmeter. Zwei Betten, an jeder Wand eines, ein Tisch, ein Stuhl, ein alter schmaler Kleiderschrank, dessen Türen sich nicht mehr richtig schließen lassen und dessen Furnier abplatzt.

Als ich wieder in die Küche komme, um zu den Frikadellen auch noch etwas Reis zu nehmen, sitzen die Frauen immer noch am Küchentisch und sind jetzt gemeinsam über ein Buch gebeugt.

Meine Mutter scheint geduscht zu haben, ihre Haare sind noch feucht in den Spitzen und der Duft eines Zitronenshampoos dringt zu mir herüber.

»Was lest ihr denn da?«

Meine Mutter sieht auf. Ihre Wangen überziehen sich mit einer leichten Röte. Wenn ich das Pflaster quer über ihrer Nase als eine Art bizarren Schmuck interpretiere, sieht meine Mutter in diesem Moment aus wie ein junges Mädchen.

Sie lacht verlegen. »Die Bibel.«

Ich verschlucke mich beinahe. »Wie bitte?«

Meine Mutter zuckt mit den Schultern und sieht mich an, als wolle sie mich um Entschuldigung bitten.

»Es ist erstaunlich«, sagt Marian. »Wusstest du, dass praktisch alle Lebensfragen hier beantwortet werden?«

»Und das, obwohl diese Schrift schon so alt ist?«, ergänzt Kira mit leiser Stimme.

»Ähm. Nein?«, antworte ich fragend. »Kann ich mir nicht vorstellen.«

»Ist aber so«, gibt Marian zurück.

»Man braucht eine Weile, bis man es verstanden hat«, erklingt nun eine Männerstimme. Rolf steht in der Tür und lässt seinen erstaunlich kräftigen Bass durch die Küche tönen. »Vieles erschließt sich einem nicht sofort, das dauert schon eine Zeit. Man muss es erleben.«

»Luca ist keiner, der so einfach irgendwas glaubt, nur weil es jemand behauptet«, schaltet sich Caroline ein.

Rolf sieht mich an und nickt schließlich. »Du erfährst die Dinge am liebsten durch deine Hände, oder?«

Ich nicke widerwillig.

»Nun lasst ihn doch mal essen«, mischt Marian sich ein und deutet auf den Herd. »Da sind noch Reis und Gemüse.«

Ich gehe zum Schrank, greife nach einem Teller und häufe Reis und Gemüse darauf. Dann überlege ich, ob ich wohl noch eine dritte Frikadelle nehmen kann, lasse es dann aber sein.

»Wenn du das einmal erlebt hast, dann willst du nichts anderes mehr«, schwärmt Marian.

»Was erlebt?«, frage ich mit vollem Mund und fixiere Marian, die verlegen den Blick senkt.

»Das ist am Anfang vielleicht etwas unverständlich«, mischt sich Caroline ein und nun setzt sich auch Rolf an den Tisch. Obwohl ich der Einzige mit einem Teller voller Essen bin, bleibe ich stehen.

Rolfs Stimme klingt mit einem Mal ganz sanft und seine

Engelbilder fallen mir ein: Pastell, Pastell, immer nur Pastell. Es fehlen Farben. »Die Dinge, die wirklich aus dem Inneren kommen. Die das Herzensanliegen sind, die kommen nicht wie ein brüllender Löwe. Sondern wie ein säuselnder Windhauch. Ganz leise.«

Alle sehen ihn an.

»Dort draußen«, fährt Rolf fort und seine Stimme schwillt bedrohlich an, »gibt es nur Lärm und Konsum und Gewalt. Ist es nicht so?« Er deutet mit einer Hand zum Fenster. »Aber ihr«, sagt er und sieht uns alle wohlwollend an, mich eingeschlossen. Mich vielleicht sogar einen Tick länger als die anderen, aber das kann ich mir auch eingebildet haben. »Ihr seid anders. Ihr seid auf der Suche nach der Wahrheit. Deshalb seid ihr hier.«

»Wir sind hier, weil mein Vater ein krankes Arschloch ist«, erwidere ich.

Rolf sieht meine Mutter an und nickt. Er scheint von meinem Einwurf nicht irritiert. »Manchmal muss man erst ganz unten ankommen, um bereit zu sein für Gott. Erst dann ist man offen für ihn und seine Führung.«

Mama nickt nun ebenfalls und ich sehe, wie ihre Augen leuchten. Etwas keimt in ihr auf, eine Art Leben vielleicht.

Da klingelt es an der Tür.

Caroline hebt irritiert den Kopf. »Andreas kann das eigentlich noch nicht sein. Erwartet jemand von euch Besuch?«

Kira und Marian schütteln die Köpfe.

Cleide und ich sehen uns gleichzeitig an. »Vielleicht die Post«, schlage ich vor.

Meine Mutter schüttelt den Kopf. »Die war schon da«, flüstert sie tonlos.

»Wartet.« Ich gehe in unser Zimmer, das zur Straße hinaus liegt, riskiere einen Blick aus dem Fenster und sehe sofort das Schlachtschiff.

Als meine Mutter hinter mir das Zimmer betritt, lege ich einen Finger auf den Mund. Völlig schwachsinnig, wer soll uns schon hören?

»Woher weiß er, dass wir hier sind?«, flüstert meine Mutter.

Ich knirsche mit den Zähnen. »Wahrscheinlich ist er mir gefolgt.«

Das mit den Kontakten, der Handyortung oder anderen Fantasiegespinsten, die sich vor mir auftürmen, erzähle ich meiner Mutter lieber nicht.

Jetzt kommen hinter Cleide auch Caroline und Rolf herein. Meine Mutter ist starr vor Angst und Caroline, die das sofort merkt, drückt sie an sich. Zuerst ist meine Mutter regungslos, doch dann krallt sie sich an Caroline fest. »Er ist es«, flüstert sie und Caroline streicht ihr über den Kopf.

»Er kann dir nichts tun«, sagt sie wieder und wieder. Tatsächlich: Cleide lässt sich von ihr beruhigen. Offenbar ist sie noch nicht so weichgekocht, dass sie wieder zu ihm zurückgehen würde.

Dann hören wir, wie es im Stockwerk über und unter uns klingelt. »Er kommt hoch«, flüstert meine Mutter mit aufgerissenen Augen und richtet sich in Carolines Umarmung auf. Ihre Angst nimmt das ganze Zimmer ein.

»Ihr bleibt hier drin«, befiehlt Rolf. »Ich regele das.« Dann geht er hinaus und macht die Tür zu.

Es passt mir überhaupt nicht, mich vor meinem Vater zu verstecken, doch Caroline gibt mir mit einer Geste zu verstehen, dass ich im Zimmer bleiben soll. »Es ist nicht gut, wenn er dich hier sieht«, sagt sie.

Ich habe immer noch den Teller mit Reis und Gemüse in

der Hand und stelle ihn auf dem Nachttisch ab. Dann setze ich mich auf mein Bett, aber lange halte ich es dort nicht aus und stehe wieder auf.

Ich studiere das Bücherregal an der Wand und nehme zum ersten Mal wahr, dass dort kein einziger Roman steht, sondern nur ein paar religiöse Bücher.

Es rumpelt an der Tür und meine Mutter fährt zusammen. Ich werde zu Stein. Es klingelt lang und schrill, dann hören wir Rolf, der erstaunlich ruhig klingt.

Ich gehe zur Tür und lege das Ohr daran, in der Hoffnung, etwas hören zu können. Eine Weile sprechen die beiden Männer, aber ich kann nichts richtig verstehen. Die Stimme meines Vaters klingt einschmeichelnd.

»Cleide!«, schreit er dann plötzlich. »Ich weiß, dass du dadrin bist!«

Meine Mutter sieht mich Hilfe suchend an, doch Caroline löst ihre Arme nicht und hält sie weiterhin fest. Ich hoffe, dass Caroline sie zurückhält, falls Cleide Anstalten machen sollte, aufzustehen und zu ihm zu gehen. Ich weiß genau, dass sie innerlich zusammenbricht, aber zu meiner Erleichterung löst Caroline ihre Umarmung nicht.

»Ihr könnt freiwillig mitkommen oder ich lasse euch abholen!«, ruft er. »Ich gebe euch zwei Minuten!«

»Guter Mann«, dröhnt Rolf, »Sie können hier überhaupt nichts. Das ist Hausfriedensbruch. Wir haben nichts mit Ihnen zu tun, niemand hier. Wenn Sie nicht augenblicklich gehen, rufe ich die Polizei!«

Mein Vater weiß, wann er verloren hat. Vorerst.

Als Rolf die Tür zu unserem Zimmer aufmacht, hören wir, wie der Dämon lautstark das Treppenhaus nach unten poltert.

Ich atme auf, aber meine Mutter zittert am ganzen Körper. Rolf legt eine Decke um ihre Schultern und Caroline und die beiden Mädchen begleiten Cleide in die Küche, wo sie sie auf einen Stuhl setzen.

Ich bleibe allein zurück und spähe aus dem Fenster. Mein Vater kommt aus dem Haus. Als er sich umdreht und nach oben blickt, drehe ich mich schnell weg und presse mich an die Wand zwischen den beiden Fenstern, die das Zimmer erhellen.

Kurz danach sehe ich noch mal nach und sehe, dass er telefonierend ins Auto steigt. Er lacht.

Ich versuche, meine Gedanken zu ordnen, und starre auf die Reste auf meinem Teller, als sähe ich eine außerirdische Spezies, die zur Landung auf meinem Nachttisch angesetzt hat.

Ich drücke die flache Hand in die Reis-Gemüse-Mischung und zerquetsche die Erbsen unter meiner Handfläche. Ich bin kurz davor, den Teller mit lautem Getöse an die Wand zu schmettern, aber ein Rest an Vernunft hindert mich daran.

Fünf Minuten später wird ein Schlüssel in die Tür gesteckt.

»Ist er noch da?«, fragt Andreas, als er zur Tür reinkommt. Er sieht ziemlich besorgt aus.

Caroline schüttelt den Kopf.

»Geht's dir gut?«, fragt Andreas und sieht mich eindringlich an.

Ich stoße die Luft aus. »Ja«, antworte ich. »Alles klar.«

Um mich muss er sich keine Sorgen machen. Er nickt, dann legt er Cleide eine Hand auf die Schulter.

»Was für eine Aufregung«, sagt er. »Zum Glück bist du hier in Sicherheit.«

Marian greift nach einem Lappen und wischt den Tisch ab, während Kira Wasser in einen Topf laufen lässt. Sie stellt den Topf auf den Herd und schaltet ihn an.

»Ihr solltet euch einen Wasserkocher kaufen, das geht schneller«, sage ich.

Andreas nickt abwesend.

Meine Mutter richtet sich auf. »Geht schon wieder«, sagt sie. Die Kleinmädchenröte ist aus ihrem Gesicht verschwunden und sie sieht dem Gespenst von früher, das ich nur zu gut kenne, wieder ähnlicher.

Sie fällt in ihren Stuhl zurück und fährt mit der flachen Hand ein paar Mal auf dem Buch herum, das immer noch auf dem Küchentisch liegt.

Dann sucht sie meinen Blick. »Wir müssen hier weg«, sagt sie leise, aber mit fester Stimme, »wir bringen euch alle in Gefahr.«

»Niemand muss weg«, erwidert Andreas bestimmt.

»Wohin willst du denn gehen?«, frage ich.

Meine Mutter hört nicht auf, mit den Fingern Kreise auf das Buch zu malen. Dann zuckt sie mit den Schultern. »Irgendwo wird man uns doch aufnehmen.«

»Wovon sprichst du? Einem Frauenhaus oder so was?«

Ich hasse es, wenn die Wände um mich herum sich als Illusion erweisen. Wenn nichts mehr sicher ist. Wenn ich nicht schlafen darf, weil meine Ohren jeden Schritt auf dem Flur erlauschen müssen. Und ich hasse, hasse, hasse es, dass wir nicht einmal hier sicher vor dem Dämon sind.

Cleide zuckt wieder mit den Schultern und nickt wenig überzeugend.

Das Wasser fängt an zu brodeln. Kira nimmt den Topf von der Herdplatte und übergießt mehrere Teebeutel damit, die sie in eine große bauchige Kanne gehängt hat. Sie stellt die dampfende Kanne vor uns hin, dann holt sie aus dem Küchenschrank mehrere Tassen heraus.

»Niemand muss hier weg«, wiederholt Andreas.

»Bei uns bist du sicher«, sagt Caroline und zur Bekräftigung nicken Kira und Marian.

Andreas richtet sich auf, klopft Rolf auf die Schulter und die beiden verlassen die Küche.

Ich fühle mich unbehaglich in diesem Raum, und obwohl ich mich allzu gerne auf die heimelige Atmosphäre aus Essens- und Teegeruch, freundlichen Worten und dem leisen Brummen des Kühlschranks einlassen würde, bleibe ich so was wie ein Fremdkörper. Ich schüttele mich innerlich, um das Gefühl zu vertreiben. Und plötzlich kann ich mir selbst nichts mehr vormachen: Wenn das hier platzt, dann sind wir Freiwild. Es gibt keinen Ort, an dem wir sein können; keinen, der sicher ist.

In diesem Moment kommen Andreas und Rolf wieder zurück in die Küche.

»Cleide. Luca. Kira und Marian«, sagt Andreas, und ohne zu wissen, warum, läuft mir eine Gänsehaut über den Rücken. »Wir wollten euch das eigentlich noch nicht vorschlagen, weil wir uns denken können, dass es ein wenig plötzlich kommt. Aber angesichts der Umstände ...« Er macht eine kurze Pause, in der er auf die Teekanne starrt. »... vielleicht ist ja doch jetzt schon der richtige Zeitpunkt.« Er sieht erst meine Mutter an, dann mich.

»Ihr seid etwas Besonderes. Ihr habt so ein Leben im Versteck und in Gewalt nicht verdient.«

»Unsere Gemeinschaft verfügt über einen Hof«, spricht Rolf langsam weiter. »Einen sehr großen Hof, eher ein Dorf. Es liegt sehr verborgen und ...« Er dreht den Kopf bedächtig hin und her. »... versteht mich nicht falsch. Es ist mir klar, dass das seltsam klingt. Wir wollen euch auch nicht überrennen damit. Es ist ein einfaches Leben dort, ohne Luxus und solche Dinge.« Er sieht sie an. »Aber dort wärt ihr sicher. Das Dorf kennt niemand. Wir sind nicht einmal ...« Er wird leiser. »... auf einer Landkarte zu finden.«

Caroline holt einen Teller aus dem Schrank, auf dem Andreas die Teebeutel ablegt. Dann nimmt sie die Kanne, schenkt dampfenden Tee in mehrere Tassen und stellt eine davon vor meiner Mutter ab.

Andreas sieht in die Runde. »Bevor ihr ins Dorf könnt, müsstet ihr allerdings eine Zeit lang im Gästehaus bleiben. Dort erklären wir euch, wie das Leben im Dorf funktioniert. Wenn ihr bereit seid, dürft ihr ins Dorf. Solange ihr wollt, seid ihr dort sicher.«

Marian gibt ein merkwürdiges Geräusch von sich. »Heißt das, wir dürfen alle schon gehen? Auch Kira und ich? Wir dürfen schon in die zweite Stufe?«

Andreas sieht sie an. »Ja, das heißt es«, antwortet er schlicht.

Marian holt tief Luft und beißt sich auf die Lippen, um offensichtlich vor Freude nicht herauszuplatzen.

Was zum Teufel ist »die zweite Stufe«? Offenbar sind Kira und Marian unter völlig anderen Vorzeichen hier gestrandet als Cleide und ich, und das irritiert mich.

Andreas lächelt. »Aber ich sage es noch einmal: Es ist ein einfaches Leben. Ohne Luxus.«

»Aber würden wir euch nicht stören?«, wendet Cleide ein.

»Erinnerst du dich, was ich gesagt habe? Dass Gott einen Plan hat?«, fragt Andreas und richtet das Wort an sie. Meine Mutter nickt aufmerksam, auf ihr Gesicht ist ein wenig Farbe zurückgekehrt. »Glaubst du immer noch, dass es ein Zufall ist, dass wir uns begegnet sind?«

Meine Mutter schüttelt langsam den Kopf.

»Ihr seid etwas Besonderes«, wiederholt Andreas und sieht erst Cleide an, dann mich. Dann Marian und Kira. Es ist ein Taschenspielertrick, aber niemand sagt etwas. Als ob seine Worte wirklich eine Art Zauber über uns legen würden. Es ist albern und ich weiß das auch. Aber trotzdem halte ich den Mund.

»Und jeder, der um meines Namens willen Häuser oder Brüder, Schwester, Vater, Mutter, Kinder oder Äcker verlassen hat, wird dafür das Hundertfache erhalten und das ewige Leben gewinnen«, sagt Kira mit leiser, aber fester Stimme.

Ich blicke sie überrascht an.

»Gott sei gelobt«, sagen Rolf, Caroline und Andreas gleichzeitig.

Ich sehe zu Cleide hinüber, verfolge mit widerwilliger Faszination, wie dankbar, wie hoffnungsvoll sie aussieht. So habe ich meine Mutter vielleicht überhaupt noch nie gesehen. Wir wechseln einen Blick und ich nicke ihr zu: Die Entscheidung ist getroffen. Vielleicht war sie das schon längst. Wir haben keinen anderen Ort, an dem wir sicher sind.

Als Cleide Rolf und Andreas zunickt, spüre ich einen Moment lang Erleichterung. Darüber, dass es Andreas ist, nicht ich, der ihre Hand drückt. Darüber, dass ich nichts tun, nichts sagen muss, sondern einfach nur nicken. Darüber, dass endlich einmal andere Menschen die Last der Verantwortung tragen.

Ada

Ich richte mich auf und streiche mein Kleid glatt.

Vater kommt auf mich zu. »Du musst gehen«, sagt er, »die Ältesten mögen es nicht zu warten.«

Ich schlucke und will etwas erwidern, aber mein Vater schüttelt nur den Kopf und legt mir eine Hand auf die Schulter. »Du wirst uns fehlen«, entgegnet er, »aber wenn jemand Heilerin werden kann, dann du. Du hast alle Gaben dafür.«

Er nickt mir zu, dann geht er zurück zum Haus. Der Kloß in meinem Hals schwillt an, während ich meinen Zopf neu flechte. Dann gehe ich zum Versammlungshaus.

Benedikt wartet bereits auf mich. Benedikt, dem ich versprochen bin, seit ich zwölf Jahre alt bin. Er ist dreiundzwanzig und niemand zweifelt daran, dass er einmal ein Mitglied des Ältestenrates sein wird. Im Moment sind es nur sechs Älteste, aber sieben ist die heilige Zahl und das Dorf wartet schon lange auf eine Entscheidung Gottes. Seit fast zwei Jahren ist Benedikt Heiler und deshalb sehe ich ihn oft wochenlang nicht, denn dann ist er draußen. Er spricht selbstbewusst mit den Ältesten und das gefällt mir, aber in meiner Nähe wirkt er scheu wie ein kleiner Junge.

Ich achte ihn und das ist die beste Voraussetzung für eine Ehe, sagt Martha. Die Liebe stellt sich im Laufe der Jahre von selbst ein.

Ich hoffe, sie hat recht.

Als er mich kommen sieht, steht Benedikt auf und lächelt mich an. Er streicht durch sein kurzes braunes Haar. Die Männer im Dorf tragen lange Haare, zurückgebunden und mit einem Band fixiert, wie es Gottes Wille ist. Aber die Heiler schneiden sich die Haare so, dass sie in die Stirn fallen und das Siegel verdecken. Die Weltmenschen erschrecken sich sonst vor ihnen.

»Sie warten schon auf dich.«

»Bin ich zu spät?«

»Nein.« Benedikt sieht mich an. Seine grauen Augen wirken irgendwie wässrig. Ich senke verlegen den Blick und zupfe an meinem Kleid herum.

»Du bist ... sehr hübsch.« Er sieht auf meine Hände, dann hebt er den Blick – ich wage es nicht, ihn zu erwidern, denn ich weiß nicht, was ich antworten soll. Zum Glück berührt Benedikt mich nicht. Obwohl wir einander schon lange versprochen sind, wäre mir eine Berührung von ihm unangenehm. Ich fürchte mich vor dem, was seine Zärtlichkeit in mir auslösen könnte.

Benedikt hält mir die Tür zum Versammlungsraum auf und ich trete ein. Er wird draußen warten.

Im Versammlungshaus stehen die Ältesten um einen Tisch herum. Als Bruder Immanuel mich sieht, kommt er lächelnd auf mich zu und nimmt meine Hände.

Ich überlasse sie seinen schwieligen Fingern, und als er spürt, wie kalt und zittrig sie sind, nickt er mir begütigend zu. Bruder Immanuel ist ein alter Mann mit einem tiefgrauen Bart, doch er hat wachsame Augen, denen nichts entgeht. Ich erschauere immer ein wenig unter seinem Blick.

»Komm, Ada«, sagt er, »wir haben dich schon erwartet.« Seine Stimme klingt wie das heisere Schlagen einer Elster.

Die Ältesten setzen sich mir gegenüber, und als ich in ihre Gesichter sehe, versuche ich, gelassen zu wirken.

»Es ist gut, dass du zu uns gekommen bist, Ada«, beginnt Bruder Immanuel. Dann nickt er mir zu. »Was ist es, das du uns sagen möchtest?«

Ich schlucke. »Ich möchte wissen, ob ich eine Heilerin werden kann.«

»Aber da ist auch noch etwas anderes, nicht?«

Meine Lider beginnen zu flattern und ich muss zu Boden sehen.

»Du hast mit einem der Reiter gesprochen.«

Ich nicke widerstrebend.

»Willst du uns nicht mitteilen, was er gesagt hat?«, fällt Bruder Gabriel ein. Er ist etwas jünger als Immanuel und sein schwarzes, öliges Haar zeigt noch keine Silberfäden. Als ich nicht gleich antworte, spricht Noah. Vor seiner lauten, weithin tragenden Stimme habe ich mich als kleines Mädchen immer gefürchtet. »Sprich es aus, Kind. Dann ist dir leichter.«

»›Die Schalen sind gefüllt mit dem Zorn Gottes‹«, flüstere ich und verschweige den zweiten Satz.

Bist du sicher, dass du ohne Sünde bist?

»Was fürchtest du, Ada?«, fragt Immanuel. »Denkst du nicht, so etwas ist für die ganze Gemeinschaft wichtig?«

»Doch.«

»Wolltest du es für dich behalten? Hat er vielleicht noch etwas anderes gesagt?«

Ich schüttele den Kopf.

Bruder Immanuel seufzt. *»Ich ermahne euch aber: Seid alle einmütig und duldet keine Spaltungen unter euch.«*

Mir schießt das Blut in den Kopf. Ich weiß, dass ich weder vor Gott noch vor meinen Geschwistern etwas verbergen kann, trotzdem trage ich immer wieder diese gottlose Sehnsucht mit mir herum, nach einem versteckten Raum in mir, in den niemand eindringen kann. Je mehr ich nach diesem Raum verlange, desto mächtiger wird die schwarze Dunkelheit, die aus ihm hervorquillt.

»Nichts geschieht zufällig«, fährt Bruder Immanuel fort. »Dass der Reiter mit dir gesprochen hat, hat einen Grund – auch wenn wir diesen vielleicht nicht verstehen.«

Das Schweigen, das auf seine Worte folgt, dringt in jede meiner Fasern ein.

Ich weiß, ich müsste sprechen von der Schlange der Dunkelheit in meinem Herzen, von den Gedanken, die mich heimsuchen, von der Sünde, an meinen Bruder zu denken, sogar seinen Namen auszusprechen, aber meine Lippen öffnen sich nicht.

»Wir haben Gott um Rat und Beistand gebeten und diesen hat er erteilt«, verkündet Gabriel jetzt. »Dir ist eine ehrenvolle Aufgabe zugedacht.«

Gabriel tritt vor mich hin und lächelt bedeutungsschwer. Er und Immanuel waren es, die die Heilerbefragung durchgeführt haben, und auch wenn ich in Gabriels grauen Augen keinen Halt finde, zwinge ich mich, meinen Blick nicht abzuwenden und meine Gesichtszüge im Griff zu haben. Ich werde Heilerin werden. Heilerin wie Kassian. Der Stuhl, auf dem ich sitze, scheint plötzlich zu schweben.

»Im Quarantänehaus befinden sich vier verirrte Seelen«, sagt Gabriel. »Zwei junge Frauen und eine Mutter mit ihrem Sohn. Sie sind sehr krank, aber auf dem Wege der Besserung.«

Ich bin erstaunt. Das Quarantänehaus befindet sich in der verbotenen Zone, damit niemand die Krankheit ins Dorf trägt. Dorthin werden Gerettete gebracht, wenn noch eine Aussicht auf Heilung besteht. Junge Menschen schaffen es häufiger, sie haben noch mehr Widerstandskräfte gegen die Krankheit. Viele schaffen es nicht, geheilt zu werden, und sterben dort. Dann werden die Totenglocken geläutet. Es gibt nicht viele, die gerettet werden können. Der letzte Erwachsene, der als Überlebender ins Dorf kam, war Johannes. Er war da bereits ein alter Mann und lebt jetzt zurückgezogen in einem Haus nahe am Waldrand.

Nun legt Bruder Gabriel eine Hand auf meine Schulter und beantwortet meine ungestellte Frage: »Deine Aufgabe, Ada«, sagt er und mein Herz beginnt zu klopfen, »wird sein, drei junge Menschen in die Gemeinschaft aufzunehmen. Gemeinsam mit Magdalena und Simon. Sie sind nur wenig älter als ihr und sehr krank. Es wird keine leichte Aufgabe werden. Aber eine sehr ehrenvolle. Eine, die Gott für dich vorgesehen hat.«

Seine Worte hallen in meinem Kopf wider.

Eine, die Gott für dich vorgesehen hat. Mir ist, als täte sich der Boden unter mir auf, und mein Magen fühlt sich an, als seien in ihn Steine eingenäht. Ich muss mich mit aller Macht dazu zwingen, Bruder Gabriel nicht die Hand von meiner Schulter zu schlagen.

»Ich verstehe nicht ganz«, flüstere ich. »Gehört das zur Heilerprüfung?«

Er seufzt, lässt meine Schulter los, dreht sich zu den anderen um.

Ich wage es nicht aufzusehen, da vernehme ich die Stimme von Immanuel: »Heilerin zu werden, ist nicht deine Bestimmung, Ada. Das war es nie. Nicht für dich.«

Ich beginne zu zittern und beiße mir auf die Lippen. Aber ich schaffe es nicht, es unter Kontrolle zu bekommen.

»Gott hat andere Aufgaben für dich vorgesehen.«

»Aber warum?« Meine Stimme bebt, ich spüre, dass ich kurz davor bin, in Tränen auszubrechen, und zwinge mich zur Ruhe. Vielleicht gehört das zur Prüfung. Vielleicht muss ich Standhaftigkeit beweisen.

»Warum sprechen die Reiter mit dir? Erforsche dein Herz, Schwester, vielleicht findest du dann eine Antwort!«, donnert Noah.

»Wir alle sind durch Gottes Gnade errettet«, sage ich zitternd, »Kassian war nicht einmal eines der reinen Kinder.«

Ein Raunen geht durch den Raum, als ich den verbotenen Namen sage.

»Dass du reines Kind genannt wirst, ist nur der Gnade Gottes zu verdanken«, spuckt Bruder Gabriel mir entgegen.

Ich weiß, die Entscheidung der Ältesten infrage zu stellen, heißt, Gott infrage zu stellen. Doch in mir wütet ein schrecklicher Sturm, den Satan entfacht hat und gegen den mein schwaches Herz nicht ankommt.

Ich spreche die Worte, bevor ich es verhindern kann. »Er kam ins Dorf, als er zwei Jahre alt war. Trotzdem konnte er Heiler werden. Warum nicht ich? Ist es, weil ich eine Frau bin? Aber Sarah ist auch eine Frau und sie ist schon über ein Jahr draußen als Heilerin.«

»Die Engel weinen über deinen Hochmut, Ada! Du hast Demut nötiger als wir alle!«, wettert Gabriel.

Meine Unterlippe beginnt zu zittern und ich nehme alle Kraft zusammen, um nicht zu weinen. »Warum?«, flüstere ich. »Was ist an mir anders?«

Unter den Ältesten bricht eine Unruhe aus. Bruder Immanuel erhebt sich und gebietet mit einer Handbewegung Ruhe. »Die Zeichen der Endzeit mehren sich, Ada. Die Reiter kommen immer häufiger. Es gab dieses Jahr keine Kälte im Winter und die Hitze wird noch schlimmer werden. Gottes Knechte müssen stark sein, aber auch gottergeben. Du bist stark und aufrichtig, Ada. Willst du auch gottergeben sein? Willst du deine Aufgabe annehmen – so wie wir alle?«

Bruder Immanuel hat recht. Es muss mir gelingen, den Sturm in meinem Herzen zu besiegen.

Ich zwinge mich zu nicken. »Was muss ich tun?«, frage ich leise.

»Sobald sie ins Dorf kommen, wirst du dich gemeinsam mit Simon und Magdalena um die drei kümmern. Sie sind noch krank und das Leben im Dorf ist ihnen unvertraut. Ihr werdet ihnen alles erklären und sie überallhin begleiten, denn wir dürfen diese Seelen nicht alleine lassen. Keinen Augenblick. Verstehst du?«

Ich will noch so viel sagen, doch als ich in die Gesichter der Ältesten blicke, weiß ich, dass nichts ihre Entscheidung ändern wird. Im Gegenteil, es wird sie nur weiter verärgern. Und die Ältesten zu verärgern, bedeutet, Gott zu verärgern.

Ich nicke und erhebe mich, langsam, weil meine Beine mir kaum gehorchen. Ich taumele zur Tür hinaus, ins helle Sonnenlicht. Weg von den Ältesten, an Benedikt vorbei, der mir nachruft, aber ich schüttele den Kopf. Vorbei am Brunnen auf dem Platz vor dem Versammlungshaus, vorbei an den Dorfbewohnern: Lioba, die mit einer Gruppe Frauen und Kinder den Hof vor dem Versammlungshaus kehrt, vorbei an den Zwillingen, die mir mit staubigen Gesichtern nachsehen, weg, einfach nur weg. Bis ich am Rand der Hecke ankomme, da, wo die verbotene Zone anfängt, und mich in das weiche Moos erbreche.

Hier holt Benedikt mich ein. Er sagt leise meinen Namen und streckt die Hand aus, doch er berührt mich nicht. Mann und Frau, selbst Verlobte, sollen sich nicht berühren vor der Ehe, denn niemand ist sich seines Herzens sicher und kann wissen, ob er den Verlockungen des Fleisches standhalten kann.

»Warum?«, bringe ich hervor. Meine Stimme ist klein und krächzend. »Warum darf ich keine Heilerin sein?«

Benedikt blickt zu Boden.

»Warum, Benedikt?«

»Zweifelst du Gottes Entschluss an?«

»Hast du es gewusst?«

Benedikt meidet meinen Blick.

»Dann war es von Anfang an klar?« Eine neue Welle der

Übelkeit überkommt mich. »Was ist an mir anders, Benedikt? Was ist es?«

Plötzlich hebt Benedikt den Kopf. »Auch wenn du keines der reinen Kinder wärst, würde ich dich zur Frau nehmen«, sagt er. »Reicht dir das nicht?« Damit dreht er sich um und geht davon.

Heiraten. Vielleicht hat der Rat auch das beschlossen. Wenn ich keine Heilerin bin, steht einer Hochzeit nichts mehr im Wege. Ich versuche, eine Freude darüber in mir zu finden, doch mein Herz antwortet nicht.

Wenn ich verheiratet bin, darf ich das Dorf nie mehr verlassen.

Am frühen Abend findet man Rahel.

Ich bin gerade bei Laban und kümmere mich um die Ziegen, denn mir ist jede Arbeit recht, um mich abzulenken. Ich hätte auch den Weizenacker mit bloßen Händen umgegraben, wenn das meine düsteren Gedanken vertreiben könnte.

Wenn ich an Gottes und der Ältesten Weisheit und Liebe zweifele, arbeite ich. Bis zum Umfallen. Bis mein Körper schmerzt und mein Geist ruhig wird und sich nicht mehr wie ein zorniger Raubvogel gebärdet.

Vielleicht hätte ich auch die ganze Nacht durchgearbeitet, doch da kommt Niko angelaufen, abgehetzt, mit roten Wangen und aufgerissenen Augen. Ich weiß sofort, dass etwas Furchtbares passiert ist.

»Ada«, sagt er. »Ada, komm schnell!«

Nur aus Gewohnheit bleibe ich einen Augenblick lang stumm. Doch das Sirren ist nicht zu hören und auch die Große Stille nicht, in der die Vögel aufhören zu singen.

»Es ist Rahel«, keucht Niko und zerrt an meinem Rock.

Ich werfe alles hin, greife nach Nikos Hand und laufe mit ihm zum Haus. Ich erwarte, einen Menschenauflauf vorzufinden, doch als wir ankommen, sind da nur Johannes, Vater und Benedikt.

»Wo ist sie?« Ich stürze, ohne eine Antwort abzuwarten, in unser Zimmer und muss mir die Hand vor den Mund schlagen, um nicht aufzuschreien.

Rahel liegt mit halb geschlossenen Augen am Kopfende meines Bettes. Zusammengerollt wie eine Katze krallt sie sich mit beiden Händen an den Holzstäben fest. Über ihre Unterarme ziehen sich rote Spuren.

»Rahel«, sage ich leise und setze mich neben sie. »Rahel, was ist passiert?«

»Sie war im Wald«, erklärt Niko. »Wahrscheinlich war sie bei den Reitern.«

»Nikodemus!« Die Stimme meines Vaters ertönt scharf. Niko verstummt und verzieht sich in die Küche, von wo er nur noch heimlich durch die Tür zu uns herüberlinst.

Benedikt kommt näher. »Johannes hat Schreie gehört«, sagt er. »Aus dem Wald.«

Ich ziehe erschrocken die Luft ein. Dann war sie also tatsächlich im verbotenen Wald. Was, in Jesu Namen, hat sie dort nur getan?

»Als wir reingegangen sind, kam sie uns entgegen«, ergänzt mein Vater. »Johannes und ich haben sie hergebracht.«

»Ihr hättet nicht alleine gehen dürfen«, ermahnt Benedikt ihn. »Ihr hättet die Ältesten verständigen müssen.«

»Das können wir immer noch tun«, gibt mein Vater ruhig zurück.

»Aber was ist mit ihr?«, frage ich, denn Rahel starrt immer noch mit aufgerissenen Augen ins Nichts. Eine Hälfte ihres Gesichts hat sie im Kissen vergraben. »Was ist passiert?« Ich sehe auf ihre Hände, die sich um die Holzstäbe geklammert haben, als sei sie am Ertrinken.

»Bisher hat sie noch kein Wort gesprochen.« Vater sieht zu uns herüber. Er wirkt unsicher.

»Rahel«, sage ich so zärtlich wie möglich. »Sag doch, was passiert ist.« Ich strecke meine Hand nach ihrem Gesicht aus, doch sie schlägt sie blitzschnell weg. Dann krallt sie sich wieder am Bett fest.

Ich reibe mir ratlos den Handrücken. Dann drehe ich mich zu den drei Männern um. »Wie sah sie aus, als ihr sie gefunden habt?«

Mein Vater zuckt hilflos mit den Schultern. »Irgendwas ist mit ihrem Gesicht.«

Ich beuge mich wieder zu Rahel, greife mit einer Hand an ihr Gesicht und zwinge sie, es zu mir zu drehen.

Da schreit Niko erschrocken auf. »Sie hat die Krankheit!« Er beginnt, mit den Beinen so hysterisch auf dem Boden herumzutrampeln, dass Vater ihn anherrscht. Dann packt er ihn an den Schultern, zwingt ihn zu Boden, bis er aufhört.

»Seht doch!«, wimmert mein Bruder trotzdem weiter. »Rahel ist in den verbotenen Wald gegangen! Und jetzt hat sie die Krankheit!« Er beginnt zu weinen, doch Vater hält ihn so lange fest, dass man bald nur noch ein leises Wimmern hört.

Nun wende ich mich wieder Rahel zu. Ihr Gesicht ist rot und geschwollen. Ich hatte erwartet, rote Striemen zu sehen oder die typischen Male, die man sieht, wenn ein Kind bei Tabitha war. Aber diese Spuren sind anders. Rahels Gesicht und Arme sehen aus, als seien sie verbrannt. Über ihren Hals ziehen sich Blasen, ebenso über die Innenseiten ihrer Arme. Heute Morgen waren die noch nicht da. Ich versuche, mir nicht anmerken zu lassen, wie unheimlich ich das finde, aber innerlich zittere ich. Es sind die Spuren von etwas Bösem, das dabei ist, Einzug in das Dorf zu halten.

»Wir müssen die Ältesten kommen lassen«, sagt Benedikt, der sich die ganze Zeit nicht von seinem Platz bewegt hat. »Nur sie können entscheiden, was Rahels Male zu bedeuten haben. Und was zu tun ist.«

Vater nickt knapp. Ich erwidere nichts, denn tief in mir spüre ich ein unredliches Gefühl: Ich will niemanden von den Ältesten sehen. Mein Zorn und meine Enttäuschung glimmen noch immer, und obwohl ich mich für diese Gedanken schäme, schaffe ich es nicht, sie zu überwinden. Ich fürchte die tiefe Sünde darin und ich habe Angst davor, dass Gabriel, Noah oder Immanuel – oder Hosea, der unser Nachbar ist und den ich doch mag – über meine tiefe Sündhaftigkeit erschrecken.

Ich fürchte die Blicke der Ältesten, aber ich weiß, dass die Zeichen auf Rahels Körper gedeutet werden müssen.

Als ich mich wieder meiner Schwester zuwende, sehe ich, dass sich ihre Augen nach innen drehen, und ich weiß, ich muss jetzt mit ihr alleine sein, sonst wird sie aus diesem Zustand nicht wieder so schnell zurückkehren.

Benedikt, Johannes und mein Vater mit Niko auf dem Arm ziehen sich zurück. Die Pflege und Sorge um die Kinder obliegt den Frauen im Dorf und so lassen sie mich mit meiner Schwester allein.

Ich höre Nikos Wimmern und ich frage mich einen Moment lang, welcher böse Geist meine Mutter befallen hat, dass sie noch nicht einmal jetzt in der Lage ist, nach ihren Kindern zu sehen.

»Wir sind verloren«, flüstert Rahel plötzlich und fixiert mich intensiv aus glasigen Augen.

»Kassian. Mutter. Und jetzt ich. Ich habe Angst. So schreckliche Angst.«

»Schsch«, mache ich und will ihren Kopf auf meinen Schoß betten, doch Rahel schnellt plötzlich hoch und kniet sich mir gegenüber hin. Ihr Gesicht ist völlig entstellt und ich muss mich beherrschen, um nicht laut aufzuschreien. Was, wenn die Blasen sich bis zu ihren Augen fortziehen?

Ich rutsche vom Bett. »Wir müssen es kühlen«, sage ich. Bevor ich aufstehe, blicke ich Rahel noch einmal ernst an. »Wie ist das passiert? Es sieht aus, als hätte man dich verbrannt.«

Rahels Mund öffnet sich. Ihre Lippen zittern, doch sie sagt nichts. In ihrem Blick liegt nur Angst.

»Waren es die Reiter?«, frage ich weiter.

Ihre Augen füllen sich mit Tränen. Sie beißt sich auf die Lippe und dann sieht sie mich mit schmerzverzerrtem Gesicht an. »Ich war wütend«, sagt sie. »Weil du auch weggehst und weil alle weggehen. Und dann bin ich in den Wald gerannt und dann ...«

Ich reiche ihr ein Taschentuch, damit sie sich die Nase schnäuzen kann, aber es fällt ihr schwer. Die Blasen bereiten bei Berührung offensichtlich große Schmerzen. »Und dann waren da die Pferde. Ich habe sie nicht gesehen, nur gehört. Und dann bin ich weggerannt und da war eine Grube.«

Ich schaue sie erstaunt an, während ich zwei Leinentücher aus dem Schrank nehme. »Eine Grube?«

»Ja. Sie war riesig und sie war voller Pflanzen und Gestrüpp. Ich wollte rufen, aber es waren doch die Reiter da. Aber allein bin ich nicht rausgekommen.«

»Und dann hast du doch gerufen?«

Rahels Körper wird von Schluchzern geschüttelt.

»Haben die Reiter etwas zu dir gesagt?« Ich versuche mir die Furcht, die ihre Worte in mir auslösen, nicht anmerken zu lassen.

Ich möchte sie am liebsten packen, doch stattdessen streiche ich ihr über den Kopf. Ich weiß, dass es überhaupt nichts bringt, streng zu werden. Rahel beißt sich auf die Lippen, bis sie weiß werden, und schüttelt den Kopf.

»Der Herr wird dich schlagen mit bösen Geschwüren«, flüstert Rahel mit zittrigem Atem. *»Von deiner Fußsohle bis zu deinem Scheitel, dass du nicht mehr geheilt werden kannst.«*

Ich stehe entschlossen auf. »Jetzt kühlen wir die Blasen erst einmal. Schmerzt es sehr?«

Sie nickt und dann sieht sie mich so unrettbar verloren an, dass mir kalt wird. »Und wenn es ein Fluch ist? Wenn Gott uns bestraft?«, flüstert sie.

»Wofür sollte Gott uns bestrafen wollen?«, erwidere ich schnell, doch mein Herz klopft mir bereits bis zum Hals.

Ich gehe zur Tür und trete hinaus in die Küche, wo Johannes, Vater und Niko um den Tisch sitzen und beten. Sie hören nicht auf, als ich eintrete. Ich tauche die zwei Leinenbinden in kaltes Wasser, dann gehe ich wieder ins Zimmer und schließe die Tür hinter mir.

»Du träumst von ihm«, wispert Rahel, als ich ihr die kalten Tücher an Hals und Wangen drücke. »Das stimmt doch? Du träumst von ihm? Manchmal höre ich dich. Du sagst seinen Namen in der Nacht ...« Sie sieht mich forschend an und ich kann nicht antworten, schlucke nur trocken.

»Das sind nichts als Träume«, erwidere ich brüsk.

»Vielleicht sind wir verflucht. Das gibt es. Vielleicht sind wir aus einem fauligen Geschlecht.«

»Aus einem faulen Geschlecht«, verbessere ich. Sie reagiert nicht.

Ich seufze. »Wir werden an unseren Taten gemessen, Rahel. An dem, was wir tun. Nicht an der Familie, in die wir geboren wurden.«

Rahel sieht nicht überzeugt aus. »Manche Menschen werden leichter vom Teufel verführt als andere«, murmelt sie, dann sinkt sie entkräftet aufs Bett zurück und dieses Mal lässt sie es zu, dass ihr Kopf auf meinem Schoß liegt und ich ihr Haar streichele.

»Wann gehst du?«, fragt sie irgendwann, als ich eigentlich glaube, sie sei längst eingeschlafen.

»Ich werde nicht gehen«, antworte ich. »Ich bleibe. Ich werde keine Heilerin.« Ein schrecklicher Schmerz durchfährt mich bei diesen Worten, aber ich lächele Rahel an.

Sie seufzt lange und dann schließt sie die Augen und ich spüre, wie sie sich entspannt.

»Ich bleibe«, flüstere ich viel später noch mal und noch mal und so oft, bis der Schmerz langsam abstumpft. Ich bin ein Kind Gottes, ein Werkzeug seiner Macht und Güte, nichts weiter. Mein eigener Wille ist nur ein Auswurf meines sündigen Menschseins.

Ich bewege mich nicht, spüre dem Schmerz nach, bis er verschwindet. Dann endlich kommt die Dankbarkeit. Gott lenkt alles zum Guten.

Luca

Es ist, als wüte ein Wirbelsturm durch meinen Kopf und hinterlässt dort nur Chaos und Leere.

Es geht alles so schnell, zu schnell, und ich frage mich, wem oder was wir da eigentlich folgen. Wie ein Erdrutsch, der nicht aufzuhalten ist, wenn er sich einmal auf den Weg gemacht hat. Cleide und ich landen gemeinsam mit Kira und Marian mitten im Nirgendwo, und obwohl ich es ein wenig albern fand, im Inneren eines Transporters zu sitzen wie Flüchtlinge, und wir keine Ahnung haben, wo wir hingefahren sind, habe ich mitgemacht.

Sie versichern uns, dass wir jederzeit gehen können. Wir müssten es ihnen nur sagen, dann würden sie uns jederzeit zurückbringen. Sie sind lieb und nett, aber das ist es nicht. Sie haben meinen Vater zum Gehen gebracht.

Ich habe gelernt, niemandem zu vertrauen. Aber hier und jetzt muss ich es wenigstens versuchen. Wegen Cleide. Damit Andreas und die anderen sie beschützen können. Das ist etwas, was noch nie zuvor jemand für mich getan hat. Ich fühle mich fremd unter diesen Menschen, so wie ich mich mein Leben lang unter Menschen fremd gefühlt habe. Aber je länger ich mit ihnen zusammen bin und sehe, wie Cleide in diesem Haus, das mehr eine Forsthütte ist, aufblüht ... desto mehr wagt mein Luchsinstinkt sich vor und testet vorsichtig das Gelände.

Wir schlafen nicht besonders viel. Das stört mich nicht, ich bin an Schlaflosigkeit gewöhnt. Tagsüber arbeiten wir und lesen bis nachts in der Bibel, denn wir sollen nicht unvorbereitet auf das Leben im Dorf treffen. Außerdem, sagen Andreas, Rolf und Caroline, sei arbeiten wichtig, um Geist und Körper zu reinigen von den Jahren unnatürlichen Lebens, das man in der Stadt führe. Meinetwegen. Ich finde es einfach nur anstrengend, auch wenn ich körperliche Arbeit nicht scheue.

Aber alles muss hier von Hand gemacht werden: Wasser

holen, Holz hacken, Feuer machen, das Essen auf einem Holzofen kochen. Meine Mutter ist vom ersten Tag an fasziniert von dem alten Herd und lässt sich von Caroline erklären, wie man darauf kocht. Es ist nicht so einfach, weil es an jeder Stelle unterschiedlich heiß ist und man die Töpfe und Pfannen ständig verschieben muss.

Am ersten Tag steht eine Kiste mit Brot, Gemüse und Ziegenkäse vor dem Haus. Die richtige Feldarbeit, sagt Caroline, werden wir erst im Dorf kennenlernen. Das hier ist nur Übung.

Ich fühle mich wie in einer anderen Welt. Langsam aber sicher erfüllt mich eine seltsame Euphorie, als wäre ich auf Drogen. Ich habe keine Ahnung, ob das an der ungewohnten Arbeit liegt, daran, dass ich mehr Sauerstoff tanke als in meinem bisherigen Leben zusammengenommen, oder an der Tatsache, dass der Luchs, seit wir in den Transporter gestiegen sind, keinerlei Anzeichen des Dämons mehr wittert.

Es tut gut, etwas zu erschaffen, mit den Händen zu arbeiten: Tonkrüge zu formen, einen ganzen Baum mit der Hand zu zersägen, damit ich gar nicht erst ins Grübeln komme, worauf wir uns hier eigentlich eingelassen haben. Wir sind in Sicherheit, irgendwie. Nur mein Muskelkater am Abend fühlt sich ziemlich real an.

»Das kommt durch den Entzug«, sagt Caroline, als wir gemeinsam vor dem Haus sitzen und Brennnesseln klein schneiden.

Ich runzele die Stirn. »Entzug?«

»Fernseher, Handy, Internet, Discos, Zeitungen und so weiter. Jede Menge Ablenkungen, die man überhaupt nicht braucht. Das sind Süchte, die nur vom Wesentlichen ablenken.«

»Ja«, sagt meine Mutter, »es ist, als sei man noch einmal geboren und sähe die Welt zum ersten Mal.«

Ich runzele die Stirn. Bisschen viel Philosophie für jemanden, der mir vor ein paar Tagen noch erzählte, eine gebrochene Nase sei ein »Versehen«.

Ab dem zweiten Tag stellen uns die Menschen aus dem Dorf die Kiste mit dem Essen nicht mehr einfach nur hin, sondern sie bleiben, abwechselnd, jeder für ein paar Stunden oder auch einen ganzen Tag. Andreas, Rolf und Caroline haben uns eingeschärft, auf keinen Fall von unserem Leben draußen zu sprechen. Hier ist dieses Leben tabu und da ist es besser, erst gar nicht von ihm zu reden.

Die Menschen aus dem Dorf sehen seltsam aus, ungewohnt: die Frauen mit langen, geflochtenen Zöpfen und knöchellangen Röcken in undefinierbaren Farben; die Männer mit Bärten und zurückgebundenen Haaren, die Hosen haben sie statt eines Gürtels mit Schnüren zusammengebunden. Nur wenige tragen Schuhe.

Wenn sie ins Gästehaus kommen und uns sehen, dann beginnen ihre Gesichter zu strahlen, als hätten sie sich noch nie über die Anwesenheit von Menschen so sehr gefreut.

Die Männer kommen zu mir. Es sind Andreas und ein alter Mann mit grauem Bart, den sie Immanuel nennen. Er hat wachsame Augen, denen nichts entgeht. Später kommen noch andere Namen dazu: Johannes und Gabriel, Noah und Jeremiah, David und Philemon.

Alle klopfen mir auf die Schultern, als kennten wir uns schon ewig, und sagen ein paar Dutzend Mal am Tag, dass sie Dankgebete sprechen, weil Gott meine Wege zu ihnen gelenkt habe. Sie erzählen mir von den Arbeiten, die im

Dorf nur Männer machen. Und wenn sie mich fragen, wie ich mich fühle, scheinen sie wirklich wissen zu wollen, was ich zu sagen habe. Aber ich antworte nur ausweichend.

Die Frauen heißen Lioba und Martha, Ketura und Jesabel Ich schaffe es nicht, mir alle Namen zu merken, und bin nur fasziniert von ihren wettergegerbten, immer ungeschminkten Gesichtern. Sie gehen sofort zu Cleide und den beiden Mädchen, flechten ihnen die Haare und zeigen ihnen, wie sie es selbst machen können. Das Haar meiner Mutter ist viel zu kurz für einen richtigen Zopf, aber sie bemüht sich trotzdem.

Kein einziges Mal sehe ich die Menschen wütend. Sie scheinen immer zu lächeln. Besonders Ketura scheint große Freude daran zu haben, uns mit dem selbst gebackenen Brot zu füttern, das zugegebenermaßen himmlisch schmeckt. Sie tragen alle eine Tätowierung an der Stirn, die manche durch einen dichten Pony verbergen, sogar die Männer. Ein Kreuz, das einen Kreis durchbricht. Sehr klein, aber deutlich zu sehen, sobald einer von ihnen gedankenverloren die Haare zurückstreicht.

Als ich sie danach frage, lächeln sie nur geheimnisvoll.

»Das tragen nur die Siegelträger«, sagt Immanuel und es hört sich an wie das letzte Wort zum Thema. Die Geheimniskrämerei um das Dorf, die Tätowierung, dass wir über unser bisheriges Leben schweigen müssen und vieles andere, worüber sie sich nur in Andeutungen ergehen, gehen mir auf die Nerven. Auch, dass Rolf hier Hosea heißt und Caroline Sarah, irritiert mich. Aber ich lasse mich auf ihr Spielchen ein, warum auch nicht, schließlich will ich Cleide ins Dorf bringen. Danach kann ich mich schließlich jederzeit wieder verdrücken.

Wir sind nun schon sieben Tage im Gästehaus, als mich

an einem kühlen Aprilmorgen Andreas mitnimmt, ein wenig vom Haus entfernt, wo uns die Frauen nicht hören können, und fragt, was ich von dem Leben hier halte.

Ich zucke mit den Schultern. »Es ist ungewohnt.«

»Nur ungewohnt?«

Jetzt muss ich aufpassen, was ich sage. »Irgendwie ... anders als alles, was ich kenne. Echter.«

Andreas nickt. Ich habe ein Wort gefunden, das ihm offenbar gefällt. Ich sehe ihn von der Seite an. Die Lider bedecken seine Augen einen Tick zu wenig, sodass sie immer leicht aufgerissen aussehen.

Er nickt. »Ja, das ist es. Und denkst du, es ist ein Zufall, dass du hier bist?«

»Nein«, sage ich. »Es ist wegen meiner Mutter.« Natürlich weiß ich, worauf Andreas hinauswill und dass ihn meine Antwort nicht zufriedenstellt, aber was soll ich ihm sagen? Dass ich in der Welt prinzipiell nur ein Zuschauer bin? Dass ich nicht nur Farben mit meinen Augen einsauge, sondern auch alles andere? Gerüche, Worte, das Gefühl auf meiner Haut, wenn der Wind darüberstreicht? Dass ich mit meinen Ohren sehe, meinen Fingern, meiner Haut? Ich habe keine Lust, das mit ihm zu teilen. Andreas lächelt. »Deiner Mutter scheint es sehr gut zu gehen.«

»Ja.«

Er mustert mich. »Aber was ist mit dir? Warum bist du hier?«

Ich kann nicht antworten.

Ich glaube nicht an alleinige Wahrheiten, nur an das, was ist. Ich bin Agnostiker – soll ich das sagen?

»Du hast etwas auf dem Herzen, Luca. Das spüre ich. Wir müssen einander vertrauen. Uns anvertrauen. Sonst funktioniert eine Gemeinschaft wie die unsere nicht.«

Ich kicke einen Tannenzapfen vor mir her. Vertrauen ist nicht gerade meine Stärke, trotzdem sage ich: »Ich weiß nicht, was ich von euch halten soll. Ihr lebt ein Leben, das es eigentlich überhaupt nicht mehr gibt. Es ist faszinierend, zugegeben. Aber ich frage mich ...«

Andreas sieht mich auffordernd an.

»Ich frage mich, ob ihr eine Sekte seid.«

Zu meiner Überraschung ist Andreas nicht entsetzt, gekränkt oder wütend. Er nickt nur. »Weißt du«, sagt er irgendwann und schaut ins Unbestimmte hinaus, »die Menschen da draußen brauchen für alles einen Namen, mit dem sie dann glauben, etwas zu wissen. Was nicht in ihr Bild passt, das verstehen sie nicht. Wenn ich sage, die Menschen, die hier leben, die haben sich freiwillig für dieses Leben entschieden, dann wollen sie es nicht glauben. Es ist ein ungewöhnlicher Weg, ja. Aber ist das schon ein Grund, uns zu verunglimpfen? Diese Menschen hier möchten ein Leben in Liebe, Harmonie und Wahrheit führen, aber das hören die Menschen da draußen nicht gerne. Was sie nicht kennen, verängstigt sie und dann fangen sie an zu spotten. Denn sie kennen es nicht mehr in der Welt da draußen und wissen deshalb nicht, was es ist: Liebe, Harmonie und Wahrheit. Und deshalb müssen sie sich Namen ausdenken, um uns verdammen zu können. Aber das ...« Er bleibt stehen. »... das schweißt uns nur noch mehr zusammen. Du musst keine Angst haben, wir sind keine Sekte. So etwas können nur Menschen sagen, die nicht verstanden haben, worum es geht.«

Nun horche ich auf. »Und worum geht es denn?«

»In der Wahrheit zu sein.« Er sieht mich eindringlich an. »Und in dir gibt es etwas, das ebenfalls danach sucht. Glaube nicht verunglimpfenden Gedanken, Luca, denn sie wollen dich nur von der Tatsache ablenken, dass du von Gott gefunden wurdest. Weil er dich liebt. Sonst hätte er dich nicht hierher gebracht.«

Der Gedanke ist albern und die Sprache der Menschen hier seltsam. Ich versuche ein uninteressiertes Lächeln. Versuche, abgeklärt zu bleiben, distanziert. Aber wenn ich daran denke, wie die Menschen uns hier einfach so, ohne Fragen zu stellen, aufgenommen haben. Dann merke ich, dass ich nicht völlig ignorieren kann, was er sagt.

Außerdem geschieht etwas Unglaubliches, vor dem ich nicht die Augen verschließen kann: Meine Mutter, die seit Jahren wie ein Geist durch unser Haus und ihr Leben huschte, beginnt, aufzuwachen wie aus einem langen, tiefen Schlaf.

Ich kann beinahe dabei zusehen, wie ein Glanz in ihre Augen tritt, eine Farbe auf ihre Wangen, die ich seit Jahren nicht mehr gesehen habe, vielleicht überhaupt noch nie, seit ich denken kann.

Wir sind seit einer Woche hier und aus meiner Mutter schält sich ein Mensch heraus, den ich nicht kenne. Ich kann nur zusehen dabei, ohne zu wissen, ob es mir gefällt.

Jeden Tag hole ich meinen Skizzenblock hervor und zeichne sie, wenn sie es nicht mitbekommt. Ich weiß selbst nicht genau, warum ich es tue, aber da ist ein Verlangen in mir, einen Beweis zu haben: ein Dokument, das ich ansehen kann, das mir vielleicht etwas von dem Geheimnis verrät, das hier vor sich geht.

Manchmal, wenn alle bereits schlafen, zünde ich eine Gaslaterne an und betrachte die Bilder. Ich lege sie in die richtige Reihenfolge und studiere sie. Ich studiere die Veränderung in den Zügen der Frau, bis meine Augen tränen, aber ich begreife es nicht.

Wir sprechen nicht von unserer Vergangenheit, keiner

hier. Es ist, als ob mein altes Leben mehr und mehr verschwimmt und wie in einem Nebel unsichtbar wird. Mein Handy liegt am Boden meines Rucksacks, neben dem Geldbeutel. Es ist nutzlos, denn hier gibt es keinen Empfang. Vermutlich haben sie deswegen auch nie danach gefragt. Was bringen einem technische Geräte, wenn man sie nicht nutzen kann? Weil es keinen Strom gibt, kein Handynetz, kein WLAN? Vielleicht hat mein Vater versucht anzurufen, vielleicht hat er uns schon irgendeinen Suchtrupp auf den Hals geschickt, vielleicht hat er aufgegeben und nun spült irgendeines seiner Flittchen sein dreckiges Geschirr.

Wir können nicht zurück. Wir können auch nicht zu Tante Anna, das war eine Schnapsidee. Wir können nirgendwohin und genau da befinden wir uns ja jetzt auch: im Nirgendwo.

Als ich mich nach zehn Tagen dabei ertappe, dass ich auf der Bank vor dem Haus sitze, in die untergehende Sonne blinzele und an nichts anderes denke als an die Wärme, die über mein Gesicht streicht, und den Geruch, den das Holz abgibt, beschließe ich, dass ich ebenso gut anfangen kann, ins Leben im Nirgendwo einzusteigen. In der nächsten Nacht setze ich mich neben den Ofen, der in den kühlen Aprilnächten behagliche Wärme verbreitet. Ich nehme das dicke Buch in die Hand und betrachte es im Schein einer Laterne. Versuche, nicht zu lachen dabei. Im hellen Licht, das die Motten anzieht, schlage ich die dicke Bibel auf und fange an zu lesen.

Am nächsten Tag lese ich weiter. Die anderen hacken Holz draußen, aber Andreas schickt mich zurück. »Lies«, sagt er, »das ist genauso wichtig.«

Und ich lese. Zwei Tage, zwei Nächte. Die ganze verdammte Bibel. Von vorne bis hinten.

Es ist das Erstaunlichste, was ich jemals gelesen habe. Wie hatte ich mir jemals einbilden können, irgendetwas von Hieronymus Bosch zu verstehen, ohne die Bibel gelesen zu haben?

Ada

Als die Ältesten kommen, hat Rahel Fieber. Ich will nicht, dass sie mit ihr alleine sind, doch Johannes, Immanuel, Hosea und selbst Benedikt bestehen darauf.

»Wenn wir ihr helfen sollen, müssen wir bei ihr sein«, bestimmt Immanuel und lächelt mich an. »Sorge dich nicht, Ada.«

Ich weiß nicht, warum ich so unruhig bin. Als sie mich aus dem Zimmer schicken, laufe ich hin und her, bis Vater sich mir in den Weg stellt.

»Sie werden dafür sorgen, dass es ihr wieder gut geht«, sagt er mit ruhiger Stimme. Ich will an ihm vorbei, doch er hält mich fest. »Du musst Vertrauen haben, Ada. Ohne Vertrauen geht es nicht, verstehst du? Kein Vertrauen zu haben, macht dein Leben kaputt.« Er sieht mich so eindringlich an, dass ich den Blick senke.

»Fragst du dich nicht, was mit ihr passiert ist?«, frage ich leise.

Er zögert. »Sie war im Wald. Das ist gefährlich, das wissen wir alle.«

Ich schüttele den Kopf. Ich will ja Vertrauen haben. Und ich weiß, dass Rahel sich die Male nur zugezogen hat, weil sie im verbotenen Wald war. Und dennoch: All das kann meine Unruhe nicht vertreiben.

Ich beiße mir auf die Lippen und versuche, darauf zu vertrauen, dass Gott den richtigen Weg für Rahel wählt, aber die Schlange der Dunkelheit in mir windet sich.

Als sich endlich die Tür öffnet und die Ältesten zu uns in die Küche treten, sieht Bruder Immanuel ernst aus und auch aus den Gesichtern der anderen kann ich Sorge herauslesen. Sorge und eine Art grimmige Entschlossenheit. Plötzlich schäme ich mich für meine Gedanken: Sie haben Angst um Rahel, genau wie ich.

Die drei setzen sich zu uns an den Tisch, während Benedikt stehen bleibt. Dann hören wir Schritte. Die Treppen knarzen und wir drehen uns um. Dröhnendes Schweigen erfüllt den Raum, als meine Mutter zu uns in die Küche herabsteigt.

Sie geht gebückt, langsam, wie eine alte Frau, an uns vorbei und will die Tür zu Rahels Zimmer öffnen, doch Hosea hält sie zurück.

»Schwester Esther«, sagt er ernst. »Du kannst Rahel nicht helfen. Bleib hier bei uns und wir beten und freuen uns, dass dich der Geist der Schwermut verlassen hat.«

Meine Mutter lächelt, nickt – und geht dann an Hosea vorbei in Rahels Zimmer. Ich kann spüren, dass alle Anwesenden die Luft anhalten.

Nach endlosen Minuten, in denen keiner von uns zu sprechen wagt, auch aus dem Nebenzimmer kommt kein Geräusch, tritt meine Mutter wieder aus dem Zimmer. Sie schließt die Tür, dann setzt sie sich wortlos an den Tisch. Sie macht kein Geräusch, doch in ihren Augen schimmert Feuchtigkeit.

Wenn sie endlich weinen könnte, denke ich. Dann wäre sie vielleicht noch zu retten.

Bruder Immanuel erhebt beide Hände. »Gelobt sei Gott.«

»Gelobt sei Gott«, antworten wir.

»Er lässt uns auch in der Stunde unserer größten Not nicht alleine. Denn seht: Er hat uns ein Zeichen gegeben.«

Immanuel sieht mich an. Dann greift er nach der Bibel, die auf dem Tisch liegt, und liest vor: *»Dann hörte ich, wie eine laute Stimme aus dem Tempel den sieben Engeln zurief: Geht und gießt die sieben Schalen mit dem Zorn Gottes über die Erde!«*

Ich beginne zu zittern.

Er sieht mich an und sagt: »Du weißt, wie es weitergeht, Ada. Du erzählst den Kindern davon.«

Ich schlucke.

»Erzähl es uns«, fordert Immanuel mich auf und ich rühre mich nicht von der Stelle, obwohl ich jetzt nach vorn treten müsste, als ich sage: *»Der erste goss seine Schale über das Land. Da bildete sich ein böses und schlimmes Geschwür an den Menschen.«*

»Der Feind wird stärker«, lässt sich Bruder Gabriel vernehmen. »Er wird nicht ruhen, bis er auch uns versucht hat. Uns alle!« Er sieht sich der Reihe nach um. »Keinen wird er verschonen.«

»Sind denn die Reiter der Feind?«, platze ich heraus und Schweigen legt sich über den Raum. »Gehören sie dazu?«

Bruder Immanuel steht auf. Er stützt sich mit einem Arm auf dem Tisch ab, während er mit der anderen eine Geste nach draußen macht. »Die Welt, Ada. Die Welt da draußen ist unser Feind. Denn Satan hat sie besetzt. Er lauert überall. Wenn ihr die Schwelle zum Wald überschreitet, kommt ihr in sein Reich. Dort draußen gibt es keine Sicherheit. Nur Angst, Krankheit und Verderben. Und es geht dem Ende zu, deshalb wird es von jetzt an täglich schlimmer werden.«

Hosea legt eine Hand auf die Bibel und sagt: *»Denn es wird eine so große Not kommen, wie es noch nie eine gegeben hat, seit die Welt besteht, und wie es auch keine mehr geben wird.«* Er macht eine Pause. »Rahel hat eine Warnung erhalten«, fügt er hinzu. »Vielleicht haben die Reiter ihr sogar das Leben gerettet. Wenn sie weiter vorgedrungen wäre, vielleicht in das, was sie hinter dem Wald erwartet, sie wäre unrettbar verloren gewesen.«

»Die Reiter sind nicht gut und nicht böse. Sie sind die Wächter der Schwelle. Und sie prüfen uns«, fügt Bruder Immanuel hinzu. »Wir müssen jetzt zusammenhalten. Die erste Schale ist ausgegossen. Durch Rahel haben wir ein Zeichen erhalten. Das Ende ist näher als jemals zuvor!«

Plötzlich lächelt er. »Vergesst bei all dem nicht, dass die Herrlichkeit auf uns wartet! Denen, die ausharren, wird das ewige Leben in Frieden geschenkt. Denn ER wird bald kommen und alle die zu sich holen, die an IHN glauben. Und es wird eine Herrlichkeit geben, wie es noch nie eine gab. Hier sind Schmerz und die Herrschaft Satans. Aber dort, wenn wir IHM treu bleiben, erhalten wir ewigen Frieden. Wir werden belohnt. Wir sind SEINE Siegelträger.« Er strahlt uns an. Einen Moment lang werde auch ich wieder ruhiger. Gottes Liebe erhellt den Raum.

»Die sieben Engel haben begonnen«, fügt Bruder Hosea hinzu, »nun dauert es nicht mehr lange.«

Dann beten wir.

Die nächsten Tage verbringe ich in Sorge um Rahel. Am zweiten Tag wurden die Blasen noch schlimmer, doch gegen Abend waren keine neuen mehr aufgetaucht und mittlerweile beginnen sie abzuheilen. Von morgens bis abends betet jemand an ihrem Bett. Rahel wimmert vor Schmerzen vor sich hin und nach dem ganzen Gemurmel ist es nachts plötzlich sehr still. Ich spüre, es ist die Gemeinschaft, die unser Leid mitträgt, das macht mich etwas ruhiger. Und immer wenn ich zweifle und denke: Warum muss es Rahel sein, über der die zweite Schale ausgeleert wird?, dann sage ich sofort die Worte, die Esther mich gelehrt hat, früher, als sie noch eine Mutter war, die ihren Kindern helfen konnte: »Satan, weiche hinter mich.« Denn von Satan kommen solche Gedanken und zu Satan müssen sie zurück.

Obwohl ich weiß, dass es kommen muss, überrascht mich eine Woche später die Nachricht von der Ankunft der Geretteten.

»Wer sorgt für Rahel?«, frage ich, denn mir ist klar, dass ich nicht mehr den ganzen Tag hier sein kann, wenn ich mich um drei Gerettete kümmern muss. Wir dürfen sie keinen Moment aus den Augen lassen. Ich frage mich zum ersten Mal, was es genau bedeutet, Patin zu sein. Wenn es keine leichte Aufgabe ist, warum hat mir dann niemand gesagt, was ich tun soll? Gerne würde ich Kassian fragen. Er wüsste, was ich den Neuen sagen soll. Er könnte mir vielleicht sogar verraten, aus welcher Welt sie kommen. Wie schlimm hat die Krankheit wohl in ihren Körpern und in ihrem Geist gewütet? Aber Kassian ist unerreichbar. Nicht einmal in meinen Träumen kommt er noch zu mir.

»Apollonia«, beantwortet Martha meine Frage und reißt mich aus meinen Gedanken. Ich ziehe die Augenbrauen hoch. Meine Freundin ist ein leichtfüßiger Mensch. Ich habe schon häufig neidvoll auf die winzigen Lachfältchen um ihre Augen geblickt. Und sie soll nun meine kranke Schwester pflegen? Es gibt kaum etwas, das ich mir weniger vorstellen kann. Aber ich sage nichts, denn die Ältesten haben jedem von uns mit gutem Grund seine Aufgabe zugeteilt.

Am nächsten Tag wache ich früh auf.

Ich schleiche an Rahels Bett. Sie scheint tief zu schlafen. Dann gehe ich aus dem Zimmer und schneide in der Küche ein paar dicke Brotscheiben ab, stelle Butter, Erdbeermus und eine Kanne Milch dazu, öffne die schwere Holztür und gehe nach draußen.

Die Gartenwerkzeuge lagern hinter dem Haus. Ich nehme Hacke und Spaten, dann blinzele ich in die aufgehende Sonne und betrachte das Gemüsebeet vor mir. Hinter den Häusern ziehen sich unsere Beete entlang, in denen Salat, Bohnen, Kohl und Möhren und ein Haufen anderer Dinge wachsen. Es gibt keine Zäune, denn wir bewirtschaften alles gemeinsam.

Die Gemeinde der Gläubigen war ein Herz und eine Seele. Keiner nannte etwas von dem, was er hatte, sein Eigentum, sondern sie hatten alles gemeinsam.

Nur um das Kräuterbeet, das in der Nähe des Versammlungshauses liegt, ist eine Hecke gezogen. Damit die Kinder nicht hineingehen und von den Pflanzen dort essen, von denen manche giftig sind.

Es ist idiotisch, jetzt Unkraut zu hacken. Das hat bereits gestern jemand getan und ich werde schmutzig und verdreckt sein, wenn die Versammlung losgeht. Aber ich muss etwas tun, um meine Nervosität zu bekämpfen, von der ich noch nicht einmal weiß, woher sie eigentlich rührt.

Später, als Niko bereits gefrühstückt hat und Vater längst bei den Kühen ist, kommt Apollonia. Ihr Gesicht leuchtet auf, als sie mich sieht, aber dann wird sie sofort ernst und fragt: »Wie geht es ihr?«

Ich zucke mit den Schultern. »Etwas besser, glaube ich.«

Sie nickt und dann geht sie ins Haus und ich folge ihr, nachdem ich die Hacke gesäubert habe.

Als ich eintrete, sitzt Apollonia an Rahels Bett und sie lachen. Ich spüre einen winzigen Stich der Eifersucht, doch Apollonia sieht mich so liebevoll an, dass ich mich sofort dafür schäme.

Sie steht auf und kommt auf mich zu. »Du musst dich waschen«, lacht sie. »Was soll er denn sonst von uns denken?«

Ich schaue an mir herunter. »Wer?«

»Na, der Neue.« Ihre Augen leuchten. »Hast du ihn schon gesehen?«

»Nein, natürlich nicht. Außerdem sind es vier Neue.«

»Aber die drei anderen sind Frauen!« Sie sieht lächelnd zur Decke. »Hoffentlich sieht er gut aus.«

»Apollonia! Wie kannst du nur an so was denken, das sind Gerettete!«

Sie sieht sich zu Rahel um, dann zieht sie mich aus dem Zimmer, und als wir in der Küche sind, senkt sie die Stimme: »Na und? Meine Eltern haben noch nicht entschieden. Und Simon will ich nicht.«

»Du wirst den nehmen, der für dich vorgesehen ist«, gebe ich zurück.

Sie stöhnt. »Jaja.« Dann grinst sie mich an. »Vielleicht ist es ja der Gerettete?« Sie wirft ihren Zopf schwungvoll zurück.

»Vielleicht«, sage ich wenig überzeugt.

»Ich werde ihn ja leider nicht sofort sehen. Ich hoffe nur, du bringst ihn dann gleich hierher. Es wird eine Wohltat sein, mal mit einem anderen Menschen zu sprechen.«

Ich schüttele lächelnd den Kopf. Meine Freundin ist von

einer unbändigen Neugierde erfüllt. Manchmal wünschte ich mir, einmal so lachen zu können wie sie.

Luca

Zwei Tage später verkündigen Immanuel und Rolf mit einem Lächeln, dass wir nun bereit seien, ins Dorf zu gehen. Wir lächeln zurück, und wenn ich ehrlich bin, dann freue ich mich sogar ein wenig. Ich bin in einer anderen Wirklichkeit gelandet, und auch wenn ich mir in meinem vorigen Leben nie erträumt hätte, mal in einer derart schrägen Welt zu stranden, will ich doch wissen, wie es weitergeht. Meine Mutter neben mir plappert den ganzen Tag schon aufgeregtes Zeug vor sich hin. Wie ein kleines Kind, das den Weihnachtsabend nicht abwarten kann. Was auch immer in diesem mysteriösen Ort ist, ich will es wenigstens einmal sehen. Wenn es mir nicht gefällt, werde ich gehen. Niemand wird gezwungen zu bleiben. Mit diesem Gedanken lerne ich Dutzende Strophen irgendeines Liedes auswendig, das bei unserem Empfang gesungen werden soll. Mit diesem Gedanken tausche ich meine Jeans gegen die hier übliche Männerhose und mein Shirt gegen ein Leinenhemd. Meine Füße stecke ich in derbe Stiefel und als ich nach meiner Metamorphose neben den ebenso gekleideten Männern stehe, die mich in ihre Mitte nehmen, habe ich einen irritierenden Moment lang ein Gefühl von Zugehörigkeit. Ich finde nicht einmal mehr die Tatsache, dass man uns die Augen verbindet, so richtig befremdlich. Irgendwie gehört das alles zu diesem Ort. Sie haben uns mehrmals gesagt, dass es Dinge im Dorf geben wird, die uns seltsam vorkommen werden. Dass wir aber verstehen werden, je weiter wir kommen. Je mehr wir von der Wahrheit verstehen.

Andreas und Rolf führen mich. Obwohl ich nichts sehe, spüre ich, dass wir den Wald verlassen. Es wird heller hinter der Augenbinde und ich spüre die Sonne, die ungehindert auf meinen Kopf fällt.

Dann nehmen sie mir die Augenbinde ab.

Einen Moment lang muss ich die Augen zusammenkneifen, weil mir das Licht unnatürlich hell vorkommt. Dann sehe ich, dass wir am Rande eines großen Platzes stehen, der von einem rechteckigen Gebäude dominiert wird. Einer Art Arena, begrenzt von großen Steinblöcken, in der Mitte gräulicher Sand.

»Das ist unser Versammlungshaus«, sagt Andreas und deutet auf das Gebäude. »Wahrscheinlich das wichtigste Haus im Dorf, hier essen wir, singen wir, beten wir in der Gemeinschaft.« Er wendet sich wieder uns zu. »Die anderen erwarten euch schon.«

Ich drehe mich zu meiner Mutter um. Sie hat ebenfalls die Augenbinde abgenommen. Unsere Blicke treffen sich und dann sehen wir uns um. Etwa zehn Meter hinter uns beginnt eine Hecke, die das Gelände vom Wald abgrenzt.

»Wow«, höre ich Marian flüstern. Sie und Kira sind hinter mir zum Stehen gekommen. »Das ist wunderschön.«

Eine seltsame Aufregung hat von mir Besitz ergriffen. Man landet schließlich nicht jeden Tag an einem geheimen LARP-Schauplatz. Nur, dass die Rollenspieler keine Rollenspieler sind. Alles ist echt.

Gesang brandet durch die Wände des Versammlungshauses hindurch bis nach draußen.

Immanuel dreht sich zu uns um. »Ihr werdet heute eure

neuen Namen erhalten«, sagt er. »Als Zeichen dafür, dass ihr nun in ein neues Leben eintretet.«

Natürlich. Das gehört auch zum Rollenspiel. Aber es passt mir nicht. Ich will meinen Namen nicht hergeben. Er ist das Einzige, das mein Vater richtig gemacht hat.

Immanuel strafft sich, dreht sich um und geht mit den anderen hinein. Cleide, Marian, Kira und ich bleiben draußen stehen. Caroline lächelt uns beruhigend zu, aber sie wirkt ebenfalls angespannt. Nach endlosen Minuten öffnet sich die Tür und jemand winkt meine Mutter herein. Ich frage mich, wie sie das wohl aushält, ganz alleine unter den vielen fremden Menschen. Denn fremd sind sie trotz allem, fürchterlich fremd. Nur weil wir nun ihre Kleidung tragen und wahrscheinlich bald andere Namen bekommen, macht uns das noch lange nicht zu ihresgleichen.

Wieder dauert es einige Minuten, dann öffnet sich die Tür ein weiteres Mal und jemand winkt Marian herein. Dann ist Kira dran.

Ich habe mittlerweile schwitzige Hände und kann nichts dagegen tun, außer mir zu sagen, dass es vollkommen albern ist. Als die Tür zum vierten Mal aufgeht, hole ich tief Luft und gehe mit den ungewohnten Schuhen die letzten Meter bis zur Tür. Der Sand knirscht unter meinen Füßen.

Und dann bin ich drin.

Im Saal ist eine Art Bühne aufgebaut und ich muss ein paar Stufen hinaufsteigen. Dort stehen meine Mutter, Kira und Marian und eine Menge anderer Menschen, von denen ich nur wenige Gesichter wiedererkenne.

Oben angekommen, blicke ich nach unten in den Saal. Sicherlich hundert Leute sind in dem Raum versammelt. Männer in Leinenhemden und mit Bärten, Frauen mit langen Röcken, jede Menge Kinder. Sie singen mit geröteten Wangen.

»Dies ist unser neuer Bruder«, sagt Immanuel, als die letzten Töne verklungen sind. Er legt beide Hände auf meine Schultern. »Bruder Aaron, sei willkommen und freue dich, dass du zum Leben geführt wurdest. Gott sei gelobt.«

Ich will diesen Namen nicht, der sich wie ein schlecht sitzender Mantel um mich legt. Doch nun sehen Dutzende Augenpaare auf mich, während ich einen weißen Stein in Empfang nehme, dessen Bedeutung mir schleierhaft ist.

Ich nehme ihn widerstrebend. Also heiße ich jetzt Aaron.

Die Menschen klatschen und rufen »Gelobt sei Gott!« und in diesem Moment haben sie nur Augen für mich, als sei ich der leibhaftige Messias. Mir wird schwindlig, weil ich mich nicht gegen das Gefühl wehren kann, ich, tatsächlich ich, sei der Grund für die Freude dieser Menschen. Dann stimmen sie ein Lied an, das mir vage bekannt vorkommt, aber ich bin unfähig mitzusingen. Ich versuche, mich auf den Text zu besinnen, aber es gelingt mir nicht. Marians Mund öffnet sich weit und auch meine Mutter bewegt ihre Lippen. Ich sehe ihre Anspannung. Ihre Anspannung und etwas anderes. Ich bin nicht gut mit Worten, aber wenn ich eines finden müsste, das beschreibt, was sich da im Laufe der letzten Tage in ihren Zügen abzuzeichnen beginnt, dann würde ich jetzt sagen: Es ist Hoffnung.

Drei Jugendliche kommen aus dem Saal auf die Bühne. Man hat uns gesagt, dass ein paar der Kinder und Jugendlichen noch nie jenseits des Waldes waren. Ich sehe das Mädchen in dem langen Kleid an, das mir gegenübersteht, und frage mich, ob sie eine von ihnen ist.

Als sie meinen Blick bemerkt, senkt sie sofort den Blick und dreht ihren Kopf, sodass ich sie im Profil sehe. Stirn,

Nase und Kinn bilden eine Linie, die mir den Atem raubt. Ich muss den Mund schließen. Ich will nicht wirken, als habe ich noch nie ein Mädchen von der Seite gesehen oder als sei ich nur hierhergekommen, um die Frauen anzustarren. Aber es ist etwas in dieser Linie, das mich nicht loslässt. Unterhalb ihrer Unterlippe holt sie noch einmal Schwung. Als verrate sich in dem nach oben gerichteten Kinn etwas, das man im restlichen Gesicht nicht sieht. Ein Geheimnis, das den meisten Menschen verborgen bleibt.

Ich wende den Blick von ihr ab und sehe in die Menge. Weiter hinten steht Andreas. Er sieht uns aufmerksam an, während seine Lippen den Liedtext formen. Als er meinen Blick auffängt, nickt er und lächelt.

Es ist unglaublich, denn da fällt mir ein: In seiner Gegenwart hat meine Mutter zum ersten Mal seit Jahren wieder gelacht. Und da beschließe ich mitzuspielen. Ich werde die Zähne zusammenbeißen und mitmachen, egal, was passiert. Die Welt da draußen hat mich ausgekotzt wie ein unverdauliches Stück Dreck. Ich glaube nicht daran, aber vielleicht hat Andreas recht und ich werde hier jetzt so was wie eine Auferstehung feiern.

Andreas ist ein seltsamer Mensch, aber er hat meiner Mutter das Leben gerettet. Ich nenne ihn immer noch Andreas, obwohl das nicht der Name ist, mit dem er hier gerufen wird.

Hier im Dorf heißt er Benedikt.

Ada

Der Versammlungsraum ist voll. Jeder, der kann, ist hier. Der Raum vibriert von den vielen Stimmen. Die Ältesten stehen auf einer erhöhten Plattform, die im hinteren Teil des Raums dazu dient, Reden zu halten. Auch Sarah steht dort und strahlt. Natürlich, denke ich, sie hat ja diese Seelen auch gefunden. Ich verbiete Satan, mein Herz mit Missgunst zu vergiften. Meine Aufgabe ist nicht weniger wichtig als die Sarahs.

Denn wer unter euch allen der Kleinste ist, der ist groß.

Immanuel gebietet mit einer Hand Schweigen und das Raunen verstummt.

»Brüder und Schwestern.« Immanuel sieht sich um und nickt langsam. »Die meisten von euch wissen es schon: Vier Seelen haben nach schwerer Krankheit den Weg zu uns gefunden. Nehmt sie auf in Liebe und in Ernst. Helft ihnen, wo ihr könnt, damit sie sich bei uns zurechtfinden und den Plan Gottes erkennen können.«

Er beugt sich etwas vor und der ganze Saal zittert vor Spannung.

»Wir wissen alle, dass wir kurz vor dem Ende stehen. Diese Seelen haben nach unserer Hilfe verlangt und wir dürfen sie nicht im Stich lassen. Selbst jetzt noch, in den Tagen vor dem Ende, wirkt Gott Wunder!«

Er dreht sich um und nickt einem der anderen Ältesten zu, der daraufhin zur Tür geht, die von der Plattform nach draußen führt.

Die Tür geht auf. Die erste, die hereinkommt, ist eine Frau mittleren Alters. Ihr schwarzes Haar, das sie zu einem Zopf geflochten hat, ist kurz. Es reicht kaum bis zur Schulter. Als Immanuel sie heranwinkt, kommt sie näher. Sie wird rot und lächelt scheu. Es ist ihr sichtlich unangenehm, so präsentiert zu werden, und das nimmt mich sofort für sie ein.

»Das ist unsere neue Schwester«, sagt Bruder Immanuel

und dreht sich zu ihr um. Er legt eine Hand auf ihren Kopf, um sie zu segnen.

»Dein altes Leben ist vergangen. Du bist gekommen, um vom Glauben zur Erkenntnis zu gelangen. Als Zeichen deines neuen Lebens hat Gott dich bei deinem wahren Namen gerufen. Dein neuer, dir von Gott gegebener Name ist Ruth.«

Hosea reicht Immanuel den weißen Namensstein und Bruder Immanuel nimmt hin und hält ihn vor Ruth, die ganz vorsichtig danach greift.

»Wer überwindet, dem werde ich einen weißen Stein geben und auf den Stein geschrieben, einen neuen Namen. Schwester Ruth, sei willkommen und freue dich, dass du zum Leben geführt wurdest. Gott sei gelobt.«

»Gelobt sei Gott!«, rufen alle der Bühne entgegen. Schwester Ruths Gesicht wird noch röter.

»Die Paten unseres neuen Dorfmitgliedes sind Schwester Martha und Bruder Hosea. Aber wir alle werden ihr jede Frage beantworten, die sie hat, und sie von ganzem Herzen und jeden Tag willkommen heißen in der Gemeinschaft der Siegelträger.«

Er nickt der neu Angekommenen zu und diese stellt sich, sichtlich erleichtert, dass die Aufmerksamkeit nun nicht mehr ihr gilt, ganz an den Rand der Bühne. Martha und Hosea treten nach oben und begrüßen Schwester Ruth.

Bruder Immanuel dreht sich wieder um und nickt dem Ältesten zu, der an der Tür steht. Zweimal noch wird ein weißer Stein vergeben und wir begrüßen Machla und Taphat, zwei junge Frauen mit roten Gesichtern, die trotz der Kleider und geflochtenen Zöpfe sehr ungewohnt auf mich wirken.

Und dann kommt Aaron.

Das Erste, was ich von ihm sehe, sind seine Haare. Sie

sind noch dunkler als meine, so schwarz wie der Teer, mit dem wir die Dachpappe verkleiden. Er sieht zu Boden und es ist unmöglich zu erkennen, welche Gefühlsregungen sich auf seinem Gesicht abzeichnen.

Als er den Kopf hebt, sehe ich, dass er blass ist. Eine handbreite Strähne fällt über sein rechtes Auge und seine helle Haut mit den Sommersprossen lässt sie noch dunkler wirken. Er macht eine leichte Bewegung mit dem Kopf, die Haare fallen zur Seite, dann aber sofort wieder zurück. Ich bin mir nicht sicher, ob er sich freut, dort zu stehen, wo er jetzt steht. Ich bin mir nicht sicher, ob er wirklich hier sein will. Ich bin mir nicht sicher, ob ich seine Patin sein will.

Magdalena neigt sich zu mir. »Was soll denn das für eine Frisur sein?«, flüstert sie in mein Ohr. »Man kann ja überhaupt nicht sehen, wie er aussieht.«

Ich zucke mit den Schultern. Krank sieht er nicht wirklich aus, finde ich, nur schrecklich blass. Und so, als sei er schwere Arbeit nicht gewohnt.

Bruder Immanuel reicht Bruder Aaron den weißen Stein.

»Gott sei gelobt!« Meine Lippen öffnen und schließen sich, aber es kommt kaum ein Ton heraus. Mein Mund ist trocken und ich richte mich auf. Bruder Immanuel sieht in die Menge. Er nickt Simon, Magdalena und mir zu und wir drängen uns durch die Menschen nach vorn. Die Menge teilt sich vor uns, zuerst zögernd, dann bereitwillig. Simon stolpert, als er die erste Stufe betreten will, doch dann rafft er seinen schmächtigen Körper zusammen und geht auf die Bühne. Ich folge ihm. Hinter mir kommt Magdalena.

Als wir oben sind, lächelt Bruder Immanuel. »Ada, Magdalena und Simon. Ihr werdet die Paten von Aaron, Machla und Taphat sein.«

Ich weiß nicht, was ich sagen soll, aber da ergreift Simon

Aarons Hand, wie es zuvor schon Martha bei Ruth getan hat und sagt: »Herzlich willkommen.« Wir tun es ihm nach und schütteln die Hände der Geretteten. Ich bin froh, nichts sagen zu müssen, weil alle in diesem Moment anfangen zu singen. Meine Lippen bewegen sich automatisch mit den bekannten Worten mit, doch es kommt nur ein dünner Ton heraus.

Wegen dieser Menschen kann ich keine Heilerin werden. Ich kann meinen Blick kaum von Aarons Haarsträhne wenden. Er blickt zu Boden und ich frage mich, wie seine Augen wohl aussehen, besonders das rechte, das, welches hinter seinen Haaren versteckt ist.

Als er dann schließlich aufschaut, mit einer Kopfbewegung, die seine Augen freilegt, und mir direkt in die Augen sieht, weiß ich es. Und ich wünschte, ich hätte es mich nicht gefragt. Denn plötzlich klopft mein Herz und meine Hände schwitzen. Ich wische sie vorsichtig an meinem Rock ab.

Aarons Augen sind wie zwei Brunnen, in die man hineinstürzen kann, weil kein Schutzgitter auf ihnen liegt.

Ich sehe schnell zu Boden. Ich muss meine Aufgabe erfüllen, denn es ist meine Bestimmung. Aber ich weiß nicht, wie ich es schaffen soll.

Ada.

Ich erschrecke. Zum ersten Mal seit Tagen höre ich Kassians Stimme in meinem Herzen und in mir breitet sich ein warmer Fleck aus. Ich hebe den Kopf und mir wird bewusst, dass es merkwürdig ist, wenn ich nicht mitsinge. Also singe ich und lächele und denke an Kassian. Und fühle mich inmitten der singenden Menschen, die ich mein Leben lang kenne, so einsam wie noch niemals zuvor in meinem Leben.

Luca

Als das Lied zu Ende ist, löst sich die ganze Versammlung auf. Meine Mutter und ich werden von den vier Menschen in Empfang genommen, die unsere »Paten« sind und deren Namen ich so schnell wieder vergessen habe, wie sie gesagt wurden. Ich würde gerne das Mädchen mit dem Wahnsinnsprofil noch mal nach ihrem Namen fragen, aber irgendetwas an ihrem Ausdruck verbietet es mir.

Als wir aus dem Versammlungsraum treten, kneife ich die Augen zusammen. Mir war überhaupt nicht aufgefallen, dass es im Inneren so dunkel war. Obwohl erst April ist, ist es beinahe sommerlich warm.

Ob die Leute hier was von Klimaveränderung wissen? Ich bezweifle es, je mehr ich von dem Ort zu sehen kriege. Der Platz vor dem Versammlungshaus, den ich vorhin nur zur Hälfte gesehen habe, ist rund. Es sieht wirklich aus wie eine Arena oder ein kleines Amphitheater. Um ihn herum stehen mehrere große Häuser, die offensichtlich mit viel Mühe, aber wenig Geld instandgehalten werden. Mehrere Wege führen von dem Platz ab, an denen weitere bescheidene Häuser stehen. Ich folge der Reihe an Menschen, die vor uns hergehen, links um einen Brunnen herum, und sehe mich um, während der graue Sand unter meinen Schuhen knirscht.

Die Häuser sehen ziemlich heruntergekommen aus. Hier und da sieht man geflickte Dächer oder eine Veranda, die aussieht, als sei sie aus unbehandeltem Holz zusammengezimmert worden. Das Holz ist stellenweise verwittert, aber auf vielen Wänden und Dächern sind Schieferschindeln angebracht. Ich frage mich, wo die herkommen.

Vor den Häusern lagert Holz. Scheint nicht so, als sei das Wort Zentralheizung im allgemeinen Dorfwortschatz angekommen. Und wenn der Kanal, der vom Brunnen in der Mitte des Dorfplatzes abgeht und in dem unaufhörlich Wasser fließt, das ist, was ich glaube, nämlich die gesamte, vorsintflutliche Wasserversorgung des Dorfes, dann ist das hier definitiv das Ende der Welt.

Ich frage mich, ob hier eigentlich irgendjemand zur Schule geht. Ein Gedanke, der mich bedenklich nah an mein altes Leben bringt, daher verbanne ich ihn schnell wieder in die Kiste mit der Aufschrift »Sondermüll«. Ich bin jetzt Aaron.

Ich frage mich, welche Art von Leben mich hier eigentlich erwartet. Bisher habe ich nur so weit gedacht: weg von ihm.

Ich spüre das dringende Verlangen, mich irgendwohin zu setzen, von mir aus auch an eine der baufälligen Hauswände oder einen Baum, um zu zeichnen.

»So«, sagt Martha, die neben meiner Mutter geht. »Das ist unser Haus. Ihr zwei werdet bei uns wohnen, bei Hosea und mir. Wir haben noch ein Zimmer frei und das ist nun eures.«

Auf die Idee mit der Privatsphäre ist hier offensichtlich auch noch niemand gekommen.

Meine Mutter lächelt, aber ich spüre einen Widerwillen in mir, sie »Ruth« zu nennen, selbst hier in dieser seltsamen Umgebung, in die sie sich einfügt wie ein Puzzleteil, während ich ein Fremdkörper bleibe.

Dann gehen wir ins Innere des Hauses. Zu meinem Erstaunen drängt sich die ganze Gruppe, die uns hierher begleitet hat, mit hinein. Ich sehe mit einem Blick, dass es weder Strom noch fließendes Wasser gibt. Es ist beinahe unvorstellbar, dass diese Menschen hier leben. Dass sie wirklich so existieren können. Ohne fließendes Wasser, Strom, Internet!

Ich drehe mich zu meiner Mutter um, doch sie ist in ein Gespräch mit Martha verwickelt. Dann sehe ich mich zu den beiden um, die wohl so was wie meine Aufpasser sein sollen. Plötzlich fallen mir auch ihre Namen wieder ein. Ada und Simon. Die dritte, Magdalena, ist mit Marian und Kira bereits vorher abgebogen. Die beiden kommen wohl in einem der größeren Häuser in der Nähe des Versammlungsplatzes unter. Ada blickt beharrlich zu Boden, aber Simon schaut mich an und weiß offensichtlich ebenso wenig wie ich, was er tun soll. Ich schätze ihn auf kaum älter als mich selbst, obwohl die Frisuren, die die Männer hier tragen – langes Haar, im Nacken zusammengebunden, ein dünnes Band über der Stirn, alle irgendwie alterslos machen. In seinem Blick liegt eine Mischung aus Furcht und Überheblichkeit, die ich nicht recht deuten kann.

»Willkommen zu Hause«, sagt Hosea, »nun seid ihr in Sicherheit.« Dann hält er die Handflächen nach oben. »Gott sei gelobt.«

»Gelobt sei Gott«, wiederholt ein vielstimmiger Chor.

Ich bin im Mittelalter gelandet.

Ada

Seit ich Patin bin, hat sich mein Leben geändert. Anstatt mich um Rahel und Nikodemus zu kümmern, gehe ich schon sehr früh zu Martha und Hosea hinüber. Dort wartet Simon meist schon und dann gehen wir mit Aaron und

Ruth, Martha und Hosea zum Versammlungshaus, wo wir Magdalena mit Taphat und Machla treffen. Wir nehmen die Geretteten in unsere Mitte, als wir in den Kreis gehen, um das Morgengebet zu sprechen. Danach essen wir etwas und dann gehen wir zur Arbeit, wie wir es immer tun und wie es die Neuen nun kennenlernen. Am ersten Tag führen wir Aaron, Machla und Taphat herum und zeigen ihnen alles. Doch ein Leben ohne Arbeit macht das Herz schwach und die Gedanken böse, deshalb fangen wir am zweiten Tag an, sie mit aufs Feld zu nehmen.

Die drei müssen ein furchtbares Leben gehabt haben dort draußen. Sie sprechen nicht davon, aber man sieht es in ihren gezeichneten Gesichtern. Sie wissen alle nichts von der Arbeit auf dem Feld, und als Aaron unsere Pferde sieht, lacht er seltsam auf. Er weiß nicht einmal, wie man das Geschirr richtig anlegt. Magdalena kichert, als er ungeschickt das untere Ende des Kummets nach oben hält, aber da wirft ihr Simon einen Blick zu und sie verstummt und beißt sich auf die Lippen. »Sie können doch nichts dafür«, flüstere ich.

Sie nickt. »Ich weiß ja.«

Ich frage mich, wie lange sie wohl nichts Richtiges mehr gegessen haben. Woher sie überhaupt ihre Nahrung bekommen haben, wenn sie nicht einmal in der Lage sind, ein Feld zu bestellen. Sie sind nicht so ausgezehrt, wie sie eigentlich sein müssten, wenngleich Ruth und Machla sehr dünne, schmale Hände haben. Taphat ist stark und gut genährt. Aber von Arbeit versteht auch sie nichts.

Ich hoffe, ihre Blasen werden nicht so schlimm, wenn sie zum ersten Mal die Sense in die Hand nehmen müssen.

Vor dem Mittagessen zeigen wir Aaron, Taphat und Machla alles, was sie wissen müssen: das Badehaus und das Versammlungshaus, den Brunnen und wie man ein

Holzfeuer entzündet. Nicht einmal das wissen sie. Ich lache und frage Machla, wie denn dort draußen das Essen gekocht wird, aber sie antwortet nicht. Magdalena und ich sehen uns an und ich spüre, dass sie vom selben Schaudern erfüllt wird wie ich bei der Vorstellung, dass sie ihr Essen vermutlich roh verzehren mussten.

Neben Aaron zu stehen, vermeide ich, wenn ich kann. Seine Anwesenheit verwirrt mich und ich fürchte den Blick in seine Augen. Trotzdem nehme ich ihn sogar dann wahr, wenn ich ihn nicht ansehe. Als ob seine Anwesenheit die Luft um mich herum in Schwingung versetzt. Ich bin froh, dass ich nie alleine bin mit ihm, sondern dass Simon, Magdalena und die beiden neuen Mädchen dabei sind.

Ich ertappe mich sogar dabei, dass ich lächele. Es ist schön, nach den vielen Monaten der Dunkelheit, die im Haus meiner Eltern herrscht, gemeinsam mit den anderen früh durch die Morgensonne zu gehen und zu sprechen. Einfach nur zu sprechen. Den Neuen aus der Bibel zu erzählen und von unserem Leben. Taphat hört mit großen Augen zu und es ist eine Freude, wie sie alles in sich aufsaugt. Machla ist viel dunkler und ihr Gesicht verschlossener. Wenn sie etwas falsch macht, wird sie so wütend über sich selbst, dass wir sie beruhigen müssen. Trotzdem wird mir durch die Anwesenheit der Geretteten unser Leben so kostbar. Abends danke ich Gott aus der Tiefe meiner Seele dafür, dass er mich als reines Kind erwählt hat, vor Anbeginn der Zeit.

Aaron ist ein Rätsel. Manchmal sagt er stundenlang nichts. Dann bricht eine Frage aus ihm heraus, die mich nach Luft schnappen lässt und die wir manchmal nur schwer beantworten können.

Aber er scheint die Arbeit lieben. Trotz seiner erstaunlich schmalen Hände ist er kräftig genug, einen ganzen Vormittag mit dem Pflug zu arbeiten. Das ist nicht leicht, weil die Pferde störrisch sein können und dann die Furchen schräg werden und weil man ständig mit aller Kraft den Pflug in die Erde pressen muss.

Aber Aaron richtet sich auf, trotz der Krankheit, wie von einem inneren Feuer angetrieben und manchmal beobachte ich ihn aus den Augenwinkeln. Wenn er in meine Richtung sieht, drehe ich schnell den Kopf. Ich bin froh, nicht mit ihm allein zu sein.

Doch an einem der nächsten Tage, als wir mit unseren Paten zu den Ziegen gehen sollen, wartet Simon nicht wie gewohnt vor dem Haus von Martha und Hosea.

»Machla und Taphat sind in den Gewächshäusern«, verkündet Martha, als ich ankomme. »Es ist so viel zu tun dort um diese Jahreszeit und wir brauchen jede Hand. Aaron wird dich zu den Ziegen begleiten.«

»Aber ... warum geht Simon nicht mit Aaron?«

Martha lächelt und dann zupft sie meine Schürze zurecht, die verrutscht war. »Weil du dich mit den Ziegen am besten auskennst. Aaron will alles über unsere Tiere lernen und da weißt du am besten Bescheid.«

Ich senke den Blick und spüre, wie mein Gesicht heiß wird. Als ich wieder aufblicke, lächelt Martha mich an. »Keine Angst«, sagt sie. »Aaron ist ein anständiger junger Mann, auch wenn er von draußen kommt.«

Und da steht er schon in der Tür. Aaron sieht mich ausdruckslos an, nimmt seine Augen nicht von meinem Gesicht. Ich weiß nicht, wohin mit meinen Händen, mit meinem Blick.

»Also gut«, sage ich und drehe mich brüsk um, »hier geht es lang.«

Der Weg zu den Ziegenställen kommt mir sehr weit vor. Als wir angekommen sind, drücke ich Aaron eine Mistgabel in die Hand und achte darauf, ihn keinesfalls zu berühren. Dann zeige ich ihm, wie das Heu ausgewechselt wird.

»Kann man die melken?«, fragt er irgendwann.

»Es sind Ziegen!«

Er lacht. Seine Haare fallen zurück und geben seine Augen frei. In seinem Gesicht liegt plötzlich ein solches Strahlen mit diesem Lachen, dass ich meine Kiefer aufeinanderpressen muss. »Zeigst du es mir?«

Ich nicke. Sprechen kann ich nicht.

Zu meinem Erstaunen stellt sich Aaron beim Melken geschickter an, als ich vermutet hatte. Die Tiere fassen schnell Zutrauen zu ihm, und nachdem ich ihm erklärt habe, wie er sie anfassen muss, macht er es mir nach. Seine Hände sind so anders als die Hände der Männer aus dem Dorf. Obwohl ich mir nicht vorstellen kann, dass er mit ihnen in den letzten Jahren viel gearbeitet hat, haben ihre Bewegungen eine innere Bestimmtheit, die mich erschauern lässt.

Er lenkt Flöckchen, die ich ihm zuerst zugeteilt habe, weil sie ein gutmütiges Tier ist, mit sanftem Nachdruck an den richtigen Platz. Als ich sehe, wie seine Finger über das Fell streichen, muss ich schlucken. Ich sehe weg, aber über meine Brust hat sich eine seltsame Atemlosigkeit gelegt. Als der erste Milchstrahl in den Eimer geht, lacht Aaron auf.

Ich will nicht, aber ich muss ihn ansehen. Wie er da so sitzt, sich über die Milch freut, die er dem Tier entlocken konnte, mit den Haaren, über die sich Staub gelegt hat in den letzten Tagen, sieht er aus wie ein dunkler Engel.

Ich darf so etwas nicht denken. Ich presse die Zähne zusammen.

Plötzlich wird Aaron ernst. »Was ist das da auf deiner

Stirn?« Ich senke den Kopf, versuche, mich hinter der Ziege, die ich melke, zu verstecken.

»Haben sie dir das nicht erzählt?«, frage ich zögernd. Ich weiß nicht, ob Aaron es schon erfahren darf und ob ich diejenige sein kann, die es ihm erzählt.

Er schüttelt den Kopf und lässt mich nicht aus den Augen. »Das tragt ihr alle, habe ich gesehen, aber was ist es?«

»Es ist das Siegel«, sage ich langsam. »Das Siegel der Auserwählten. Wenn du aufgenommen wirst, bekommst du es auch.«

Er sieht mich seltsam an. »Ist das eine Tätowierung?«

Ich senke den Kopf. »Die Farbe geht unter die Haut und verschwindet nie mehr. Wer das Siegel trägt, ist für ewig Gottes Eigentum.«

»Krass«, entfährt es ihm. Flöckchen schreckt zur Seite, aber als er eine Hand auf ihren Rücken legt, beruhigt sie sich sofort wieder. Seine Weltsprache ist so dunkel und unvertraut, dass mich eine Gänsehaut überläuft.

»Und solange ich das Siegel nicht trage, mag Gott mich nicht?« Er stößt Flöckchen spielerisch an den Kopf und sie lässt sich darauf ein. Ich kann meine Augen nicht von dem Bild nehmen, wie er mit dem Tier umgeht, als kenne er es schon seit Ewigkeiten. Nicht einmal Laban ist so vertraut mit den Ziegen wie dieser Junge mit den dunklen Augen.

»Gott liebt alle Menschen, aber ...« Ich senke den Kopf, »... du wärst dann kein Siegelträger. Kein Auserwählter. Das Ende dieser Zeit kommt schon bald, aber du ...«

Ich mag nicht weiterdenken.

»Was wäre ich denn?«

»Ein Verlorener«, sage ich leise.

»Ein Verlorener am Ende der Zeit«, wiederholt er langsam, als wolle er den Geschmack der Worte kosten. Dann nickt er bedächtig. »Ja«, sagt er grinsend, »passt eigentlich ganz gut zu mir.« Als er mich ansieht, durchfährt mich ein Blitz. Ich kann mich an seinen Blick einfach nicht gewöhnen. Wahrscheinlich ist das nur, weil er von draußen kommt.

»Die Ziegen warten«, sage ich und es klingt unfreundlich.

»Lebst du schon immer hier?«, fragt er nach einer kurzen Pause, in der wir nur das Zischen der Milch hören, die in die Eimer trifft. »Warst du schon mal draußen?«

Seine Frage versetzt mir einen Stich und erinnert mich daran, dass ich keine Heilerin bin, sondern hier meine Aufgabe an Aaron und den anderen erfüllen muss. »Ich lebe schon immer hier«, antworte ich knapp.

»Wie ist das?«, fragt er. »Hier zu leben. Zu glauben, dass bald alles vorbei ist.«

»Wir dürfen uns nicht von Furcht leiten lassen. Wir versuchen, ein gottgefälliges Leben zu führen, auch wenn die Zeichen immer deutlicher werden. Hier ist der einzige Ort, an dem noch Leben möglich ist.« Mir wird klar, wie grausam das für ihn klingen muss. Wie viele Menschen hat er in der Welt außerhalb des Dorfes wohl verloren? Plötzlich komme ich mir dumm vor und selbstsüchtig. Weil ich immer nur an Kassian denke und daran, dass ich Heilerin werden wollte. Mein Bruder hat sein Leben gelassen, um Menschen zu retten, die noch viel Unsagbareres erlebt haben als wir hier alle zusammen. Und einer von ihnen ist mir nun anvertraut und ich benehme mich wie ein verstocktes Kind. »Entschuldige«, sage ich, »du hast sicher Schlimmes erlebt. Ich wollte nicht ...«

»Was haben sie dir über die Welt draußen erzählt?«

»Es tut mir leid«, wiederhole ich.

Er nimmt den Eimer unter Flöckchen hervor und betrachtet ihn eingehend. Dann schüttelt er langsam den Kopf. »Schon gut. Du musst dich nicht entschuldigen.«

Er steht auf, reibt sich den Rücken. »Wie lange braucht man, bis die alle gemolken sind?«

»Zwei Stunden etwa«, sage ich. »Dreimal am Tag.« Aaron stöhnt auf.

»Morgen reinigen alle den Kanal. Damit das Wasser sauber bleibt«, plappere ich zusammenhanglos.

Er nickt nur und wischt sich die Stirn ab. »Ora et labora.«

»Wie bitte?«

»Vergiss es.« Er lächelt seltsam.

In der nächsten Nacht schlafe ich schlecht. Im Morgengrauen stehe ich auf und gehe in Richtung Badehaus, wo sich auch die Kammer mit den Putzsachen befindet. Wenn ich schon nicht schlafen kann, kann ich ebenso gut anfangen, den Kanal zu reinigen. Als ich eine Bürste und einen Eimer genommen und die Tür wieder geschlossen habe, tritt Aaron aus dem Männerwaschraum. Ich schrecke zurück.

»Du arbeitest schon?«, fragt er.

»Ich schlafe schlecht.«

Er lächelt und nickt wissend mit dem Kopf. »Kenn ich.« Einen Moment lang sagt keiner von uns etwas. Dann deutet Aaron auf meine Hände. »Kann ich dir helfen?«

»Es ist eine schwere Arbeit. Niemand macht sie gern.«

Er kneift die Augen zusammen und grinst. »Klingt wie für mich gemacht.«

Ich nicke flüchtig, dann drücke ich ihm die Bürste und den Eimer in die Hand und gehe zurück in die Kammer, um noch eine zweite Bürste zu holen.

Er stockt kurz, bevor wir den Weg zum Dorfplatz einschlagen, dann schüttelt er den Kopf. »Ich kann mich echt nicht daran gewöhnen, dass hier niemand Türen abschließt.«

»Warum sollten wir?«

Er lacht auf. »Ja, warum. Bei uns wäre ein Vorhängeschloss davor, aber bei euch ... Ja, warum eigentlich?«

Wir gehen eine Weile schweigend nebeneinander her.

»Was ist eigentlich eine Heilerin?«, fragt Aaron irgendwann.

Ich bleibe abrupt stehen und starre ihn an. »Warum willst du das wissen?«

»Magdalena hat davon erzählt«, erwidert er und zuckt mit den Schultern, als fände er das ziemlich unbedeutend. »Sie sagt, du wolltest Heilerin werden.«

»Magdalena sollte ihre Zunge hüten«, gebe ich kalt zurück.

»Oh-oh«, sagt er grinsend, »falsches Thema.«

»Ja. Ganz falsch.«

Ich darf nicht so denken und versuche, langsam und gleichmäßig zu atmen.

Er hebt die Hände. »Sorry.«

»Sprich anständig!«, fauche ich ihn an, doch als ich in sein verdutztes Gesicht sehe, komme ich zur Besinnung. Ich führe mich auf wie eine Verstockte. »Entschuldige«, sage ich und senke den Kopf, weil ich ihm nicht in die Augen sehen kann. »Ich habe mich in der Rede gegen dich versündigt.«

Er lacht. »Schon gut, kein Drama.«

»Sei schnell bereit zum Hören, aber bedächtig bei der Antwort.«

»Die Bibel, nehme ich an?«, fragt er, und als ich ihn nun doch ansehe, lächelt er immer noch und dieses Lächeln legt sich unwillkürlich auf mein eigenes Gesicht. Ich nicke. »Ja.«

»Hast du eigentlich auch schon mal was anderes gelesen?«

»Es gibt noch ein paar Bücher im Versammlungsraum.«

»Erbauungsliteratur, nehme ich an.«

Ich zucke mit den Schultern und komme mir plötzlich sehr dumm vor. »Nennt man das so?« Zum ersten Mal wird mir klar, dass die Menschen da draußen auch leben. Irgendwie. Und ihre Tage vermutlich genauso lang sind wie unsere.

Aaron blickt auf die Bürste in seiner Hand und hebt sie dann mit der Handfläche zu mir gekehrt in die Höhe. »Also los, lass uns diesen Kanal blitzblank schrubben«, verkündet er. »Schlag ein!« Er schaut mich auffordernd an.

Ich nicke verwirrt und hocke mich zu Boden. Nur verstehe ich nicht, warum Aaron immer noch lächelt, während er die Bürste senkt.

Am Nachmittag klappt Aaron zusammen. Es passiert so langsam, dass ich die Bewegung überhaupt nicht mitbekomme und es erst merke, als er neben der Mauer zusammengesunken ist, die den Kanal zwischen uns einfasst. Ohne nachzudenken, lasse ich die Bürste fallen, steige über den Kanal und bin bei ihm. Ohne nachzudenken, lege ich ihm die Hand auf die Schulter, ohne nachzudenken, verfalle ich in einen Tonfall, in dem ich auch mit Rahel spreche, wenn sie nachts aufwacht und nicht versteht, wo sie ist.

Ich sehe mich um, aber es ist niemand in der Nähe. Wir sind ziemlich am Ende des Kanals angelegt, bei Johannes' Haus. Die Arbeit auf den Feldern und in den Gewächshäusern ist zurzeit die Wichtigste.

Als ich an Aarons Schulter rüttele, kommt er wieder zu sich. Schnell ziehe ich die Hände wieder zurück.

»Es tut mir leid«, sagt er, »ich weiß nicht ... das ist noch nie passiert, ich kann nicht ...« Seine Glieder zittern.

»Es ist die Krankheit«, erkläre ich, doch er schüttelt heftig den Kopf.

»Ich bin nicht krank, Ada. Jedenfalls – nicht so. Nicht so, wie du denkst.« Er sieht auf und da sind wieder diese Augen. Ich muss schlucken.

»Ich habe seit zwei Wochen nicht geschlafen.« Er lässt die Hand mit der Bürste sinken und lacht auf. »Ich glaube, ich bin einfach am Ende.«

Etwas in mir übernimmt die Führung. Ich weiß, dass ich ihn nicht berühren sollte, aber doch greife ich unter seine Achseln und ziehe ihn vorsichtig hoch. »Komm«, sage ich, »du solltest nicht hierbleiben. Es ist zu heiß und du bist noch vergiftet von draußen.« Ich ignoriere seinen Protest. »Wir gehen zurück und du legst dich hin.«

Er will etwas erwidern, aber bevor er dazu kommt, sage ich bestimmt: »Ich bin gut im Bewachen von Schlaf.«

Aaron lacht auf, aber er sagt nichts mehr. Ich ziehe ihn weiter, schleife ihn irgendwie bis zum Haus von Martha und Hosea. Alle sind noch bei ihrer Arbeit und ich bin froh darüber. Natürlich würde niemand etwas Böses dabei denken, dass ich einen kranken Menschen anfasse, auch wenn es ein Junge ist. Trotzdem. Ich will ihn noch nicht an andere Menschen abgeben. Ich will ... Ich weiß es nicht.

Bevor wir ins Haus treten, bleibt Aaron stehen und ich löse meinen Arm von ihm, nehme ihn wieder zu mir, auch wenn er sich jetzt schrecklich leer anfühlt.

»Steht in der Bibel eigentlich auch etwas über Maler?«

»Ja«, bestätige ich und sehe ihn überrascht an, »ich glaube schon. Aber Hosea weiß das besser. Oder Immanuel. Alles, was wir tun, tun wir für Gott, nicht für uns. So ist das auch mit der Kunst.«

»Aha«, sagt er und streicht sich nachdenklich die Haare aus der Stirn, »klar.«

Ich teile einen Gedanken mit ihm, der mir selbst so wichtig geworden ist, vor allem dann, wenn ich mit mir selbst hadere: »Wenn das Ende der Zeit gekommen ist, ist es nicht wichtig, was man getan hat in diesem Leben. Welche Kunstwerke man vollbracht hat. ER sieht in unsere Herzen. Ob man rein geblieben ist in dem, was man denkt und tut.«

Aaron sieht mich kopfschüttelnd an. »Wie soll man denn rein bleiben«, gibt er ernst zurück, »in dieser ... Welt?« Er macht eine ausladende Geste und hält dann mitten in der Bewegung inne. Er sieht sich um, als begreife er erst jetzt, wo er sich befindet. In diesem Moment kann ich seinen Gesichtsausdruck zweifelsfrei lesen: In seinen Augen liegt Staunen.

»Deshalb seid ihr hier«, murmelt er und dreht sich zu mir um, als sähe er mich zum ersten Mal. »Stimmt's?«

Ich denke kurz nach. »Wir sind hier, weil Gott uns auserwählt hat. Das Dorf ist unser aller Rettung.«

»Du redest seltsames Zeug«, sagt er, »aber vielleicht bist du ja so was wie mein Engel.« Er hat seine Augenbrauen hochgezogen und lächelt mich an, mit tiefen Querfurchen auf seiner Stirn, die seinem Lächeln etwas Gequältes verleihen.

Mir wird plötzlich bewusst, wie nahe wir beieinanderstehen. Ich kann seinen Adamsapfel sehen, als er schluckt. Schnell wende ich meinen Blick ab. »Leg dich hin und schlaf eine Weile.«

»Wie soll das gehen?«, fragt er lachend. »Ich habe seit zwei Wochen nicht geschlafen.«

Ich deute auf die Stufe am Eingang. »Ich bleibe hier sitzen und passe auf.«

»Du willst wirklich auf mich aufpassen?« Er klingt fassungslos.

Statt einer Antwort setze ich mich auf ebendiese Stufe und er schlurft langsam ins Innere.

Kurz darauf kommt er wieder heraus und drückt mir eine Mappe in die Hand, die an den Ecken von zwei Bändern zusammengehalten wird. »Hier«, sagt er und lächelt, »damit es dir nicht langweilig wird. Aber zeige es niemandem. Ich will, dass nur du es siehst.«

Ohne ein weiteres Wort geht er hinein und ich höre ihn noch kurz im Haus rumoren. Dann wird es still.

Ich weiß nicht, wann die Aprilsonne das letzte Mal so warm war. Irgendetwas ist passiert in den letzten Jahren, das die Sonne heißer macht. Und wir alle wissen, dass es noch viel heißer werden wird. Wenn der vierte Engel seine Schale ausgießt, werden die Menschen verbrennen in der großen Hitze.

Ich blinzele einen Moment in die Sonne und atme den Duft des Frühlings ein, der bereits mit voller Macht über uns hereingebrochen ist. Dann wickele ich die Bänder von der Mappe und hole die ersten Blätter heraus.

Als ich sie ansehe, bleibt mir die Luft weg. Ich erinnere mich an die wenigen Bilder, die ich je in meinem Leben gemalt habe – die meisten davon im Unterricht bei Bruder Philemon. Klägliche Versuche, etwas von der Welt auf ein Blatt Papier zu bannen. Und dann gibt es natürlich Hoseas Bilder. Ich mag sie, weil sie so friedlich sind. In unserer Kammer hängt ein Bild, das Rahel und mich zeigt und einen Engel, der uns beschützt. Ich bete gern davor.

Aber das, was ich hier sehe, ist etwas völlig anderes. Ich nehme ein Blatt nach dem anderen heraus. Sie zeigen alle einen Menschen: Ruth. Es ist, als blicke sie mich aus den

Bildern heraus an. Als könne sie jeden Moment das Papier verlassen, um leibhaftig vor mir zu stehen. Jede Linie ihres Gesichts ist so – so echt, dass ich glaube, mit ihr sprechen zu können.

Hastig ziehe ich noch weitere Blätter heraus. Nach und nach sind auch andere Menschen zu sehen. Menschen, die ich nicht kenne – auch Tiere und Häuser, aber in erster Linie: Menschen. Sie sitzen und stehen, liegen und manche scheinen zu schweben. Sie lachen oder weinen, aber meistens sind sie ernst und sehen irgendwohin, wohin der Betrachter ihnen nicht folgen kann. Als ich Schritte auf dem Kiesweg höre, schlage ich schnell die Mappe zu. Mein Herz schlägt schnell, ich weiß nicht, warum. Irgendetwas daran ist gefährlich, auch wenn ich nicht sagen kann, was. Ich lege die Mappe neben mich auf die Innenseite der Treppe, und nachdem ich die beiden Schwestern, deren Schritte ich gehört habe, gegrüßt habe und sie wieder verschwunden sind, öffne ich mit klopfendem Herzen wieder die Mappe.

Und als ich dann eines der hinten liegenden Blätter in die Hand nehme, weiß ich plötzlich, warum das hier gefährlich ist. Mir wird schwindlig.

Es kann nicht sein. Das ist nicht möglich.

Ich springe auf. Die Mappe und das Blatt fallen auf den Boden, als seien sie gefährliche Tiere. Mit zitternden Beinen setze ich mich wieder hin.

Ich atme aus und dann zwinge ich mich, die Mappe und das Blatt wieder aufzuheben und genauer hinzusehen. Zwinge mich, in die Augen zu sehen, die so echt sind, so lebendig. Die Frisur ist anders, die Kleidung, die Haltung. Früher hatte er die Schultern eingezogen. Auf dem Bild wirkt er aufgerichtet, irgendwie größer. Aber das sind seine Augen. Sein Gesicht. Die winzige Narbe in seiner Augenbraue, wo ihn einmal ein Schiefersplitter getroffen hat. Aaron hat sogar die vereinzelten hellen Strähnen getroffen, die seinem Haar schon immer etwas Außergewöhnliches verliehen haben. Ich kenne dieses Gesicht besser als irgendetwas anderes auf der Welt.

Ich falte das Blatt, ohne nachzudenken, zusammen, schiebe es unter meine Bluse und bleibe unbeweglich sitzen, weil mir etwas anderes ohnehin nicht möglich ist.

Was haben sie dir über die Welt draußen erzählt?

Ich muss mich beherrschen, nicht mit den zahllosen Fragen, die sich in meinem Kopf formen, in Aarons Zimmer zu rennen. Ich werde warten. Warten, bis Aaron wieder aufgewacht ist.

Denn Aaron hat meinen Bruder gezeichnet. Meinen Bruder, der seit über einem halben Jahr tot ist.

Luca

Als ich aufwache, dämmert es bereits.

Ich höre gedämpfte Stimmen und weiß erstaunlicherweise sofort, wo ich bin und dass meine Mutter, Martha und Hosea zurück sind. Sie sitzen auf der Bank in der Stube mit dem Ofen darin und dem großen Tisch.

Ich kann nicht verstehen, was sie sagen, aber ich schließe die Augen und lausche ihren Stimmen noch eine Weile, bevor ich mir durch die Haare fahre. Ich habe geschlafen, tatsächlich geschlafen. Plötzlich bin ich hellwach und stehe auf. Wo ist Ada?

Ich greife unter mein Kopfkissen, hole das Handy heraus, das ich dort verstecke, verstaue es in meiner Hosentasche.

Auch wenn ich weiß, dass das bescheuert ist, weil das Dorf ein einziges Funkloch ist, schone ich den Akku. Für den Notfall. Und am liebsten trage ich es dicht bei mir. Empfang oder nicht, irgendwie verbindet mich das noch mit dem Leben da draußen und sei es auch nur in meinem Kopf.

Als ich in die Küche trete, lächelt Martha mich an.

»Wo ist Ada?«, frage ich ohne Begrüßung. Normalerweise muss ich mich jetzt zu ihnen setzen und die Bibel studieren oder was auch immer um diese Tageszeit dran ist. Draußen wird es bereits dunkel. Wie spät ist es?

Cleide sieht auf. »Sie sitzt vor der Tür«, antwortet sie, »wollte einfach nicht gehen.«

Ich drehe mich um und vor der Tür sehe ich eine Gestalt im dunkler werdenden Gegenlicht. Sie bewegt sich nicht.

Mit ein paar Schritten bin ich bei ihr und einen Moment lang verspüre ich das absurde, altmodische Gefühl, vor ihr auf die Knie sinken zu müssen. Ada hat meinen Schlaf bewacht. Noch nie in meinem ganzen Leben hat ein Mensch meinen Schlaf bewacht. Ich bin nicht einmal sicher, ob meine Mutter das jemals getan hat. Wie lange hat sie hier gesessen? Es ist bei aller Hitze tagsüber mittlerweile empfindlich kalt.

»Ada?«, flüstere ich und meine Stimme klingt seltsam, als ich ihr Gesicht von der Seite betrachte.

Sie sieht auf.

»Danke.« Ich würde sie gerne berühren, nur ganz leicht, an der Hand vielleicht oder so, aber ich wage es nicht. Der Blick, mit dem sie mich ansieht, ist verstört und mir wird klar, wie wenig ich über sie weiß. Über dieses ganze Leben hier, in dem ich ein Unbekannter bin, ein Astronaut, der auf einem fernen Planeten gelandet ist.

»Ich bringe dich nach Hause«, sage ich, »es ist ja schon fast dunkel.«

Sie drückt mir in einer knappen Bewegung die Mappe in die Hand. »Ich fürchte mich nicht vor der Dunkelheit und ich wohne gleich im Haus nebenan.«

»Ja. Natürlich. Aber ...« Vielleicht sollte ich sie einfach gehen lassen, aber es gelingt mir nicht. Sie kann doch jetzt nicht gehen, einfach so, nachdem sie Stunden auf den kalten Stufen ausgeharrt hat. »Bitte«, sage ich und da steht sie endlich auf und nickt kurz. Sie geht ins Haus, wo sie sich verabschiedet.

Wir gehen nebeneinander her und ich höre jeden unserer Schritte auf dem knirschenden Kiesweg, so laut, dass es mir in den Ohren wiederhallt, und habe einen Moment lang das irritierende Gefühl, hier nie wieder wegzuwollen aus dieser seltsamen, fremden Welt, in der es so still ist, dass man den Kies unter seinen Füßen hören kann.

»Danke«, setze ich noch mal an, »ich habe geschlafen. Ich meine – nach zwei schlaflosen Wochen weiß ich, dass das etwas Besonderes ist. Keine Ahnung, wie du das gemacht hast.«

Ada antwortet nicht. Allmählich geht sie etwas schneller und ich habe beinahe Mühe, mit ihr Schritt zu halten.

Dann bleibt sie abrupt stehen und dreht sich zu mir um. »Bist du gekommen, um mich zu versuchen?«

»Was?« Ich habe keine Ahnung, wovon sie spricht. Vielleicht ist es ungebührlich im Dorf, ein Mädchen nach Hause zu begleiten. Oh Mann. Vielleicht gebe ich damit ein Zeichen, von dem ich nichts weiß. Vielleicht fordert mich morgen irgendjemand zum Duell. Ich sollte mal in meinem Schulgedächtnis kramen, aber ich fürchte, der Geschichtsunterricht hat uns nichts darüber beigebracht, was zu tun ist in einem mittelalterlichen Dorf, wenn man nicht permanent irgendwelche Sakrilegien begehen will.

Ada greift mit einer Hand in ihre Bluse und ich will sie entsetzt davon abhalten ... was tut sie denn da? Doch sie zieht ihre Hand schon wieder heraus und hält etwas zwischen ihren Fingern.

»Was ist das?«, fragt sie und faltet ein Blatt Papier auseinander. Ich erkenne selbst in dem spärlichen Licht, dass es eines meiner Zeichenblätter ist, und ich weiß nicht, ob ich sauer oder geschmeichelt sein soll, dass sie es sich einfach genommen hat. Moment mal ... Du sollst nicht stehlen, ist das nicht eins der Zehn Gebote? Das würde zumindest erklären, warum das Blatt in ihren Händen flattert: Sie zittert heftig.

»Von wann ist das?«, wiederholt sie barsch und ich begreife, dass ihre Aufregung irgendwas mit dem zu tun haben muss, was auf der Zeichnung zu sehen ist. Blitzschnell überlege ich, ob ich wohl eine Aktzeichnung in der Mappe hatte.

Ich nehme das Blatt, drehe es so, dass das verbleibende Tageslicht darauf fällt, und versuche, etwas zu erkennen.

»Eine Zeichnung aus dem Bergcafé«, erwidere ich schließlich. Ich atme auf. Kein bisschen nackte Haut weit und breit. »Sie ist schon etwas älter, knapp zwei Monate.« Ich sehe noch einmal auf das Papier. Eine Gruppe Menschen ist darauf zu sehen, es ist eines der Cafébilder, die ich eine Zeit lang gemacht habe. Menschen sitzen um einen Tisch, in Gespräche und Beziehungskonstellationen verstrickt. Ich gebe Ada das Blatt zurück. »Wieso fragst du?«

Sie nimmt das Blatt an sich, ohne es eines Blickes zu würdigen. »Das kann nicht sein. Du musst lügen. Lügen ist eine schlimme Sünde.«

»Hör mal«, sage ich und in mir steigt das Gefühl auf, dass hier irgendetwas gehörig schiefläuft, »ich signiere meine Bilder. Mit Datum. Und wenn da das Datum vom Februar steht, dann stimmt das auch. Was ist denn überhaupt so schlimm daran? Da sind doch einfach nur irgendwelche Leute drauf. Das war in einer Kneipe, keine Ahnung, wer das war, ich kenne die Menschen nicht mal.«

»In einer ... Knei-pe?« Ihre Stimme klingt zerbrechlich. Als ob Ada gleich umkippen würde. Ja klar, Kneipen gibt's hier nicht, aber so schockierend kann das doch nun auch nicht sein. Ich frage mich, was ich übersehen habe. Das Leben hier ist voller Stolperfallen und ich habe nicht aufgepasst, weil ich Ada einfach meine Zeichnungen in die Hand gedrückt habe. Und plötzlich muss ich zugeben: Ich habe das nicht getan, weil ich Sorge hatte, dass sie sich langweilt, während ich schlafe. Es war vermutlich noch nicht mal, weil ich mit der Vertrautheit, die in ihrem Angebot lag, meinen Schlaf zu bewachen, nicht zurechtgekommen bin. Ich wollte, dass Ada etwas von mir sieht. Von Luca, nicht von Aaron.

Ein Gefühl von Scham steigt in mir auf und ich hätte Ada das Blatt am liebsten aus der Hand gerissen, aber sie hat es schon wieder klein zusammengefaltet und hält es in beiden Fäusten vor ihrer Brust fest, als könne es sie über Wasser tragen wie ein Rettungsring.

»Du bist dir sicher«, flüstert sie langsam, »dass du diesen Mann hier vor zwei Monaten gesehen hast?« Dann klappt sie das Blatt wieder auf und deutet auf einen jungen Mann aus der Gruppe. Ich sehe noch mal genauer hin, obwohl die Antwort klar ist.

»Ja«, sage ich, »wenn ich ihn gemalt habe, dann ist das sicher.« Ich schließe die Augen, um mich besser erinnern zu können. »Er hatte eine seltsame Art, sich zu bewegen. Irgendwie langsamer. Als sei er sich nicht sicher, wie man sich eigentlich bewegt.« Ich stocke. Plötzlich schwant mir etwas. »Kennst du ihn?«

Ada antwortet nicht. Mein Wunsch, ihr das Blatt aus der Hand zu reißen, das ihr offensichtlich solchen Kummer bereitet, wird immer größer. Ich will nicht, dass sie so aussieht. So verzweifelt, als hätte ihr jemand den Boden unter den Füßen weggerissen. Nicht irgendjemand: ich.

Ich kann es nicht ertragen. Niemals hätte ich ihr die Mappe geben dürfen. Ada hat wieder beide Hände um das zusammengefaltete Blatt gekrallt. Als sie mich schließlich ansieht, liegt ihr halbes Gesicht im Schatten. Die Dämmerung umfängt uns, aber trotz der Dunkelheit erkenne ich die Erschütterung in ihrem Blick.

»Es ist mein Bruder«, wispert sie und ich muss mich anstrengen, sie zu verstehen, weil sie so leise spricht. »Er ist seit einem halben Jahr tot.«

Ich runzele die Stirn. Mein Instinkt sagt mir, dass die nächsten Worte, die ich ausspreche, entscheidend sind. Ich bete zu Gott, an den ich, soweit ich weiß, noch nicht einmal glaube, dass es die richtigen sein werden. »Wer hat dir gesagt, dass er tot sei?«

Ada schaut mich direkt an, ihr Kinn bebt, doch sie bringt keine Antwort über die Lippen.

»Wer auch immer es war, vielleicht haben sie sich ja getäuscht?«, gebe ich mit sanfter Stimme zu bedenken. Der Wunsch, nach ihrer Hand zu greifen, sie irgendwie aus diesem Schmerz zu holen, ist so stark, dass ich meinen Kiefer fest zusammenpresse. Ich spüre genau, wenn ich sie jetzt anfasse, und sei es noch so leicht, dann wird sie augenblicklich wegrennen.

Berührungen sind im Dorf fast eine Art Tabu, vor allen Dingen zwischen den Geschlechtern. Eheleute fassen sich selten an. Nur Kinder oder Frauen und Männer unter sich berühren sich manchmal, zaghaft, klopfen sich auf die Schulter oder flechten sich die Haare. Obwohl die Gemeinschaft so viel teilt, bleiben die meisten voneinander distanziert.

»Wer war es?«, frage ich nochmals.

Ada schluckt schwer und dann öffnet sie den Mund, um das Zittern ihres Kinns unter Kontrolle zu bringen. »Benedikt«, antwortet sie. »Mein Verlobter.«

Ich weiß nicht, was mich mehr erschüttert: dass Ada von einem »Verlobten« spricht; dass sie überhaupt so was wie einen Verlobten hat, dabei ist sie – was? – sechzehn Jahre alt?; oder dass es Benedikt ist. Ob sie weiß, dass er sich draußen Andreas nennt?

»Vielleicht hat er sich getäuscht«, wende ich erneut ein.

Sie schüttelt den Kopf. »Er hat seine Hand gehalten, während er seinen letzten Atemzug getan hat. Er kann sich nicht getäuscht haben.«

Ich schlucke. Was um Himmels willen haben sie Ada erzählt? Und warum? »Vielleicht ist das auf dem Bild ja überhaupt nicht dein Bruder. Vielleicht sieht er ihm nur ähnlich«, sage ich ohne rechte Überzeugung.

Ada schüttelt so heftig den Kopf, dass mir nur vom Zuschauen schwindlig wird. »Deine Zeichnungen sind wie das Leben«, sagt sie bestimmt. »Es ist mein Bruder.«

Unter anderen Umständen hätte mich ihr Kompliment gefreut, doch jetzt läuft es mir nur kalt den Rücken hinunter.

»Sprich doch noch mal mit Benedikt«, schlage ich vor.

Doch Ada steckt die Zeichnung wieder unter ihre Bluse,

dann sieht sie an mir vorbei in die unerreichbare dunkle Ferne.

»Wir sprechen nicht über die Toten«, sagt sie tonlos. »Nicht über die, die draußen gestorben sind an der Krankheit. Sonst kommt die Krankheit ins Dorf. Was aus dem Menschen herauskommt, aus seinem Mund, ist unrein. Du musst jederzeit aufpassen, was du sagst.«

Ja. Das ist mir bereits aufgefallen, denke ich.

Sie sieht mich flüchtig an. Dann dreht sie sich einfach um und geht. Ich folge ihr nicht. Ich bleibe stehen mitten auf dem Weg, der durch das Dorf führt. Mitten in der Dunkelheit, die nun mit jeder Minute schneller über uns hereinbricht, auf dem Kiesweg, auf dem Adas Schritte so laut klingen, dass mir die Ohren davon dröhnen.

Sie haben sie angelogen. Das erschreckt mich nicht, Menschen lügen jeden Tag. Aber Ada weiß das nicht. Ich habe noch nie einen Menschen wie Ada kennengelernt. Sie kommt mir vor wie der erste Mensch auf diesem Planeten und ich habe das unerträgliche Gefühl, sie schützen zu müssen, es aber nicht zu können.

Dieser ganze apokalyptische Quatsch ist dir zu Kopf gestiegen, rede ich mir ein. Doch das Gefühl, dass bald etwas Schlimmes passieren wird, verschwindet trotzdem nicht.

Ada

Seit Stunden versuche ich, mich nicht zu bewegen. Nicht ins Badehaus zu gehen. Nicht unter mein Kissen zu greifen, wo das Bild ist. Ich liege im Bett und sehe dem Mond zu, wie er am Fenster entlanggleitet. Gerne würde ich Rahel wecken, sie unter irgendeinem Vorwand in mein Bett locken, meine Nase in ihr duftendes Haar stecken. Vielleicht könnte ich dann schlafen. Aber das sind selbstsüchtige Gedanken und ich verbanne sie so schnell, wie sie gekommen sind.

Ich war noch am selben Abend bei Benedikt. Er hat sich gewundert, dass ich ihn in der Dunkelheit aufsuche, aber ich musste ihn sprechen. Ich habe ihn nach Kassian gefragt, und obwohl wir beide wissen, dass es falsch ist, von ihm zu sprechen, hatte ich gehofft, dass er mich versteht.

Ich habe ihm nichts gesagt von Aarons Zeichnung, auch wenn ich weiß, dass ich es hätte tun müssen. Ich habe es nicht gewagt. Trotzdem ist Benedikt wütend geworden. Als er mich fragte, warum ich jetzt davon sprechen müsse, habe ich gelogen und behauptet, ich wisse es selbst nicht.

Es stimmt: Lüge ist wie Schlangengift. Sie kriecht langsam durch meine Adern und beginnt, mich zu lähmen. Ich habe versucht, Benedikt zu glauben: dass Kassian tot sei. Ich habe genickt und Ja gesagt und dann bin ich nach Hause gegangen, habe das Bild klein zusammengefaltet und in den Kissenbezug gesteckt. Jetzt liege ich darauf und mein Kopf ist heiß und ich drehe mich von der einen Seite auf die andere, aber das Bett drückt stets schmerzhaft gegen meinen Körper.

Dann halte ich es nicht mehr aus. Ich richte mich auf und ziehe mit angehaltenem Atem das Stück Papier aus dem Kopfkissen heraus. Mit zitternden Fingern falte ich es auseinander und streiche darüber. Ich halte es an die Stelle, an der das Mondlicht durch den Fensterladen hereinfällt und starre so lange darauf, bis meine Augen brennen. Und dann schließe ich sie und sie brennen noch mehr, und als ich spüre, dass dahinter Tränen aufsteigen, reiße ich sie schnell wieder auf.

Ich lege das Kopfkissen wieder an seinen Platz und das Blatt darauf. Dann bette ich vorsichtig meinen Kopf aufs Kissen. Das Papier knistert, als wollte es seufzen. Und dann schließe ich die Augen, weil meine Wange an Kassians Wange gelehnt ist und ich fühle, wie ein wenig Frieden zu mir kommt.

Als die Glocken ertönen, bin ich gerade eingeschlafen.

Ich schrecke auf, einen Moment lang orientierungslos, dann sind alle meine Sinne hellwach. Ich höre das Heulen. Die Reiter, sie kommen. Es ist doch erst ein paar Tage her, dass die Große Stille das letzte Mal da war!

Rahel steht schon vor meinem Bett und rüttelt an meinem Arm.

»Ada«, ruft sie, »Ada, wach auf!«

»Ich bin ja wach«, erwidere ich und richte mich auf.

Mein Vater betritt das Zimmer, in der Hand eine Lampe. »Zieht euch an, schnell!«

»Wo ist Mutter?«, will ich von ihm wissen.

Mein Vater antwortet nicht, dreht sich um, stellt die Lampe auf dem Boden ab und geht zurück ins Schlafzimmer.

»Beeilt euch«, sage ich zu Rahel, »ich sehe nach Mutter.« Dann fällt mir das Papier auf meinem Kopfkissen ein und mit heißen Wangen drehe ich mich um und falte es zusammen, den Rücken den beiden Kindern zugewandt. In meinem Mantel gibt es eine Tasche, doch ich wage nicht, den Zettel dorthinein zu stecken. Rahel hat die Sinne eines wilden Tiers. Also schiebe ich den Zettel in mein Kleid und zurre ihn mit dem Gürtel unter dem Stoff fest.

Dann steige ich die Stufen nach oben zum Zimmer meiner Eltern. Mein Vater sitzt auf dem Bett und sieht mich an. Ich trete, ohne ein Wort zu sagen, zu meiner Mutter. Die Glocken läuten noch immer.

»Wir müssen in den Keller«, dränge ich sie, doch sie rührt sich nicht.

»Mutter!« Ich schüttle sie sanft am Oberarm.

Jetzt dreht sie ihren Kopf, mühsam, als habe sie Schmerzen. »Geht nur«, krächzt sie mit dünner Stimme, »rettet euch.«

»Aber du darfst nicht hierbleiben!«, widerspreche ich laut.

Vater erhebt sich ruckartig vom Bett. »Ada«, sagt er, »geh jetzt besser.«

»Aber wir können sie doch nicht hierlassen!«

»Die Reiter wissen nicht, dass sie hier ist«, widerspricht Vater.

»Und wenn doch?«

»Ada! Ich bin dein Vater und du gehorchst mir!«

Ich zucke zusammen, als habe er mich geschlagen. So hat mein Vater noch nie mit mir gesprochen. Ich gehe ohne ein weiteres Wort nach unten, nehme Niko und Rahel an die Hand, dann treten wir vor die Tür, schlüpfen in die Schuhe und laufen los. Das Papier drückt in meine Taille und ich habe Angst, ich könnte es verlieren.

Wir eilen an Marthas Haus vorbei und mir fällt ein, dass es für Aaron, Ruth, Machla und Taphat das erste Mal ist, dass sie die Große Stille im Dorf erleben. Die Reiter kommen sicherlich auch in die zerstörte Welt draußen, aber Benedikt hat mir einmal erzählt, dort gäbe es keine Große Stille, sondern den Großen Lärm. Ob Aaron sich dann auch in Kellern wie unseren versteckt hat? Gibt es da draußen überhaupt Orte, an denen man sich verstecken kann? Ich ertappe mich bei der Freude darüber, dass er ebenfalls den Keller beim Schieferbruch aufsuchen wird wie wir, und diese Freude lässt mich einen Moment straucheln, so unerhört fühlt sie sich an. Ich schiebe den Gedanken heftig von mir.

»Ada, pass auf!«, ruft Rahel.

»Ist gut«, sage ich. Aber gar nichts ist gut. Die Tür zum Keller ist verschlossen und es dauert lange, bis endlich jemand unser Klopfen hört. Niko drückt sich wimmernd an mein Bein. Ich sehe mich um, aber es ist nur Dunkelheit hinter uns und die Glocken sind verstummt.

Endlich öffnet Apollonia die Luke und ich bin so froh, meine Freundin zu sehen, dass ich ihr um den Hals falle. Rahel und Niko klammern sich sogleich an ihr fest. Seit Apollonia Rahel gepflegt hat, suchen sie manchmal ihre Nähe. Martha ist da und auch Ruth. Mein Herz klopft ein wenig schneller und ich sehe mich um, bis ich Aaron entdecke.

Er lehnt an der Wand, neben dem Durchgang im hinteren Teil des Kellers. Gerade so, wie die Männer manchmal an der Wand lehnen, wenn sie von der Arbeit eine Pause machen und in die Sonne sehen. Ich gehe zu ihm hinüber.

Er sieht mich kurz an, dann dreht er sein Gesicht wieder nach vorn. Im Schein der Lampen wirkt es noch blasser als sonst. Er hat die Stirn gerunzelt, als denke er über etwas nach.

»Hast du Angst?«, frage ich.

Er schüttelt knapp den Kopf und ich habe das Gefühl, er will mich loswerden. Doch dann hebt er den Kopf. »Und du?«

»Auch nicht.« Das ist die Wahrheit. Ich bin bereits einem Reiter begegnet und er hat mich am Leben gelassen.

»Wir sollten uns hinsetzen«, schlage ich vor. »Es kann lange dauern.«

Es sieht nicht so aus, als wolle Aaron meiner Aufforderung nachkommen, aber ich nicke zu einer Öffnung in der

Wand, und als ich dorthin gehe, folgt Aaron mir. Vorbei an den Regalen mit den Notvorräten, bis zu einer Holzbank, so weit von den Lampen entfernt, wie es geht.

Wir lauschen den Liedern und Gebeten der anderen und ich versuche mitzumurmeln, doch meine Kehle ist so trocken, dass kaum ein Ton herauskommt. Aaron sagt nichts. Je länger wir nebeneinandersitzen, desto heißer glüht der Zettel auf meiner Haut.

»Hast du mit ihm gesprochen?«, flüstere ich, als ich es nicht mehr aushalte.

»Mit wem?« Ich höre Widerwillen in Aarons Stimme. Aber ich kann einfach nicht aufhören zu fragen. Die dunkle Schlange in meiner Brust lässt mir keine Ruhe.

»Mit meinem Bruder.« Ich wage nicht, seinen Namen zu sagen, und spreche überhaupt so leise, dass ich fürchte, Aaron könnte mich nicht hören.

Er schüttelt den Kopf.

»Wie sah er aus? War er krank?«

»Ich weiß nicht.«

»Bitte«, wispere ich und meine Stimme ist wie ein Nachtfalter, der in einem Zimmer eingesperrt ist und verzweifelt gegen die Fensterscheibe flattert. »Versuch dich zu erinnern!«

Aaron schließt die Augen. »Ich weiß nicht, Ada«, sagt er dann gepresst, als er sie wieder öffnet, »kann sein, dass er ein wenig mitgenommen aussah.«

»Gibt es draußen viele Überlebende?«, frage ich.

Aaron sieht mich verständnislos an und einen winzigen Moment lang frage ich mich, ob die Krankheit nicht doch mehr in seinem Geist wütet, als die anderen uns mitgeteilt haben.

»Glaubst du, dass man ihn noch retten könnte?«

Aaron zögert lange, bevor er antwortet. »Ich weiß es wirklich nicht.«

»Aber du kommst von draußen«, beschwöre ich ihn, »du musst doch wenigstens wissen, wo er ist. Wo hast du ihn gesehen?«

»Das war ...« Aaron verstummt. Er reibt sich die Stirn, dann sieht er mich an. »Hör auf, mich das zu fragen. Hör endlich auf!«

Ich zucke zusammen von seinen harten Worten, seiner kalten Stimme. Aber ich kann nicht aufhören. Ich spüre, wie Aaron sich verschließt, und das schmerzt mich fürchterlich, vielleicht sogar mehr als die Wahrheiten, die er mir sagen könnte. Trotzdem will ich, dass er mit mir spricht.

»Wenn er noch da draußen ist. Wenn er noch gerettet werden kann. Wenn er vielleicht auf mich wartet ... wenn er noch lebt ...« Die Flügel des Nachtfalters, der meine Stimme ist, beben schneller.

»Was machst du, Ada?« Rebecca steht vor uns und sieht mich misstrauisch an.

»Ich spreche mit Aaron«, antworte ich und versuche, das Zittern meiner Stimme zu verbergen.

»Über was?«

»Das geht dich nichts an.«

Sie presst die Lippen aufeinander und greift nach zwei Gläsern mit eingelegten Pfirsichen. »Du musst uns eine Geschichte erzählen.«

»Später.«

»Was ist da oben eigentlich jetzt los?«, fragt Aaron, als Rebecca weg ist.

»Da sind die Reiter.«

»Welche Reiter?«

Ich sehe ihn erstaunt an. »Hast du sie nie erlebt?«

Er schüttelt den Kopf, sieht mich merkwürdig an. In seinen Augen liegt Vorsicht.

»Sie haben davon erzählt. Aber wer genau sind die Reiter? Was tun sie?«

»In der Offenbarung steht über sie geschrieben: *Da sah ich ein weißes Pferd und der, der auf ihm saß, hatte einen Bogen.«*

»Und du glaubst, das stimmt wirklich?«, fragt er.

»Es geht dabei nicht um glauben«, erwidere ich. »Es ist die Wahrheit. Hat man euch das denn nie gesagt?«

Er sieht mich ungläubig an und öffnet mehrmals seinen Mund, um etwas zu sagen, schafft es aber erst nach mehreren Anläufen. »Und warum versteckt ihr euch vor ihnen? Ich dachte, ihr seid die Auserwählten?«

»Verbergt uns vor dem Blick dessen, der auf dem Thron sitzt und vor dem Zorn des Lammes«, antworte ich, ohne zu zögern.

Als ich seinen verwirrten Blick sehe, ergänze ich: »Ich weiß, dass du vieles hier noch nicht verstehst.« Immanuel hat uns eingeschärft, dass wir die Verlorenen so schnell wie möglich von verwirrenden Gedanken abbringen müssen. Sie schwächen ihren Geist und ihre Seele. »Du wirst noch verstehen«, sage ich.

Aaron sagt eine ganze Weile nichts. Sein Blick ist in sich gekehrt. »Wie lange bleibt ihr eigentlich hier unten?«, fragt er irgendwann.

Es stört mich, dass Aaron »ihr« sagt, als gehöre er nicht dazu. Ich zucke mit den Schultern. »Manchmal eine ganze Nacht. Oder viele Stunden des Tages.«

Er runzelt die Stirn. »Was tun die Reiter denn?«

»Sie suchen die Seelen, die sie noch zu töten haben.«

»Hier?«

»Hier wie überall.« Ich will nicht über die Reiter sprechen. Ich will über meinen Bruder sprechen. Wenn sich Benedikt getäuscht hat, wenn Kassian noch lebt – dann braucht er vielleicht dringend Hilfe!

Ohne dass ich sie aufhalten kann, kommen die Worte über meine Lippen. »Würdest du mitkommen?«

»Wohin?«

»Zu den Ältesten. Um ihnen das Bild zu zeigen. Ihnen zu erklären, dass er noch lebt.«

Aaron antwortet nicht.

»Wenn er noch lebt, dann muss ich hinausgehen und ihn suchen«, sage ich und meine Stimme ist drängend, obwohl ich kaum glauben kann, dass ich diese Worte wirklich ausspreche.

Aaron antwortet noch immer nicht.

»Bitte«, flehe ich und sehe ihn an. Er hat sich abgewandt und ich würde ihn am liebsten zu mir herumreißen. »Erzähl mir von ihm.«

Es sieht nicht so aus, als habe Aaron mich gehört. Dann dreht er langsam den Kopf in meine Richtung und ich wappne mich für seine Augen.

»Wenn ich dir von draußen erzähle, muss ich gehen, Ada. Dann muss ich wieder weg. Und Clei... und Ruth auch.«

Ich stutze. »Wer sagt das?« Wer einmal im Dorf sicher ist, den dürfen wir doch nicht wieder nach draußen schicken!

»Die, die uns hereingeführt haben. Wir müssen diese Regel befolgen, sonst müssen wir gehen.«

Ich schlucke. Ich kann nicht glauben, dass die Ältesten dazu bereit wären, diese Geretteten wieder ins Verderben zurückzuschicken. Aaron muss etwas missverstanden haben. Die Schlange des Zweifels, die in meiner Brust aufgestiegen ist, schicke ich wieder in die Dunkelheit zurück.

Aaron kaut an einem Fingernagel herum. »Für mich wäre das nicht so schlimm. Ich komme zurecht. Aber meine Mutter ... hat da draußen keine Chance. Wenn sie nicht hierbleiben darf ...« Er beendet den Satz nicht.

»Rahel glaubt, dass er noch lebt«, sage ich, weil ich nicht wage, das andere auszusprechen. Das andere, das in mir nagt, seit ich von Kassians Tod gehört habe: dass ich seinen Tod nicht fühle. Ebenso wenig wie Rahel, auch wenn ich sie dafür gescholten habe.

Aaron sieht mich an und ich hätte wissen müssen, dass ich ihm nichts vormachen kann. Es scheint, als könne er direkt in meine Seele blicken, und meine Lider beginnen zu zittern, weil er etwas hervorholt, das niemand hervorholen sollte.

»Und du«, fragt er, »was glaubst du?«

Ich bekomme schreckliche Angst vor seiner Frage und vor meiner Antwort und ich presse die Zähne fest aufeinander.

Plötzlich steht Martha vor uns. Sie streckt die Hand nach mir aus und lächelt. »Komm, Ada«, sagt sie, »die Kinder wollen eine Geschichte hören.« Sie wartet nicht auf Antwort, sondern zieht mich von Aaron weg und ich lasse mich mitziehen, halb froh, dass ich der Situation entkommen bin, und halb wütend, weil ich den Platz neben Aaron nicht aufgeben will. Dort ist etwas, was ich bisher nicht kannte, und ich spüre, dass ich mehr davon will.

Vielleicht ist es eine Sünde und vielleicht ist Aaron selbst der Teufel.

Die Kleinen spüren, wie unkonzentriert ich bin, und korrigieren mich, weil ich ständig die Namen verwechsele und die Geschichte in der falschen Reihenfolge erzähle. Erst nach einiger Zeit wage ich, unauffällig zu Aaron hinüberzusehen, der auch wieder in den großen Kellerraum zurückgekommen ist. Er hat den Kopf gesenkt und betrachtet seinen Schuh, mit dem er auf dem Boden herumfährt, als male er ein Bild. Als er aufsieht, treffen sich unsere Blicke. Schnell wende ich mich ab. Mein Herz klopft.

Selbst wenn er der Teufel ist und nur geschickt wurde, um mich zu versuchen, frage ich mich, wann ich wieder eine Gelegenheit haben werde, mit ihm alleine zu sprechen.

Und dann läuten die Glocken Entwarnung. Die Gefahr ist vorüber, zumindest für den Moment. Aber erst, wenn wir uns auf dem Dorfplatz versammelt und die Ältesten die Zeichen gedeutet haben, dürfen wir wieder in unsere Häuser gehen.

Die Kinder wimmern, manche haben auf dem Schoß ihrer Mütter geschlafen und wachen jetzt unwillig auf.

Im Gänsemarsch steigen wir die Stufen hinauf. Der Morgen ist bereits fortgeschritten und die Sonne blendet nach den vielen Stunden im Keller die Augen.

Apollonia gesellt sich mit Rahel und Niko an den Händen neben mich und ganz gegen ihre Natur hüpft, lacht und springt sie nicht. Ich übernehme Niko und sie hakt sich bei mir unter. Schweigend folgen wir den anderen. Es liegt etwas Seltsames in der Luft und in mir macht sich ein flaues Gefühl breit. Der Zettel unter meinem Kleid scheint sich in meine Haut zu brennen.

Die Ältesten stehen bereits um den Brunnen. Benedikt ist dabei, doch er sieht mich nicht an. In diesem Moment bin ich mir sicher, dass er nach seiner Zeit als Heiler in die Gemeinschaft der Ältesten eintreten wird. Sobald er verheiratet ist. Mit mir.

In mir regt sich ein ungewohntes Gefühl von Widerwillen. Weder er noch ich wurden jemals gefragt.

Wir stellen uns im Kreis um den Brunnen herum auf und beginnen mit dem Dankeslied. Es ist jedes Mal ein unglaublicher Moment, wenn sich die Töne in den Himmel schrauben und man das Gefühl hat, sie könnten Gott erreichen.

Dann tritt Immanuel vor. Er hebt die Hände zum Gebet und wir alle tun es ihm nach.

»Ach HERR, unsre Missetaten haben's ja verdient; aber hilf doch um deines Namens willen! Denn unser Ungehorsam ist groß, zahlreich sind unsere Vergehen!«

Es ist still und mich überläuft ein Schauer.

Immanuel winkt Benedikt näher. Der lässt den Eimer in den Brunnen hinab, zieht ihn wieder heraus und schüttet in hohem Bogen das Wasser in die Kanalrinne. Und da sehen wir es: Das Wasser ist rot.

Ein Aufschrei geht durch die Menge.

Immanuel hebt die Hände und wir verstummen, entsetzt und sprachlos. »Es steht geschrieben: *Ich sah sieben Engel mit sieben Plagen, den sieben letzten; denn in ihnen erreicht der Zorn Gottes sein Ende.«*

Immanuels Stimme wird mit jedem Wort lauter und niemand von uns ist jetzt noch ohne Furcht. Er sieht sich um und ich hoffe, dass seine Augen mich nicht erreichen. Ich darf den Kopf nicht senken, aber seinen Blick zu ertragen, ist nicht leicht.

»Der zweite goss seine Schale über das Meer und der dritte goss seine Schale über die Flüsse und Quellen. Da wurde alles Wasser zu Blut. Und ich hörte den Engel, der die Macht über das Wasser hat, sagen: Gerecht bist du, der du bist und der du warst, denn damit hast du ein gerechtes Urteil gefällt.«

Immanuels Stimme grollt wie ein Donner über den Platz,

bis sie sich langsam verflüchtigt. Ich wage nicht zu atmen, auch Apollonia neben mir steht völlig unbeweglich.

»Aber warum hier?«, fragt eine Stimme irgendwo hinter mir und ich erwarte eine Zurechtweisung. Doch Immanuel lächelt die Fragerin an – es ist Jesabel, deren drei kleine Kinder sich ängstlich um sie drängen.

»Ja, Schwester, das ist eine gute Frage«, erwidert er und hebt eine Hand. »Warum hier? Warum bei uns, wo Gottlosigkeit keinen Raum haben soll?«

Er neigt sich vor und sieht in die Runde. »Die Seinen prüft der Herr besonders. Wir Siegelträger müssen würdig sein. Seid ihr alle reinen Herzens?«

Ich muss schlucken. Aber meine Kehle ist so trocken, dass mir das kaum gelingt.

»Seid ihr frei von Lüge, Heimlichkeiten und Hochmut? Frei von Zweifel und Aufbegehren?«

Meine Beine knicken beinahe unter mir weg, als er mich ansieht. Mich. Er blickt direkt in mein Herz und ich zittere, weil ich fürchte, dass er die Dinge erblickt, die dort verborgen sind. Die unter dem Gürtel meines Kleides verborgen sind oder in der dunklen Kammer meines Herzens.

»Ada«, flüstert Apollonia neben mir und dann spüre ich ihren Arm um meine Taille, »was ist los?«

»Es geht schon«, sage ich und richte mich auf. Schon wieder eine Lüge.

Immanuel verlässt den Stein, auf dem er gestanden hat, und geht zum Brunnen. Er schöpft das blutige Wasser.

»Lasset uns beten«, verkündet er. *»Sie haben das Blut von Heiligen und Propheten vergossen; deshalb gibst du ihnen Blut zu trinken. Ja, Herr, Gott und Herrscher über die ganze Schöpfung. Wahr und gerecht sind deine Gerichtsurteile.«*

Er senkt die Hände. »Bekennt eure Sünden, dann wird uns vielleicht vergeben werden. Bekennet und bereuet.«

Damit hebt er seine Hand und es geht los.

Luca

Die Nacht zuvor

Als Ada mit dem Bild unter ihrem Kleid davonrennt, kann ich nicht zurückgehen zu dem Haus, in dem Hosea, Martha und Cleide mich erwarten. Genauer gesagt Ruth. Meine Mutter, die immer mehr zu einem anderen Menschen wird. Sie lächelt, sie geht ruhig, beinahe anmutig, aber ich weiß dennoch nicht, was ich von dieser neuen Mutter halten soll, die eine Amnesie zu haben scheint für die letzten zwanzig Jahre ihres Lebens.

Ich gehe los. Ohne Ahnung, wohin, gehe ich los. Der Kies knirscht unter meinen Schuhen, aber ich schaffe es zunehmend, lautloser zu sein. Ich trete auf die kleinen Büschel von Gras, die aus dem Weg herausragen. Ich werde immer schneller, als sei in mir ein Mechanismus angelaufen, der nun seinen Gang geht. Ich muss aufpassen, dass mich niemand bemerkt. Zum ersten Mal, seit wir Andreas begegnet sind, bin ich alleine. Wann war das? Vor zwei Wochen, drei? Vielleicht sollte ich anfangen, Kerben in mein Bett zu ritzen, denke ich und grinse.

Das Dorf ist größer, als ich dachte. Eine Insel, bestehend aus zwei Dutzend Häusern, von denen die Hälfte so groß ist, dass mehrere Familien in ihnen wohnen. Die Häuser von Martha und Hosea und das von Adas Familie sind viel kleiner und irgendwo an den Rand gequetscht, mehr als vier Leute passen da wirklich nicht rein. Andererseits – wo drei in einem Zimmer schlafen, ist wahrscheinlich auch Platz für fünf.

Rund um den Versammlungsplatz befinden sich die großen Häuser, die auch noch viel besser in Schuss sind. Das Versammlungshaus selbst ist ein Anbau an ein mehrstöckiges Gebäude, das ebenso wie alle anderen Häuser mit grauem Schiefer verschalt ist. Es gibt nicht einmal eine Kirche oder Kapelle oder so was. Die Glocken, die sie zu verschiedenen Gelegenheiten läuten, sind neben dem Eingang zum Versammlungshaus angebracht, an gemauerten Säulen und einem entrindeten Stamm als Querstrebe oben. Die Felder rings um die Häuser erstrecken sich bis zum Wald, und sie sind riesig. Ich frage mich, wie es wohl ist, wenn sie im Sommer voller Weizen stehen oder Mais oder was immer die hier anbauen. Vielleicht Pflanzen, von denen ich noch nie gehört habe. Hinter den Häusern gibt es Gärten, in denen Gemüse wächst und Blumen.

Ada hat mich auf dem Weg zum Kanal heute durch die Gärten geführt. Das fühlt sich an, als ob es ein halbes Leben her wäre. Es gibt auch ein Gewächshaus. Mit seiner Größe und den Plexiglasscheiben will es irgendwie nicht so recht in die restliche Umgebung passen.

Ruth arbeitet dort seit dem ersten Tag, an dem wir hierhergekommen sind. In der Erde zu wühlen, hat ihr die Dankbarkeit, am Leben zu sein, zurückgegeben, hat sie gestern zu Martha gesagt, als sie am Tisch saßen und dachten, ich sei längst eingeschlafen.

Ich sollte zurückgehen und ihnen sagen, wo ich bin. Niemand von uns darf alleine herumlaufen, besonders in der

Nacht ist es gefährlich, sagen die Ältesten. Warum auch immer das gefährlich sein soll. Jetzt erst fällt mir auf, dass ich seit drei Wochen keinen Augenblick mehr alleine war. Mein ganzer Körper sehnt sich danach. Immer ist jemand bei mir, unauffällig und freundlich meist, aber dennoch von einer Präsenz, die ich nicht abschütteln kann.

Alle sind hier nett. Wahnsinnig nett. Und wahnsinnig fremd.

Ich schleiche direkt an der Hecke entlang, die wie ein Schutzwall um das Dorf herumführt, als könne ich so den Umfang dieser Insel, auf der ich Schiffbrüchiger gelandet bin, erspüren.

Die Bäume dahinter ragen wie eine Mauer in den Himmel, heben sich von der Dunkelheit noch schwärzer ab. Hinter ihnen fängt die verbotene Zone an. Die Menschen gehen niemals dorthin, sagt Ada, denn es ist gefährlich. Die Krankheit könne einen überfallen. Ich frage mich, ob die Menschen hier nicht wissen, dass Verbotsschilder eigentlich nichts anderes sind als provokante Einladungen.

Aber wahrscheinlich glauben die hier, dass ich diese Gedanken nur habe, weil ich von draußen komme und von einer mysteriösen Krankheit befallen bin, die meinen Geist zersetzt, ohne dass ich es ahne, weil der Selbstbetrug zu der Krankheit dazugehört. Das ist ein ganz schön ausgebufftes Weltbild, ich muss schon sagen.

Ich bin außer Atem, trotzdem schaffe ich es nicht, stehen zu bleiben, und renne geradewegs in den Wald. Gratuliere, mein Lieber, sage ich mir, kaum ein paar Tage hier und wahrscheinlich schon zwei Dutzend Verbote ignoriert. Wenn sie davon erfahren, schmeißen sie dich raus. Was willst du in dem Wald überhaupt? Dir selbst beweisen, dass da nichts Gefährliches sein kann? Was weißt du schon vom

Wald und seinen Bewohnern? Vielleicht gibt es hier Wölfe. Ich stecke beide Hände in meine Jackentasche und spüre das Handy. Fast muss ich lachen über diesen Gegenstand aus einer anderen Welt. Ich stelle mir Adas Gesicht vor, wenn ich ihr dieses Wunderding der Technik zeige. Wahrscheinlich hält sie es für ein Werkzeug des Satans.

Wir sprechen nicht über die Toten.

In was für eine kranke Scheiße bin ich da nur geraten? Ich sollte meine Sachen packen und verschwinden. Cleide hat hier genug Menschen, die auf sie aufpassen.

Ich versuche, mich auf meine Schritte zu konzentrieren. Der Waldboden schluckt jedes Geräusch. Trotzdem ist es nicht so still im Wald, wie ich dachte. Ich werde langsamer, versuche, meinen Atem in den Griff zu bekommen. Neben mir raschelt es. Ein Tier, aufgescheucht durch den Eindringling, trippelt davon. Eine Maus vielleicht oder ein Vogel. Oder der besagte Wolf, der Deutschlands Wälder wieder zurückerobern soll.

Ich bleibe stehen und atme in die kühle, feuchte Nachtluft. Und da erwacht etwas in mir: Stolz vielleicht oder so etwas wie Ehrgefühl. Ich kann gehen, ja. Ich könnte diese absurde Welt einfach wieder verlassen und in die »Realität« zurückkehren, was auch immer das bedeuten soll. Aber Ada kann das nicht. Für sie ist das hier real: das harte Leben, das Weltende, der Tod ihres Bruders. Sie kämpft sich seit sechzehn Jahren hindurch und bleibt dabei aufrecht, während ich schon nach kürzester Zeit an Flucht denke.

Seit Tagen habe ich nichts gezeichnet, weil ich viel zu beschäftigt damit war, diese Welt zu verstehen, aber jetzt sehe ich Bilder vor mir: Frauen mit ihren Röcken und langen Zöpfen, die über den Weg gehen. Männer mit Geräten in der Hand. Die Ältesten mit ihren Bärten, über die Bibel gebeugt. Viele von ihnen haben wettergegerbte Gesichter. Keines davon ist alltäglich. Ich hoffe, Andreas bringt mir bald Farben mit, um die ich ihn gebeten habe. Benedikt. Es fällt mir immer noch schwer, einfach die Namen zu switchen, als seien sie Lichtschalter, die ein jeweils anderes Zimmer beleuchten.

Dann höre ich ein sonderbares Geräusch. Ein leises Heulen. Ein Pfeifen oder Sirren, ich kann es nicht genau sagen und schleiche vorwärts, lausche dabei angestrengt in die Dunkelheit.

Dann kracht es unter meinen Beinen und ich falle ins Nichts.

Ein Schmerz, der von meinem rechten Knöchel ausgeht, zieht einmal durch meinen gesamten Körper bis in mein Hirn und ich beiße mir beinahe die Lippe blutig, um nicht aufzuschreien. Was zur Hölle ist das? Eine Falle? Aber welche Tiere wollen sie um Himmels willen damit einfangen? In der Grube hat locker ein ganzer Elefant Platz.

Der Schmerz lässt nur langsam nach, und als ich versuche aufzustehen, schlägt er wieder mit voller Wucht seine Klauen in mein Bein. Mir entfährt ein leiser Aufschrei, trotzdem zwinge ich mich, an den Rand der Grube zu humpeln und die Grubenwände abzutasten. Die Bäume fangen das letzte bisschen Mondlicht ab, ich sehe nicht mal meine Hand vor Augen. Wenn ich mich auf die Zehenspitzen des linken Fußes stelle und mich weit nach oben strecke, kann ich den Waldboden erspüren. Hier herauszukommen, wird nicht leicht werden, erst recht nicht mit dem Fuß. Ich taste weiter das Erdreich ab, um festzustellen, ob es irgendwo einen Vorsprung gibt, Baumwurzeln oder Steine, an denen ich mich festhalten kann oder einen Fuß daraufstellen.

Ich greife in meine Jackentasche und hole das Handy

heraus. Alleine mit verstauchtem Knöchel im Wald in einer Fallgrube zu liegen, erfüllt wohl den Tatbestand des Notfalls.

Die Taschenlampenfunktion ist nicht wirklich berauschend, aber immerhin kann ich genug erkennen, um tatsächlich einen Ast auszumachen, der tief genug hängt, dass ich ihn mit etwas Glück erreichen kann.

Ich presse die Zähne zusammen und suche nach einer Stelle, an der ich den Aufstieg beginne.

Beim ersten Versuch rutsche ich sofort ab und lande aufjaulend auf meinem kaputten Fuß. Das Handy fällt ins Laub, mich haut es nach hinten und ich zwinge mich, langsam ein- und auszuatmen, bis der Schmerz nachgelassen hat. Dann bücke ich mich nach dem Handy, das die Blätter beleuchtet, schalte es ab und stecke es zurück in die Jackentasche. Wahrscheinlich ist es ohnehin besser, mich auf meinen Tastsinn zu verlassen.

Beim zweiten Mal komme ich etwas weiter. Mit zusammengebissenen Zähnen versuche ich, den Ast zu erreichen, aber er ist zu weit weg und ich rutsche nach unten. In der absoluten Finsternis sehe ich überhaupt nichts mehr, also schalte ich das Licht wieder an, klemme mir das Handy in den Mund und bin froh, dass ich kein überbreites Smartphone habe.

Da höre ich Pferdegetrappel.

Mein Körper reagiert, bevor mein Gehirn das Geräusch analysiert hat. Ich rutsche zurück nach unten, stecke das Handy in die Jackentasche und presse mich an den Rand. Als das Pferdegetrappel näher kommt, wird mir klar, dass das Loch nicht nur ein miserables, sondern überhaupt kein Versteck ist. Ich schiebe hektisch mit beiden Händen Laub auf die Seite, lege mich flach auf den Boden und häufe das Laub über mich, wühle mich ein in die Blätter wie ein Waldtier, das versucht, in der Erde nach Schutz zu graben.

Ich habe keine Ahnung, ob die Blätter auch nur ansatzweise meinen Körper bedecken – sicherlich ragen meine Schuhe heraus und ich mache mich völlig lächerlich mit meinem Tarnversuch –, aber es ist das Einzige, das ich tun kann, wenn ich demjenigen, wer immer da kommt, nicht schutzlos ausgeliefert sein will.

Das Pferdegetrappel wird langsamer. Ich lausche angestrengt hinaus. Ein Pferd schnaubt.

»Ich hab's gehört«, flüstert irgendwann eine Stimme, »es ist einer in der Grube. Ganz sicher.«

»Ich sehe nichts«, kommt eine andere Stimme, eine hellere, leisere. Sie ist heiser, als hätte ihr Besitzer Schmerzen bei ihrer Benutzung. Ich habe sofort das Bild eines buckligen Lakaien vor mir.

»Wenn wir ihn finden, richten wir ihn.«

»Oder wir lassen ihn laufen«, flüstert der zweite, »mit einer eindeutigen Botschaft. Die kann er dann zu den anderen bringen.« Er lacht unangenehm.

Ein Lichtstrahl fällt auf mein Gesicht. Er ist hell genug, dass er durch das Laub und meine geschlossenen Lider zu mir dringt, und ich bin mir sicher, dass sie mich nun gleich herausziehen werden. Stattdessen wandert der Lichtstrahl weiter. Ich wage nicht zu atmen und mein Knöchel führt sich auf wie ein tollwütiges Tier.

»Da ist nichts«, sagt der Lakai und der andere brummt etwas Unverständliches. Das Licht erlischt. »Sie werden unvorsichtig«, sagt die erste Stimme laut. »Gut für uns.«

Dann höre ich die Pferde gemächlich davontraben.

Ich bleibe so lange unter meinem Blättergrab, wie ich es aushalten kann. Dann schüttele ich mir Laub und Dreck von den Kleidern und wische mir übers Gesicht. Ich muss hier heraus, so schnell es geht, bevor sie wieder zurückkommen.

Ich grabe, ich kralle mich fest, falle zurück, beiße die Zähne zusammen und ziehe mich Stück um Stück hinauf. Keine Ahnung, wie ich es schaffe, aber irgendwann bin ich aus der Grube raus und bereits da fängt die Erinnerung an die Tausenden Abstürze, das Keuchen und die Schmerzen in meinem Knöchel und den Fingern, die aufgeschürft sind, an zu verblassen. Jahrelange Übung im Verdrängen, nehme ich an.

Den Schmerz in meinem Fuß kann ich zwar nicht vollständig ignorieren, aber ich blende ihn aus, so gut es geht und hoffe, den richtigen Weg zurückzufinden. Ich habe mir keinerlei Hinweise gemerkt und kann nur beten, dass ich den richtigen Weg finde, bevor die Reiter meine Fährte aufnehmen oder jemand aus dem Dorf. Wenn sie mich im Wald finden, schicken sie mich und Cleide weg. Und wir werden auf direktem Weg dem Dämon ins aufgerissene Maul spazieren.

Dann endlich erkenne ich die Hecke, die das Dorf abgrenzt, und sehe den Schein von ein paar vereinzelten Laternen. Nun renne ich beinahe. Als ob dort alles gut würde. Ein kindischer Gedanke, aber tatsächlich atme ich auf, als der Wald hinter mir liegt.

Obwohl ich vor Schmerzen kaum noch gehen kann, darf ich nicht stehen bleiben. Ich humpele, so leise ich kann, weiter, ohne zu wissen, wohin ich gehen soll. Ins Haus von Martha und Hosea wage ich mich nicht. Zuerst muss ich mir überlegen, welche Geschichte ich mir für meinen verstauchten Knöchel und meine abgeschürften Finger überlege. Ob es hier überhaupt so was wie medizinische Versorgung gibt?

Tja, Dr. Stephan. Dies wäre dann jetzt mal ein echter Sturz. In eine Fallgrube, von Berittenen bewacht. Würde gern wissen, welchen Flyer er dazu auspackt. Mein Knöchel zuckt auf und ich fluche.

Als der Dorfplatz in Sichtweite kommt, verharre ich und starre so lange geradeaus, bis meine Augen tränen. Im Wald war es stockfinster, aber jetzt bin ich erstaunt, wie hell Mondlicht sein kann. In der Mitte des Platzes steht der Brunnen. Bei seinem Anblick spüre ich, wie durstig ich bin. Ich habe keine Ahnung, wie lange ich im Wald war. Es wird empfindlich kühl, als der Schweiß auf meiner Haut trocknet und auf meinen Unterarmen bildet sich eine Gänsehaut.

Ich gehe zum Brunnen und beuge mich an seine Seite, dorthin, wo das Wasser zwischen die Steine plätschert, die den Kanal bilden. Es muss eine Art Quelle sein, kein einfacher Brunnen. Oder es gibt eine Pumpe, aber die müsste ja mit Strom betrieben werden oder nicht? Es riecht komisch. Wie oft wird dieses Wasserreservoir eigentlich gereinigt?

Ich denke nicht weiter darüber nach, forme die Hände zu Schalen und schöpfe mir etwas von dem hervorquellenden Wasser ins Gesicht und in den Mund.

Es schmeckt seltsam. Ziemlich seltsam. Doch mein Durst ist stärker. Noch einmal setze ich zum Trinken an, aber vorsichtiger diesmal, als könne ich mit geschürzten Lippen den metallenen Geschmack abwehren. Aber das Wasser ist und bleibt widerlich. Ich spucke es aus und dann greife ich, ohne nachzudenken, in meine Jackentasche, hole das Handy raus und leuchte ins Wasser.

Erst verstehe ich nicht recht, was ich sehe. Der Stein, über den das Wasser fließt, ist rötlich gefärbt, daher kapiere ich nicht gleich, dass die Farbe des Wassers nicht daher rührt.

Dann wird mir schlecht.

Ich würde gerne alles auskotzen, was ich getrunken habe, aber mit dem Kotzen ist es wie mit dem Schlaf: Wenn man es am dringendsten braucht, kommt es nicht.

Unten im Brunnen liegen Körper.

Jede Menge ... toter Körper.

Während ich langsam zurückstrauchele, sehe ich noch, dass ein ganzer Pferdekopf dabei ist.

Ich lehne mich an den Brunnenrand und zwinge mich dazu, ein paar Mal tief ein- und auszuatmen. Ich weiß, ich muss noch einmal hineinsehen. Denn eines habe ich kapiert: Am Schlimmsten ist es immer nur beim ersten Mal. Danach wird es besser, egal worum es geht. Man muss immer ein zweites Mal hinsehen. Sonst bauen sich die Bilder vor dem inneren Auge wie Ungetüme auf und die Fantasie dichtet Dinge dazu, die es gar nicht gibt.

Ich konzentriere mich auf die Luft, die durch den Engpass an meinem Kehlkopf hindurchstreift, und dann lehne ich mich noch einmal über den Brunnenrand.

Meine Hand mit der behelfsmäßigen Taschenlampe ist ganz ruhig. Da sind Tiere. Kadaver. Und nicht nur irgendein verirrter Hase oder ein Marder oder eine Maus oder so was. Es sind große Tiere: Ziegen und mindestens ein Pferdekopf ist zu sehen.

Ich zittere nicht und versuche zu verstehen, was ich sehe. Aber das ist schwierig mit dem ganzen Blut und den Eingeweiden, die im Wasser herumschwimmen. Ich kann machen, was ich will, jetzt schaffe ich es nicht einmal mehr an den Rand des Dorfplatzes und übergebe mich direkt vor die Steinstufen.

Holy shit. Ich habe keine Ahnung, was hier abgeht, aber es ist definitiv krank. Ich krieche auf einen der Steine, die

die Arena um den Versammlungsplatz bilden, kauere mich darauf und lege den Kopf auf die Knie. Ich muss etwas tun, aber mein Hirn ist wie leer gefegt. Ada ist die Erste, die mir einfällt, aber ich rühre mich nicht von der Stelle. Sie ist vor mir weggerannt und nun will ich sie hierher zerren und ihr den vom Blut und Tod durchtränkten Brunnen zeigen? Woher kommen die Tiere eigentlich? Ich muss mich beherrschen, nicht noch einmal hinzustürzen und nach Flöckchens geflecktem Fell Ausschau zu halten.

Super Plan, das hier Ada zu zeigen, wirklich. Ihre Ziegen im eigenen Blut im Dorfbrunnen. Sie wird sich bei mir bedanken.

Irgendwann höre ich es. Ein merkwürdiges Geräusch um mich. Dasselbe Heulen und Sirren wie im Wald. Dann fangen mit einem ohrenbetäubenden Lärm Glocken an zu schlagen.

Ada

Wir beten auf dem Dorfplatz, bis die Sonne aufsteigt. Bis sie heißer und heller wird, bis der Mittag kommt. Der Durst wird schlimmer. Wir beten und singen und die Ältesten lesen laut aus der Bibel. Ich sehe mich verstohlen zu Aaron um, aber ich kann ihn nirgendwo entdecken. Auch Machla, Taphat und Ruth nicht und ich frage mich, ob die Geretteten noch nicht dabei sein dürfen, wenn die Ältesten die Zeichen deuten. Vielleicht ist es zu erschreckend für sie.

Ketura ist die Erste, die hervortritt. Sie kann kaum gehen und wird von anderen gestützt. Ihr Gesicht ist rot, aber ihre Augen glänzen und sie lacht beinahe hysterisch, als sie vor dem Brunnen niederfällt. Dann dreht sie sich zu uns um und aus ihrem Lachen ist ein Weinen geworden. »Ich habe gesündigt«, ruft sie tränenüberströmt, und was dann folgt, ist ein Gebrabbel, das ich kaum verstehen kann. Es scheint etwas damit zu tun zu haben, dass Ketura, die stets Naschhafte, sich manchmal vor der Arbeit zu drücken versucht. Wir wissen es alle, und als Gabriel ihr aufhilft und sie segnet und wir alle »Gelobt sei Gott« rufen, ist klar, dass dies erst der Anfang eines langen Tages ist.

Die zum Küchendienst Eingeteilten verlassen zum Mittag die Versammlung. Kurz darauf werden Körbe mit belegten Broten und Äpfeln gereicht. Jemand nimmt die Kinder und führt sie in den Schatten, aber sie weinen dort und sind unruhig, weil sie nicht mehr stehen können. Rahel und Niko wollen nicht von unserer Seite weichen, aber ich rede ihnen zu, dass es im Schatten besser ist für sie.

Ich hoffe, sie knicken nicht ein, denn nun kommt Tabitha und stellt sich mit einem Lächeln hinter die Kinder. Sie kommt mir vor wie ein Wolf, der die Zähne fletscht. Ich sehe schnell zu Niko und Rahel und versuche, ihnen zuzulächeln, doch da stößt mich eine ältere Schwester hinter mir schmerzhaft in den Rücken und sieht mich streng an. Ich drehe mich wieder nach vorn.

Auch Apollonia wirkt unruhig. »Rahel muss ins Bett«, raunt sie mir zu. »In der Sonne geht es ihr schlechter.«

Aber wir wissen beide, dass es für Rahel keine Ausnahme geben wird.

Einer nach dem anderen steigt auf den höchsten Stein neben dem Brunnen und berichtet von den Sünden, die er begangen hat. Wir rufen zu Gott und flehen um Verzeihung für unsere Brüder und Schwestern, und die Ältesten reinigen und segnen sie und sie empfangen schweigend ihre Strafen, die in noch mehr Arbeit oder Fasten bestehen, doch mit zunehmender Hitze wird der Abstand kürzer und es sind zwei oder drei gleichzeitig, die beichten und weinen und schreien und sich auf die Brust schlagen, und als die Sonne den höchsten Punkt überwunden hat und wir seit mehreren Stunden stehen, bricht die erste Frau ohnmächtig zusammen. Sie wird weggetragen.

Ich warte darauf, endlich selbst den Impuls zu spüren, meinen Platz zu verlassen und auf die Steine zu steigen, doch er kommt nicht. Ich mag die großen Versammlungen nicht und die Dinge, die ich mit Gott abzusprechen habe, finden in der Einsamkeit des Badehauses statt. Aber ich weiß, dass auch das ein Zeichen meines Hochmuts ist. Gott prüft mich und ich darf mich nicht verschließen. Ich muss auf den Stein, denn ich weiß genau, dass alles meinetwegen geschieht. Etwas ist in mir, das alle ins Verderben stürzen kann, und wahrscheinlich wissen es schon alle, denn ihre Schreie gellen in meinen Ohren.

Aber ich schaffe es nicht.

Ich weiß, dass ich die schlimmste Sünderin von allen bin, aber meine Beine bleiben am selben Platz. Irgendwann glaube ich, ohnmächtig zu werden, trotzdem bewege ich mich keinen Schritt.

Bis Bruder Gabriel auf mich zeigt und schreit: »Schwester, teile dich der Gemeinde mit!«

Ich kann kaum gehen, meine Beine bewegen sich nicht, doch ich werde geschoben und gezerrt und dann stehe ich auf dem obersten Stein und die anderen sehen mich an, mit roten, müden Gesichtern. Es fühlt sich an, als seien sie eine einzige Menge, die mich in Stücke reißen wird, wenn sie von meiner großen Sünde erfährt. Noch einmal versuche ich, Aaron zu entdecken, aber er scheint tatsächlich nicht da zu sein. Das erleichtert mich einen Moment. Ich will nicht, dass er die Schlechtigkeit meiner Seele sieht. Doch dann erblicke ich meinen Vater. Er steht ganz hinten und er sieht so grau und eingefallen aus, dass ich schnell den Blick abwenden muss, um nicht völlig den Mut zu verlieren.

»Sprich, Schwester!«, rufen meine Schwestern und Brüder und mir wird kalt. Übelkeit steigt in mir auf und ich muss gegen Satan kämpfen, der meinen Mund und mein Herz verschließen will, bis ich sage: »Ich träume«, sage ich leise.

»Wovon träumst du?« Bruder Gabriel.

»Von meinem Bruder.«

»Was noch?« Gabriels Fragen fühlen sich an wie ein Verhör.

In meiner Kehle spüre ich eine diamantharte Kugel, die weder Worte noch Atem hindurchlässt.

»Es ist uns zu Ohren gekommen«, donnert Bruder Gabriel weiter, »dass du zum wiederholten Male über einen – Toten gesprochen hast.« Er wartet, doch ich kann immer noch nichts sagen.

Ich schlinge die Arme fest um meinen Körper, und als das Papier, das an meiner Seite steckt, knistert, klingt es wie ein Fanfarenstoß. Aber plötzlich tauchen Aarons Augen vor mir auf und ich werde von einem ungewohnten Gefühl von Mut erfüllt.

»Was ist, wenn Kassian nicht tot ist?«, frage ich mit fester Stimme.

Meine Worte hallen über den Platz wie ein einzelner, verlorener Donnerschlag in einer sternenklaren Nacht. Ein Aufruhr geht durch die Menge. Ich wage nicht, zu Vater zu sehen, zu Apollonia oder Rahel, und halte den Blick auf den Boden gerichtet.

Ich bin leer. Es ist, als schwebte ich knapp über dem Boden, und was immer geschieht, es geschieht jemand anderem.

Ich bin Judit, alleine im Zelt des Holofernes, nur mit einem Bildnis als einziger Waffe einem Trupp schwer gerüsteter Männer gegenüber.

Ich löse den Gürtel meines Kleides und dann fasse ich hinein. Ich muss mich ein wenig nach vorn beugen, damit ich den Zettel erwische, und schon allein das wäre ein Anlass für eine Predigt über unziemliches Verhalten, aber ich taste mich vor, bis ich das von Schweiß feuchte Papier spüre und hervorziehe.

Ich falte es auseinander und halte es hoch. »Aaron hat das gemalt. Aaron hat Kassian vor acht Wochen noch gesehen.«

Ich weiß, dass die Wiederholung des Namens, den wir nicht aussprechen dürfen, seit mein Bruder an der Krankheit der Welt gestorben ist, eine schlimme Gotteslästerung ist. Aber etwas treibt mich an, und wenn es der Teufel ist, dann bin ich zu schwach für ihn.

Gabriel reißt mir den Zettel aus der Hand. Er starrt auf die Zeichnung und lächelt dann schräg. »Wer sagt dir, dass das ...«, er stockt, »... der Betreffende ist? Sieht ihm nicht sehr ähnlich.«

Ich antworte nicht. Gabriel hält das Blatt hoch und wedelt vor den Ältesten damit herum. »Das soll ein Beweis für ein Fehlurteil Gottes sein? Ein Stück Papier?«, ruft er schrill. Dann wirft er den Zettel in den Brunnen. Es ist, als würde Kassian noch einmal sterben. Als ob sie ihn von meiner Seite reißen und töten würden. Ich stürze fast hinterher und brauche alle Kräfte, um an meinem Platz stehen zu bleiben. Ich bebe am ganzen Leib.

Jetzt tritt Bruder Immanuel neben mich und bedeutet Gabriel zu schweigen.

Er kommt näher und ich zwinge mich, ihm in die Augen zu sehen. Soweit ich weiß, hat Immanuel noch nie ein ungerechtes Urteil gefällt.

»Gottes Wege sind manchmal schwierig zu verstehen«, sagt er. »Sag, hast du Vertrauen, Ada?«

Ich schlucke und versuche zu atmen. Die Menge hält den Atem an.

Ich sehe ihn an. Dann nicke ich. Ich muss ihm vertrauen. Gott prüft mich.

»Ja«, sage ich tonlos.

Er lächelt. *»Zion wird durch das Recht gerettet. Doch alle Abtrünnigen und Sünder werden zerschmettert. Wer den Herrn verlässt, wird vernichtet.«*

Er seufzt und dann fasst er nach meinen beiden Händen, nimmt sie in seine, sodass er mir nun direkt gegenübersteht und ich ihn ansehen muss. »Vertraust du ganz auf Gott?«

Ich nicke langsam.

»Dein Bruder hat nicht standgehalten. Er hat den Herrn verraten. Deshalb musste er der Krankheit erliegen. Er konnte ihr nichts entgegensetzen, denn all sein Glaube war bereits aufgebraucht. Dass er starb, war eine Folge seiner Sünde.«

In meinen Magen schlägt eine Kugel aus Feuer ein. »Das ist nicht wahr«, flüstere ich. »Das ist nicht wahr!«

Es ist mir egal, dass die anderen mich so sehen, meine gottlosen Worte hören. Die Schlange der Dunkelheit bahnt sich einen Weg aus meiner Brust nach draußen und ich kann sie nicht mehr daran hindern.

Ich will Bruder Immanuel meine Hände entziehen, doch er hält mich fest.

Bruder Gabriel packt von hinten meine Schultern. »Weiche«, schreit er. »Satan, weiche aus diesem Geschöpf!«

Ihre Hände schneiden in meine Haut, doch ich spüre es kaum.

»Der Pfad der Gerechtigkeit führt zum Leben, der Weg der Abtrünnigen führt zum Tod.«

Die Gesichter der Menge verschwimmen vor meinen Augen.

Gewaltsam reiße ich meine Lippen auseinander, um das auszusprechen, was in meiner Brust tobt. »Aaron hat ihn gezeichnet!«, rufe ich. »Was, wenn Kassian lebt? Was, wenn er lebt und wieder zurückwill. Ist es nicht unsere Pflicht, alle zu retten?«

»Vor ihren Städten lauert der Panther, alle, die herauskommen, werden zerfleischt!«, ruft nun Noah. Er hebt beide Hände in die Höhe, als wolle er Gottes Zorn direkt auf mich herabschleudern. »Schwer wiegt ihre Abtrünnigkeit! Weshalb sollte ich ihnen vergeben?«

»Wer den Herrn verrät, ist des Todes!«, ruft Gabriel, aus seinem Mund fegt Speichel in meinen Nacken. In mir wird es noch kälter.

»Du darfst dem Bösen keinen Raum in deinem Herzen geben, Ada«, sagt Bruder Immanuel. Dann presst Gabriel mir mit einer eisernen Umarmung die Luft aus den Lungen. »Herr, hilf uns, den unreinen Geist aus deinem Geschöpf zu vertreiben!«

Er beginnt, mich zu schütteln. Mir wird übel, aber ich kann nichts mehr sagen, nicht mehr sprechen. Vor meinen Augen verschwimmt alles.

Plötzlich hört das Schütteln auf. Mein Kopf schmerzt.

»Brüder und Schwestern«, sagt Immanuel und die Ältesten treten in einer Reihe neben ihn. »Unsere Schwester braucht unsere ganze Liebe.«

Noah tritt einen halben Schritt vor.

»Fürchte den Herrn und fliehe das Böse! Das ist heilsam für deine Gesundheit und erfrischt deine Glieder. Wen der Herr liebt, den züchtigt er, wie ein Vater seinen Sohn, den er gern hat.«

»Helft unserer Schwester, den Herrn zu erkennen«, sagt Immanuel jetzt, und als ich sehe, wie die anderen auf mich zukommen, wie Tabitha ihren Platz bei den Kindern verlässt und sich über ihr Gesicht eine tief versteckte, glimmende Freude zieht, da spüre ich gar nichts mehr.

Dann kommen die ersten Tritte.

Meine Brüder und Schwestern rufen Gott an und schreien zu ihm und ich weiß, ich muss mitschreien, denn nur dann kann er mich von Satans Heimsuchung befreien. Aber ich habe keine Gewalt mehr über meine Stimme. Mein Mund öffnet sich nicht. Da ist keine Furcht, kein Schmerz. Nur ein Bild, das sich vor mir auftut: Stephanus, der während der Steinigung den Himmel offen sieht und in ihm die Herrlichkeit Gottes.

»Sag es!«, rufen sie mir zu. Ich spüre ihre Kraft. Ich spüre die Hände und die Weidenruten, mit denen sie mir auf den Rücken schlagen, die Arme, die Beine, aber da ist kein Schmerz. Ich bin jenseits aller Schmerzen und ich weiß, sie helfen mir, die Schlange der Dunkelheit zu besiegen. Und dann, endlich, öffnen sich meine Lippen und ich spüre, wie der böse Geist aus mir weicht.

»Ich werde nie mehr unrein sprechen«, murmele ich mit durstig aufgerissenen Lippen. »Ich bin ein reines Kind Gottes und ER herrscht über mir.«

Die Schläge hören auf und meine Brüder und Schwestern schließen mich in die Arme, sie weinen für mich, denn ich selbst habe keine Tränen. Und sie küssen mich und streicheln über meinen schmerzenden Rücken, meine pochenden Arme, meine aufgerissene Haut.

Und dann ruft einer: »Das Wasser! Seht nur, das Wasser! Gott hat uns erhört!«

Ich bleibe am Boden liegen, während die anderen sich um den Brunnen drängen. Das Wasser ist tatsächlich heller geworden. Beinahe wieder klar, ich kann es auf dem Brunnenstein sehen.

Der Chor hebt zu einem Loblied an und die Stimmen sind so klar und laut, dass sie bis in den letzten Winkel der Ewigkeit zu dringen scheinen.

Bruder Immanuel hebt die Hand und es wird augenblicklich still. »Herr, du hast uns Sündern große Gunst erwiesen. Keiner von uns kann deine Gnade ermessen. Wir gehen, demütig und dankbar, und werden unsere Taten und unser Handeln prüfen, jetzt und jeden Tag. Gott sei gelobt.«

»Gelobt sei Gott!«

Mein Kopf sinkt in den Staub.

Ada.

Die Dunkelheit erhebt ihr Schlangenhaupt, während ich noch im Staub liege, und ich erkenne, dass sie nicht aus mir gewichen ist. Jetzt erst spüre ich Schmerzen und sie drohen mich zu zerreißen.

Luca

Wir sind im Haus von Martha und Hosea: Cleide, Kira, Marian und ich, außerdem Lioba, die weißhaarige Frau von Immanuel, und Philemon, der normalerweise die Kinder unterrichtet. Auf mich wirkt der Mann mit dem Bauchansatz wie ein unselbstständiger kleiner Junge, dem man sagen muss, was er zu tun hat.

Es macht mich unruhig, nicht dort zu sein, wo die anderen sind. Wo Ada ist. Aber Hosea erklärt uns, dass das Zeichendeuten nur den Siegelträgern vorbehalten ist. Dritte Stufe sozusagen, und dazu gehören wir noch nicht. Ich muss mich beherrschen, nicht aufzulachen oder auf den Tisch zu hauen. Das Bild der Kadaver im Brunnen kreist in meinem Schädel und ich bin kurz davor, damit herauszuplatzen. Aber etwas hält mich davon ab, vielleicht der Luchs, keine Ahnung. Wenn ich mit toten Tieren im Brunnen anfange, was machen sie daraus für einen Wahn? Und wenn ich damit etwas ausplaudere, das geheim bleiben soll – vielleicht werfen sie mich ohne weitere Umschweife raus, bevor ich die Chance habe, noch einmal mit Ada zu sprechen? In diesem Moment beschließe ich, zuerst mit Ada zu reden. Ich frage mich, ob irgendjemand aus dem Dorf bereit wäre, Tiere zu opfern, einfach so, für einen special effect. Es war immerhin ein Pferd dabei und Pferde sind für das Dorf kostbar. Sie pflegen sie mit einer Hingabe, wie mein Vater sie noch nicht einmal seinem Wagen angedeihen lässt.

Niemand hat in den Brunnen hineingesehen. Nachdem Benedikt den Eimer mit dem roten Wasser ausgekippt hat, haben uns Lioba, Hosea und Martha zur Seite genommen und ins Haus gebracht. Ich weiß nicht einmal, ob die Tiere noch im Brunnen lagen.

Hosea liest in der Bibel, aber ich kann mich nicht konzentrieren und ich will es auch nicht.

»Warum habt ihr Ada erzählt, dass ihr Bruder tot sei?«

Alle sehen mich an.

»Weil er tot ist!«, sagt Hosea ruhig. »Er *ist* tot, Aaron.«

Seine Stimme ist sanft, doch in meinen Ohren klingen seine Worte wie Schläge.

Ich sehe ihn an, ohne eine Miene zu verziehen. Ich weiß, dass er lügt. Dass sie alle lügen.

»Versprichst du, nie wieder von ihm zu sprechen?«, will Martha jetzt wissen und sieben Augenpaare versuchen, in mich einzudringen.

Ich verschränke die Arme. »Und was, wenn nicht?«

Martha und Lioba wechseln einen Blick und Lioba seufzt.

»Dann kannst du nicht mehr in unserer Gemeinschaft bleiben«, sagt sie.

Sie steht auf und geht langsam am Fenster hin und her. »Aber was noch viel schlimmer ist«, fügt sie hinzu und dreht sich zu mir um. »Auch deine Mutter müssen wir verstoßen.« Sie blickt zu Cleide und ich kann spüren, auch wenn ich sie nicht ansehe, wie meine Mutter versteinert.

»Aber Lioba«, sagt Martha, »das wird Schwester Ruth nicht überleben. Sie hat eben erst Mut und Hoffnung geschöpft!« Hosea bedenkt seine Frau mit einem strengen Blick und sie senkt den Kopf. »Es ist nicht unser Wille. Es ist der von Gott.«

Alle nicken. Nach kurzem Schweigen sagt Lioba: »Aber Gott will Aaron hierhaben. Er will nicht, dass er geht, jetzt, wo er eben erst zu uns gefunden hat.« Alle nicken.

»Brich nicht das Herz deiner Mutter«, sagt Martha schließlich mit ihrer sanften Stimme. »Sie hat eine Chance verdient, die Liebe Gottes zu erfahren.«

Ich will nur noch raus hier und nicke. Nicke einfach nur, um aus dem stickigen Raum herauszukommen, um meinen Kopf freizuschütteln von den Gedanken, die in ihm herumrasen. Wo ist Ada? Wird Cleide mit mir kommen? Ist es für sie hier vielleicht wirklich besser? Wohin soll ich gehen? Ist Kassian wirklich tot? Wo ist Ada? WO IST ADA?

»Wir wollen dich nicht gehen lassen, Aaron. Dazu bist du viel zu wichtig. Wir danken Gott jeden Tag, dass du bei uns bist.«

Lioba, Martha und Hosea lächeln mich an und einen Moment lang blitzt die Sonne durch die Wolken und ich fühle mich widerwillig geborgen. Doch dann wacht der Luchs auf. Es ist eine Verlockung, sich auserwählt zu fühlen. Eine Droge. Ich muss aufpassen, dass ich sie nicht durch meinen Körper rauschen lasse.

»Ja«, sage ich, »das weiß ich.« Ich zwinge mich zu so etwas wie einem Lächeln und dann sage ich nichts mehr und sie lassen schließlich von mir ab, obwohl ich spüren kann, dass sie mir noch längst nicht vertrauen.

Später sitze ich auf meinem Bett, versuche, meine Gedanken zu sortieren. Wir dürfen erst wieder nach draußen, wenn die Zeichen gedeutet wurden, und auch wenn mich solche Anweisungen prinzipiell nicht kümmern, bleibe ich doch in dem kleinen Zimmer und grüble darüber nach, was ich Ada nun sagen soll. Soll ich sie ebenfalls anlügen? Vielleicht ist es ja besser, sie vergisst ihren Bruder. Oder soll ich ihr sagen, was ich denke, dass Kassian noch lebt – und ihren Seelenfrieden damit vollends zerstören? Ich kann ja noch nicht einmal wirklich sicher sein, dass der, den ich gemalt habe, wirklich Kassian ist. Das Beste wird wohl sein, ich rede überhaupt nicht mehr mit ihr und verpisse mich baldmöglichst aus diesem Dorf von Verrückten.

»Wo ist Aaron?«

Ich springe auf. Alle Gedanken sind plötzlich verschwunden. Es ist Adas Stimme.

»Grüßt man nicht, wenn man hereinkommt?«, fragt Martha streng.

Ich trete in die Küche, und als ich Ada ansehe, schluchzt sie auf. Sie schluchzt auf, obwohl kein Laut aus ihrer Brust dringt. Ihr Mund öffnet sich und vibriert; der Atem kommt in kleinen Stößen aus ihrer Brust. Ich erkenne Schmerzen, wenn ich welche sehe.

»Ich gehe mit Ada Holz hacken«, sage ich, ohne nachzudenken. Am Tisch sitzen nur noch die Frauen. Hosea und Philemon sind nach draußen gegangen. Niemand widerspricht, obwohl meine Worte keinen Sinn ergeben, denn nur Männer hacken Holz. Aber das bin ich eben: ein Mann. Und weil das reicht, um Befehle zu geben, nicken die Frauen nur.

Wir gehen schweigend nebeneinander her, dann krächzt Ada irgendwann: »Hier lang.«

Sie führt mich zu den Obstwiesen, an deren Rand riesige Berge an Totholz lagern. Sie geht mir voraus, um einen dieser Berge herum, und dann geht sie dahinter in die Hocke, lehnt sich schwer atmend an das Holz, vorsichtig, als sei sie nicht sicher, ob der Berg einstürzen kann. Ich tue es ihr nach, ohne sie aus den Augen zu lassen.

Und dann krampft sich Adas Körper zusammen. In ihrem Gesicht sind keine Tränen, aber ihr Bauch krümmt sich und zuckt in rhythmischen Konvulsionen. Sie versucht dagegenzuatmen, aber es gelingt ihr nicht. Ich kann nicht anders, als ihr eine Hand auf den Bauch zu legen, so sanft wie ein Schmetterling. Sie schließt die Augen und ihr Körper beruhigt sich.

»Mein Bruder lebt noch«, sagt sie leise und dann sieht sie Hilfe suchend in meine Augen. »Oder?«

Ich nehme meine Hand weg und sie richtet sich ein wenig auf, stützt sich mit den Armen auf den Oberschenkeln ab.

»Du sagtest, es ist erst ein paar Wochen her. Bist du dir ganz sicher?«

»Wann, haben sie dir gesagt, sei er gestorben?«, frage ich zögerlich.

»Vor sechs Monaten, im Herbst letztes Jahr.«

»Er heißt Kassian, nicht wahr?«

»Ja«, flüstert sie.

»Ich erinnere mich an ihn. Er war nicht alleine, er – er hatte eine Frau dabei. Ein Mädchen. Ich glaube, sie waren ein Paar. Es ist acht Wochen her, Ada. Acht Wochen. Nicht acht Monate.«

»Aber wenn das stimmt ...«

Sie beendet den Satz nicht. Wenn das stimmt, dann haben sie die Ältesten angelogen. Wenn das stimmt, dann ist ihr Bruder noch da draußen. Wenn das stimmt, dann ist ihre Welt im Begriff, sich aufzulösen. Ich wage nicht, jetzt auch noch von den Tieren im Brunnen zu sprechen.

»Es tut mir leid«, sage ich und greife nach ihren Händen, mit denen sie angefangen hat, wie wild das Gras zu unseren Füßen auszureißen.

Ihre Schultern beben, und auch wenn ich die ungeschriebene Regel kenne, dass ich im Dorf kein Mädchen berühren darf, lege ich meinen Arm um ihre Schultern. Sie zuckt zusammen und dann fällt Ada, die sonst eine solche Kraft ausstrahlt, einfach in sich zusammen und kniet sich ins Gras.

Sie lässt es zu, dass ich ihre Hand halte. Und dann hocken wir einfach nebeneinander und lauschen in den Tag. Ich habe noch nie so viele Insekten gehört. Um uns herum sirrt und zirpt und brummt es und es riecht nach Holz und nach Gras und Erde. Ich will an nichts anderes denken.

Nach einiger Zeit, die Sonne ist schon hinter den hohen

Bäumen verschwunden, beruhigt sich Ada. Leicht wie eine Feder klingt ihre Stimme. »Als Kinder sind wir oft hergekommen«, sagt sie leise. »Wenn wir keine Lust hatten zu arbeiten. Wenn wir uns Geschichten erzählten. Wenn wir uns trösteten.«

Wir sehen in den sich langsam dunkler färbenden Himmel. Meine Beine schlafen ein und ich lasse mich rücklings aufs Gras sinken. Ein grün schimmernder Käfer krabbelt auf meinem Bein herum. Der Boden ist feucht unter unseren Beinen und die Welt so friedlich in diesem einen Moment, dass ich den Wunsch habe, ihn einzufrieren: hier, mit Ada, die kaum eine Berührung ertragen kann und trotzdem meine Hand nicht weggestoßen hat. Wir stammen aus verschiedenen Welten, aber in diesem Moment spielt das keine Rolle, denn wir sind nur zwei Menschenkinder, die hier liegen. In diesem Moment scheint alles gut.

Aber dann fällt mir mit einem Schlag wieder ein: Überhaupt nichts ist gut. Das ist Wunschdenken, von dem ich glaubte, dass ich es schon längst abgeheftet hätte. In den Ordner mit der Aufschrift »Illusionen und andere Sinnlosigkeiten«.

Ich sehe zu den Bäumen hinüber, die hinter der Hecke aufragen. Der Wald sieht erstaunlich friedlich aus.

»Was – haben sie dir vom Leben da draußen erzählt?« frage ich vorsichtig.

Ada richtet sich auf.

»Es ist die Zeit des letzten Kampfes«, erwidert sie. Sie sieht mit offenen Augen in den blauen Himmel. »Die Welt ist verfinstert und es dringt nur noch wenig Licht auf die Erde. Die Menschen leiden an den Folgen ihrer Sünden und viele von ihnen sind krank.«

»Die Sonne ist doch recht hell«, sage ich und lache etwas

gequält im Versuch, das zu verdauen, was sie mir erzählt. Dass sie alle hier das wirklich glauben.

Ada wendet den Kopf und sieht mich an. Eine Strähne hat sich aus ihrem Zopf gelöst und wird von einem leichten Wind bewegt.

»Hier im Dorf vielleicht«, gibt sie zurück. *»Das Auge gibt dem Körper Licht. Wenn dein Auge gesund ist, dann wird dein ganzer Körper hell sein. Wenn aber dein Auge krank ist, dann wird dein ganzer Körper finster sein. Wenn nun das Licht in dir Finsternis ist, wie groß muss dann die Finsternis sein!«*

Ich sehe sie ziemlich verständnislos an.

»Bis hierher kommt die Finsternis nicht«, erklärt Ada geduldig, als sie erkennt, dass ich nicht kapiert habe, was sie mir sagen will. Sie sagt das so selbstverständlich, dass ich nicht zu widersprechen wage.

»Was hat Kassian draußen überhaupt gemacht?«, frage ich stattdessen.

»Er war ein Heiler«, antwortet Ada. *»Er sandte sie aus mit dem Auftrag, das Reich Gottes zu verkünden und zu heilen.«*

Ich frage mich echt, ob sie die knapp eintausendfünfhundert Seiten Bibel auswendig kennt.

»Er war so eine Art Missionar oder was? Wie Andreas?«

Adas Lippen pressen sich zusammen. »Benedikt ist auch Heiler. Bis er verheiratet wird«, sagt sie nach einigem Zögern.

»Mit dir?«

Sie nickt mit einer kurzen, schnellen Bewegung, sieht mich aber nicht an dabei.

»Was weißt du denn darüber, wie die Menschen da draußen leben?«

Sie lächelt und dann sieht sie mich an und lächelt nochmals und schüttelt den Kopf. »Nicht viel, fürchte ich. Es ist für uns nicht wichtig, denn hier im Dorf ist das Licht.«

»Bist du schon mal in einem Auto gefahren?«

Die Frage ist gestellt, bevor ich sie aufhalten kann. Ich darf nicht von draußen sprechen, aber der Raum, der zwischen Ada und mir entsteht, ist wie etwas Drittes. Etwas, das nur zwischen uns ist und in dem es etwas anderes nicht gibt: nicht das Dorf, nicht die Welt draußen, nicht den Dämon.

»Einem ... Au-to?«, fragt sie und mir wird klar, dass es noch viel unglaublicher ist, als ich dachte. Ich beschließe, sie in Frieden zu lassen, vorerst – und sie nicht noch mehr zu verunsichern.

»Erzähl mir eine von deinen Geschichten«, bitte ich sie. »Eine, die du den Kindern erzählst.«

»Ich dachte, du hast die Bibel gelesen?«

»Ja, schon, aber ...« Ich möchte es von dir hören. Ich möchte hier liegen und die Insekten krabbeln fühlen und ich möchte deinem Kinn zusehen, wie es sich bewegt beim Sprechen. Ich möchte die Linie deines Profils anschauen, bis ich jedes Detail eingesaugt habe, und ich möchte das Holz riechen, das sich in der Sonne erwärmt, und ich möchte etwas fühlen, das ich noch nie in meinem Leben gefühlt habe und das wahrscheinlich Frieden heißt.

»... ich kann mir so was nicht gut merken«, sage ich statt all der anderen Dinge und Ada beginnt zu sprechen.

Ich lausche. Ihrer leisen, ernsten Stimme, die mich an einem Punkt berührt, an dem ich noch nie zuvor berührt wurde.

Ich weiß nicht, wie lange wir so nebeneinander im Gras liegen. Ada erzählt von Judit. Die alleine ins Zelt des Holofernes geht, ihn verführt und betrunken macht und ihn schließlich tötet. Es ist eine grauenvolle Geschichte und ich muss mich bemühen, die Bilder der blutigen Kadaver zur Seite zu schieben, die während ihrer Erzählung in mir auftauchen. Aber ich lausche Adas leiser Stimme, ich sehe Adas Gesicht und die Linien, wenn sich ihre Stirn kräuselt, und kann meinen Blick kaum von ihr abwenden.

Als sie fertig ist, kann ich nicht anders. Ich lege eine Hand auf ihren Rücken. Ada zuckt zusammen.

»Dir tut etwas weh, oder?«

Sie presst die Lippen aufeinander, wendet sich etwas von mir ab. Und als sie den Ärmel ihrer Bluse nach vorn zieht, sehe ich einen Augenblick etwas hervorblitzen, das ich nur allzu gut kenne.

Der Frieden platzt wie eine Seifenblase.

»Was ist das?«, frage ich und halte ihre Hand fest.

Ich ziehe den Ärmel der Bluse nach oben. Das Hämatom beginnt erst, sich zu verfärben. Voll ausgeprägt wird es erst in ein paar Stunden sein, vielleicht sogar erst am nächsten Tag. Ich kenne mich mit den Verfärbungsgraden aus. Dies hier ist frisch. Nicht Ada, denke ich. Bitte nicht Ada! Ich will die Bluse weiter nach oben schieben, doch sie hält mich davon ab.

»Du verstehst das noch nicht«, sagt sie.

Ich schnappe nach Luft, muss mich beherrschen, um nicht loszuschreien. »Wo?«, frage ich. »Wo noch?« Sie hat gezuckt, als ich ihren Rücken berührt habe.

»Du schlägst das Kind mit dem Stock, bewahrst aber sein Leben vor der Unterwelt«, zitiert Ada. »Sie haben es aus Liebe getan, Aaron.«

Ich atme schnell und auch für Ada hörbar ein und aus. »Wer erzählt dir denn so was?«

»Ich weiß es.« Sie fasst nach meiner Hand. »Niemand macht es gerne. Aber manchmal muss es ein. Es ist wie eine Reinigung. Damit die Seele wieder vor Gott treten kann.«

Ich weiß nicht, was ich auf diese hirnverbrannten Ideen antworten soll. Vielleicht wäre jetzt der richtige Augenblick, um von den Tieren im Brunnen zu erzählen. Als Ada kaum hörbar aufstöhnt, während sie ihren Rücken aufrichtet, halte ich es nicht mehr aus. Ich reiße ihre Bluse am Rücken nach oben und sehe das ganze Ausmaß ihrer Verletzungen. Ich schnappe nach Luft. Ada gibt einen spitzen Schrei von sich und zieht den Stoff hektisch wieder nach unten. Sie will aufspringen, doch ich bin schneller.

Mit einem Schritt hocke ich vor ihr und nehme ihr Gesicht in beide Hände. Ada schluckt, aber sie meidet meinen Blick nicht. Ada ist nicht Cleide. Ada sieht den Dingen ins Gesicht.

»Du bist an gar nichts schuld«, sage ich. »Du musst nicht gereinigt werden.« In ihren Augen blitzt einen winzigen Moment lang etwas auf – als gäbe es tief in ihr verborgen etwas, das die Wahrheit kennt. Doch dann ruft eine Stimme nach ihr und es ist wieder weg.

»Ada!« Die Stimme ist aufgeregt und Niko, Adas kleiner Bruder, kommt auf uns zugerannt, »Ada, komm schnell! Sie suchen dich! Es ist ...« Er atmet hektisch, keucht.

Sie erblasst, steht sofort auf, zieht ihren Zopf zurecht und streicht ihren Rock glatt. »Ist Apollonia nicht bei ihr?«

Niko schüttelt den Kopf.

»Es geht ihr nicht gut. Sie hat ... es kam alles aus ihrem Mund wieder raus.«

Der Junge wird plötzlich von Schluchzern geschüttelt.

»Ich komme«, sagt Ada. Sie will losgehen, doch ich halte sie fest. Erschrocken sieht sie erst auf ihren Arm, dann ihren kleinen Bruder an. Doch der hat sich schon abgewendet und läuft Richtung Dorf zurück. Ich könnte schreien, weil schon die kleinste Geste der Vertrautheit Regeln bricht in diesem Gefängnis.

»Ada, ich muss dir etwas sagen.«

Da verhärtet sich ihr Gesicht. »Mit dir hier zu sein, war eine Sünde!«

Ich schüttele verzweifelt den Kopf. »Es ist wichtig! Im Brunnen ... gestern Nacht, da waren tote Tiere. Ich habe sie gesehen. Ich konnte nicht schlafen und da bin ich herumgelaufen.« Von meinem Ausflug in den Wald erzähle ich nichts, es ist so schon alles schwierig genug für sie. »Das Wasser war blutig, weil Tiere darin lagen. Tote Tiere. Es würde mich nicht wundern, wenn noch mehr Menschen krank würden. Wer weiß, welche Keime im Wasser ...«

Ada sieht mich mit unbewegter Miene an. »Du weißt nicht viel über Krankheiten, scheint mir«, sagt sie nur. Dann dreht sie sich um und lässt mich zurück.

Mit dem Frieden ist es endgültig vorbei. Ich richte mich auf, sehe ihr hinterher und wundere mich wieder einmal, wie schnell sie mit ihrem langen Rock gehen kann. Ich presse mir die Hand gegen die Stirn und muss dann über mich selbst lachen, dass ich überhaupt an diesen Moment Frieden geglaubt hatte.

Du weißt nicht viel über Krankheiten. Eines weiß ich jedenfalls sicher: Wenn noch mehr Dorfbewohner anfangen, sich zu übergeben, gibt es hier ein Problem. Ich renne Ada, so schnell es geht, nach.

In der geöffneten Tür von Adas Haus erkenne ich den breiten Rücken von Noah, einem der Ältesten. Als wir näher kommen, dreht er sich um. Seine Gesichtsmuskeln zucken, als er uns sieht, und er tritt zur Seite, damit Ada und ihr kleiner Bruder eintreten können. Ich weiß nicht recht, was ich tun soll, doch dann winkt mich Noah ebenfalls hinein.

Zögernd trete ich über die Türschwelle.

Im Haus sind eine Menge Menschen versammelt und ich wundere mich, dass Kira und Marian ebenfalls da sind. Als Ada eintritt, werden alle ruhig. Die Stimmung ist so gespannt, dass die Luft davon vibriert.

Adas Vater tritt neben seine Tochter, aber er sieht sie nicht an dabei, sondern einen der Männer, die in sein Haus eingedrungen sind: Immanuel, der Älteste, auf den alle hören.

»Was hältst du vom Gehorsam, Ada?«, fragt dieser.

Ada hat den Blick zu Boden gerichtet. »Ohne Gehorsam entzweien wir uns von Gott und unseren Mitbrüdern«, sagt sie leise. Es klingt auswendig gelernt.

»Sieh mich an«, fordert Immanuel und Ada schaut zögernd auf.

In mir beginnt etwas zu beben. Die Verletzungen auf ihrem Rücken, die blutigen Tierkadaver, alles verschwimmt zu einem einzigen makabren Bild in meinem Kopf. Adas Gesicht hat Ähnlichkeit mit einer Totenmaske, so weiß und unbeweglich ist es. Obwohl es sie sichtlich Überwindung kostet, sieht sie Bruder Immanuel an.

»Es ist nur Gnade und Barmherzigkeit zu verdanken, dass deine Familie noch nicht verstoßen wurde. Wird ein Glied einer Familie unrein, befällt es meist auch die anderen. Sei wachsam, Schwester Ada, und kämpfe an gegen die Einflüsterungen des Teufels. Sie führen geradewegs in den Abgrund der Hölle – dich und deine Familie. Willst du das?«

Hastig schüttelt Ada den Kopf.

»Gott hat dir heute eine Chance gegeben«, ruft Gabriel nun. »Du hattest die Möglichkeit, dich zu reinigen! Stattdessen trägst du den Samen des Hochmuts und der Unzucht in dir und bist nicht bereit, davon zu lassen!«

Ich glaube es nicht! »Ada hat nicht …«, sage ich, doch ich werde von Bruder Gabriel mit einer unwirschen Bewegung abgewürgt.

Ada reagiert nicht. Sie steht wie erstarrt.

Bruder Immanuel versucht ein Lächeln, aber mir kommt er in diesem Moment vor wie ein Puppenspieler, der seinen Marionetten Leben einzuhauchen versucht. Und zeigt, dass er bereit ist, es ihnen auch wieder zu nehmen.

»Wo ist deine Mutter, Ada?«, fragt er und ich kann förmlich das Messer sehen, das er mit diesen Worten in Adas Herz umdreht.

»Oben«, antwortet sie leise.

»Bruder Immanuel, was hat Esther damit zu tun?«, meldet sich nun Bruder David, Adas Vater, zu Wort und zum ersten Mal nehme ich ihn wirklich wahr. Adas Vater ist ein zu früh ergrauter Mann mit einem gutmütigen Gesicht.

»Gott ist gerecht«, verkündet Gabriel und mich überläuft eine Gänsehaut. Dieser Mann hat die Augen eines Geiers. »Er straft die Gottlosen und Ungläubigen. Die Krankheit deiner Frau ist nur das sichtbare Zeichen seines Zorns.« Dann wendet er sich an Ada. »Siehst du nicht, Ada, was dein abtrünniger Bruder schon angerichtet hat? Willst du deine Familie endgültig vernichten? Willst du Unzucht treiben mit einem – Geretteten? Der noch nicht einmal das Siegel trägt?«

Jetzt brennt endgültig eine Sicherung in mir durch. »Ihr seid doch völlig krank!«, schreie ich und will auf Gabriel losgehen, doch ich werde von Armen, deren Besitzer ich nicht sehen kann, zurückgehalten.

»Wohin soll man euch noch schlagen? Ihr bleibt ja doch

abtrünnig. Der ganze Kopf ist wund, das ganze Herz ist krank!«, schreit er jetzt. »Wer vom rechten Weg abfällt, landet in der Hölle, und das weißt du! Du reißt alle mit hinein, wenn du weiterhin so verstockt bist! Weißt du, was mit denen in der Hölle passiert? Wie lange willst du deine Familie noch für deine Sünden leiden lassen? Für dein Liebäugeln mit dem finstersten Rivalen? Dem Teufel?« Er spuckt das letzte Wort aus.

Mit meinen eigenen Augen kann ich dabei zusehen, wie Ada in sich zusammenfällt. Ich will vorspringen, doch plötzlich sind Kira und Marian dicht neben mir. »Lass sie, siehst du nicht, was du schon angerichtet hast!«, höre ich Kira flüstern.

Ich versuche, ihre Hände abzuschütteln, aber nun kommt Marians Stimme von der anderen Seite an mein Ohr: »Ein Wort von dir und wir werden ausgestoßen.« Ihre Finger bohren sich schmerzhaft in meinen Arm. Das ist mir offen gestanden völlig wurscht. Wer weiß, vielleicht tue ich Marian und Kira sogar einen Gefallen damit, wenn sie aus diesem Irrendorf rausgeschmissen werden. Aber ich habe kapiert, dass jedes Wort von mir die Situation für Ada verschlimmert. Und das ist der einzige Grund, weshalb ich mich beherrsche. Ich schüttele Marians Arm ab.

»Wir haben gebetet«, sagt Bruder Immanuel und wenigstens zieht sich nun Gabriel zurück. »Gott liebt dich, Ada. Trotz allem.« Er lächelt sie an, doch Ada schaut zu Boden.

»Und die er liebt, die prüft er.« Er seufzt. »Zehn Tage lang.«

Bei seinen Worten beginnt Ada zu schwanken.

Was heißt das nun schon wieder? Zehn Tage lang prüfen? Aus Adas Reaktion zu schließen, etwas Grauenvolles. Ich brauche meine ganze Selbstbeherrschung, um nicht wie ein Berserker loszuwüten. Aber der Luchs sieht mich ernst an. Beobachten und im richtigen Moment das Richtige tun. Das ist das Einzige, das helfen wird.

»Wenn du in der Wahrheit bist, Ada, dann hast du nichts zu befürchten.«

Ada wird kreideweiß.

»Und dann kannst du Benedikt heiraten.«

Es ist, als habe mir jemand einen Schlag auf den Hinterkopf versetzt. Ada reagiert nicht. In mir ist es eiskalt.

Und dann hebt sie den Kopf und sieht mich direkt an. In ihren Augen liegt etwas, von dem der Instinkt des Luchses genau weiß, was es ist: Grauen.

Ich stemme mich gegen Noah, aber Ada schüttelt kaum merklich den Kopf. Ich weiß nicht, ob es irgendjemand anders bemerkt hat. Meine Knie werden schwach. Sie sieht aus wie ein Engel, vielleicht sogar wie ihr bescheuerter Jesus, kurz bevor er sich ans Kreuz nageln ließ.

Dann werde ich von Noah nach draußen geschleppt, die beiden Mädchen folgen uns. Als wir draußen sind und sie mit Ada an uns vorbeikommen – wie eine Gefangene zwischen Gabriel und Hosea –, habe ich einen absurden Moment lang die Hoffnung, dass jemand laut »Aus!« ruft und der Regisseur des Mittelalterfilms hinter der Hecke vorkommt und den Schauspielern noch mal erklärt, wo sie zu stehen haben und dass der letzte Dialog echt miserabel gespielt war.

»In Ada wütet etwas«, erklärt nun Noah, als Ada und ihre Bewacher außer Hörweite sind. »Vielleicht nur böse Gedanken. Vielleicht ein unreiner Geist. Das wird sich zeigen.«

»Aber was heißt das?« Das ist doch alles keine Erklärung für das, was ich in Adas Augen gesehen habe. »Was heißt, sie wird zehn Tage geprüft?«

»Sie wird in der Bußzelle sein«, sagt Noah, »zehn Tage lang. Das ist die übliche Zeit, in der sich die Wahrheit zeigt. Danach wird entschieden.« Marian und Kira nicken, als hielten sie das alles für völlig verständlich und normal.

»Entschieden? Worüber?«, frage ich. Was ich eigentlich wissen will, ist: Darf ich sie sehen? Wo ist die Bußzelle? Was passiert dort mit ihr? Doch ich wage es nicht zu fragen, aus Angst, dass sie Ada dann so tief wegsperren, dass ich sie nicht finden könnte, selbst wenn ich das ganze Dorf nach ihr absuche. Plötzlich wird mir klar, wie tief ich mich geirrt habe. Ich dachte, ich könnte es kontrollieren, irgendwie. So wie ich mich selbst unter Kontrolle gebracht habe, damals, mit neun Jahren, als ich das erste Mal nicht mehr geweint habe. Weil ich den Luchs bei mir habe, der Dinge schon erkennt, bevor sie stattfinden.

Aber der Dämon war allein. Hier sind es viele. Und sie haben eine Welt geschaffen, die der Luchs nicht kennt. Sie sind die Eingeborenen, die sich hier zurechtfinden, und ich bloß ein Eindringling, der nichts weiß und nichts kapiert.

Noah packt mich und schiebt mich den Weg entlang, in Richtung von Hoseas Haus. »Das soll dich nicht beschäftigen«, sagt er hart. »Mit dem Teufel ringen muss jeder allein.«

Ada

Tag und Nacht verschwimmen.

Der Teufel wird einige von euch ins Gefängnis werfen, um euch auf die Probe zu stellen, und ihr werdet in Bedrängnis sein, zehn Tage lang. Sei treu bis in den Tod; dann werde ich dir den Kranz des Lebens geben.

Die Wände rücken enger zusammen, je länger ich hier bin. Fünf Schritte von vorn nach hinten. Zweieinhalb Schritte von rechts nach links. Ich gehe sie hin und zurück, ohne Pause, ohne Unterbrechung, um mich selbst daran zu erinnern, dass ich noch am Leben bin.

Eine Kerze lässt Schatten an der Wand entlanglaufen, den Raum kann sie aber nicht erhellen. Immer wieder lösche ich sie, denn ich weiß nicht, ob ich noch einmal eine bekommen werde. Ich will sie aufsparen, bis ich die Dunkelheit gar nicht mehr ertragen kann. Dann versuche ich, die Finsternis mit meinen Augen zu durchdringen, aber es gelingt mir nicht. Ich bete, und wenn die Kerze brennt, lese ich in der Bibel. Apollonia hat sie mir gebracht, weil sie weiß, dass es einen beruhigt, hier unten, wenn man mit den Händen über das Leder streichen kann und die Knicke spürt, die man selbst in das Papier gemacht hat. Aber meistens bete ich im Dunklen und versuche, Gottes Stimme zu hören. Doch wenn ich etwas zu hören glaube, erfasst mich Furcht, weil ich nicht weiß, ob es der Teufel ist.

Was haben sie dir über die Welt draußen erzählt?

Einmal am Tag klopft es und jemand schiebt durch die kleine Klappe in der Tür etwas zu essen herein, aber ich habe keinen Hunger. Nur von dem Wasser nehme ich, denn meine Kehle ist trocken und in mir brennt es, als befände ich mich bereits in den ewigen Flammen der Verdammnis.

Und wenn dich dein Auge zum Bösen verführt, dann reiß es aus; es ist besser für dich, einäugig in das Reich Gottes zu kommen, als mit zwei Augen in die Hölle geworfen zu werden.

Bist du schon einmal in einem Auto gefahren?, hat er mich gefragt.

Mein Körper ist heiß und in meinem Kopf tobt ein Kampf,

der nur hin und wieder durch ein paar Momente unruhigen Schlafs unterbrochen wird. Meist schrecke ich nach ein paar Minuten schon wieder auf, aber vielleicht sind es auch Stunden, ich weiß es nicht.

Er soll euch, wenn er plötzlich kommt, nicht schlafend antreffen. Was ich aber euch sage, das sage ich allen: Seid wachsam!

Mein Zeitgefühl ist verloren gegangen. Ich frage mich, ob sie mich vielleicht irgendwann vergessen werden und ich dann für immer hier bleiben muss. Es erschreckt und beruhigt mich gleichermaßen. Denn wenn ich gerufen werde, wenn sie mich herausholen und ich das Sonnenlicht wieder sehe, das in diesen Keller niemals dringt, wird mein Zustand das Urteil über meine Familie sprechen und dann wünsche ich mir, in einen Schlaf zu fallen, der nie wieder aufhört.

Der Zweifel ist ein nagendes Gift und die Dunkelheit meines Herzens wird größer und größer und droht, mich zu ersticken.

Wer zweifelt, ist wie eine Welle, die vom Wind und im Meer hin und her getrieben wird.

In den Minuten meines Schlummers sehe ich Rahels Gesicht vor mir, wie sie sich mit rot geweinten Augen an mich klammert. Und ich sehe Mutter, Vater und Nikodemus. Manchmal ist es Kassian, der mich heimsucht. Öfter aber sind Aarons Augen vor mir. *Du bist an gar nichts schuld, Ada. Du musst nicht gereinigt werden.*

Die dunkle Schlange in mir will sich Aaron an die Brust werfen und von ihm gehalten werden und dann nehme ich die Bibel und lese darin oder ich halte sie mit beiden Händen hoch und schlage mit ihr auf das Bild ein und

Aaron verschwimmt vor meinen Augen oder er duckt sich, doch es ist immer nur ein Moment, dann taucht er wieder auf. Oder es ist plötzlich Kassian, aber ich weiß, dass es in Wirklichkeit der Teufel ist, der meine Seele in sein Reich zerren will. Dass Satan mir Kassians Bild vorgaukelt, dass er mich auf die Probe stellt und dass ich stark sein muss, wenn ich nicht das Schlimmste auf das Dorf herabziehen will. Kassian ist tot. Er ist meine Versuchung und ich muss mit ihm ringen, so lange, bis ich den Wunsch, ihn zu sehen, endlich überwunden habe. Bis ich nicht mehr Aaron glaube, sondern den Ältesten.

Vielleicht hat meine Familie dann genug gesühnt und Mutter kann wieder aus dem Bett aufstehen, Vater bekommt seinen Platz bei den Ältesten und Rahel und Nikodemus erleben das Ende und die wunderbare Herrlichkeit der letzten Zeit ohne die Angst, verstoßen zu werden. Ich frage Gott, was richtig ist: ob Kassian denn nicht gerettet werden soll. Ob es nicht meine Pflicht ist, ihn zu finden.

Aber Gott gibt keine Antwort. Er ist weit weg und ich finde ihn nicht. Nicht in den Worten, die ich lese. Nicht in meinen Gedanken und nicht in der Dunkelheit meiner Zelle.

Luca

Ich gehe innerlich im Kreis, wie der Luchs, der eingesperrt ist mit gesträubtem Fell. Sie haben mir nicht gesagt, wo die Bußzelle ist, sie haben mir überhaupt nichts gesagt. Im Dorf grassiert der Brechdurchfall und ich wage mir nicht vorzustellen, was sie tun, wenn es noch schlimmer wird.

Aber alle verhalten sich, als ginge das Leben weiter wie immer: Martha weckt mich frühmorgens und ich arbeite, arbeite, arbeite. Oft sind Cleide, Taphat und Machla an anderen Orten eingeteilt als ich, denn es gibt Männerarbeit und Frauenarbeit. Doch heute teile ich mir mit Cleide einen Platz am Pflanztisch des Gewächshauses. Im Frühjahr ist hier sehr viel zu tun und jeder muss helfen. Während wir die Keimlinge pikieren, wird gesungen. Ich tue so, als mache ich mit, vor allem Cleide zuliebe. Die Hitze wird durch die Plexiglasscheiben noch verstärkt und mir rinnt der Schweiß.

Als wir eine kurze Pause machen, gehe ich mit Cleide nach draußen. Nachdem wir einen Becher Wasser genommen haben, bedeute ich ihr, mit mir zur Seite zu gehen. Sie folgt mir widerwillig. An der Mauer, die das Gewächshaus an dieser Seite von den Feldern abgrenzt, bleibe ich stehen und sehe mich um. »Weißt du, wo Ada ist?«, frage ich leise, ohne wirkliche Hoffnung, dass sie mir helfen kann.

»Aaron. Sie haben uns von Anfang an gesagt, dass wir nicht gleich alles verstehen würden. Dass wir die reinen Kinder nicht mit irgendetwas von draußen verschrecken dürfen. Dass sie heilig sind. Du zerstörst das!«

»Findest du das alles etwa richtig, was hier passiert?«

Sie zögert erst, dann sagt sie nichts.

»Also, weißt du, wo die Bußzelle ist?«, flüstere ich und sehe meine Mutter eindringlich an. Sie hat ein enges Verhältnis zu Martha, das weiß ich. Vielleicht hat sie etwas erfahren über die Bußzelle, das sie mir nicht gesagt haben. Ich lasse den Blick nicht von ihr, bis sie widerwillig aufsieht.

Ihr Blick flackert. »Manchmal bin ich neidisch«, gesteht sie.

Verwirrt schaue ich sie an. »Worauf?«

»Weil sie noch nie draußen waren. Weil sie – so besonders sind. Unverdorben, rein.«

Ich schnaube. »Verdorben ist es vielleicht, Bußzellen zu haben. Oder einen durchs Verprügeln von Sünden befreien zu wollen! Oder glaubst du daran vielleicht auch?« Ich sehe sie an. »Ada ist zehn Tage dadrin. Zehn Tage! Wenn du das in Ordnung findest, dann sieh mich bitte nie wieder an!«

Cleides Kiefer mahlen. Sie dreht sich um und sagt beinahe schon trotzig: »Wir verstehen nicht alles. Wenn es Gottes Wille ist, dann hat er mit jedem seinen eigenen Plan. Wir dürfen ihn nicht durchkreuzen.«

»Cleide!« Meine Stimme ist lauter geworden und sie zuckt zusammen.

»Ich will so bald wie möglich das Siegel tragen«, sagt sie und ich erkenne plötzlich in dem weinerlichen Tonfall meine Mutter wieder, die ich in den letzten Wochen schon beinahe verschwunden geglaubt hatte. »Sie haben mir gesagt, wenn ich so weitermache, kann ich schon in ein paar Wochen getauft und eine von ihnen werden.«

»Aha«, sage ich sarkastisch. »Lass mich raten: Der missratene Sohn muss vorher erst noch auf Spur gebracht werden, oder?«

Sie schluckt, dann sieht sie mich bittend an. »Du kannst es falsch finden«, sagt sie, »aber mein altes Leben gibt es nicht mehr. Mein Name ist jetzt Ruth und das soll er für immer bleiben.«

Sie dreht sich um und geht zurück in die Hitze des Gewächshauses. Ich atme tief aus, lehne mich stirnreibend an die Mauer.

Da spüre ich Blicke in meinem Rücken, und als ich mich umdrehe, sehe ich, dass Apollonia schnell den Blick senkt.

Langsam gehe ich zurück zur Eingangstür und ich kann sehen, dass Apollonia ebenfalls langsamer wird und denjenigen, die nach ihr kommen, den Vortritt lässt.

Als wir als Letzte nebeneinanderstehen, atmet sie tief ein.

»Sie ist im dritten Keller«, wispert sie. »Zwischen Badehaus und Wald ist ein dritter Eingang. Er liegt versteckt.«

Sie beißt sich auf die Lippen und rafft eilig ihre Röcke.

Ich arbeite den ganzen Tag im Gewächshaus und beginne sogar mitzusingen. Nur hin und wieder sehe ich in Apollonias Richtung, und obwohl sie mich nicht ansieht, stiehlt sich eine leichte Röte auf ihre Wangen.

Ich warte die Nacht ab, bevor ich Adas Gefängnis suche. An die Wand neben dem Bett gelehnt, döse ich ein und da kommt mein Vater.

Ich bin winzig und er ist ein Gigant mit Riesenhänden. Ich versuche, ihm zu entkommen, doch immer, wenn ich mich umdrehe in dem engen Raum, in dem ich mich selbst gefangen halte, ist er schon da und lacht.

Ich schrecke hoch und höre meinen eigenen Schrei von den Wänden wiederhallen.

Nie wieder wird das passieren, das habe ich mir geschworen. Aber in der Nacht kann mich nicht einmal der Luchs beschützen.

Da höre ich ein würgendes Geräusch neben mir. Ich sehe hinüber zu meiner Mutter. Sie hat die Kerze auf ihrem Nachttisch angezündet und kniet auf dem Boden vor ihrem Bett.

»Was tust du da?« Ich gehe zu ihr und versuche, sie aufzurichten, aber sie schüttelt den Kopf und dreht die Schultern so, dass sie mir entgleiten.

»Cleide, was ist los?«

Sie sieht langsam zu mir auf. Meine Mutter sieht furchtbar aus. Sie öffnet die Lippen, um etwas zu sagen, aber ich kann sie kaum verstehen. Als ich näher komme, trifft mich ein Schwall schlechten Atems und ich muss die Luft anhalten, um nicht gleich wieder zu flüchten. Jetzt hat sie es also auch erwischt.

»Ruth«, sagt sie schwach. »Chamo-me Ruth.«

Ich fluche innerlich, weil ich im Dorf schon wieder ein Spielball anderer Menschen bin, nach deren Regeln ich zu funktionieren habe.

»És a Cleide«, widerspreche ich. Sie schüttelt den Kopf, langsam, dann immer heftiger, und ich will sie davon abhalten, weil ich fürchte, dass bald der nächste Schwall Erbrochenes kommen wird, wenn sie nicht damit aufhört.

»Ich heiße jetzt Ruth«, sagt sie. Auf ihrem Nachtschränkchen steht ein Glas Wasser und ich gehe hin und greife danach. Die einzige Möglichkeit, die bleibt, ist, frisches Wasser zu holen und es so lange abzukochen, bis alle Bakterien abgetötet sind.

Als ich an meiner Mutter vorbeigehe, greift sie plötzlich mit erstaunlich festen Griff nach mir. »Luca«, flüstert sie. »Não te vás! Bitte, geh nicht.« Ihre Hand krallt sich schmerzhaft in mein Bein.

»Ich hole nur Wasser«, beruhige ich sie.

»Ele está cá.«

Ich halte in der Bewegung inne. »Wer?«, frage ich, obwohl ich genau weiß, was sie meint. Er ist da. Er holt sie in der Nacht ein, genauso wie mich.

»Ele.«

Ich versuche, ihre Hand abzuschütteln. »Das kann nicht sein.«

»Eu vi o.«

Sie sieht aus wie ein Geist. Wirres, fettiges Haar fällt ihr strähnig ins Gesicht. Ihr Zopf hat sich beinahe vollständig gelöst. Meine Mutter hatte einmal volles, glänzendes Haar. Es floss über ihren Rücken und endete knapp oberhalb der Taille. Ich könnte schreien.

»Er kann hier nicht herkommen. Er weiß nicht, wo wir sind«, beruhige ich sie. »Es gibt keinen Handyempfang. Der Wald ist rundum gesichert.« Mich schaudert bei der Erinnerung an die, die den Wald sichern. Die Reiter, denen ich nur knapp entkommen bin. »Er kann nicht hier sein, Mama!«

Diese Anrede verwirrt sie einen Moment lang.

»Estamos seguros«, sage ich leise, auch wenn das ein Witz ist, denn hier ist überhaupt nichts sicher. Nicht einmal das Leben. Der Gedanke an Ada in ihrem Gefängnis erhöht meinen Puls. Ich muss zu ihr, sofort. Aber Cleide klammert sich an mich. »Hier sind so viele Menschen, die auf dich achtgeben«, rede ich weiter.

Sie schüttelt den Kopf. »Naquela noite«, beginnt sie, aber dann muss sie würgen und sie erbricht sich heftig.

»Ele está cá. Naquela noite.« Sie wischt sich mit dem Ärmel des Kleides über den Mund.

»Du hast geträumt.«

Sie zittert, als säße sie mitten im Winter nackt in einer Schneewehe.

»Tivestes a sonhar«, wiederhole ich auf Portugiesisch.

Sie klammert sich an mich und reißt mich zu Boden. »Não te vás«, fleht sie. »Luca. Du darfst mich nicht alleine lassen. Bitte!«

Meine Mutter ist ein Gespenst, aber sie hat den siebten Sinn dafür, wenn ich ihr entgleite.

»Estamos seguros.« Ich will sie abschütteln. Warum klammert sie sich plötzlich wieder an mich? Warum nimmt sie nicht die anderen? Martha zum Beispiel?

»Geh nicht!« Sie zerrt an mir und zwingt mich, sie anzusehen. Ihre Augen sind weit aufgerissen und ich kann die nackte Angst darin sehen.

»Ist ja gut«, sage ich, um ihren Griff von mir zu lösen. Plötzlich werden ihre Augen schmal und sie sieht mich hellwach an. »Wenn du gehst und ich nicht im Dorf bleiben kann. Dann bringe ich mich um.«

Ich starre sie an. Vielleicht meint sie es ernst, vielleicht nicht. Ich kann mich nicht entscheiden, welches Gefühl überwiegt: Abscheu oder Mitleid.

»Dazu fehlt dir der Mut.«

»Und wenn nicht? Du bist der Einzige, der mich davon abhalten kann, Luca. Und das weißt du. Der Einzige.«

Ich fluche.

»Geh nicht.« Ihre Hände krallen sich schmerzhaft in mein Bein. »Ich kann nicht versprechen, dass ich noch am Leben bleibe, wenn du gehst, nicht einmal hier!« Eine schwere Klaue schließt sich um mein Herz, die ich nicht abschütteln kann.

»Eu vou ficar com voce«, sage ich schließlich kraftlos.

»Schwöre es!«

Ich stoße die Luft zwischen den zusammengepressten Zähnen aus. »Ich schwöre es.«

Ich setze mich widerwillig neben sie und sie kriecht zu mir, rollt sich zusammen und dann schläft sie ein, meine verletzliche Mutter, auf meinem Schoß wie ein Kind. Ich kann mich nicht vom Boden lösen, obwohl mein Rücken zu schmerzen beginnt und meine Beine einschlafen.

Sobald ich mich bewege, flüstert sie: »Fica aqui«, und fasst nach meiner Hand.

Ich will zu Ada. Das Gefühl ist einen Moment lang so

drängend, dass mir die Luft wegbleibt. Meine Mutter hält sich an mir fest und ich streichele über ihre Haare und frage mich, ob es jemals einen Ausweg aus der Hölle gibt.

Später, als Cleide endlich so tief schläft, dass ich mich aus ihrer Umklammerung lösen und eine Decke über sie legen kann, gehe ich in die Nacht hinaus. Sie wird sich nicht umbringen, sage ich mir. Sie droht nur, sie wird es nicht tun.

Martha saß betend in der Küche, doch als ich sagte, dass ich ins Badehaus gehen müsse, um mich zu reinigen, fragte sie nicht nach und gab mir sogar eine Laterne mit.

Ich bin erst ein paar Meter gegangen, als mir das Licht im Versammlungshaus auffällt. Es ist ein kleiner Schimmer, vermutlich nicht mehr als die Laterne, die ich in der Hand trage. Einen kurzen Moment bleibe ich stehen, unschlüssig, was ich tun soll. Ich will zu Ada. Will mit ihr sprechen, wenigstens hören, dass es ihr gut geht. Weiter denke ich noch nicht.

Doch das Licht übt eine unwiderstehliche Anziehungskraft auf mich aus. Seit ich im Dorf bin, ist mein Instinkt noch schärfer geworden. Vielleicht, weil mich nichts mehr ablenkt: kein Handy, kein Internet, keine MP3s im Ohr. Nicht einmal die schwere Arbeit und das ständige Beten und Liedersingen.

Etwas dort zieht mich magisch an. Im Versammlungshaus wird etwas besprochen, ich kann es bis hierher spüren. Und so beschließe ich, zuerst dort vorbeizugehen, bevor ich mich auf die Suche nach dem dritten Keller mache.

Das Licht sickert aus einem kleinen Nebenraum hervor, in dem ich noch nie war. Hier beten die Ältesten vor jeder Versammlung. Schon, als ich noch einige Meter entfernt bin, kann ich erregte Stimmen hören.

Ich lösche das Licht meiner Laterne, bevor ich aus dem

Schutz der Hecken trete und über den Platz leise auf das Gebäude zuschleiche.

Die Stimmen werden lauter. Ich hocke mich geduckt vor das Fenster an die Mauer und lausche mit angehaltenem Atem. Das Fenster ist gekippt, daher entgehen mir immer wieder Worte.

»Wir dürfen es den Geschwistern nicht verheimlichen«, sagt einer.

»Wir verheimlichen den Geschwistern nichts, Bruder Gabriel.« Das ist die Stimme Immanuels, die ich sofort erkenne. »Es ist ebenso eine Sünde, voreilige Schlüsse zu ziehen und Dinge in Gang zu setzen, die sich nicht mehr aufhalten lassen.«

»Was schlägst du vor?«, fragt Gabriel zurück.

»Wir beten. Diese Nacht und die nächste. Nicht, was wir wollen, ist entscheidend. Sondern Gottes Entschluss.«

Aus dem Zimmer dringt Gemurmel. Alle scheinen gleichzeitig zu reden.

»Tabitha hat das zweite Gesicht«, wendet jemand ein.

»Und sie hat sich ebenso auch schon getäuscht«, gibt Immanuel zurück.

»Aber wenn es stimmt ...«

»Dann wird Gott uns ein Zeichen geben.«

»Aber ...«, erklingt eine weitere Stimme. Ihr heiserer Ton trifft mich wie ein Schlag. Eine Stimme wie zermahlene Kieselsteine. Als hätte ihr Besitzer Schwierigkeiten damit, sie zu benutzen. Und plötzlich erkenne ich sie, ein Bild formt sich vor meinen Augen: Ich liege unter Blättern in der Dunkelheit verborgen und die Reiter stehen über mir. Der Lakai! Plötzlich setzt sich ein ungeheures Bild in mir zusammen: Die Reiter sind überhaupt keine Fremden. Es sind welche aus dem Dorf, vielleicht die Ältesten selbst.

Ich muss mich beherrschen, um nicht nach oben zu schnellen und durchs Fenster zu sehen. Ich will wissen, wem diese zischende Stimme gehört. Vielleicht laufe ich ihm hier jeden Tag über den Weg, er lächelt mich an und tut freundlich. Ich atme tief durch, um nichts Unüberlegtes zu tun.

»Was Tabitha gesehen hat, ist ein Gottesbeweis!« Er schleudert das Wort mit unüberhörbarem Entsetzen hinaus und die Luft scheint plötzlich elektrisch aufgeladen. Dann geht ein lautstarkes Gemurmel los, aus dem ich nur Wortfetzen heraushören kann.

»Brüder!«, ruft Immanuel irgendwann und das Raunen ebbt ab. »Beruhigt euch!«

»Wir müssen Ada ausstoßen!«, sagt einer.

Ich halte die Luft an.

»Das ist Irrsinn«, wendet Gabriel ein. »Bedenkt, was sie entdeckt hat. Und bedenkt, was passieren wird, wenn sie nach draußen geht und dort auf Kassian stößt. Wenn sie die Wahrheit erfährt. Verstoßene sind immer eine Gefahr, aber Ada ganz besonders.«

Totenstille breitet sich aus und ich fürchte schon, dass das Klopfen meines Herzens durch die Wände hindurch zu hören sein könnte.

»Wenn sie da draußen auf die Wahrheit über sich stößt, werden wir das, was ins Rollen kommt, nicht mehr aufhalten können«, kommt es von einem anderen.

»Immanuel«, zischt die Lakaienstimme flehend, »deine wichtigste Aufgabe ist es, die Gemeinschaft zu schützen. Was sollen wir tun?«

»Kassian ist ein Abtrünniger«, fällt Gabriel ein, »von Satan verführt und von Satan besessen. Er ist durch und durch krank und verderbt. Es war immer ein hohes Risiko, ihn am Leben zu lassen. Wir lassen zu, dass die auserwählte Gemeinschaft der Siegelträger in Gefahr gerät wegen einer Familie von Abtrünnigen!«

»Was möchtest du damit sagen?«, fragt nun ein anderer. Der tiefen Stimme nach könnte es Noah sein, aber ich bin nicht ganz sicher.

»Nur Gott kann über Leben und Tod entscheiden, Bruder«, sagt Gabriel statt einer Antwort. »Aber Immanuel hat die Aufgabe, die Auserwählten zu schützen gegen Gottlosigkeit. Wir dürfen Ada nicht hinauslassen.«

»Und wenn sie keine Einsicht zeigt?«

»Dann hat Tabithas Vision uns Gottes Willen gezeigt.«

»Ein Gottesbeweis«, krächzt die Stimme des Reiters und sein Entsetzen überträgt sich bis zu mir nach draußen. »Das wird sie wahrscheinlich nicht überleben! Ihr wisst, was beim letzten Mal ...« Der Rest des Satzes geht unter.

»Das ist viele Jahre her.«

Und dann höre ich Hoseas Stimme: »Die letzten Tage sind angebrochen, Brüder. Wir dürfen Gott nicht versuchen und wir dürfen keine Sünden auf uns laden. Wir dürfen aber auch keine Opfer fürchten. Die ewige Herrlichkeit steht auf dem Spiel und unsere furchtsamen Herzen sind der Gemeinschaft der Siegelträger nicht würdig. Wenn Gott von uns verlangt, eines seiner Kinder zu opfern, um die anderen zu retten, so dürfen wir nicht furchtlos sein, sondern müssen wie Abraham auf den Herrn vertrauen.«

»Lasst uns beten«, beendet Immanuel die Diskussion. »Denn Gottes, nicht unser Wille geschehe.«

»Gelobt sei Gott.«

Sie fangen an zu beten und ich flüchte, leise, mit klopfendem Herzen und vom Hocken tauben Beinen. Die Lampe wieder anzuzünden, wage ich nicht.

Ich laufe los, bevor die Ältesten mich entdecken können. Orientierungslos irre ich umher, unfähig, einen klaren Gedanken zu fassen. Als ich am Badehaus ankomme, steht dort Martha.

»Wo warst du?«, fragt sie misstrauisch.

»Die Lampe ist ausgegangen. Ich habe mich verlaufen«, lüge ich.

Sie lächelt angespannt. »Ich warte auf dich, dann können wir gemeinsam zurückgehen«, sagt sie und nickt in den Waschraum hinein.

Ich gehe in den Männerwaschraum, lasse Wasser aus dem Tank in das Becken laufen und wasche mir Gesicht und Hände. Ich würde mich jetzt gerne im Spiegel ansehen, um zu überprüfen, wer das ist, der sich da gerade den Staub vom Gesicht wäscht. Ob er mir noch bekannt vorkommt. Aber es gibt hier keine Spiegel. Eitelkeit ist nicht gottgefällig.

Ich stoße das Porzellanbecken heftig um und sehe zu, wie das Wasser in der Rinne abläuft.

Dann trete ich hinaus, lächele Martha an und trete an ihrer Seite den Rückweg an. Ich wage nicht einmal, mich umzusehen, ob ich irgendwo den Eingang zum dritten Keller entdecken kann.

Als wir ins Haus treten, höre ich Cleide wimmern. Ich trete ins Zimmer und sie stürzt sich sofort auf mich.

»Wo warst du?«, schreit sie.

Ich spüre, wie Wut in mir aufkommt. »Auf dem Klo.«

»So lange?«

»Leg dich hin. Jetzt bin ich ja wieder da.«

»Bitte, Luca«, sagt Cleide leise und sieht mich flehend an. »Ich brauche dich doch.«

Ich nicke und dann führe ich meine Mutter zu ihrem Bett. Ich lege sie hin und bleibe an ihrer Bettkante sitzen.

Keine Ahnung, wie ich es schaffe, diese Nacht zu überstehen.

Ich kann nicht in mein Bett gehen, kann nur an Cleides Bettkante sitzen, die kaltschweißigen Hände in meinen, denn sie hält mich so fest, dass es schmerzt, sogar im Schlaf. »Dorme. Dorme. Nos estamos seguros.« Ich bleibe wach. Eine weitere Nacht ohne Schlaf. Cleide träumt und in mir breitet sich eine Leere aus, weil sie portugiesische Worte murmelt, die aus einem Raum in ihr kommen, den ich nicht kennen will. Darin steckt ein Teil meiner Vergangenheit, vor der ich mit ihr geflohen bin – aber ich begreife: Tief in uns beiden wird dieses Leben immer bleiben und er uns in unseren Träumen heimsuchen. Während ich die Stirn meiner Mutter mit feuchten Tüchern kühle, wünschte ich, dass das Fieber all das wegbrennt und sie leer zurücklassen würde. Vielleicht könnte sie dann auferstehen aus der Asche wie ein Phönix.

Irgendwann geht Cleides Atem ruhiger. Ihre Hände haben sich entspannt und ich kann mich aus ihrer Umklammerung lösen.

Gottesbeweis. Das Wort klingelt in meinen Ohren und mir wird klar, dass ich mich entscheiden muss.

Dafür, ewig mit der Angst meiner Mutter gefangen zu bleiben. Oder dafür, mein eigenes Leben zu leben.

Ein Licht strahlt durchs Fenster hinein, beinahe unnatürlich hell. Und dann kommt das Feuer.

Ada

Als ich Aarons Stimme höre, glaube ich erst, sie käme direkt aus den Tiefen der Hölle, um mich zu verspotten.

»Ada. Ada, bist du da?«

Ich weiß nicht, wie lange Aaron schon ruft, als ich endlich begreife, dass er es wirklich ist.

Obwohl meine Beine taub sind, stürze ich zur Tür und schiebe das Holzbrett hoch, das vor der Luke hängt.

»Aaron?«

»Ada!« Er scheint erleichtert. Er hält eine Lampe und im flackernden Schein sehe ich sein Gesicht, das mir vorkommt wie aus einer anderen Welt, einer anderen Zeit.

»Ada, du musst weg hier!«

Ich schüttele entsetzt den Kopf. »Nein!«

»Du musst!« Er wirkt hektisch.

Ich sehe ihn an, studiere sein Gesicht im Schein der Lampe und kann mir nicht erklären, wieso es mich so ruhig macht, ihn anzusehen.

»Verstoßen sie mich?«, frage ich mit zitternder Stimme.

»Nein. Aber im Dorf ist ein Feuer ausgebrochen. Und sie wollen einen Gottesbeweis für dich.«

Ich nicke. Also hat Gott entschieden.

»Wann werden sie mich holen?«

»Ada!« Er klingt entsetzt. »Du musst *weg!* Ich habe keine Ahnung, was ein Gottesbeweis ist, aber du kannst dabei sterben!«

»Ich muss den Weg gehen, den Gott für mich vorgesehen hat.« Ich spreche die Worte aus, aber sie kommen unvertraut und sperrig aus meinem Mund.

Endlich kann ich sühnen. Bevor ich gänzlich auf den falschen Weg gerate, will Gott mir eine letzte Möglichkeit geben, zu ihm zurückzufinden. Warum bin ich nicht froh darüber? Warum will ich nichts lieber tun, als mit Aaron wegzugehen? Es ist ein so ungeheuerlicher Gedanke, dass mir der Atem stockt.

Aaron schluckt, aber er sagt nichts. Ich versuche, ihn anzulächeln. »Was immer Gott für richtig hält, wird er tun«, erkläre ich und hoffe, dass es stimmt, auch wenn Gott nicht mit mir gesprochen hat im Keller. Das Wort »Gottesbeweis« habe ich selbst nur ein paarmal gehört und es ist ein Wort, das die Macht hat, selbst den Stärksten zu ängstigen. Aber in mir ist kein Gefühl mehr, nicht einmal mehr Furcht.

»Ada«, presst Aaron hervor, »das ist nicht Gott! Das sind die Menschen. Die Menschen haben dich angelogen. *Sie* haben dir gesagt, dass dein Bruder tot ist. Nicht Gott! Warum willst du dich einem Gottesbeweis unterziehen vor Menschen, die lügen? Sie werden auch jetzt lügen, denn das Ergebnis des Gottesbeweises steht wahrscheinlich längst fest!«

In meinem Hals bildet sich etwas Unaussprechliches. Ich möchte ihm etwas entgegenwerfen, doch die Worte fallen mir nicht ein. Mir fällt überhaupt nichts mehr ein, denn Aaron spricht genauso wie die dunkle Schlange in meiner Brust. Und sie fühlt sich mit einem Mal nicht mehr so dunkel an, wie sie sollte.

Als Aaron sich an der Tür zu schaffen macht, beginne ich zu zittern. Aber in meinen Gliedern ist kein Leben mehr.

»Oben ist die Hölle los«, sagt er. »Keiner wird merken, wenn du verschwindest.«

Ich schüttele den Kopf. Ich kann das nicht. Aaron wirft sich gegen die Tür, mit aller Kraft. Er tritt gegen das Schloss und irgendwann springt die Tür tatsächlich krachend auf.

»Komm«, sagt Aaron und nimmt meine Hand. Als ich nicht reagiere, beginnt Aaron, mich zu schütteln.

»Sie werden kommen und es werden Menschen sein, die über dich richten, Ada, nicht Gott. Du musst hier weg!«

»Nein!« Wie soll das gehen? Wie stellt Aaron sich das

vor? Ich kann die Schwelle zum Wald nicht überschreiten, ich kann nicht.

»Ada, die Welt da draußen ist nicht so schlecht, wie du denkst«, sagt Aaron jetzt. »Dein Bruder ist nicht tot, ich weiß es. Und du weißt es auch, erinnerst du dich?«

Mein Herz setzt einen Schlag aus. »Sprich nicht von ihm«, bringe ich flüsternd heraus.

Das Herz ist eine Mördergrube und ich spüre, dass sich etwas darin gelöst hat, ein kleines Steinchen nur, doch es fällt auf einen größeren Stein und ich weiß, dass es nur eine Frage der Zeit ist, bis sich das Ganze zu einem Erdrutsch auswächst, den ich nicht mehr aufhalten kann. Was soll ich nur tun? Gott und Satan, die immer so säuberlich getrennt waren, schieben sich ineinander und ich weiß nicht, welche Stimme zu wem gehört. Die, die mich hier festhält, oder die, die mich nach draußen schickt?

Was haben sie dir über die Welt draußen erzählt?

Aaron fasst meine Hand und ich stolpere hinter ihm her, kaum fähig, einen Fuß vor den anderen zu setzen. Ich ziehe an seiner Hand, ich will zurück. Die zehn Tage sind nicht vorbei, es wird etwas Furchtbares geschehen, wenn ich nicht bis zum Ende ausharre. Ich denke an Niko, an Rahel. An Esther, meine kranke Mutter. Meinen Vater David mit den guten Augen. Was tue ich ihnen an? Kann das Gottes Wille sein?

»Nein!«, bringe ich endlich heraus und bleibe stehen. Mein Arm ist in Aarons schmerzhaftem Griff gefangen.

Aaron dreht sich zu mir um, sein Gesicht ist verzerrt und ich bekomme Angst vor ihm. »Warum tust du mir das an?«, frage ich. »Ich bin ein reines Kind Gottes. Warum lässt du mich nicht das Leben führen, das Gott mir vorherbestimmt hat?«

Er sieht mich an und etwas glitzert in seinen Augen, aber ich kann mich auch täuschen, denn jetzt sehe ich, dass wir am Ende des Ganges angekommen sind und von draußen ein heller, unregelmäßiger Schein hereindringt. Vielleicht ist es nur dieses Licht, das in seinen Augen flackert.

Aaron lockert seinen Griff. »Ada«, sagt er und seine Stimme ist dunkel geworden. »Das ist nicht Gott, der dein Leben lenkt! Sie sind es! *Sie* werden über dich richten!«

In meinen Ohren beginnt es zu fiepen. Mir wird schwindlig und ich sehe wie aus weiter Entfernung, dass Aaron in seine Hosentasche fasst und einen Zettel herausholt. »Hier ist die Adresse von der Kneipe, in der ich Kassian gezeichnet habe. Vielleicht findest du Kassian dort. Er lebt. Ich weiß, dass er lebt. Geh zu ihm. Bitte!« Seine Stimme ist flehend.

Der Gedanke an Kassian lässt mich völlig erschlaffen. Ich muss ihm begreiflich machen, dass hier mein Platz ist. Aber ich kann nicht. Meine Haut ist pelzig und ich spüre kaum die Zunge in meinem Mund. Kein Wort kommt über meine Lippen.

Und wenn sie wirklich gelogen haben?

»Ich werde sie ablenken«, drängt Aaron. »Es herrscht ohnehin Chaos durch das Feuer. Ich werde sie so lange aufhalten, wie es geht. Dann komme ich nach, hörst du? Geh in den Wald. Geh so lange geradeaus, bis du auf eine Straße triffst. Dann folge ihr. Wenn ein Auto kommt, gib dem Fahrer den Zettel ... Man wird dir helfen.«

Ich muss Aaron wohl ratlos angesehen haben, denn er fasst sich an die Stirn. »Ein Auto ist ein Wagen, mit Rädern. Es ist ein Wagen, aber er fährt ohne Pferde. Es fährt von selbst. Gib dem Fahrer den Zettel. Das Café heißt Bergcafé. Versteck dich, in der Stadt suchen sie sicher nach dir, dort haben meine Mutter und ich Andr... Benedikt und die anderen getroffen. Ich komme nach, bald! Ich verspreche es dir.«

Ich schüttele die ganze Zeit den Kopf. Aaron versteht nicht und jetzt zieht er mich weiter. Wir steigen die Treppen hinauf an die Oberfläche und dort bleiben wir stehen. Es ist hell, obwohl es mitten in der Nacht sein muss. Ich rieche Rauch, er beißt in meinen Augen und weiter hinten sehe ich Flammen und höre Geschrei, doch Aaron zieht mich in die andere Richtung.

»Pass auf im Wald«, flüstert er. »Dort gibt es Fallen. Du musst vorsichtig sein.«

»Nein! Ich kann nicht gehen.« Wie kann ich ihm nur klarmachen, dass dort eine unsichtbare Wand ist, die ich nicht durchbrechen kann? Ich fühle mich so allein in diesem Moment, weil Aaron nichts davon versteht. Er ist weit weg, ein Fremder.

»Also gut, Ada«, sagt Aaron und schließt einen Moment lang die Augen und umfasst mein Gesicht. Seine Hände sind warm, und als er mich ansieht, durchdringen mich seine Augen beinahe.

»Gott wird dich lenken, wenn er dich liebt, oder?«

»Nicht, wenn ich dem Teufel folge«, gebe ich mit bebender Stimme zurück.

»Ada«, sagt Aaron und ich sehe mit Entsetzen, dass ihm Tränen in die Augen steigen. »Sie werden dich töten, wenn du hierbleibst.« Dann werden seine Augen hart. »Sie haben dich einmal belogen und werden es wieder tun.«

Aaron fasst meine beiden Hände und dann legt er beide Arme um mich und zieht mich an sich. Außer Rahel war ich noch nie einem anderen Menschen so nahe. Ich kann seinen Herzschlag spüren. Er zittert, als ob ihm kalt wäre.

Dabei ist die Hitze des Feuers bis hierher zu spüren. *»Und die Menschen verbrannten in der großen Hitze«*, flüstere ich fassungslos. *»Dennoch verfluchten sie den Namen Gottes, der die Macht über diese Plagen hat.* Und wenn es das Falsche ist?«, frage ich heiser. »Wenn ich dem Teufel folge?«

»Dann wird Gott dich wieder zurückführen, oder?«, erwidert Aaron. »Er passt doch auf dich auf, oder nicht? Du bist doch eine Auserwählte. Sollte er dich da aus den Augen verlieren, nur weil du nicht mehr im Dorf bist?«

»Aber es ist, wie wenn ...« Meine Stimme bricht.

»Wie wenn du an einem Weg stehst, an dem du dich entscheiden musst? Und du weißt, dass etwas in dir sterben wird, wenn du weitergehst?«

Ich nicke. Aaron ist nicht weit weg. Er ist ganz nah bei mir und er versteht mich. Ich schließe die Augen.

»Es ist eine Wand. Und dahinter ein schwarzer Abgrund.«

»Und genau in den musst du springen.«

Ich öffne die Augen wieder. Aaron sieht mich so voller Liebe an, beide Hände um meine Taille, dann streicht er mir mit einem Finger von der Stirn über Nase und Lippen bis zum Kinn in einer einzigen, zärtlichen Bewegung. »In dir ist eine Kämpferin, Ada. Du hast so viel Kraft.«

Ich schüttele heftig den Kopf. »Warum fühlt sich das dann nicht so an?«

Statt einer Antwort schlingt Aaron die Arme um mich und drückt mich an sich. Und da weiß ich: Ich muss nach Kassian suchen. Ich muss mich in den Abgrund stürzen, auch wenn ich nicht weiß, wo ich den Mut dazu hernehmen soll.

Als Aaron sich von mir löst, sieht er aus, als habe er geweint und meine Haut brennt in einem Gefühl, das mir neu ist. An den Stellen, an denen er mich berührt hat, hat sie

Durst und ich spüre genau, dass der Durst nur weggehen wird, wenn er mich wieder berührt.

»Viel Glück«, sagt Aaron und drückt mir einen sanften Kuss auf die Stirn. Dorthin, wo das Siegel ist – und ich habe das Gefühl, dass es in Flammen steht.

Dann taumele ich vorwärts Richtung Wald, fühle kaum, wie meine Füße den Boden berühren. Ich tue etwas, das ich noch nie zuvor getan habe. Etwas, das zu groß ist für mich.

»Ada?«, höre ich Aarons leise Stimme. Ich drehe mich um. Er ist kaum noch zu sehen.

»Mein richtiger Name ist Luca«, sagt er. Dann verschluckt ihn die Dunkelheit.

Ich habe rasendes Herzklopfen, als ich mich wieder umdrehe, um die Schwelle zu überschreiten.

Dann schlägt der Wald über mir zusammen wie ein wildes, aufgebrachtes Meer und ich bin Jona, der Gott verlassen hat.

Aus der Tiefe der Unterwelt schreie ich um Hilfe
Du hast mich in die Tiefe geworfen, in das Herz der Meere
All deine Wellen und Wogen schlagen über mir zusammen
Ich bin aus deiner Nähe verstoßen

Ich weiß nicht, wie lange ich im Wald umherirre. Es müssen Tage sein. Licht und Dunkelheit zerfließen. Meine Augen sind auf den Boden gerichtet, denn dort sind die Fallen. Ich kenne die Geräusche des Waldes nicht, denn mein ganzes Leben lang habe ich gelernt, ihn zu fürchten. Bei jedem Laut fahre ich zusammen, weil es die Reiter sein könnten. Vielleicht irre ich auch nur im Kreis, weil ich den Weg nach draußen scheue.

Als sich das Dunkel des Waldes lichtet, schrecke ich zurück und verkrieche mich wieder tiefer ins Unterholz. Doch irgendwann kommt das Ende der Bäume. Im sicheren Abstand bleibe ich stehen. Ich werfe mich hin zu Boden, hole keuchend Luft. Es ist so hell! Ist es Morgen? Oder noch Nacht? Täuscht mich Satan und gaukelt mir Licht vor, wo Dunkelheit ist?

Mein Gebet dringt zu dir

Auf dass du mich lebendig aus dem Grab holst

Der Waldboden ist so weich. Wenn ich mit meinen Händen darüberfahre und in das Moos drücke, gibt es sanft nach und es ist, als ob es mich trösten wollte. Wie kann von einem solch sanften Moosbett Gefahr ausgehen? Ich lege mich hin und bewege mich nicht. Ich hoffe, dass die Angst irgendwann aus meinem Herzen weichen wird und ich den letzten Schritt tun kann. Aber die Angst wird größer, je heller das Licht auf meine geschlossenen Lider scheint. Ich muss da durch. Ans Ende des Waldes. Dorthin, wo meine Welt aufhört und noch weiter. Ich bleibe eine Ewigkeit liegen, hoffe, dass der Mut mich finden wird. Irgendwann raschelt es entfernt im Gebüsch. Ich öffne die Augen. Zwei Rehe stehen nur ein paar Meter von mir entfernt. Als ich den Kopf in ihre Richtung drehe, sehen sie mich an.

Ganz selten haben sich Rehe ins Dorf verirrt, aber ich war noch nie einem so nah. Ich starre dem größeren der beiden in die Augen und plötzlich fängt es an zu schreien. Der Ton durchfährt mich von Kopf bis Fuß. Ich springe auf, das Reh macht einen Satz und verschwindet im Unterholz.

Ich bleibe keuchend stehen. Ich kann nicht mehr zurück. Außerdem macht sich mittlerweile ein anderes Gefühl in mir breit, das jeden Gedanken und jede Furcht langsam, aber sicher vertreibt: Durst und Hunger.

Es gibt kein Zurück. Ich darf nicht an das denken, das ich zurücklasse: an Rahel, Niko, meine Eltern, Apollonia. Die

Obstgärten. Flöckchen, die ihren Kopf gegen meine Hand stößt, weil sie spielen will. Ich presse die Handballen gegen meine schmerzenden Augen.

Ich muss in diese Welt hinaus, die hell und gleißend vor diesen Bäumen liegt und die verloren ist. Und auch ich bin verloren, wenn ich in sie eintrete, aber dort irgendwo ist Kassian und er ist das Einzige, woran ich denken darf, wenn ich nicht für immer hier am Waldrand zusammensacken will und nie wieder aufstehen.

Ich blinzele in die Sonne und lausche hinaus. Dann trete ich ins Licht. In eine Welt, die ich nicht kenne und in der ich alleine bin. Vollkommen alleine.

Vor mir liegt ein Feld, gelb von Blüten, die mir unbekannt sind. Ein süßer, schwindelerregender Geruch geht von ihnen aus. Der Himmel spannt sich endlos über den Feldern. Nirgendwo scheint ein Ende in Sicht. Als ich neben dem Feld mit den gelben Blüten entlanggehe, blitzt etwas Helles auf. Das muss ein Weg sein. Ich gehe darauf zu, und als ich dort bin, trete ich vorsichtig auf die gleichmäßige graue Fläche. Sie scheint stabil zu sein, schmiegt sich sogar angenehm an die Füße, nicht wie die Kieswege im Dorf, obwohl sich auch hier wenige kleine, lose Steinchen in die Sohlen bohren. An der anderen Seite des Weges fällt die Landschaft ab und ich überquere den Weg, bleibe an einer Wiese stehen und sehe hinunter. Weit entfernt endet die Landschaft am Horizont und ich halte den Atem an. Dort sind Häuser. Sehr viele Häuser. So viele, wie ich sie noch nie in meinem Leben gesehen habe. Die Siedlung erstreckt sich von einer Seite des Horizonts bis zur anderen. Dazwischen gibt es auch Felder und Grünes, aber vor allem Häuser.

Meine Hände werden feucht.

Ich bleibe stehen, versuche, meine Gedanken zu ordnen und das rumorende Gefühl in meinem Bauch zu besänftigen. Und dann sehe ich es. Vielleicht höre ich es auch zuerst, denn es macht einen ohrenbetäubenden Lärm. Als es näher kommt, ducke ich mich hinter einen Strauch am Wegesrand.

Das Ding rast an mir vorbei, und als ich mich wieder aufrichte und seiner Staubwolke hinterherblicke, fallen mir Aarons Worte ein: Es ist ein Wagen, aber er fährt ohne Pferde.

Mir wird übel, als ich begreife, dass Aaron glaubt, ich könne in so ein lärmendes, stinkendes Monster einsteigen. Sein richtiger Name ist Luca, erinnere ich mich.

Als ich zum Ende des Feldes komme und den befestigten Weg betrete, nehme ich den stechenden Geruch wahr, den der Wagen hinterlassen hat.

Und dann meldet sich mein Magen wieder und meine trockene Kehle. Hunger kann ich tagelang ertragen, ich kann ihn zum Freund machen, das habe ich schon oft getan. Aber Durst kann sich wie ein unzähmbares Tier gebärden. Ich setze mich in Bewegung und gehe in dieselbe Richtung, in die der Wagen gerast ist.

Hinter mir erklingt infernalischer Lärm. Ich springe zur Seite und ein weiterer Wagen rast an mir vorbei. Im Inneren sitzt ein Mensch. Als er auf meiner Höhe ist, schüttelt er den Kopf. Ich bleibe keuchend am Feldrand stehen.

Luca hat mir gesagt, dass es Autos gibt. Aber nicht, dass es so viele sind. Und wie schrecklich sie sich anhören, wie unerträglich sie riechen. Wie teuflisch sie sind.

Wie soll ich je ein solches Fahrzeug anhalten oder gar darin mitfahren?

Doch als ich weitergehe, wird mir klar, dass ich irgendwann jemanden werde anhalten müssen. Ich habe keine

Ahnung, wohin ich gehen muss, und Lucas Zettel ist der einzige Hinweis, den ich habe. *Man wird dir helfen.*

Ich bin mir nicht sicher, ob Luca weiß, wovon er spricht. Er kennt diese Welt, aber er weiß nicht, wie krank sie ist. Wie nahe am Abgrund sie bereits steht und der höllische Gestank, der von diesen Gefährten ausgeht, zeigt mir, dass es stimmt, was die Ältesten sagen.

Ich frage mich, wo die Lager sind mit den Kranken. Wo die verdorrten Felder und die blutenden Flüsse.

Bisher scheint die Landschaft unberührt und nicht einmal so sehr anders von dem, was ich kenne.

Der Hunger bohrt sich in meinen Magen. Auch wenn diese Menschen hier krank sind, werden sie essen müssen. Vielleicht ist ihre Nahrung vergiftet, aber es ist dic einzige, die ich bekommen kann.

Ich greife nach Lucas Zettel und dann stelle ich mich an den Rand der Straße und warte. Ich schließe die Augen, zwinge mich, ruhig zu atmen, und denke an das kalte Wasser im Badehaus, um nicht sofort wieder zurück in den Wald zu rennen.

Die Frucht des Geistes aber ist Liebe, Freude, Friede, Langmut, Freundlichkeit, Güte, Treue, Sanftmut und Selbstbeherrschung.

Ich soll winken, hat Aaron gesagt. Mit klopfendem Herzen warte ich.

Der erste Wagen, der vorbeifährt, ist so riesig, dass ich nicht wage, ins Innere zu sehen, geschweige denn die Hand zu heben. Er rauscht vorbei und hinterlässt einen gewaltigen Luftsog, in dem ich mich fühle wie eine frisch ausgesetzte Jungpflanze in einem unerwarteten Frühlingssturm.

Ich atme tief durch und nehme mir fest vor, beim nächsten Mal die Hand hochzuhalten, egal, was kommt.

Man wird dir helfen, hat Luca gesagt.

Er kennt seine eigene Welt schlecht.

Ich stehe stundenlang am Straßenrand, aber erst, als es zu dämmern beginnt, hält wirklich jemand an. Ich gehe auf den Wagen zu und bleibe vor dem Seitenfenster stehen. Im Inneren sitzt eine Frau mittleren Alters. Sie sieht mich an und ich halte Lucas Zettel hoch und presse ihn gegen die Scheibe.

Die Frau beugt sich zu mir herüber und öffnet die Tür. Ich springe zurück.

»Hey«, sagt sie, »willst du mitfahren oder nicht?«

Ich nicke stumm.

»Na, dann steig ein.«

Vorsichtig betrachte ich das Fahrzeug. Es sind gepolsterte Sitze darin und ich lasse mich auf dem neben der Fahrerin nieder. Dann starre ich geradeaus.

»Tür zu«, sagt sie und ich fasse nach dem Teil, von dem ich vermute, dass es der Türgriff ist. Tatsächlich fällt die Tür mit einem lauten Knall zu. Ich zucke zusammen.

»Anschnallen«, sagt die Fahrerin und runzelt die Stirn. Ich sehe sie an und versuche zu verstehen, was sie mir sagen will. An ihren Ohren baumeln riesige Ringe, von denen ich kaum meinen Blick nehmen kann. Sie hat braunes Haar, heller als meines, und es ist oben am Kopf zu einem sehr unsauberen Knoten zusammengesteckt.

Die Frau zieht die Brauen hoch. »Wer sich nicht anschnallt, fährt auch nicht mit.«

»Ich ... weiß nicht ...«, stottere ich und halte ihr wieder den Zettel hin.

Die Frau greift danach und blickt darauf. Ihre Augen sind bemalt, und als sie den Mund verzieht, sehe ich, dass auch auf ihren Lippen Farbe ist. »Pff«, macht sie, »da fahr ich nun wirklich nicht gerade hin. Aber ich kann dich bis zum Bahnhof mitnehmen. Von da aus musst du halt mit der Straßenbahn fahren. Und jetzt – anschnallen!«

Sie fährt mit dem Daumen unter ein schwarzes Band, das sich von ihrer Schulter bis zur Hüfte zieht und lässt es schnalzen. Ich sehe neben mich und entdecke ein ähnliches Band. Als ich danach greife und es mir hektisch über den Kopf zu ziehen versuche, bleibe ich an dem widerborstigen Teil hängen. Es ruckt weder vor noch zurück. Jetzt seufzt die Frau auf.

»Noch nie benutzt, so ein Teil oder was?«

Ihr Blick ist so abschätzig, dass ich mich am liebsten unsichtbar machen möchte. »Nein.«

Sie starrt mich mit offenem Mund an. »Oh Mann.« Sie schüttelt den Kopf, lehnt sich über mich. Ich halte die Luft an und hoffe, dass sie mich nicht berührt. Jetzt zieht sie an dem Band und lässt einen Metallverschluss an meiner Hüfte einrasten.

Dann geht es los. Die Geschwindigkeit presst mir die Luft aus den Lungen. Es ist kaum auszuhalten. Ich schließe die Augen, um die Übelkeit zu beherrschen. Mein Magen rumort und ich weiß, dass es diesmal nicht vom Hunger rührt.

Als ich die Augen eine ganze Zeit später öffne, kann ich wenigstens aus dem vorderen Fenster sehen, ohne dass mir übel wird.

Die Landschaft hat sich verändert. Jetzt säumen Häuser die Straßen und ich sehe noch mehr Fahrzeuge. Und mehr Menschen.

»Wo sind sie?«, frage ich.

»Wer?« Die Frau schaut mich nicht an, sondern blickt zum großen vorderen Fenster hinaus. Mit einer Hand hält sie ein schwarzes Rad in der Hand. Farbige kleine Lampen leuchten dahinter auf. Manchmal greift sie nach einem Knüppel, der zwischen unseren Sitzen ist, und bewegt ihn. Auch ihre Beine tun irgendwas, aber ich kann nicht erkennen, welchen Zweck ihre Beinbewegungen haben.

»Die Kranken.«

Die Frau sieht mich stirnrunzelnd von der Seite an, dann blickt sie wieder nach vorn. »Wovon sprichst du?«

Ich sehe die Frau kurz erstaunt an, doch dann schaue ich wieder nach draußen. Der Anblick der Menschen, der Häuser, die schiere Menge an Eindrücken, raubt mir beinahe das letzte bisschen Kraft. Ich vermag nicht, die Augen zu schließen. Das also ist sie: die graue, kranke, verdorbene Welt. Sie schlägt mit einer solchen Wucht auf mich ein, dass ich kaum noch atmen kann.

Plötzlich fühle ich eine solche Dankbarkeit in mir aufsteigen, dass ich in der Geborgenheit des Dorfes aufwachsen durfte. Das Heimweh sticht mir schmerzhaft durch den Körper. Ich will zurück in die einzige Heimat, die ich je gekannt habe und die ich verloren habe. Nur der Gedanke an Kassian lässt mich weiteratmen und ich stelle mir sein Gesicht vor, wie es strahlen wird, wenn er mich sieht.

Ich presse die Lippen zusammen. Über die Krankheit sprechen ist taktlos. Offensichtlich sogar unter den Weltmenschen.

Mein Magen meldet sich.

»Hast du Hunger?«

Ich nicke und schäme mich fürchterlich.

Die Frau greift hinter sich und wirft mir eine Papiertüte in den Schoß. Es duftet daraus, und als ich sie öffne, stelle ich erleichtert fest, dass es ein Brot ist. Ein einfaches Brot, mit Käse darauf.

»Keine Angst«, sagt die Frau lächelnd, »ist ganz frisch. Noch nicht abgebissen.«

Ich stopfe mir das Brot gierig in den Mund und schäme mich noch mehr.

Die Frau dreht an einem Knopf herum und plötzlich ertönt Musik. Sie ist schrecklich und laut und ich halte mir unwillkürlich die Ohren zu.

Die Frau schaltet den schrecklichen Lärm durch irgendeine Geste wieder ab.

»Weißt du, was«, sagt sie dann, »du bist mir ein bisschen zu freakig. Wir sind bald da und dann siehst du zu, dass du Land gewinnst, ja?«

Ich antworte nicht. Die Straße ist riesig geworden und die Menge an Fahrzeugen macht mich schwindlig. Ich schließe wieder die Augen und nehme mir vor, sie nicht mehr zu öffnen, bis wir anhalten.

»Ja«, sage ich leise, »ist gut.«

Dann versuche ich, mich nur auf das Schaukeln zu konzentrieren, von dem ich mir einbilden kann, es sei dasselbe wie auf einem Pferdewagen.

Irgendwann wird der Wagen langsamer und die Geräusche ändern sich: Es wird laut, wild und wütend. Ein schrecklicher Lärm dringt ohne Unterlass an meine Ohren. Ich mache die Augen auf und schreie fast auf. Wir sind auf einem schmalen Weg gelandet, links und rechts stehen noch mehr von diesen Autos. Ein riesiger Wagen fährt mit Klingelgeräuschen an uns vorbei, folgt Metallschienen, die im Boden eingelassen sind. Die Frau hält an, dann fährt sie wieder los. Ständig werde ich nach vorn und wieder nach hinten gerissen. Ich kann den Blick nicht von den Menschen nehmen. Es sind so viele. Was sie anhaben! Wie sie aussehen! Die Frauen haben grelle Farben an, die Röcke sind viel zu kurz. Ich sehe ihre Knie und muss mich vor Scham abwenden. Die Männer tragen unpraktische Jacken, in denen sie nicht arbeiten können. Die Kinder lachen laut. Männer und Frauen fassen sich an, gehen eng aneinandergepresst und küssen sich sogar. Die Scham brennt in meinem Gesicht. Ich will zurück, ich will einfach nur zurück!

Und irgendwann kommt der Wagen endgültig zum Stehen.

»So«, sagt die Frau, »wir sind da. Zum Bergcafé geht's hier lang«, sagt sie und nickt auf die andere Seite der Straße. »Und da drüben ist der Bahnhof. Da fahren auch die Straßenbahnen ab.« Sie deutet mit einem Finger auf das riesige Gebäude, vor dem wir stehen.

Es dämmert bereits, und obwohl es noch hell ist, sind die Straßen von Lampen erleuchtet, als gäbe es ein wichtiges Fest, das niemand versäumen darf. Ich traue mich nicht auszusteigen. Aber ich muss. Die Frau wird schon ungeduldig. Als ich es dann tun will, hält mich etwas zurück.

Die Frau seufzt wieder, dann löst sie mit einem Druck auf einen roten Knopf das Band um meinen Körper und ich kann mich wieder bewegen. Ich öffne die Tür. Meine Hände zittern, meine Beine zittern. Alles an mir zittert.

»Versuch's mal mit anderen Drogen«, sagt die Frau zu mir. »Die hier bekommen dir offensichtlich nicht.«

Ich sehe sie an, weiß aber nicht, was ich erwidern soll.

»Danke«, flüstere ich schließlich.

»Schon gut.«

Als ich aussteigen will, spüre ich eine Berührung an meinem Arm. »Hast du Geld?«

Ich schüttele den Kopf. Die Frau drückt mir zwei Münzen in die Hand. »Nicht viel«, sagt sie, »aber für Pommes wird's wohl reichen.«

Zweiter Teil

Liz

Sie stinkt nicht. Wenigstens nicht mehr als ich selbst, wenn ich mich ’ne Woche nicht gewaschen habe.

Zu meinem Erstaunen ist sie einfach mitgekommen. Sie hat auch nicht geschwankt oder so, wie es Besoffene tun. Sie ist einfach mitgekommen, als wäre sie ein Hund, dem man einen Befehl gegeben hat.

Marga will sie unter die Dusche stellen, doch das erweist sich als schwierig. Sie zeigt ihr das Bad, aber das scheint sie kaum mitzubekommen. Nach einer halben Stunde steht sie immer noch da und hat sich nicht bewegt.

Ich gehe in mein Zimmer. Tür zu. Wenn Marga Samariterin spielen will, bitte. Meine Meinung ist hier ja nicht gefragt.

Plötzlich höre ich einen gellenden Schrei aus dem Badezimmer. Ein Laut, wie ich ihn noch nie gehört habe. Schrill, laut, durchdringend. In Filmen würden jetzt die Fensterscheiben zerspringen.

Ich schmeiße mein Handy neben mich aufs Bett und renne ins Bad.

Marga schaut auf, als ich hereinkomme, sie scheint genauso wenig wie ich zu wissen, was los ist.

»Ich habe nur die Brause angestellt«, sagt sie und zuckt mit den Schultern.

»Dann mach sie eben wieder aus!«

Als das Wasserrauschen aufhört, ebbt auch das Schreien langsam ab. Ich drücke die Finger auf meine Ohren gegen das Fiepen und starre das Mädchen an. Sie ist ziemlich dünn, obwohl sie kräftige Arme hat. Dass solche Töne aus so einem zarten Menschen kommen können, ist eigentlich völlig unmöglich.

»Vielleicht hat sie ja 'ne Wasserallergie«, schlage ich vor und will gehen.

»Elisabeth!« Ich höre an Margas Tonfall, dass ich mich nicht einfach aus dem Staub machen kann. Diesen Ton hat meine Mutter nicht oft drauf, und wenn, dann bin ich erstaunt, dass sie tief in sich drin doch so eine Art Unnachgiebigkeit hat. Das ist dann eine andere Marga. Eine, die es nicht duldet, wenn man mit seinem Handy auf Facebook geht, während im Bad ein verstörtes Menschenkind steht. Ich weiß nicht, warum, aber in diesen Momenten gehorche ich. Manchmal glaube ich, es wäre einfacher, wenn Marga öfter so mit mir sprechen würde.

»Badewanne?«, sage ich aufs Geratewohl. Marga sieht mich einen Moment lang an, dann nickt sie und steckt den Stöpsel in den Abfluss.

Wir beobachten das Mädchen wie eine tickende Bombe, die jederzeit hochgehen kann, während Marga langsam die Hand an den Wasserhahn führt und ganz vorsichtig aufdreht. Als wäre sie ein scheues Tier, das wir nicht verschrecken dürfen. Und tatsächlich: Sie bleibt ruhig.

Ich habe keine Ahnung, ob das Mädchen irgendwas mitkriegt von uns. Sie sieht uns nicht an, sondern nur vor sich hin oder aus dem Fenster. Manchmal zuckt sie zusammen, als sähe sie irgendwas Gespenstisches. Aber jetzt dreht sie den Blick langsam und starrt auf die Wanne.

Als sie ganz langsam ihre Füße dreht, millimeterweise, wie es scheint, und auf die Wanne zutappt, steht Marga vorsichtig vom Wannenrand auf. Das Mädchen kniet sich langsam davor nieder. Dann steckt sie ihre Fingerspitzen ins Wasser und zuckt wieder zurück.

»Es muss kalt sein«, sagt sie und sieht auf das Wasser, als könne sie aus diesem die Zukunft herauslesen.

Wir erstarren beide, und wenn ich ehrlich bin, dann war ich nicht darauf vorbereitet, dass sie sprechen kann wie ein normaler Mensch. Ihre Stimme ist ganz im Gegensatz zu dem Schrei vorhin leise, fast ein Flüstern. Trotzdem klingt eine Entschlossenheit aus ihr heraus, die überhaupt nicht zu dem verschreckten Tier passt.

»Kalt?«, fragt Marga.

Das Mädchen nickt, ohne den Blick vom Wasser zu nehmen.

Marga sieht mich an, aber ich hebe ratlos die Arme.

»Na ja«, sagt Marga und geht zur Badewanne, »wenn es dir zu heiß ist, mache ich es kühler. Kein Problem.« Sie dreht den Hahn etwas nach rechts. »Möchtest du probieren?« Sie deutet auf den Wasserstrahl, der in die Wanne läuft. Das Mädchen zögert, doch dann beugt es sich weiter vor und fasst in den Strahl. Sie schüttelt den Kopf.

Marga zieht die Augenbrauen hoch und schaut in meine Richtung.

Ich hebe die Schultern. »Wenn sie es kalt will, dann mach es eben kalt«, sage ich und merke, dass ich beinahe flüstere. »Wie heißt sie denn überhaupt?«

»Frag sie doch.«

Marga dreht den Hahn weiter nach rechts. Erst als er fast am Anschlag ist, scheint das Mädchen zufrieden und nickt.

Marga lässt die Wanne nicht ganz volllaufen – wäre ja auch irre, dann badet die ja komplett im Kalten –, sie stellt das Wasser irgendwann ab und nickt dem Mädchen zu.

»Hier ist ein Handtuch, Shampoo und Duschgel kannst

du dir einfach nehmen«, sagt sie, auf den Wannenrand deutend, und legt ein rot-lila gestreiftes Tuch auf den Klodeckel, »brauchst du sonst noch was? Ich hole dir Klamotten von Liz. Die müssten dir eigentlich passen.«

Ich bin zu fasziniert von diesem seltsamen Wesen, um zu protestieren.

Das Mädchen antwortet nicht und wir schleichen uns aus dem Bad, als müssten wir aufpassen, dass wir kein Rudel wilder Wölfe aufscheuchen.

Als Marga die Tür hinter uns schließen will, sagt sie: »Mein Name ist Ada.«

»Hey Ada«, sagt meine Mutter und schlägt sofort ihren zuckersüßesten Tonfall an. »Ich bin Marga. Und das ist Liz.«

Aber das Mädchen sieht nicht so aus, als würde sie noch einmal etwas sagen, und als wir endgültig die Tür schließen, sage ich: »Kalt baden? Spinnt die oder was?«

Marga schüttelt den Kopf. »Keine Ahnung. Vielleicht hilft ihr das, klarer zu werden.« Ich sehe meine Mutter mit einer hochgezogenen Augenbraue an.

»Lass uns was zu essen machen, bis sie fertig ist.«

»Wenn die überhaupt was isst. Vielleicht nimmt sie nur – rohen Fisch. Oder gebratene Sägespäne.«

Marga kichert. »Ich werde es trotzdem mal mit Brot probieren. Was ist mit dir? Schon fertig?« Ich nicke, obwohl das nicht ganz stimmt. Ich habe den Chat mit Corinna einfach unterbrochen.

Ich helfe Marga dabei, ein wenig Rohkost zu schneiden, die ihr immer so wichtig ist, und als ich von den Gurkensticks nasche und sie mir lachend auf die Hand schlägt, ist es fast wie früher. Irgendwann viel früher, als das Leben noch einfacher war.

Dann sitzen wir am Küchentisch und warten.

Wir warten fast eine halbe Stunde und die Gurkensticks sind längst aufgegessen, als Marga aufsteht. »Ich gehe nachsehen«, sagt sie. Dann guckt sie erschrocken. »Und wenn sie sich was angetan hat?« Wir starren uns einen Moment lang an und ich springe ebenfalls auf. Marga klopft an die Badezimmertür. Wir hören nichts.

»Ist alles klar bei dir?«, fragt Marga. Dann klopft sie noch mal. Als immer noch keine Antwort kommt, reißt Marga die Tür auf und wir stürmen ins Bad.

Das Mädchen liegt in der Badewanne. Sie hat die Augen geschlossen und atmet kaum hörbar.

Mein Unterkiefer hat sich in den letzten Stunden aufs Herunterhängen bereits eingestellt. »Was ... ist ... das?«, flüstere ich fassungslos.

Ada liegt in voller Montur in der Wanne. Bluse, Rock, alles.

Marga schüttelt den Kopf, dann geht sie näher und setzt sich auf den Badewannenrand. Sie fasst nach der Hand des Mädchens und ich muss gestehen, dass ich sie dafür ein wenig bewundere. Ich würde nicht wagen, dieses merkwürdige Wesen anzufassen.

»Was machst du denn nur?«, murmelt Marga und sie hört sich an, als rede sie mit einem kleinen Kind.

Ada öffnet die Augen, und als sie uns sieht, reißt sie ruckartig ihre Hand aus Margas und setzt sich auf. Das Wasser schwappt über und landet auf Margas Hose.

»Mein Gott«, keucht die auf, »das ist ja eiskalt.«

Das Mädchen bewegt die Lippen. »Das innere Feuer anzünden«, flüstert sie.

»Nun ist aber gut«, sagt Marga entschieden, greift, ohne mit der Wimper zu zucken, in das kalte Wasser und zieht den Stöpsel heraus.

»Raus jetzt hier, du holst dir ja den Tod.« Dann steht sie auf und geht in mein Zimmer. Ich bin immer noch so verblüfft von dem Anblick des komplett angezogenen fremden Mädchens in unserer Badewanne, dass ich nicht einmal protestiere, als ich höre, wie Marga meinen Schrank öffnet.

Sie kommt mit einer alten Trainingshose und einem Pullover von mir zurück. Graue Hose, gelber Pulli. Keine Ahnung, was ich mir dabei gedacht habe, den zu kaufen. Zu meinen kurzen blonden Haaren und dem blassen Gesicht sieht das gelb ungefähr so schmeichelhaft aus wie eine Kotzelache auf dem Parkettboden. Aber zu Ada, die das genaue Gegenteil von mir ist: lange, fast schwarze Haare, gebräunter Teint, passt es mit Sicherheit. Zum Glück hat Marga keinen String von mir genommen, sondern eine Unterhose aus ihrem eigenen Schrank. Kann mir kaum vorstellen, dass Ada was mit roter Spitze anfangen kann.

»Trockne dich ab und zieh das an«, sagt Marga und deutet auf die Klamotten. »Dann essen wir was.«

Ich gehe in mein Zimmer und sehe nach, ob Corinna noch online ist. Einen kurzen Moment erwäge ich, ein Foto von der merkwürdigen Mitbewohnerin zu posten, wie sie komplett angezogen in unserer Wanne liegt, aber dann lasse ich es. Ich kann mir nicht vorstellen, dass es gut kommt, wenn ich mit einer Durchgeknallten in Verbindung gebracht werde.

Corinna hat noch was geschrieben wegen morgen, aber ich kann den Sinn hinter den Buchstaben nicht so recht entschlüsseln, weil sich ständig das Bild des Mädchens in der Badewanne vor mein Gesicht schiebt. Ein gestrandeter Fisch. Ihre Haare sind hüftlang. Wenn sie den Zopf öffnen würde, sähe sie vielleicht aus wie eine Meerjungfrau.

Von welchem Planeten ist die bloß heruntergeplumpst?

Irgendwann höre ich Marga herumrumoren. Sie sagt irgendwas, aber ich kann sie nicht verstehen. Ich gehe aus dem Zimmer und sehe ins Bad. Sie kämpft mit Ada, die sich offensichtlich nicht ausziehen will. Als Marga ihr die Hose hinhält, fängt sie an zu zittern.

»Du solltest ihr einen Rock geben«, begreife ich und Marga dreht sich erstaunt zu mir um.

»Du hast recht«, sagt sie, »aber natürlich.« Marga flitzt in ihr Zimmer und kommt kurz danach mit einem unförmigen Etwas heraus, das ich noch nie zuvor gesehen habe. Gott sei Dank. Nicht mal Marga ist wohl bereit, dieses Ungetüm anzuziehen. Aber vor Ada scheint der knöchellange Plisseerock mit den winzigen Blümchen, der vermutlich dem Fundus meiner Uroma entstammt, Gnade zu finden. Als Marga ihn ihr in die Hand drückt, nimmt sie ihn nach kurzem Zögern.

Und dann sitzt sie uns tatsächlich eine Viertelstunde später am Tisch gegenüber und man könnte sie beinahe für einen normalen Menschen halten. Beinahe. Wäre da nicht ein seltsames Tattoo auf ihrer Stirn, das wir erst jetzt sehen, weil sie ihre Haare straff zusammengebunden hat, während sie ihr zuvor zerzaust ins die Stirn hingen: ein schwarzes Kreuz in einem Kreis. Schlicht, nicht einmal besonders gut gestochen, aber es prangt auffallend mitten auf ihrer Stirn.

Zum Essen können wir sie nicht bewegen.

Irgendwann steht sie auf und geht zum Fenster. Jede Bewegung wie in Zeitlupe. Als sie eine Weile hinausgesehen hat, fängt sie an zu atmen. Genauer gesagt: zu keuchen wie eine alte ausrangierte Lok.

»Sie hyperventiliert«, sagt Marga und springt auf. Ein paar Minuten später liegt das Mädchen auf dem Sofa, während Marga ihr eine Plastiktüte vors Gesicht hält. Das Atmen beruhigt sich wieder, dann schläft sie ein. Aber vielleicht ist sie auch nur wieder in ihre eigentliche Existenz als freakig aussehende Schaufensterpuppe zurückgefallen, wer weiß. Ich bin mir jedenfalls nicht sicher, ob sie nicht doch jedes unserer Worte mitkriegt. Offensichtlich fühlt sich sogar Marga in ihrer Gegenwart unwohl und wir verlegen unser Gespräch in mein Zimmer. Im Wesentlichen geht es dabei darum, dass meine Party nicht in Anwesenheit dieses Wesens stattfinden kann, und selbst Marga scheint das einzusehen. Sie verspricht mir, eine Lösung zu finden, aber trotz der Stimmung, die zwischen uns herrscht an diesem Abend, bin ich mir nicht sicher, ob ich ihr das wirklich zutraue. Ich denke an Neal und dann ziehe ich die neue Jeans an und poste Corinna ein Foto davon.

Sie schreibt sofort zurück und wir chatten eine ganze Weile, aber ich bin nicht recht bei der Sache. Ich kann mir selbst nicht erklären, warum ich nichts von dem seltsamen Mädchen erzähle.

Am nächsten Tag stehe ich früh auf, obwohl Samstag ist. Aber heute hat Marga sich freigenommen, weil sie sich einbildet, mir bei Geburtstagsvorbereitungen helfen zu müssen. Na gut, wenn ich ehrlich bin: Es ist mir ganz recht, denn viel weiter als bis zur Klamottenfrage bin ich bisher nicht gekommen.

Als ich langsam in die Aufrechte gelange, fällt mir alles wieder ein: das seltsame Mädchen, das sich angezogen badet. Das nichts isst, das nur hässliche Kleidung ertragen kann. Das kaum spricht.

Ich angele nach meinen Klamotten und streife mir Jogginghose und Shirt über. Aus irgendeinem Grund will ich nicht, dass mich das unheimliche Wesen in Unterwäsche sieht. Wer weiß, vielleicht fällt sie dann gleich in Ohnmacht.

Der Weg ins Bad ist frei und ich husche hinüber, dusche und pfeife vor mich hin. Als ich mich abgetrocknet habe und mit dem Handtuchturban auf dem Kopf vor dem Spiegel stehe, klopft Marga zaghaft an.

»Ist offen«, rufe ich und sie tritt ein. Sie schließt die Tür hinter sich und ich runzele die Stirn. Werden wir vom Geheimdienst überwacht oder was? Dann strahlt sie mich an und das macht mich gleich noch stutziger.

»Was ist los?«, frage ich misstrauisch.

»Ich sollte mir doch was überlegen«, sagt sie, »wegen heute Abend.«

»Und?«, frage ich, während ich mich auf dem Klodeckel platziere und den Nagellack öffne.

»Du kannst Roberts Gewächshaus nehmen.«

Ich starre sie an. »Gewächshaus?«

»Ja«, lacht Marga, als sie mein verdutztes Gesicht sieht. »Das machen viele. Er vermietet es sogar für Partys.«

»Tanzen zwischen Gurken?«, frage ich fassungslos. Robert ist ein Freak, unbestritten. Er ist Medizintechniker und kommt immer wieder mal auf Margas Station vorbei, um die Geräte zu checken oder was weiß ich. Ich frage mich, ob meine Mutter eigentlich was mit ihm hatte irgendwann, aber sie schweigt sich über das Thema aus.

»Da sind schon lange keine Pflanzen mehr drin«, erwidert sie. »Es ist ein reines Partygewächshaus, sozusagen.«

»Echt jetzt?« Ich pinsele meinen großen Zehennagel ein. »Cool.«

Marga sieht mich prüfend an, offenbar ist sie nicht sicher, ob ich das ernst meine.

Ich sehe auf und lächele sie an. »Na ja, warum nicht?«

Ihr Gesicht erhellt sich langsam, als sie begreift, dass ich wirklich angetan bin.

»Dann gebe ich ihm gleich mal Bescheid«, sagt sie. »Ist es nicht zu spät, alle deine Freunde zu informieren?«

Ich lege den Kopf auf die Seite. »Wir leben im 21. Jahrhundert«, sage ich zu meiner rückständigen Mutter. »Wenn ich das auf Facebook poste, wissen es alle in einer Minute.«

Sie seufzt, antwortet aber nicht. Als sie gerade dabei ist, das Bad wieder zu verlassen, sage ich: »Mom?«

Sie dreht sich um.

»Danke.«

Sie nickt nur und dann geht sie raus und ich pinsele meine restlichen Zehennägel ein. Ich pinsele die hellrote Farbe langsam, ausführlich, tupfe die winzigen Kleckse, die auf die Haut gelangt sind, mit einem Wattestäbchen ab. Dann stelle ich mich mit hochgereckten Zehen vor den Spiegel, nehme meine Haare hoch, aber sie sind eindeutig zu kurz für eine Hochsteckfrisur. Ich drehe mich nach rechts und nach links, beuge mich zum Spiegel vor, um die Haut unter meinen Augen zu prüfen oder ob sich irgendwo ein Pickel zeigt, den ich ausquetschen muss.

Dann gehe ich wieder auf Abstand zum Spiegel, sehe mich an, betrachte mein Gesicht, meine helle Haut, die immer so schnell Sonnenbrand kriegt, betrachte meine fast unsichtbaren Sommersprossen, die sich über Nasenrücken und Wangen ziehen. Ganz winzig sind sie und kaum zu sehen, aber ich weiß, dass sie da sind. Ich betrachte meine Ohren (sie sind so klein wie bei Marga), meine Lippen, probiere einen Kussmund. Und dann muss ich mir endlich eingestehen, dass ich mich davor fürchte, ins Wohnzimmer zu gehen. Ada hat etwas an sich, das mich unruhig macht. Ich mag nicht daran denken, denn dann werde ich wütend, weil ich nicht weiß, wohin mit diesem Gefühl. Aber mein Magen knurrt und ich finde mich selbst albern. Schließlich ist da drüben niemand als meine Mutter und ein zugegebenermaßen seltsames Mädchen. Nichts als ein Mädchen. Es gibt nichts, wovor ich mich fürchten muss.

Ich schneide mir selbst eine Grimasse und dann gehe ich aus dem Bad.

In der Küche werfe ich zwei Scheiben Toast in den Toaster und schüttele die Thermoskanne. Es gluckert, also ist noch Kaffee drin. Umso besser. Ich greife in den Schrank, hole eine Tasse und dann gehe ich mit den beiden Toastscheiben und dem Kaffee nach drüben.

Ada liegt immer noch auf dem Sofa. Marga sitzt bei ihr und hält ihre Hand, aber sie scheint nicht zu reagieren.

Ich setze mich an den Tisch und sehe eine Weile zu ihnen hinüber. »Was ist mit ihr?«, frage ich zwischen zwei Bissen. »Sagt sie nichts?«

Marga schüttelt den Kopf und an der Art, wie sie daraufhin seufzt, erkenne ich, dass etwas nicht stimmt. Ich habe immer noch keine Socken an, bekomme eine Gänsehaut und ziehe die Beine auf die Stuhlkante hoch.

»Es geht ihr nicht gut.«

»Stumm sein ist doch nicht lebensbedrohlich«, erwidere ich, als Marga die Hand ausstreckt und an Adas Stirn greift, wie man es bei jemandem tut, der Fieber hat.

Marga steht auf, doch sie lächelt nicht. »Das nicht. Aber ich frage mich …«

Was Marga sich fragt, bekomme ich nicht mit, denn jetzt regt sich etwas auf dem Sofa. Unendlich langsam dreht Ada den Kopf in unsere Richtung, sieht erst Marga an, dann mich. Obwohl sie sich immer noch wie auf Drogen bewegt, gucken ihre braunen Augen völlig klar und aufmerksam in die Welt. Ich betrachte sie verstohlen. Könnte ganz hübsch sein, wenn sie mal was Vernünftiges anziehen und sich schminken würde. Ein wenig Wimperntusche, Lidstrich, hauchdünn Lidschatten, mehr bräuchte es noch nicht mal. Aber die Augenbrauen zupfen, natürlich. Aus den Haaren könnte man sicher auch was machen, wenn sie nicht diesen Zopftick hätte. Marga geht wieder auf sie zu, lächelt sie an. »Guten Morgen«, sagt sie sanft, als hätte Ada geschlafen. Dabei habe ich genau gesehen, dass ihre Augen offen waren.

»Möchtest du etwas essen?« Keine Reaktion. Marga streicht leicht über Adas Handrücken, dann dreht sie sich um. »Ich bringe dir einfach was«, sagt sie und dann macht sie sich in der Küche zu schaffen. Ich bleibe sitzen, doch es wird immer schwieriger zu essen. Adas starrer Blick irritiert mich. Ich bin kurz davor aufzustehen und vor ihren Augen hin und her zu wedeln, um zu gucken, ob sie überhaupt etwas sieht. Dreimal setze ich an, um etwas zu sagen, doch es bleibt auf halbem Weg in meinem Hals stecken.

Langsam kriege ich echt schlechte Laune. Ich blicke auf meinen angebissenen Toast und lege ihn angewidert zurück auf den Teller. Mit der Kaffeetasse bewaffnet stelle ich mich ans Fenster und sehe hinaus. Als ich mich zu Ada zurückdrehe, hat sie den Kopf wieder geradeaus gerichtet und starrt ins Leere.

Marga und ich brauchen den ganzen Tag, um alles vorzubereiten, und als wir am Nachmittag dann endlich die Getränke und eine riesige Schüssel Kartoffelsalat, Brot und Würstchen in das Gewächshaus geschafft haben, das am Stadtrand mitten zwischen Gemüsefeldern steht, ist Robert schon dort und heißt uns grinsend willkommen. In diesem Moment kann ich Marga sogar verstehen, er sieht gut aus und ich frage mich ernsthaft, ob da was läuft zwischen den beiden. Er hilft mir, die Stereoanlage aufzubauen, während Marga wieder nach Hause fährt, um nach Ada zu sehen.

Einen Moment lang denke ich daran, dass eigentlich Papa hier sein und mit mir die Bierbänke aufstellen sollte. Aber ich weiß ja, dass er wahnsinnig viel zu tun hat, und außerdem hat er wahrscheinlich keine Lust, Marga zu begegnen. Er wird mich morgen anrufen und fragen, wie es war.

Und schließlich alles fertig. Ich ziehe mich in der kleinen Toilette, die neben dem Gewächshaus aufgebaut ist, um und schminke mich und dann kommt endlich Corinna und ich tauche ein in die aufregende Nacht.

Dass Marga nicht noch einmal vorbeikommt, wie sie es eigentlich vorhatte, fällt mir erst auf, als es schon spät ist und ich ziemlich betrunken irgendwo zwischen Corinna und Miriam hänge, kichernd und heulend, weil Neal nun doch nicht gekommen ist und ich zu viel Whisky-Cola getrunken habe.

»Nicht mal Marga interessiert sich mehr für mich«, schluchze ich schrecklich selbstmitleidig und meine Freundinnen legen mich in der Ecke ab, in der Schlafsäcke und Isomatten liegen für alle, die es nicht mehr nach Hause schaffen. Und dann denke ich über gar nichts mehr nach und schlafe, tief und traumlos.

Luca

Ich schlafe nicht mehr. Seit Tagen schleppen wir Trümmer. Eines der Wohnhäuser ist einsturzgefährdet, eine Scheune komplett abgebrannt. Wir können von Glück sagen, dass das Feuer nicht auf das Lagerhaus und die Ställe übergegriffen hat. Ich schleppe Schutt und Steine, Holzbalken und angesengte Metallteile, an denen ich mir die Hände verbrenne. Meine Beine spüre ich schon lange nicht mehr.

Ich rede mir ein, dass ich nur deshalb wie ein Wahnsinniger arbeite, damit die Ältesten keinen Verdacht schöpfen. Damit ich sie selbst im Auge haben kann, damit mir niemand entgeht, der den Fuß in den dritten Keller setzen will, um nach Ada zu sehen. Damit ich sicher sein kann, dass Apollonia uns nicht verrät.

Doch da sind die Bilder: wie Ada im Wald herumirrt, den sie nicht kennt und vor dem sie eine Angst haben muss, die ich mir kaum vorstellen kann. Ich sehe sie, wie sie starr vor Schreck versucht, ein Auto anzuhalten, wie sie von diesem erfasst wird, weil Ada nicht weiß, dass man nicht auf der Straße stehen bleiben darf.

Und ich sehe die Reiter. Weil Ada es überhaupt nicht aus dem Wald herausgeschafft hat, sondern in einer Grube liegt und der Macht der Reiter ausgeliefert ist, von denen sie immer noch glaubt, sie kämen von Gott. Dabei gibt es sie nur, damit die Menschen im Dorf so viel Angst haben, dass sie nicht auf den Gedanken kommen, das Dorf zu verlassen. Es ist ein so alter, banaler Trick, dass einem übel werden könnte. Ich schufte wie ein Wahnsinniger, sodass mir der Schweiß seit Stunden aus allen Poren rinnt und meine Zunge am Gaumen klebt, ich Blasen an den Händen habe und sich mein Rücken anfühlt wie der eines alten Mannes. Sobald ich innehalte, weil ich etwas trinken muss oder weil jemand mich dazu auffordert, eine Pause zu machen und mich zu setzen, wird die Stimme in meinem Kopf lauter. Die Stimme, die sagt, dass ich Ada ins Verderben geschickt habe. Dass ich gehen und nach ihr suchen muss.

Ich versuche, das Zittern meiner Hände zu beruhigen. Versuche, jede Minute zu zählen, jede Stunde, die ich Ada verschaffe, solange ich hier bin und niemand merkt, dass sie verschwunden ist. Apollonia ist meine Mitwisserin und Verbündete. Beinahe ohne Worte hat sie mich verstanden und wir bewahren das Geheimnis um Adas Verschwinden, während wir in Asche und Trümmern arbeiten, bis wir nicht mehr können. Das Mädchen mit den weichen Gesichtszügen hat eine viel größere Willenskraft, als ich ihr zugetraut habe, und ich beginne zu begreifen, dass ihr die Loyalität zu Ada und sogar zu mir, einem »Verlorenen«, dem sie doch kaum trauen kann, unglaublichen Mut abverlangen muss. Nur dank ihres Schweigens bin ich, ist Ada noch am Leben. Ich kann ihr ansehen, dass sie schreckliche Angst hat. Dennoch schweigt sie und ich vertraue ihrem Schweigen mehr, als ich jemals Worten vertraut habe.

Einmal am Tag nimmt Apollonia Essen und Wasser und geht in den dritten Keller. Ich weiß nicht, was sie mit den Sachen macht, wahrscheinlich isst sie sie selbst, denn trotz der schweren Arbeit sind Lebensmittel knapp. Ada bekommt nur einmal am Tag etwas Brot und Tee und Apollonia trägt das leere Tablett heraus und geht damit zurück in die Küche. Es ist ein dünnes Versteckspiel und ich rechne jeden Augenblick damit, dass es auffliegt, doch das Dorf ist zu sehr mit dem Feuer beschäftigt und damit, zu beten und Gott um Rettung anzuflehen.

Mir wird schlecht bei dem Gedanken, dass sie Ada in dem Keller womöglich hätten verbrennen lassen, wenn das Feuer bis dorthin gekommen wäre. Weil ja jeder allein mit dem Teufel ringen muss.

Meine Muskeln schmerzen, aber schlimmer sind die Stunden, in denen wir zwischen den verbrannten Häusern beten, stundenlang, während die Sonne auf unsere Haut brennt.

»Schick deine Sichel aus und ernte! Denn die Frucht der Erde ist reif geworden!«, schreien die Dorfbewohner und schlagen sich auf die Brust und es gibt Frauen, die sich ganze Büschel von Haaren auf einmal herausreißen. Das ist kein Glaube mehr, das ist kollektiver Wahnsinn. Er brandet über mich hinweg und ich muss mich an mir selbst festhalten, damit er mich nicht mit sich fortreißt.

In der ersten Nacht hat Martha versucht, mich für ein paar Stunden zum Schlafen zu bewegen, als die letzten Flammen gelöscht und die letzten Gebete gesprochen waren. Aber ich saß beinahe eine Stunde im Zimmer neben Cleide, ohne mich von der Stelle zu rühren, bevor ich wieder aufgestanden bin und weitergearbeitet habe. Cleide wimmerte leise im Schlaf, aber ich saß nur da und versuchte, von der Dunkelheit erfasst zu werden. Die Dunkelheit ist das Einzige hier, das einen vor der Gemeinschaft schützt. Sobald ich die Augen zumachte, sah ich Ada.

Ich fahre zusammen, als jemand mir eine Hand auf die Schulter legt. Es ist Hosea. Als ich ihn ansehe und er die Hand wieder fortnimmt, brennt meine Schulter da, wo er sie berührt hat. Ich muss mich beherrschen, um nicht mit der Hand darüberzufahren. Der Luchs zieht seine Krallen über meine Brust, um mich aus meiner Erschöpfung zu reißen.

»Du solltest Schluss machen«, sagt Hosea. »Wir arbeiten viel, aber wir müssen auch beten und auf Gott vertrauen.« Ich beiße die Kiefer aufeinander, dass es knackt, und dann nicke ich. Er lässt mich nicht aus den Augen. Ich sehe ihn so ausdruckslos an wie möglich.

»Gott erschafft nichts aus Zufall«, fährt Hosea fort und

breitet zur Verdeutlichung beide Arme aus und hält sie in den Himmel. Dann tritt er wieder einen Schritt näher und fixiert meinen Blick. »Auch, dass du hier bist, ist kein Zufall. Gott hat etwas mit dir vor, Aaron.« Tja, denke ich, mag schon sein. Aber vielleicht ist es nichts, was euch gefällt?

»Geh ins Badehaus, wasch dich und dann geh mit Simon und Magdalena zum Beten. Es ist genug gearbeitet worden für heute.« Ich nicke stumm und mache mich auf den Weg, bevor Simon oder einer von den anderen mir hinterherkommt. Es ist eine Wohltat, wenigstens ein paar Schritte alleine tun zu können.

Während ich zum Badehaus gehe, ziehe ich die Arbeitshandschuhe aus.

Als ich um das Badehaus herumgehe, um den Eingang an der hinteren Seite zu benutzen, fahre ich zurück.

Ich verstecke mich hinter der Holzwand, strecke ganz langsam den Kopf etwas weiter vor und versuche, einen Blick auf die Szene zu erhaschen.

Apollonia steht vor dem Eingang zum dritten Keller und diskutiert mit Benedikt. Sie scheinen um das Tablett mit dem Essen zu streiten, das Apollonia hineintragen und das Benedikt ihr ganz offensichtlich abnehmen will.

Ich versuche zu verstehen, was sie sagen, aber sie sind zu weit weg. An den Bewegungen ihrer Körper kann ich erkennen, dass die Diskussion dabei ist, zu einem handfesten Streit anzuwachsen. Apollonias Bewegungen werden fahriger und sie krallt sich verzweifelt an das Tablett.

Ohne nachzudenken, trete ich, so laut ich kann, aus meiner Deckung.

Sie drehen sich zu mir um. Ich winke ihnen zu und versuche sogar zu lächeln. Sie reagieren nicht. Ich gehe näher und inspiziere währenddessen meine Oberarme.

»Ganz schön schwarz«, sage ich, als ich vor ihnen stehe, und drehe zur Demonstration meine Arme nach vorn. »Wie ist es bei dir?«, frage ich Benedikt. Er zuckt unwillig mit den Schultern.

»Benedikt will Ada das Essen bringen«, wispert Apollonia, ihre Lippen zittern kaum sichtbar.

»Aha«, mache ich betont desinteressiert und drehe mich zum Eingang des Männerwaschraums. »Ach, Benedikt«, gebe ich über die Schulter zurück, »ich könnte ein wenig Hilfe gebrauchen.« Ich drehe mich um und setze ein kalkuliertes Lächeln auf. »Ich habe mir da in der Schulter was eingefangen. Ein Stück Holz oder vielleicht auch Glas, ich weiß es nicht. Kannst du es rausmachen?«

Er sieht mich an und versucht, mit seinen Augen die Mauer aus Gleichgültigkeit zu durchdringen, die ich um mich gelegt habe wie einen schützenden Mantel. Es gelingt ihm nicht und er ist sichtlich unzufrieden.

»Sonst muss ich Apollonia fragen«, sage ich und sie blickt schnell zu Boden.

Benedikt ist hin- und hergerissen. Seine Miene verdüstert sich und ich drehe mich wieder um, sicher, dass er mir folgen wird. Die wohlanständige Fassade muss gewahrt werden und Hilfe am Nächsten kann er nicht ausschlagen.

Aber ich habe mich getäuscht. Ich höre einen Aufschrei, drehe mich um und sehe, dass Benedikt Apollonia das Tablett aus der Hand gerissen hat. »Geh nach Hause«, sagt er zu ihr. »Ich kümmere mich um Aaron, wenn ich hier fertig bin.«

»Klar«, sage ich mit sicherer Stimme, weil ich sehe, dass Apollonia einem Zusammenbruch nahe ist, und weil ich trotz der rasenden Gedanken in meinem Kopf keinen Plan B aus dem Ärmel zaubern kann.

Er nickt kurz mit zusammengepressten Lippen, dann dreht er sich um und geht in den Keller.

»Wir müssen hier weg«, flüstere ich, als Benedikt außer Hörweite ist.

Apollonia schüttelt den Kopf. »Ich kann das nicht.«

»Dir wird nichts passieren.« Außer, wenn du hierbleibst, denke ich, aber ich spreche es nicht aus. »Du kannst hier nicht bleiben. Komm mit mir. Ada wird froh sein, wenn du bei ihr bist da draußen.«

Ihr Kopfschütteln wird heftiger. »Ich kann nicht, Aaron. Ada war immer so viel ernsthafter als ich und so stark.« Ihre Stimme bricht.

»Du bist genauso stark.«

»Nein.« Sie wischt mit einer entschiedenen Bewegung über ihr Gesicht und lächelt mich traurig an. »Geh schnell«, sagt sie. »Ada braucht dich. Benedikt entdeckt jeden Moment, dass Adas Zelle leer ist!«

Ich nicke.

»Ich gehe ihm nach«, sagt sie dann. »Vielleicht denkt er, dass ich es auch nicht wusste, und ich kann dir etwas Zeit verschaffen ...«

Sie glaubt selbst nicht daran, das sehe ich an der fast unsichtbaren, senkrechten Falte an ihrer Nasenwurzel.

Ich nicke ihr zu und hätte ihr am liebsten über die Schulter gestrichen. Sie wirkt in diesem Moment so zerbrechlich. Doch diese Geste, in unserer Welt eine Kleinigkeit, ist hier ein Sakrileg.

»Wir holen dich hier raus. Dich und die Kleinen.«

Ihr Blick verschließt sich, dann dreht sie sich um und verschwindet wie eine blonde Elfe in der Erde.

Liz

Es ist schon fast zehn, als ein Auto vorfährt. Ich schäle mich aus dem Schlafsack und muss gar nicht erst in einen Spiegel gucken, um zu wissen, dass ich beschissen aussehe. Irgendwo zwischen den leeren Bechern und Tellern finde ich eine Flasche Wasser, öffne sie und trinke gierig. Als die Tür hinter mir aufgeht und jemand hereinkommt, will ich mich umdrehen und Marga anmotzen, weil sie erst jetzt kommt. Aber dann ist es überhaupt nicht Marga, sondern Robert und mir bleibt mein Spruch im Hals stecken. Ich sehe Robert aus zusammengekniffenen Augen an. Die Augen aufreißen geht nicht, da brummt mein Schädel gleich noch mehr und ich umgreife die Wasserflasche fester und nehme noch einen tiefen Zug.

»Da hat wohl jemand einen Brand«, stellt Robert sachlich fest und dann klappt er zwei Plastikboxen auf. »So, meine Herrschaften«, ruft er in die Schlafsack-Ecke, »die Party ist vorbei. Aufräumen!« Unbeeindruckt vom Protest fängt er an, das schmutzige Geschirr in die Boxen zu stapeln.

»Wo ist Marga?«, frage ich, ohne mich von meinem Platz zu rühren.

Robert zieht die Augenbrauen hoch und sieht definitiv aus wie einer, der mehr weiß als ich.

»Sie schläft«, erklärt er. »Sie war die ganze Nacht wach.« Er wirft Plastikbecher in einen Müllbeutel und verzieht das Gesicht, weil einer davon voller Cola und Kippen ist.

Ich stemme die Hände in die Seiten. »Ach«, motze ich jetzt doch los, »so ist das also. Habt ihr 'ne schöne Nacht gehabt, ja? Praktisch, wenn die Tochter außer Haus ist.«

Er sieht auf und sein Blick lässt mich verstummen.

»Ich hab ihr gesagt, sie soll sie ins Krankenhaus bringen, aber sie wollte es nicht«, erwidert Robert.

Ich fahre mir durch die Haare, um mich zu sortieren. »Hä, wer soll ins Krankenhaus?«

Robert sammelt Bierflaschen ein und zieht die leeren Kästen unter einem Tisch hervor. »Das Mädchen, das bei euch ist.« Er lässt die Flaschen in den Kasten krachen. Ich zucke zusammen und halte mir den schmerzenden Schädel. Jetzt kommt Corinna zu uns, die Arme ebenfalls mit Flaschen beladen. Im Gegensatz zu mir kommt sie mir vor wie aus dem Ei gepellt. Ich versuche, mich zu erinnern, wie viel sie getrunken hat, aber mein Gedächtnis versagt.

»Ada?«, frage ich.

Robert hält inne und sieht mich an. »Ja«, sagt er. »Ada. Marga hat die ganze Nacht bei ihr am Bett gesessen.«

»Und deswegen hat sie mich nicht abgeholt?«, frage ich und kann nicht verhindern, dass es spitz und beleidigt klingt.

»Wer ist Ada?«, fragt Corinna, aber ich winke ab.

»Egal«, sage ich, »ich wollte sowieso lieber hierbleiben. Da gibt's wenigstens Menschen, die sich für mich interessieren.« Dann gehe ich raus aufs Klo und lasse Robert alleine mit den paar übrig gebliebenen Halbtoten, die sich murrend aus den Schlafsäcken schälen. Als ich vom Klo komme, raffe ich allen Müll zusammen und stopfe ihn in die Tüten. Ich bin froh, dass die anderen angefangen haben herumzualbern, während wir die Überreste der Party beseitigen. So muss ich das Gespräch mit Robert wenigstens nicht fortsetzen.

Eine knappe Stunde später sitze ich neben Robert auf der Beifahrerbank und wir schweigen uns an. Hinter uns klappern die Kisten mit dem Geschirr. Wir haben Corinna, Miriam und Danil zu Hause abgesetzt. Die anderen wollten zu Fuß gehen. Eigentlich wäre ich auch viel lieber gelaufen, obwohl es bis in die Stadt fast eine Stunde dauert. Aber Robert hat darauf bestanden, mich zu fahren.

»Du bist nicht mein Vater«, habe ich gemurrt.

»Gott sei Dank.«

Nach der Antwort gibt's ja wohl keinen Grund mehr, mit ihm noch ein Wort zu reden. Meinetwegen soll er mich zu Hause absetzen, und dann tschüss.

Als wir angekommen sind, parkt er den VW-Bus auf dem großen Parkplatz gegenüber unserer Wohnung. Als Robert aufsteht, um den Wagen herumgeht und die Kisten rausholt, sieht es aus, als wolle er mit nach oben kommen.

»Danke, ich schaffe das schon«, sage ich schnell und greife nach den beiden Kisten. Sie sind verdammt schwer.

»Vergiss nicht die Müllsäcke«, sagt Robert. »Und die leeren Bierkästen.« Er lehnt an der hinteren Wagentür und sieht verdammt danach aus, als gäbe es hier irgendwas Lustiges zu beobachten.

»Dann stell sie raus«, fauche ich ihn an. »Danach kannst du abzischen.«

»Irrtum«, gibt er ungerührt zurück und schlenkert einen Schlüssel hin und her. »Ich komme mit hoch. Marga hat genug um die Ohren gehabt heute Nacht.«

»Marga. Ada«, ätze ich. Die Kisten mit dem Geschirr ziehen schwer an meinen Armen. »Geht's irgendwann eigentlich auch mal um mich?«

»Es geht die ganze Zeit nur um dich«, sagt Robert. »Und du merkst es nicht mal.«

Ich drehe mich um und versuche, trotz des Gewichts an meinen Armen entschlossen und würdevoll gleichzeitig auszusehen. Doch am Straßenrand muss ich stehen bleiben und zwei Autos vorbeilassen, bis ich endlich rübergehen kann. Robert holt mich ein, und trotz zweier Müllsäcke, in jeder Hand einen, kommt er mir wesentlich würdevoller vor als ich.

An der Haustür muss ich warten, bis Robert aufgesperrt hat. Doch bevor er die Tür aufdrückt, dreht er sich zu mir um.

»Marga schläft sicher noch. Wir müssen oben leise sein.«

Dann geht er rein und steuert den Hinterausgang an, um auf den Hof mit den Mülltonnen zu kommen. Ich will die Kisten am liebsten abstellen und später holen. Sie sind mir eindeutig zu schwer, aber das kann ich jetzt auf keinen Fall zugeben. Also schleppe ich das Zeug zwei Stockwerke hoch. Als ich oben ankomme, hat Robert mich eingeholt. Er sperrt die Tür auf, nimmt mir wortlos die Kisten ab und ich lasse es zu.

In der Wohnung ist es still. Während Robert alles in die Küche trägt, gehe ich aufs Klo. Ich wage nicht, in den Spiegel zu sehen. Dann muss ich leider ebenfalls in die Küche, denn ich habe schon wieder höllischen Durst. Robert steht am Spülbecken und lässt Wasser einlaufen.

Ich öffne eine Flasche Wasser und schütte mir ein Drittel davon auf einmal in den Hals. Robert lässt Teller in den Schaumberg gleiten.

»Was machst du?«, frage ich entgeistert.

»Wonach sieht's denn aus?«

»Das ist nicht deine Küche.«

»Es ist auch nicht mein Geschirr.«

»Dann lass es.«

Er dreht sich zu mir um und will irgendwas sagen. Doch dann schüttelt er nur den Kopf und schrubbt am nächsten Teller herum.

»Nur weil du sie fickst, heißt das noch nicht, dass du hier

Papa spielen musst! Oder fickst du sie gar nicht? Willst du dich einschleimen, damit du zu ihr ins Bett kommst, oder was? Das geht einfacher, sag ich dir. Dazu braucht's nicht viel. Wenn sie überhaupt noch weiß, wie es geht.«

Robert schmeißt den Teller, den er in der Hand hatte, zurück ins Wasser. Dann drückt er die Küchentür zu und dreht sich wütend zu mir um. »Warum glauben Fünfzehnjährige eigentlich immer, sie wüssten mehr vom Leben als alle anderen?«

Ein Teil von mir hat Herzklopfen und will in meinem Zimmer verschwinden, aber ein anderer Teil wünscht sich, dass der Streit weitergeht. Es fühlt sich so gut an, miese Dinge zu sagen. So gut, mit jemandem zu streiten. Mit jemandem, der das aushalten kann. Jemandem, der da ist.

»Ich bin sechzehn«, sage ich nur.

Robert sieht mich an. Dann legt er den Kopf in den Nacken und lacht. Er schüttelt den Kopf, lacht immer noch, als er den Teller wieder aus dem Schaum fischt und mit klarem Wasser abspült.

»Du bist sechzehn«, sagt er, immer noch lächelnd, »unbestritten.«

Ein irritierendes Gefühl von Sympathie steigt in mir auf für diesen Typen, der ungefragt in unserer Küche steht und mein Partygeschirr abspült. Das bringt mich ins Wanken.

Er nickt zum Küchentisch hinüber. »Da drüben ist Kaffee«, sagt er. »Ich glaube, du kannst welchen brauchen.«

Ich gieße mir tatsächlich Kaffee ein. Bevor ich ins Wohnzimmer gehe, frage ich: »Ist Ada noch da?«

Robert nickt. »Marga wollte sie nicht ins Krankenhaus bringen. Sie meinte, dass es dort noch schlimmer wird.«

Ich bleibe im Türrahmen stehen und traue mich nicht, um die Ecke zu gehen.

»Was hat sie denn? Ich verstehe nicht, was an Nicht-Reden so lebensgefährlich sein soll.«

Robert wischt sich die Hände an einem Tuch ab und nimmt einen Zettel in die Hand, der auf dem Küchentisch liegt. »Perniziöse Katatonie«, liest er ab. »Das kann tödlich enden.«

»Hä? Und was ist das?« Ich starre auf den Zettel, den er wieder auf den Küchentisch zurückgelegt hat.

Er zuckt mit den Schultern und zieht sich den zweiten Korb mit schmutzigem Geschirr heran. Dann wirft er mir das Geschirrtuch zu. Verdutzt fange ich es auf und stelle mich zögernd neben ihn – nicht zu nah – und nehme den ersten Teller in die Hand. Ich bin froh, dass er keine blöden Kommentare macht, nicht lacht oder so was.

»Ich baue medizinische Geräte. Ich kenne mich mit Elektrik aus. Nicht mit Krankheiten. Marga hat es aufgeschrieben, falls es wieder schlimmer wird und ich Ada doch ins Krankenhaus bringen muss.«

»Und woran merkt man das?«

»Sie kann Fieber bekommen. Hohes Fieber.«

»Und deswegen ist es gefährlich? Weil sie sich nicht bewegt und nicht spricht und Fieber kriegen kann?«

Robert nickt. »Weil sie irgendwann auch aufhören könnte zu atmen.«

Wie jetzt, kann man das? Einfach so beschließen, nicht mehr zu atmen? Krasse Kiste.

Wir arbeiten eine Weile schweigend nebeneinander her. Robert spült, ich nehme die tropfenden Teile in Empfang, trockne sie ab und stelle sie in den Schrank und denke mir zum ersten Mal, dass es vielleicht doch nicht so schlimm ist, keine Spülmaschine zu besitzen, auch wenn ich todmüde bin.

Als mir zum zweiten Mal ein Teller hinunterfällt, nimmt Robert mir das Tuch aus der Hand. »Ich glaube, du solltest dich lieber hinlegen.«

»Ich entscheide immer noch selbst, was ich tue«, gebe ich spitz zurück. Doch dann drehe ich mich um und gehe ins Wohnzimmer.

Ada liegt auf dem Sofa. Sie ist blass und hat die Augen geschlossen. Ich lausche bang, ob sie atmet. Als ich sehe, dass ihre Brust sich hebt und senkt, gehe ich erleichtert näher. Das Sofa ist vermutlich das einzige Möbelstück in unserer Wohnung, das wirklich etwas taugt. Marga hat es von einer Freundin geerbt, die irgendwohin ausgewandert ist. Es ist riesig, rot und samtig und passt eigentlich besser auf einen schottischen Landsitz als in eine kleine Dreizimmerwohnung mitten in der Stadt.

Ich setze mich neben Ada und stelle die Kaffeetasse, die ich immer noch in den Händen halte, auf dem wackeligen kleinen Tischchen ab.

Plötzlich überkommt mich eine schreckliche, tiefe Müdigkeit. »Rutsch mal«, sage ich zu Ada, obwohl ich weiß, dass sie nicht reagieren wird. Ich schiebe die Decke ein wenig näher zu ihr hin, dabei sehe ich, dass Marga ihr einen venösen Zugang gelegt hat. Es musste ihr wirklich schlecht gehen.

Ich habe keine Ahnung, ob Ada schläft oder wach ist. Ob sie etwas hört oder nicht oder ob sie vielleicht in einer ganz anderen Welt schwebt, einer, zu der niemand Zugang hat außer ihr selbst.

Ich lehne den Kopf auf die Armlehne des Sofas. Zum Fenster kommt helles Licht herein, der April ist wirklich ungewöhnlich warm und trocken. Adas Atem geht kaum hörbar.

»Neal war nicht da«, murmele ich. »Ich habe den ganzen Abend gewartet, aber er kam nicht. Ich glaube, ich bin ihm völlig egal. Ich habe mir extra die Jeans gekauft und mich sogar wegen Marga gestritten wegen der blöden Hose. Aber Neal war überhaupt nicht da. Er hat nicht mal angerufen. Stattdessen hat mich Michael angemacht. Ich hätte mich fast auf ihn eingelassen, aus lauter Frust.« Ich muss nachdenken. Habe ich mit Michael herumgeknutscht? Irgendwo ist da eine Lücke in meinem Gedächtnis. »Und ich weiß nicht einmal, ob Papa angerufen hat. Marga würde es mir wahrscheinlich nicht sagen. Sie versteckt ja auch seine Briefe. Er hat zwar meine Handynummer, aber was weiß ich, warum er da nicht anruft. Nicht einmal an meinem Geburtstag.« Plötzlich überkommt mich das schreckliche Gefühl, heulen zu müssen. Neben dem schweigsamen Mädchen, das mir ohnehin nicht zuhört und das daliegt wie eine Puppe, erlaube ich mir, ein wenig in Selbstmitleid zu versinken.

Später fasse ich vorsichtig Adas Stirn an. Nicht, dass sie neben mir irgendeinen Anfall von Katadingsbums kriegt.

Ich bin beinahe weggedöst, als ich merke, dass sich neben mir etwas bewegt. Ich mache die Augen auf. Ada sieht mich an. Ich liege sehr nahe bei ihr, aber ich fühle mich unfähig wegzurücken. Viel zu müde und schwer ist mein Körper.

»Sie haben mich angelogen«, sagt Ada leise.

»Tja«, antworte ich. »Willkommen in der Wirklichkeit.«

Ein paar Stunden später steht Ada zum ersten Mal auf.

Ich bin eingeschlafen, und als ich davon wach werde, dass sie sich neben mir aufrichtet, kommt es mir echt seltsam vor, dass sie sich bewegt wie ein normaler Mensch, während ich mit fettem Schädelbrummen am liebsten mit dem Sofa verschmelzen würde.

»Was tust du?« Ich lege mir eine Hand um den wunden Hals, während sie über mich steigt, ohne mich zu berühren, an der Sofakante sitzen bleibt und mit den Füßen den Boden abtastet, als sei sie nicht sicher, ob man ihn betreten könne.

Sie dreht sich zu mir um. Ihre Augen sind riesig. »Ich gehe meinen Bruder suchen«, verkündet sie mit fester Stimme und dann erhebt sie sich.

Ich richte mich auf und muss mir sofort wieder den Kopf halten. Nimmt das denn überhaupt kein Ende? »Wie bitte?«, frage ich.

»Er wird die Wahrheit wissen«, sagt Ada.

»Welche Wahrheit?«

»Über alles. Die Krankheit. Die Welt. Warum er hier ist und nicht im Dorf.«

Ich kapiere nichts von dem, was sie sagt. Aber ich kapiere, dass ich sie hier nicht so einfach rausspazieren lassen kann. Warum redet sie überhaupt plötzlich? Und dann gleich so viel und fast wie ein normaler Mensch? Obwohl – beim Letzten bin ich mir nicht so sicher.

»Was ist das für ein Dorf?«, frage ich deshalb, ohne nachzudenken.

Ada inspiziert ihre Füße, wippt mit den Zehen auf und ab. »Wir sind die Siegelträger«, flüstert sie. Ich muss mich zu ihr hinüberbeugen, weil ich sonst nichts verstehe. »Die Auserwählten der letzten Zeit.«

Ich unterdrücke den Impuls aufzulachen. »Ist das so 'ne Sekte?«

Ada sieht mich verständnislos an. »Sekte?«

Meine Güte. Wir müssen hier ja ganz von vorne anfangen.

»Eine Sekte, das ist eine religiöse Gruppe, die ein bisschen ... extremer ist als andere«, erkläre ich zögernd und beiße mir auf die Unterlippe. Wahrscheinlich ist sie jetzt sauer.

Ada scheint meine Worte abzuwägen und dann lächelt sie. »Du meinst Irrlehrer«, erwidert sie und dann schüttelt sie den Kopf. »Nein, das sind wir nicht. Irrlehrer gibt es viele in der Endzeit. Aber wir sind das Volk Gottes. Wir sind in der Wahrheit.«

Aha. »Und was ist mit deinem Bruder?«, frage ich etwas hilflos. »Er ist wohl nicht mehr in dem ... Dorf?«

»Er ist als Heiler hier in die Stadt gekommen. Aber er kam nicht zurück. Sie haben gesagt, er sei tot, aber ich weiß, dass er noch lebt.«

Mein Gesicht muss ein einziges Fragezeichen sein, aber Ada blickt schon wieder auf ihre Füße. »Ich hätte auch Heilerin werden sollen.«

Wir schweigen eine Weile und ich schaue zu Adas Füßen hinunter. Im Vergleich zu ihren sind meine weiß und weich. Verzärtelte Stadtkindfüße. Ihre sind braun gebrannt und man sieht die Adern. Vermutlich könnte sie an einem Wochenende barfuß über den Hauptmarkt gehen, ohne dass ihr das samstägliche Scherbenmeer etwas anhaben würde.

»Und wo ist dein Bruder jetzt?«

»Hier in der Stadt, aber wo, weiß ich nicht.« Ada steht auf, streicht den Rock glatt und greift nach ihrem Zopf. »Deshalb muss ich gehen und ihn suchen.«

Ich muss zugeben, dass ich erleichtert bin, als Marga ins Wohnzimmer kommt, in der Hand ein Tablett mit einer Porzellankanne und drei Tassen.

»Ihr seid wach, das ist schön«, sagt sie, ohne ein Wort

über Adas Nacht oder meine Party oder meinen Kater zu verlieren.

»Was hast du vor?«, fragt sie in Adas Richtung, während sie die Tassen und die Kanne auf den Couchtisch räumt.

»Ich gehe meinen Bruder finden«, verkündet Ada, ohne sich von der Stelle zu bewegen.

»Sicher«, antwortet Marga beruhigend, »aber erst mal trinken wir Tee.« Sie lächelt Ada an und nur ein geübter Beobachter kann das angespannte Zucken an Margas Mundwinkel erkennen.

Ada scheint unschlüssig, doch dann geht sie näher an den Tisch, und als Marga ihr eine Tasse mit dampfendem Inhalt in die Hand drückt, nimmt sie sie und setzt sie an die Lippen. Sie nippt vorsichtig, wahrscheinlich ist sie sich nicht sicher, ob wir sie vergiften wollen.

Marga schenkt mir ebenfalls ein, und obwohl ich mir zuerst nicht vorstellen kann, irgendetwas durch meine Kehle zu zwängen, tut der kräftige Kräuteraufguss doch gut. Keine Ahnung, was Marga da wieder reingemischt hat, ich beschließe, nicht zu fragen. Mein Kaffee ist eh kalt geworden.

»Danke«, sagt Ada irgendwann und stellt die Tasse auf das Tischchen zurück. »Es war nett, dass Sie mich aufgenommen haben. Aber nun muss ich meinen Bruder suchen.« Sie lächelt uns an wie eine artige Klosterschülerin und es würde mich nicht wundern, wenn sie gleich noch einen Knicks macht und uns erzählt, dass unten bereits die Kutsche wartet.

»Wo willst du denn zuerst suchen?«, fragt Marga und stellt sich wie zufällig in den Türrahmen, sodass Ada nicht so ohne Weiteres an ihr vorbeikommt.

Jetzt greift Ada in den Bund ihres Rockes, zieht einen ziemlich zerknitterten Zettel heraus und reicht ihn Marga.

»Was ist das?« Marga nimmt den Zettel in Empfang, streicht ihn glatt und sieht ihn mit gerunzelter Stirn an. »Hat ganz schön gelitten«, sagt sie. Und dann, nach einer Weile: »Das ist eine Adresse.«

»Von dem Café«, sagt Ada, als erkläre das irgendwas.

Marga runzelt die Stirn noch ein wenig mehr. »Da ist nicht mehr viel darauf zu erkennen, leider.« Ich trete neben Marga und studiere den Zettel ebenfalls. Er hat einen Haufen Knicke und sieht aus wie mehrmals durch die Waschmaschine gedreht. »Bergcafé«, sage ich und tippe auf eine Buchstabenfolge. »Das heißt doch Bergcafé.« Ada nickt.

»Arbeitet dein Bruder da?«, fragt Marga.

Ada zuckt mit den Schultern. »Ich weiß es nicht. Aber Aaron hat ihn dort gezeichnet.«

»Wer ist Aaron?«

»Ein Geretteter. Eigentlich heißt er Luca. Er kam erst vor ein paar Tagen ins Dorf.«

Ich puste Luft durch die Lippen. »Das ist aber ’ne ganz schön dünne Fährte. Vielleicht war dein Bruder genau ein Mal im Bergcafé und dann nie wieder. Dass der da jetzt rumsitzt und auf dich wartet, ist mehr als unwahrscheinlich. Wie willst du ihn dann finden?

»Ich werde ihn finden.« Es klingt wie ein Satz aus einem auswendig gelernten Gedicht.

»Aber wie willst du ihn finden?«

»Gott wird meine Schritte lenken.«

Äh, ja klar!? Ich bin restlos überfordert und mein brummender Schädel macht es nicht gerade besser.

»Natürlich«, Marga lächelt, »aber es ist immer hilfreich, sich vorher zu überlegen, wie man es anstellt. Sonst landet man schnell mal auf dem falschen Weg.«

Ada zögert und durch meine Kopfschmerzen hindurch

muss ich anerkennen, dass Marga offenbar die richtige Sprache findet. Klingt irgendwie nach letztem Jahrhundert, aber Ada scheint darauf zu reagieren. Sie hebt den Kopf und sieht Marga an. Der Blick aus ihren riesigen Augen ist nur schwer zu ertragen. Sie wirkt verletzlich, fast nackt, wenn sie uns so anschaut.

»Man wird dir helfen, hat Aaron gesagt.«

Marga nickt. »Dann hat er recht gehabt. Wenn du willst, helfen wir dir.«

Ada sieht einen Moment ins Leere, dann nickt auch sie.

»Also«, setzt Marga an, kramt einen Schreibblock aus einer Schublade des Wohnzimmerschranks und legt ihn auf das Tischchen zwischen Tassen und Kanne. Dann quetscht sie sich neben mich aufs Sofa. »Wo könnte er überall sein?« Sie macht einen Spiegelstrich auf das Papier und schreibt »Bergcafé«.

»Im Heilerhaus«, sagt Ada.

»Krankenhaus«, schreibt Marga.

»Vielleicht sollten wir erst mal im Telefonbuch gucken«, schlage ich vor. »Oder im Netz.«

»Wie heißt er denn?«, fragt Marga.

»Kassian«, flüstert sie.

»Gibt's auch einen Nachnamen?«, hake ich nach.

Ada zuckt mit den Schultern. Ich stoße die Luft aus. Das kann ja heiter werden.

»Wie sieht er aus? Hast du ein Bild oder so was? Kannst du ihn malen?«, fragt Marga.

»Aaron hat ihn gemalt. Ich meine, Luca. Aber das Bild ist weg.«

Aaron. Luca. Ich steig nicht durch, ehrlich.

»Wir könnten zur Polizei gehen«, sage ich. »Vielleicht können die ein Phantombild machen oder so.«

»Wo sind eure Keller, wenn der Große Lärm kommt?«

Wir gucken Ada ziemlich verständnislos an.

»Ich habe keine Ahnung ...«, fange ich an, doch Marga unterbricht mich. »Wo versteckt ihr euch denn beim Großen Lärm?«

Ada lächelt milde. »Den Großen Lärm gibt es nur in der Welt. Im Dorf gibt es die Große Stille. Dann gehen wir in die Keller. Vielleicht finde ich Kassian dort, wenn ihr mir sagt, wo eure Keller sind.«

Mir bleibt die Spucke weg. Sind wir im Krieg oder was?

»Ich versteh's nicht ganz«, stammele ich und das ist noch reichlich untertrieben.

»Im Dorf gibt es die Große Stille. Bei euch den Großen Lärm. In der Welt sind überall Krankheit und Tod und Unzucht. Es sind die letzten Tage und nur wenige können noch gerettet werden. Deshalb muss ich Kassian finden!«

Marga steht auf und fasst nach Adas Hand. Die will ihre zurückziehen, doch Marga hält sie fest. »Sieh mich an«, sagt sie. »Bin ich krank?«

Ada sieht an Marga vorbei aufs Sofa, streift meine schmutzigen Jeans mit einem Blick. »Vielleicht«, flüstert sie.

»Sieh her«, wiederholt Marga. »Sehe ich krank aus?«

»Man kann die Krankheit nicht immer sofort erkennen.«

Marga zieht Ada hinter sich her zum Fenster. »Schau raus«, befiehlt sie. »Du hast mir von den roten Flüssen erzählt gestern.«

»Es kam bis ins Dorf«, flüstert Ada und ich bekomme eine Gänsehaut.

»Im Dorf war der Fluss rot, ja«, sagt Marga. »Aber hier nicht. Siehst du? Da ist ein großer Fluss hinter den Häusern. Wir können hingehen, wenn du willst. Er ist nicht rot.

Und in den Krankenhäusern sind nur die Menschen, die auch wirklich krank sind. Viele sind das zum Glück nicht.«

Ada schwankt vor und zurück. Ich stehe auf und gehe näher zu den beiden. Ob Marga da weiß, was sie tut? Sie hält das schwankende Mädchen im Arm. Adas Gesicht verkrampft sich und es tut beinahe weh, das mit anzusehen.

»Beruhige dich«, flüstert Marga. »Sie haben dich entsetzlich belogen. Es ist schrecklich und es tut weh, aber es ist nicht das Ende.«

Plötzlich löst sich ein furchtbarer Laut aus Adas Kehle. Es hört sich an wie das Bellen eines heiseren Waldvogels. Sie kämpft sich mit erstaunlicher Kraft aus Margas Umklammerung frei.

»Nein!«, brüllt sie. Ihre großen Augen treten beinahe aus ihren Höhlen und auf ihrem Hals schwellen die Adern an. »Du bist es, die lügt!« Sie weicht zurück. »Ihr seid vom Teufel geschickt!«

Sie zittert und ich habe Angst, dass sie direkt vor unseren Augen aus dem Fenster springen wird. So wie sie aussieht, traue ich ihr in dem Moment so was durchaus zu.

»Du hast recht«, sage ich und bin selbst erstaunt. Marga wirft einen Blick zu mir, aber ich sehe sie nicht an. »Die Welt hier ist nicht toll. Die Menschen lügen, sind krank und – treiben Unzucht. Wie überall auf der Welt.«

Adas Atem beruhigt sich ein wenig. Sie sieht mich wachsam an.

»In deinem Dorf wird das auch nicht anders sein.« Adas Augen werden noch größer, falls das überhaupt geht. Sie öffnet den Mund, aber ich komme ihr zuvor. »Oder ist da nie jemand krank?«

Ihre Lippen beginnen zu zittern. Jetzt geht Marga hinter mir vorbei auf Ada zu. Im Vorbeigehen streicht sie über meine Schulter und es ist das erste Mal seit Langem, dass ich eine Berührung von ihr angenehm finde.

»Du kannst uns jederzeit verlassen«, sagt Marga sanft. »Wir werden dich nicht aufhalten. Aber wir können auch zuerst Kassian gemeinsam finden, wenn du willst.«

Ada beißt sich so fest auf die Lippen, dass sie weiß werden.

»Liz und ich gehen jetzt aus dem Zimmer. Du bist frei zu gehen oder zu bleiben.«

Dann nickt Marga mir zu und ich folge ihr.

»Bist du sicher, dass das eine gute Idee ist?«, flüstere ich zweifelnd, als wir auf dem Flur stehen.

»Ada hat in ihrem Leben vermutlich noch nie eine freie Wahl gehabt. Wenn wir sie davon überzeugen können, dass wir nicht die Bösen sind, dann damit.«

Ich bin ziemlich skeptisch.

»Wie geht's dir eigentlich?«, fragt Marga mit einem Lächeln.

»Gut«, gebe ich zurück. »Aber noch besser ginge es mir, wenn ich in mein Zimmer gehen und aufhören könnte zu flüstern.«

Marga grinst. »Na klar«, sagt sie in normaler Lautstärke.

Dann überlegt sie offensichtlich, mir noch einmal über die Schulter zu streichen, lässt es dann aber sein. Gut so. Man muss ja nicht gleich übertreiben.

Luca

Cleide steht an der Tür von Hoseas Haus, als hätte sie auf mich gewartet. »Wo warst du?«, fragt sie.

»Arbeiten«, gebe ich patzig zurück. »Solltest du das nicht

auch?« Ich ziehe sie rüde hinter mir her in unser Zimmer und schließe die Tür, obwohl ich weiß, dass es keinen Schlüssel gibt und jeder jederzeit hereinkommen kann.

Sie sieht mich an, eine steile Falte bildet sich auf ihrer Stirn.

»Ich muss weg«, sage ich und lasse sie nicht aus den Augen.

In ihrem Gesicht flackert Furcht auf. »Was? Wohin?«

»Es wird bald einen Riesenzirkus geben, weil Ada verschwunden ist. Ich muss sie finden, bevor sie ihr was antun. Es kann jede Sekunde losgehen, ich muss sofort weg!«

»Aber was ist mit mir?«

»Du kannst mitkommen.«

»Luca! Wir sind doch hier in Sicherheit!«

Ich lache auf. »In Sicherheit? Bei religiösen Fanatikern? Ich frage mich ernsthaft, was in deinem Kopf vorgeht.«

Sie verschränkt die Arme vor der Brust. »Aber du hast mich hierhergebracht.«

»Das habe ich ein bisschen anders in Erinnerung«, fahre ich sie an. »Oder bin ich an allem schuld, was in deinem Leben nicht funktioniert?«

»Ich will hier nicht weg.«

»In Ordnung«, erwidere ich, »ist ja gut. Dann bleibst du eben hier.«

»Luca!« Meine Mutter wird panisch. »Du kannst doch nicht einfach gehen! Was tust du nur?«

»Ich rette ein Menschenleben«, sage ich kalt und sie zuckt zusammen. »Da draußen braucht mich jemand. Verstehst du?«

»Aber ich brauche dich auch.« Über meinen Schultern beginnt sich eine schwere Wolke auszubreiten, die droht, mich zuzudecken. Wie ein großer, viel zu schwerer Mantel.

»Vielleicht solltest du endlich mal für dich selber sorgen«, sage ich. Ich reiße mich von Cleide los und gehe zum Schrank, ziehe ihn etwas nach vorn und krame nach dem Rucksack, den ich zwischen Schrank und Wand eingeklemmt habe. Dann gehe ich zu meinem Bett und hebe die Matratze hoch. Dort liegt alles, was ich noch besitze: Handy, Zeichenmappe, Geldbeutel. Ich öffne ihn: Es befinden sich noch knapp achtzehn Euro darin. Das bisschen Geld kommt mir vor wie ein kleiner Schatz. Ich stopfe alles in den Rucksack und schichte ein paar Klamotten obenauf.

»Und wenn ich mich umbringe?«, wimmert Cleide. Ich starre ihr ins Gesicht. Ihre Unterlippe zittert, aber es liegt etwas Herausforderndes in ihrem Ausdruck, das mir endlich einen Schleier vom Gesicht reißt.

»Erpresst du mich gerade? Ja? Erpresst du mich?« Ich komme auf sie zu. Ihre Lippen zittern stärker, gleich wird sie losheulen.

Ich versuche, meinen Hirnzellen einzeln einzutrichtern, dass sie ein erwachsener Mensch ist und ich keine Verantwortung für sie habe. Sie glauben mir nicht und schreien auf, aber da draußen ist Ada in Lebensgefahr! Ich muss gehen. Ich drehe mich abrupt um.

Vor meinem Bett steht eine halb volle Feldflasche. Ich werfe sie in den Rucksack. Etwas zu essen wäre gut.

»Du kannst mitkommen«, sage ich zu meiner Mutter. »Oder hierbleiben. Aber mach nie wieder mich für dein Leben verantwortlich!«

Es kostet mich eine unglaubliche Überwindung, das zu sagen. Zu gehen, während Cleide da steht und in der Hölle ist. Aber ich war siebzehn Jahre lang mit ihr in derselben Hölle. Vielleicht muss ich nun endlich gehen und ein Leben hinter mir lassen, das noch nie meines war. Vielleicht ist das sogar für sie besser, sage ich mir, aber als sie sich wortlos umdreht und sich auf ihr Bett legt, bin ich mir nicht mehr sicher.

»Du bist hier nicht allein«, versuche ich, irgendetwas Tröstliches zu sagen. Ich gehe zu ihr und drücke ihr einen Kuss auf die kalte Stirn. »Vielleicht kannst du ja versuchen, mir ein bisschen Zeit zu verschaffen.«

Sie antwortet nicht. Der Luchs warnt mich: Wenn ich jetzt nicht gehe, werde ich es nicht noch einmal versuchen.

Ich reiße mich mit Gewalt von meiner bewegungslosen Mutter los, öffne die Tür und lausche hinaus. Absolute Stille liegt über dem Haus. Ich traue ihr nicht, erwarte jeden Moment die Glocken. Doch dann trete ich hinaus und schließe nach einem letzten Blick auf meine Mutter die Tür hinter mir. In der Küche greife ich nach ein paar Lebensmitteln. Viel ist es nicht, weil die Mahlzeiten ja im Versammlungshaus eingenommen werden, aber ich finde etwas Brot, zwei Äpfel und ein paar Nüsse und stopfe alles in einen Leinenbeutel, den ich oben in den Rucksack presse.

Dann schlüpfe ich in meine Arbeitsschuhe, schultere den Rucksack und gehe hinaus. Vor der Haustür hängt eine Sturmlampe an einem Nagel an der Wand und ich nehme sie mitsamt einer Packung Zündhölzer mit. Ich hoffe, Cleide lässt sich etwas als Erklärung einfallen, warum ich weg bin, auch wenn ich weiß, dass meine Mutter als Verbündete ungefähr so hilfreich ist wie ein verschreckter Einsiedlerkrebs.

Ich habe keine Ahnung, was die Ältesten machen, wenn sie von Adas Verschwinden erfahren. Die Glocken haben noch nicht geläutet, aber das muss nichts bedeuten.

Ich gehe los und werde mit jedem Schritt schneller. Zum

Glück dämmert es bereits, aber ich muss dennoch höllisch aufpassen, dass mich niemand sieht. Hinter dem Schieferbruch habe ich die besten Chancen, denn dort sind selten Menschen aus dem Dorf, vor allem jetzt, da immer noch alle mit dem Aufräumen nach dem Brand zu tun haben.

Der Schieferbruch kommt näher. Ich gehe noch schneller und ducke mich so tief es geht, obwohl es nur wenige Bäume gibt, die mir Schutz bieten.

»Aaron!«

Ich erstarre.

»Aaron, warte.« Die Stimme ist ein Flüstern und ich bin erleichtert, als ich Apollonia erkenne.

»Kommst du doch mit?«

Sie schüttelt den Kopf. Ihr Gesicht ist verschwitzt. »Nimm das«, sagt sie keuchend und reicht mir ein Buch.

»Eine Bibel?« Ich muss beinahe lachen.

»Ada wird sie brauchen. Es ist ihre. Wenn du sie findest, ich meine, es ist ...«

»... etwas Vertrautes«, beende ich ihren Satz. »Wie ein Kuscheltier?«

Apollonia zieht die Stirn in Falten. »Kuscheltier?«

Ich lasse die Bilder aus dem Dorf vor meinem inneren Auge vorübergleiten. Jetzt weiß ich auch, was mir an den Kindern gefehlt hat. Sie haben keine Spielsachen. »Na, ein ...« Ich schüttele ungläubig den Kopf. »Egal. Danke«, sage ich und streiche mit der Hand über das zerfledderte Buch. Adas Hände haben es tausendfach berührt.

Dann höre ich die Glocken.

Apollonia zieht scharf die Luft ein. »Viel Glück«, flüstert sie und eilt ohne ein weiteres Wort davon.

Ich verstecke mich hinter einem Felsen des Schieferbruchs, bis ich sicher sein kann, dass keiner mich sieht.

Als ich glaube, dass alle auf dem Versammlungsplatz sind, laufe ich los.

Ich passiere die Hecke und ein paar Dornen reißen die Haut an meinem Arm auf. Doch ich bleibe nicht stehen. Wenig später habe ich die Grenze hinter mir gelassen und der Wald verschluckt jedes Geräusch.

Ich habe keine Ahnung, in welche Richtung ich gehen soll, und hoffe, dass ich nicht im Kreis laufe. Wenn man in der Wüste glaubt, geradeaus zu gehen, läuft man automatisch im Kreis, weil ein Bein etwas mehr Muskelmasse hat und deshalb minimal in die andere Richtung drückt. Gott, was fällt mir ausgerechnet jetzt so ein Nerd-Wissen ein! Vielleicht sollte ich die Bäume markieren. Aber ich habe nichts Brauchbares dabei und außerdem keine Zeit. Jetzt beruhige ich mich erst mal. Es gibt keinen Urwald in Deutschland, nicht einmal hier, wo das Ende der Welt zu sein scheint. Irgendwann werde ich rauskommen und auf bewohntes Gebiet stoßen, das ist unvermeidlich.

Im Wald ist es gleich noch mal so dunkel, die Konturen beginnen zu verschwimmen, und ich muss aufpassen, um nicht auch noch gegen Bäume zu rennen, während ich angestrengt den Boden scanne, um nicht wieder in einer ihrer Fallgruben zu landen. Selbst, wenn ich aus dem Wald herausfinde, was soll ich dann tun? Ich muss mich vor meinem Vater verstecken. Ich muss die WG der Dorfleute meiden – und um Ada zu finden, kann ich nur das Bergcafé ansteuern, in der Hoffnung, dass sie dort sein wird, um Kassian zu finden. Klingt nicht wirklich nach einem wasserdichten Plan, aber es ist das Einzige, was ich habe. Plötzlich überschwemmt mich ein eiskalter Schauer. Vielleicht ist Ada ja auch überhaupt nicht aus dem Wald herausgekommen. Was weiß ich schon von den Bildern, mit denen sie schon seit ihrem ersten Atemzug lebt? Vielleicht ist ihre Angst vor der Welt da draußen größer als die Todesdrohung? Was, wenn sie in einer Falle gelandet ist, was, wenn sie Ada längst ...?

Ich verbiete mir weiterzudenken.

Und selbst, wenn Ada es geschafft hat und ich sie tatsächlich finden sollte – ich kann mir nicht einmal ansatzweise vorstellen, wie es sich für sie anfühlen muss, aus dieser Welt herausgerissen zu werden. Sie kennt nichts anderes, sie hat jeden Tag damit gelebt, dass ihre Gedanken und Gefühle nicht ihr gehören durften. Ich habe höchstens eine kleine Ahnung davon bekommen, was es bedeutet, niemals alleine zu sein. Keine eigenen Gedanken haben zu dürfen. Keine Gefühle. Sie wird verstört sein und welches Gewicht kann mein Wort schon für sie schon haben? Wie viel kann ich dem lebenslangen Wahnsinn, dem sie ausgesetzt war, entgegenhalten?

Ich fange an zu zittern und merke in diesem Moment, dass ich die Bibel immer noch an mich drücke wie einen Talisman. Ich schlage sie auf. Ein Stück Papier fällt heraus, ein winziger Schnipsel, der eine Stelle markiert hat. Ich versuche, in dem spärlichen Licht zu lesen, aber es ist zu schwierig und es wird mit jeder Minute dunkler. Ich hole die Streichholzschachtel aus meiner Hosentasche und stelle zu meinem Entsetzen fest, dass nur noch zwei Hölzchen darin sind. Fluchend gehe ich in die Hocke, öffne die Lampe und zünde den Docht an. Keine Ahnung, was die dadrin haben – Petroleum? Öl? –, jedenfalls verbreitet die Lampe ein erstaunlich helles Licht. Ich zwinge meinen Atem zur Ruhe und hier, in dem verbotenen Wald jenseits des Dorfes, beruhige ich mich mit Bibelworten.

Steh auf, meine Freundin, meine Schöne, so komm doch!

Denn vorbei ist der Winter, verrauscht der Regen.
Auf der Flur erscheinen die Blumen, die Zeit zum Singen ist da.
Dein Gesicht lass mich sehen, deine Stimme hören!
Denn süß ist deine Stimme, lieblich dein Gesicht.
Fangt uns die Füchse, die kleinen Füchse!
Sie verwüsten die Weinberge, unsre blühenden Reben –
Wenn der Tag verweht und die Schatten wachsen,
komm du, mein Geliebter.

Die Worte berühren mich. Vielleicht, weil Ada sie markiert hat. Oder vielleicht, weil es schon vor Tausenden von Jahren Menschen gab, die geliebt haben. Es könnte die Liebe banal machen, aber irgendwie tröstet es mich in diesem Moment. Ich stopfe das Buch in den Rucksack, halte die Lampe hoch und die Bäume um mich herum leuchten gespenstisch auf. Angestrengt lauschend versuche ich, die Dunkelheit jenseits des Lampenscheins zu durchdringen. Wenn sie mit Pferden hinter Ada her sind, sind sie mir schon meilenweit voraus. Außerdem muss ja auch irgendwo das Auto stehen, mit dem sie Cleide, die beiden Mädchen und mich ins Quarantänehaus gebracht haben. Damit können sie Hunderte von Kilometern machen, während ich zu Fuß im Wald umherirre.

Plötzlich stoße ich mit dem Fuß auf eine Unebenheit. Ich ziehe ihn sofort zurück und halte die Lampe hoch. Mein Herz hämmert.

Vor mir breitet sich eine riesige Grube aus. Aus ihr ragen wie aus einem monströsen Terrarium Pflanzen heraus, die Stängel dick wie Äste. Im schummrigen Licht der Lampe wirken die Äste wie Tentakel eines riesigen Organismus. Die Blätter der Pflanze sind so groß wie mein Kopf, und sie scheinen ihre Zacken nach mir auszufahren. An der

Kante vor meinen Füßen sind die Pflanzen platt gedrückt, als wäre etwas auf sie gefallen von der Größe eines kleinen Tiers – oder eines kleinen Menschen.

Mich überläuft ein Schauer und nur der Gedanke, dass Ada an der entgegengesetzten Seite des Dorfes, in der Nähe der Bußzelle, den Wald betreten hat, beruhigt mich ein wenig. Vorsichtig taste ich mich an der Kante der Grube entlang, bis ich sie schließlich hinter mir lasse und weitergehe, so schnell es geht, ohne den Boden aus den Augen zu lassen.

Wenn ich aus dem Wald draußen bin, werde ich so lange gehen, bis ich auf eine Straße treffe. Mitten in der Nacht wird kaum jemand unterwegs sein, aber eine Straße führt schließlich irgendwohin. Ich werde per Anhalter fahren, denn das bisschen Geld, das ich habe, wird eine Weile reichen müssen. Falls ich Ada gleich finde, müssen wir zu zweit damit auskommen. Ich habe keine Ahnung, wo ich pennen soll, aber da ich mittlerweile Erfahrung damit habe, nächtelang überhaupt nicht zu schlafen, beunruhigt mich diese Frage nicht wirklich.

Ich habe kein Zuhause mehr. Und erst als ich mich Schritt für Schritt vom Dorf entferne, beginne ich zu verstehen, warum mir das egal ist: weil dieser Gedanke wie jeder meiner Schritte mich vom Leben meiner Mutter wegführt. Weil ich zu verstehen beginne, dass ich nicht bei ihr bleiben muss. Dass ihr Kampf nicht meiner ist, ihr Leben nicht meines. Ich habe keinen Vater mehr, vielleicht auch keine Mutter, und ich habe kein Zuhause und all diese Dinge bringen mich Ada so nahe, dass ich glaube, meine Hand ausstrecken zu können, um sie zu berühren. Dass sie nicht da ist, ich sie nicht berühren kann, schickt einen so scharfen Schmerz durch mich hindurch, wie ich geglaubt habe, ihn nie mehr empfinden zu können.

Ein Teil in mir will sie verfluchen, weil sie das in mir geöffnet hat. Und ein Teil in mir will nichts anderes, als zu ihr zu gelangen und mit ihr zu verschwinden. Irgendwohin, wo es ruhig und friedlich ist und wir in der Sonne liegen und den Insekten zuhören können.

Ich schüttele den ungebetenen Gedanken ab und stapfe weiter, bis ich auf eine Schneise gelange, die vermutlich von Forstfahrzeugen geschlagen wurde.

Ich folge der Schneise, bis sie irgendwann einen geschotterten Waldweg kreuzt, und entscheide mich, auf diesem Weg weiterzugehen. Er führt in Kurven und Schlangenlinien durch den Wald und ich werde schneller und schneller, weil ich Adas Gesicht vor mir sehe, das immer wieder zu verschwimmen droht, und weil mir Gabriels Stimme im Ohr nachklingt: *Gottesbeweis.*

Den Gedanken, dass ich der Sache vollkommen hilflos gegenüber bin, weil ich das Spiel erst seit ein paar Wochen spiele, mit dem sie ihr gesamtes Leben zu tun haben, schicke ich sofort wieder dahin zurück, von wo er gekommen ist.

Als ich völlig außer Atem eine Trimm-dich-Station passiere, mit Holzstämmen, auf denen man balancieren soll, bleibe ich keuchend stehen. Die Träger des Rucksacks schnüren mir in die Schultern und unter ihnen ist es nass von Schweiß.

Ich bilde mir ein, dass es bereits dämmert, aber vielleicht wirkt es nur heller, weil der Wald hier lichter ist und mehr Mondlicht hereinstrahlt.

Auf einem der Baumstämme liegt eine Softshell-Kinderjacke, die jemand vergessen hat. Sie kommt mir vor wie aus einer anderen Welt. Und das tut sie ja auch, genau wie ich auch aus einer anderen Welt wieder hier gelandet bin.

Ich setze mich auf einen der Baumstämme und hole aus dem Rucksack die Flasche hervor. Das abgestandene Wasser rinnt mir süß die Kehle hinunter. Dann sitze ich, die Flasche in der Hand, eine Weile da und starre in die Richtung, aus der ich gekommen bin.

Etwas weiter rechts, halb eingewachsen, sehe ich ein Schild. Ich kann nicht erkennen, was darauf steht, und so gehe ich, die Lampe vor mir herhaltend, näher.

Mit der freien Hand streiche ich das Gestrüpp zur Seite. Ein Totenkopf grinst mich an. *Militärgelände. Betreten verboten. Todesgefahr.*

Ich zucke zurück.

Das Schild muss uralt sein, es ist halb verrostet und vielleicht überhaupt nicht mehr gültig. Aber es erklärt, warum sich noch niemals ein Außenstehender in das Dorf verirrt hat.

Liz

Ich knalle mich aufs Bett, hole mein iPhone heraus und klicke mich auf Facebook. Irgendwann stelle ich fest, dass die anderen einfach nur gefühlt dasselbe Zeug von letzter Woche posten. Ist das immer so? Hat niemand was wirklich Neues zu berichten? Warum fällt mir das sonst nicht auf? Sogar die Fotos, die Corinna von der Party hochgeladen hat, wirken wie der bloße Abklatsch von irgendeiner anderen Party der letzten Wochen. Ich habe nicht mal Lust, sie mit Kommentaren zu versehen. Entgegen meiner Gewohnheit mache ich keine Musik an, und während ich noch auf Corinnas Chatnachrichten antworte, ertappe ich mich dabei, wie ich ständig in den Flur hinauslausche, ob ich Ada hören kann. Als ich zum x-ten Mal völlig unverständliche Sätze an Corinna gepostet habe, die sie mit einem »HÄH??!« quittiert, schreibe ich: »Sorry, bin noch verstrahlt.« Dann mache ich den Chat zu, schleiche zur Zimmertür, öffne sie einen Spalt und lausche hinaus.

Nichts regt sich.

Aber als ich auf den Flur und dann vorsichtig in Richtung Wohnzimmer schleiche, höre ich doch Stimmen und bin beinahe empört, als ich Marga und Ada im Wohnzimmer in schöner Eintracht gemeinsam auf dem Sofa vorfinde.

Marga lächelt, als ich hereinkomme. »Ada gibt uns noch einmal eine Chance«, sagt sie. »Ich gehe mit ihr ins Bergcafé, kommst du mit?«

»Wo ist Robert?«

»Ein Notfall, er musste ins West-Krankenhaus.«

»Hat das Bergcafé denn überhaupt schon offen um die Uhrzeit?«

Die beiden schauen mich mit Fragezeichen im Gesicht an. Da haben sich ja die zwei Richtigen gefunden. Seufzend ziehe ich mein Handy raus und checke die Öffnungszeiten des Bergcafés.

»Na bitte«, sage ich. »Macht erst um sechzehn Uhr auf. Und jetzt ist gerade mal zwölf.«

»Na gut«, meint Marga. »Ich kann jetzt trotzdem nicht hier sitzen bleiben bei dem schönen Wetter. Lasst uns rausgehen.«

»Und wohin bitte?«

»In den Stadtpark«, erwidert Marga. »Da kann wohl nichts passieren.«

Eine halbe Stunde später sind wir im Stadtpark. Ada hat immer noch panische Angst vor Autos und sie klammert sich an Marga fest, bis wir über die Straße gegangen sind. Erst im Park wird ihr Griff ein wenig lockerer, aber entspannt sieht sie dennoch nicht aus. Ich habe noch versucht, Ada zu halbwegs akzeptablen Klamotten zu bewegen, aber da war nichts zu machen. Der knöchellange Plisseerock war der höchste Kompromiss, den sie eingehen konnte, da ihre hässlichen Klamotten immer noch nass waren. Und trotz der Hitze trägt sie eine langärmlige Bluse, in der sie sich zu Tode schwitzen muss.

»Oh sieh mal«, ruft Marga, als wir die Hecke, die den Park eingrenzt, hinter uns gelassen haben. »Es ist Stadtfest. Hab ich gar nicht dran gedacht.«

Es riecht nach Popcorn und gebrannten Mandeln.

»Hast du schon mal Popcorn gegessen?«, fragt Marga.

Ada schüttelt den Kopf.

»Wie?«, staune ich. »Und was ist mit Zuckerwatte? Gebrannten Mandeln?«

Ada senkt den Kopf. »Nein«, flüstert sie.

»Ich glaub's ja wohl nicht!« Ich hake mich bei Ada unter, obwohl sie sich plötzlich ganz steif macht, und dann ziehe ich sie mit, bis wir bei den Buden angelangt sind.

Auf dem Rasen toben Kinder. Jugendliche und ganze Großfamilien belagern die Grünfläche und haben Flaschen in der Hand oder Tüten mit Mandeln und Erdnüssen. Ein paar spielen Frisbee. Weiter hinten ist eine Bühne aufgebaut, auf der gerade eine Band ihren Soundcheck macht. Ein Karussell gibt Leierkastengedudel von sich. Mir steigt der Duft von geschmolzener, heißer Schokolade in die Nase. Aus den Ständen mit Würstchen und Steaks quillt Rauch und hüllt den halben Platz ein. Der Park ist voller Menschen, die mit Bier und Pommes bewaffnet an Stehtischen zusammenstehen.

Ein Kind mit einem Luftballon rennt heulend an uns vorbei und ruft nach seiner Mama. Sein Mund ist schokoladenverschmiert.

Adas Arm an meinem Arm wird immer schwerer, und als sie mich zurückhält, drehe ich mich zu ihr um. Ihr Mund steht offen und ich kann nicht erkennen, ob das, was sich in ihrem Gesicht abzeichnet, Staunen ist. Oder einfach nur Panik.

Die Leierkastenmusik versetzt einen in eine merkwürdige Stimmung irgendwo Anfang des 20. Jahrhunderts oder so was. Wenn Ada nicht so ungläubig gucken würde, würde die Musik eigentlich zu ihr passen, finde ich.

Marga schließt zu uns auf und sieht Ada besorgt an. »Alles klar?« Ich zucke mit den Schultern. Ada jedenfalls sagt nichts.

Aber immerhin lässt sie sich von mir zum Süßwarenstand führen und ich kaufe einen Eimer Popcorn. Als ich ihn in Empfang nehmen will, muss ich Adas Hand von meinem Arm lösen, in den sie sich festgekrallt hat. Ich halte ihr das Popcorn unter die Nase. »Koste mal, das ist total lecker. Wirklich.«

Sie sieht das Popcorn an, dann mich und ihr Mund wechselt innerhalb von fünf Sekunden von Staunen in Abwehr, in Lächeln und wieder zurück. Ich schüttele den Eimer leicht. »Na los. Hau rein!«

Zögerlich greift sie sich ein einzelnes gepufftes Maiskorn und steckt es noch zögerlicher in den Mund. Ich beobachte gespannt ihre Reaktion. Sie scheint völlig in Anspruch genommen von dem ungewohnten Geschmackserlebnis und ich frage mich, wie sich das wohl anfühlt, das erste Mal. Die styroporartige Konsistenz und der Zucker und der harte Maisrest, der sich manchmal zwischen den Zähnen oder am Gaumen verfängt. Hoffentlich glaubt sie nicht wieder, dass wir sie vergiften wollen. Als sie mich anschaut, lächelt sie schüchtern.

»Lecker, oder?« Sie nickt.

Jetzt hat die Band ihren Soundcheck beendet. Der Gitarrist greift die Leierkastenmelodie auf und der Schlagzeuger unterlegt sie mit einem harten Beat. Der Sänger sieht verdammt gut aus, er erinnert mich ein wenig an Neal. Vor der Bühne stehen jetzt einige Leute auf, die zuvor am Boden gesessen hatten. Nach und nach fangen die ersten an zu tanzen.

»Zu laut?«, fragt Marga und jetzt sehe ich, dass Ada sich die Ohren zuhält.

»Was tun die Menschen?«, ruft sie dann.

»Ähm. Tanzen«, antwortet Marga.

»Warum?«

Marga und ich sehen uns verblüfft an. »Weil es ihnen Freude macht«, sage ich und bin sehr stolz auf mich, einen Ada-kompatiblen Mittelalterton getroffen zu haben.

»Weil es ihnen Freude macht?«

Ada nimmt die Hände von den Ohren und runzelt die Stirn, als verstehe sie die Antwort nicht.

»Ja«, lacht Marga, »einfach so. Weil sie sich am Leben freuen.«

Ada kriegt den Mund nicht mehr zu, und obwohl sie sich jetzt wieder die Ohren zuhält, strebt sie zu meinem Erstaunen in Richtung Bühne.

Wir folgen ihr und ich fühle mich ein wenig, als wenn ich eine Märchenprinzessin durch ein unbekanntes Land führen muss, in dem wir nie wissen, wo der böse Zauberer sich gerade versteckt.

Wir stehen lange am Rand und Ada beobachtet die Tanzenden. Als der Sänger sein Shirt auszieht und in die johlende Menge wirft, sieht sie schnell weg und wird rot.

»Und warum macht er das?«, fragt sie mich.

»Weil die Mädchen das sexy finden.« Sie wird noch röter.

Ada staunt und staunt. Immer noch hält sie sich die Ohren zu, aber ihre Mundwinkel umspielt immer häufiger so was wie ein ungläubiges Lächeln. Sie scheint völlig weggetreten und kann sich überhaupt nicht sattsehen an dem Schauspiel, das sich da vor ihren Augen bietet. Das Popcorn ignoriert sie und so müssen Marga und ich den Eimer alleine leer essen.

In einer Pause zwischen zwei Songs fragt Marga: »Möchtest du auch?«

Ada sieht sie verschreckt an. »Was?«

»Na, tanzen.«

Ada schüttelt schnell den Kopf, aber ich sehe Marga an, dass die sich nicht so leicht abwimmeln lassen wird. Sie dreht sich zu Ada um und nimmt ihre beiden Hände. Dann strahlt sie Ada an und beginnt, sich ganz leicht hin und her zu wiegen. Irgendwann gibt Ada ihren Widerstand auf und kommt ebenfalls in eine winzige Schaukelbewegung.

Marga lacht auf.

Und da sehe ich ihn.

Ich werde stocksteif und mich überläuft es heiß. Reflexartig gucke ich woandershin. Aber mein Herz hat bereits heftig zu klopfen angefangen.

Marga tritt neben mich. Ich starre ins Leere, aber sie scheint es nicht mitzukriegen.

»Sieh mal«, sagt sie und deutet mit dem Kinn auf Ada, die nun alleine tanzt, die Augen geschlossen. Sie wiegt sich nur ganz leicht, aber jede Bewegung ist perfekt auf die nächste abgestimmt. Als habe ihr Körper nur auf den Moment gewartet, an dem er endlich lostanzen kann.

»Da passiert etwas«, meint Marga leise, »siehst du das? Als wenn sie zum ersten Mal etwas von sich selbst entdeckt.«

Ich beiße die Zähne aufeinander. Ja, verdammt, meine Mutter mit ihrer ganzen bekloppten Sentimentalität hat recht. Da passiert irgendwas. Irgendwas Scheißheiliges, das bis zu mir herüberleuchtet. Aber da drüben steht mein Vater und schlägt sein Gebiss irgendeiner blonden Schlampe in den Hals.

Ich drehe mich um und mache, dass ich wegkomme.

Ada

Ich bewege mich auf Eis. Jeder Schritt ist gefährlich. Ich weiß nicht, wo und wann ich einbrechen werde.

Die Musik ist furchtbar laut und ich glaube eigentlich nicht, dass sie mir gefällt. Die Menschen um mich herum scheinen ganz genau zu wissen, was sie tun, aber ich fühle mich wie ein Kind, das zum ersten Mal auf den Beinen steht, wacklig und taumelnd. Der Geruch dieser Welt ist so fremd. Die Geräusche, die Musik. Alles ist anders und unheimlich und trotzdem – ich wiege mich von einem Fuß auf den anderen und jede Bewegung löst einen Schauer aus, der durch mich hindurchrieselt: einen Schauer aus Freude und Furcht und beides rinnt gleichzeitig durch meinen Körper, aber ich kann nicht aufhören damit, meinen Körper zu wiegen im Rhythmus der Musik. Ich lege den Kopf in den Nacken und sehe einen Vogel, der zwischen zwei Bäume flattert. Da muss ich lachen.

»Ada?«

Ich zucke zurück und bin schlagartig nüchtern. Was habe ich getan? Gott wird mich richten, weil ich meiner Lust gefolgt bin. Ich habe *getanzt!* Die Schamesröte brennt in meinem Gesicht und ich erwarte Margas ärgerliches Gesicht. Doch sie ist nicht ärgerlich, nur ernst und sie berührt mich ganz sanft an der Schulter. »Ich glaube, wir sollten Liz suchen.«

Ich sehe mich um. »Was ist mit ihr?«

Marga seufzt und zuckt mit den Schultern. »Ich weiß nicht genau, aber ich habe einen Verdacht.«

Ich nicke und folge Marga, die zügig die Menschenmenge hinter sich lässt und den Parkausgang ansteuert.

»Wenn meine Schwester Rahel wegrennt, versteckt sie sich immer hinter dem Holz. Es ist ihr Geheimplatz. Aber ich finde sie immer.«

Marga nickt. »Ja. So ähnlich ist das wohl auch mit Liz. Nur gibt es hier kein Holz, hinter dem man sich versteckt, wenn man traurig ist. Heute versteckt man sich im Netz.«

»Im Netz?«

Marga sieht mich an, dann schüttelt sie den Kopf. »Erklär ich dir später. Komm!«

Sie geht schneller und ich bemühe mich, ihr hinterherzukommen. Seit ich vor ein paar Tagen in den Wagen der Frau mit der komischen Frisur eingestiegen bin, hat sich das Leben so sehr beschleunigt, dass es mir Angst macht. Ich erinnere mich an die Zeit, in der ich unbeweglich auf dem Sofa in Margas Wohnung lag und einfach nur versucht habe, alles anzuhalten. Es ist mir nicht gelungen. Ich kann nichts anhalten. Nicht diese Welt, nicht mich, nicht mein Leben. Also habe ich heute entschieden, mich ebenfalls zu beschleunigen. Aber es ist schwierig, weil ich nichts weiß, mich hier nicht auskenne.

»Warum ist Liz traurig?«

Marga macht ein ernstes Gesicht. »Sie hat ihren Vater gesehen mit einer anderen Frau.«

»Oh«, entfährt es mir. Ich bin betroffen. »Aber ... er war doch heute noch da.«

»Nein«, lacht Marga, »das war Robert. Von Liz' Vater habe ich mich schon vor längerer Zeit getrennt.«

Ich bin verwirrt und spüre, dass meine Wangen heiß werden. »Das tut mir leid«, flüstere ich.

»Mir nicht«, entgegnet Marga. »Aber dass er sich nicht um Liz kümmert, das nehme ich ihm wirklich übel.«

Wir nähern uns dem Parkausgang. Die Geräusche der Straße werden lauter.

»Bei euch gibt's wohl keine Scheidungen, oder?«, fragt Marga.

Ich ziehe scharf die Luft ein. »Was Gott zusammengeführt hat, darf der Mensch nicht trennen.«

»Tja. *Wenn* es Gott war.« Marga lacht freudlos auf. »In meinem Fall hat Gott jedenfalls herzlich wenig damit zu tun gehabt.«

Ich mag nicht, wenn sie so spricht, und ich stelle lieber keine Fragen mehr, wenn die Antworten so ausfallen.

Da sehen wir Liz auf einer Bank sitzen. Sie hat die Füße angezogen und tippt mit dem Finger auf diesem Kasten herum, den sie die meiste Zeit in der Hand hat. Sie bemerkt uns erst als wir schon ganz nahe sind. Sie schaut auf und ich sehe, dass ihr Gesicht tränenverschmiert ist.

»Liz ...« Marga will sich neben sie setzen, aber Liz springt auf.

»Lass mich in Ruhe!«

»Es tut mir leid. Ich wusste nicht ...«

»Was tut dir leid?«, schreit Liz. »Dass du seine Briefe abfängst? Dass du ihm verbietest, mir Mails zu schreiben?«

»Das tue ich nicht.«

»Du lügst!«

»Liz. Es tut mir leid, dass es dir wehtut. Aber ich habe ihn jahrelang angefleht, regelmäßig zu kommen. Ich habe gebettelt darum. Aber er tut es einfach nicht. Das ist nicht deine und nicht meine Schuld.«

Liz schaut Marga nur zornig an. »Das stimmt nicht! Du warst nur immer eifersüchtig. Weil er mich mehr geliebt hat als dich!«

Ich bin zutiefst erschüttert, dass sie es wagt, so mit ihrer Mutter zu sprechen, doch Marga schüttelt nur den Kopf. Ich sehe von einer zu anderen und fühle mich völlig fehl am Platz.

»Sei von mir aus sauer auf mich«, beschwichtigt Marga. »Aber hör um Himmels willen auf, dich damit zu quälen. Du kannst nichts dafür. Es liegt an ihm. Nur an ihm!«

Liz stößt einen Schrei aus und dann rennt sie davon. Ich werfe einen Blick auf Marga, weil ich nicht weiß, ob sie ihr folgen will, doch Marga bleibt stehen und sieht Liz nach.

Plötzlich schlägt sie mit der flachen Hand auf die Lehne der Bank, auf der Liz eben noch gesessen hat. »Ich könnte ihn umbringen«, stößt sie aus. Als sie meinen Blick bemerkt, runzelt sie die Stirn, dann atmet sie langsam aus und reibt sich mit der Hand die Stirnfalten wieder glatt.

»Na komm.« Sie nimmt mich am Arm. »Lass uns gehen. Es ist fast vier, das Café macht gleich auf.«

»Was macht Liz denn jetzt?«, frage ich, erschrocken von der Vorstellung, dass sie ganz alleine in der großen Stadt herumläuft.

»Keine Ahnung. Wahrscheinlich treibt sie sich irgendwo rum. Ich hoffe nur, dass sie zu Corinna geht, dann weiß ich wenigstens, dass sie gut aufgehoben ist.«

Wir gehen los.

An Margas Arm gehe ich durch die Stadt. Es ist bunt und laut, weil überall dieses Fest ist. Ich weiß nicht, ob es mir gefällt, aber den Menschen scheint es zu gefallen und ich staune über ihr Lachen, trotz der dunklen Zeiten, die hier in der Welt herrschen. Vielleicht wollen sie einfach nur die letzten Stunden nutzen, um die Schrecken der Krankheit und der letzten Zeichen zu vergessen.

Die Stadt ist riesig. Ich kann mich nicht entscheiden, ob ich beeindruckt oder beängstigt bin von den Gebäuden, der Menge an Fahrzeugen, den Menschen, dem Lärm. Immer wieder der Lärm. Die Häuser sind hoch und es wohnen viele Menschen darin, aber nirgendwo gibt es Felder. Nur hier und da eine Grünfläche, aber auch dort wächst nichts, das man essen kann. Es gibt sogar Zierbäume, sagt Marga, mit Äpfeln oder Kirschen, die nicht essbar sind und im Herbst auf den Gehsteig fallen, wo man sie wegfegen muss.

Eine Gruppe Kinder fährt auf Brettern, an denen Rollen befestigt sind, mit lautem Getöse den Gehweg entlang. Sie sind unglaublich schnell.

Dann sind wir an einem großen Platz. Ich erkenne ihn wieder, ich war hier schon einmal, als ich aus dem Wagen der Frau getreten bin und durch die Stadt irrte. Von diesen Stunden ist nicht mehr viel in meinem Gedächtnis, aber den Platz erkenne ich. Ich bleibe stehen. Er ist so groß und offen. Es sind so viele Menschen dort, die hin und her laufen, und ich verstehe nicht, warum. Meine Hände werden feucht.

Ich weiß nicht mehr viel aus meiner ersten Nacht in dieser Welt, aber das Grauen, das mich gelähmt hat, während ich versucht habe, den riesigen Platz zu überqueren, steckt noch tief in mir. Ich muss durchatmen, damit ich nicht am ganzen Körper anfange zu zittern. Marga legt einen Arm um meine Schultern, aber das halte ich kaum aus, der weite Platz und die Enge der Berührung. In meinem Kopf steigt ein Nebel auf und ich spüre, dass sich mein Geist wieder zurückziehen will. Dass ich mich jetzt wieder hinlegen möchte, mich nicht bewegen, nicht da sein.

Neben mir brüllt ein Kind, das auf den Schultern seines Vaters sitzt. Auf dem großen Platz ist ebenfalls eine Bühne aufgebaut. Die war in der Nacht noch nicht da. Wahrscheinlich kommt hier auch bald jemand und macht Musik, schreit in Mikrofone und zieht sich halb nackt aus und die Menschen werden johlen, sogar das kleine Kind wird johlen und nicht mehr brüllen und stattdessen seinen Vater an den Haaren ziehen und nach etwas zu essen verlangen. Und der Mann wird Geld bekommen dafür, dass er sich halb nackt auszieht und in Mikrofone schreit, und ich verstehe nicht, warum, auch wenn Marga mir so vieles schon erklärt hat.

Doch dann sehe ich mich um und plötzlich springt mein Herz, denn ich erkenne auf der anderen Seite des Platzes die spitzen Fenster. Es sind dieselben Fenster, sie sind unverwechselbar, denn Luca hat einen tiefen Blick und er hat sogar den kleinen Teil des mittleren Fensters gezeichnet, bei dem das Relief in unregelmäßigen Formen abgeplatzt ist.

Kassian ist hier in der Nähe. Ich spüre es.

Ich mache mich in einer schnellen Bewegung von Marga los und gehe quer über den Platz auf die Fenster zu, behalte sie im Blick, als ob sie sonst wieder verschwinden könnten. Sie führen mich, wie der Stern die Könige geführt hat, und ich höre Marga nicht mehr, den Lärm nicht, die Menschen, die ich anrempele.

Ich versuche, mir Kassians Gesicht vorzustellen, doch es gelingt mir nicht. Jedes Mal zerfließt es in einem Lichtkegel. Ich habe keine Ahnung, was passieren wird, aber es wird passieren und es wird gut werden. Kassian wird alles wegnehmen. All die bösen Gedanken. Er wird mich anlächeln und mit seinen grauen Augen wird er die Welt wieder in die richtigen Fugen setzen.

Ich muss zu ihm. Vielleicht wartet er schon auf mich, und wenn ich mich nicht beeile, geht er wieder, und dann wäre alles zu spät und wird nie wieder kommen und ich bin wieder alleine mit den Stimmen in meinem Kopf.

Ich kämpfe mich durch die Menge, die immer dichter wird. Ich weiß nicht, ob Marga mir folgt, vielleicht höre ich sie rufen, aber ich bin nicht sicher und sie muss auch nicht rufen, denn Gott wird mich führen.

Und dann schlägt die Kirchturmuhr und ich spüre, Kassian wird nicht auf mich warten. Vielleicht steht er bald auf und geht wieder und ich habe noch nicht einmal das Ende des Platzes erreicht. Denn die Menschenmenge wird immer dichter, niemand will irgendwohin, sie alle schauen in Richtung Bühne – nur ich, ich will nach vorn, und ohne den Blick abzuwenden, um Kassian nicht zu verpassen, dränge ich weiter.

Ich muss ihm sagen, dass ich ihn verstehe und dass er die Stimmen in meinem Kopf zum Schweigen bringen soll! Er wird mich anlächeln und dann ist alles gut. Gut, gut.

Aber die Menge vor mir teilt sich nicht. Ich bin nicht Moses vor dem Roten Meer. Ich bin Ada und Kassian wird nicht warten.

Ich schreie und merke es erst als sich die Menge nun

doch teilt und ich im ersten Moment nicht verstehe, warum. Aber dann höre ich die Stimme, die direkt aus meiner Brust kommt und die eine Schneise schlägt durch die Menschen. Ich gehe hindurch und zwinge mich, den Mund zu schließen beim Schreien, bis in mir nur noch sein Name bleibt, der keinen Raum lässt für andere Gedanken.

Und dann spuckt die Menge mich plötzlich aus. Ich bin auf der anderen Seite des Platzes angelangt und ich sehe, wohin ich gehen kann, es ist ein schmaler Weg, hinter rot und weiß gestreiften Buden entlang, ich muss nur auf die seltsamen schwarzen Seile achten, die quer über den Platz verteilt liegen, ich hebe meine Beine und steige darüber und gehe und gehe und bleibe erst stehen, als das Café direkt vor mir ist. *Bergcafé.* Ja, dort steht es, in eindeutigen Buchstaben über der Tür. *Versteck dich, in der Stadt suchen sie sicher nach dir ...* Nein, ich kann nicht. Gott hat mich bis hierher gelenkt, um Kassian zu finden.

Und ich finde ihn.

Meine Beine knicken beinahe ein, denn ich sehe ihn wahrhaftig vor mir. Kassian sitzt an einem Tisch im Freien. Ich sehe ihn nur von hinten und jetzt steht er auf und geht ins Innere, bevor ich sein Gesicht gesehen habe, und ich will ihm folgen oder wenigstens nach ihm rufen, aber meine Stimme versagt.

Ich spüre kaum noch den Boden, auf den ich trete, während ich langsam auf die Eingangstür zugehe, hinter der Kassian verschwunden ist. Wie kann er hinter dieser Schwelle verschwinden? Wie kann er in dieser Welt zu Hause sein, die nicht unsere ist? Und warum kommt er nicht wieder heraus? Meine Hände sind schweißnass, als ich die Glastür aufdrücke, die ins Innere führt. Ich habe keinen Gedanken, außer: Kassian. An ihm halte ich mich fest, seit dem Moment, in dem ich zum ersten Mal einen Fuß in den Wald gesetzt habe. Ohne die Hoffnung, dass er wirklich da ist, dass ich ihn wirklich sehen werde, wäre das alles hier nicht zu ertragen: das lärmende Stimmengewirr, die Feuchtigkeit, der Geruch nach Essen, das mir fremd ist, die grellen Gesichter der Menschen. Ich sehe mich um und suche nach Kassians Rücken, doch ich sehe ihn nirgends. Wo ist er hin? Ich sacke in mich zusammen, weil ich ihn schon wieder verloren habe.

»Kann ich dir helfen?« Hinter der Theke steht eine Frau mit kurzen schwarzen Haaren. Ihre Lippen leuchten in einem grellen Rot. Aber sie lächelt und ihre Augen sehen freundlich aus.

»Ich ... suche jemanden.«

Die Frau starrt auf meine Stirn und ihr Gesicht verschließt sich.

»Er ist hier hereingekommen«, sage ich trotzdem. »Er heißt Kassian und er ist mein Bruder und ...«

Ein Mann tritt aus einer Tür in der Wand. Er hat Kassians Pullover an. Einen schlichten blauen, wie Kassian ihn oft getragen hat. Das Gesicht dieses Mannes ist mir unbekannt, und als er an mir vorbei nach draußen geht, erkenne ich auch, dass es nicht Kassian gewesen sein kann, denn seine Haare sind gleichmäßig braun. Nirgendwo ist eine helle Strähne zu entdecken. Es muss die Sonne gewesen sein, die sich in dem Haar gespiegelt und mir einen Streich gespielt hat.

Plötzlich fühle ich mich schrecklich alleine in diesem Café und weiß nicht, wohin ich gehen soll. Jetzt wünschte ich, Marga wäre hier.

»Und? War er das?«, fragt die Frau, die meinem Blick gefolgt ist.

Ich schüttele den Kopf. »Aber er war einmal hier«, sage

ich, auch wenn mir bewusst ist, dass sie sich ja unmöglich die Gesichter aller Gäste merken kann, denn hier wechseln sie jeden Tag. Es ist nicht wie im Dorf, wo immer dieselben Menschen um den Tisch sitzen. Jeden Tag sind es andere. Einen Moment lang habe ich den Geruch von frischem Mangold in der Nase. So riecht der Sommer im Dorf. Als das Bild vor mir auftaucht, wie die Frauen den Mangold schneiden und dabei singen, muss ich schlucken. Es ist so schön dort, im Sommer.

Entschlossen trete ich näher an die Theke, streiche meine Haare nach hinten, sodass das Siegel besser zu sehen ist und sage: »Er trägt so etwas hier.«

Die Frau fixiert mich. »Und?«, fragt sie leise. »Hast du den Schlüssel?«

Ich weiß nicht, wovon sie spricht, und schüttele den Kopf.

Die Züge der Frau verraten jetzt offenes Misstrauen. »Ich glaube, du solltest jetzt gehen.«

»Aber ich muss Kassian finden!«, rufe ich viel zu laut.

Diese Frau weiß etwas, ich spüre es ganz genau. »Bitte«, sage ich und kralle mich in die Holzplatte. »Er ist mein Bruder. Sie haben ihn totgesagt, doch er lebt. Er lebt, ich weiß es!« Ich beiße mir fest auf die Unterlippe. »Wenn Sie Kassian kennen. Wenn Sie wissen, wo er ist, bitte sagen Sie ihm, dass ich hier bin! Ada. Seine Schwester.«

Sie mustert mich einen Augenblick lang nachdenklich, dann sagt sie: »Moment«, und verschwindet hinter einer Schwingtür, hinter der sich offensichtlich eine Küche verbirgt, denn ein Schwall von Essensgeruch strömt aus ihr heraus. Ich starre auf die Maserung des dunklen Holzes, aus dem die Theke vor mir besteht.

Es dauert unendlich lange, bis die Frau wieder zurückkommt. »Morgen um siebzehn Uhr«, sagt sie. »Da sind die

Aussteiger hier. Sie kommen um sechs, aber Kassian wird schon früher da sein, um dich zu treffen. Ich habe eben mit ihm telefoniert.«

»Aussteiger?«, wiederhole ich.

Die Frau beugt sich zu mir und sagt leise: »Zweifel ist das Herz des Glaubens.«

Ich schüttele verständnislos den Kopf. Die Frau hebt eine Hand, als wolle sie sie mir auf den Arm legen, aber dann lässt sie es. »Siegelträger haben bei uns eigentlich Hausverbot«, erklärt sie ruhig. »Außer, sie kennen die aktuelle Parole.« Sie lächelt ein wenig verlegen. »Klingt nach Geheimdienst. Aber es ist die einzige Möglichkeit, dass sie sich hier ungestört treffen können. Kannst du es dir merken?«

Ich nicke.

Die Augen der Frau verengen sich. »Gehört der zu dir?«, fragt sie und deutet verstohlen aus dem Fenster.

Ich drehe mich um. Und augenblicklich weiß ich, dass Gott seinen Zorn über mir ausgeschüttet hat. Benedikt steht dort draußen und Laban. Der stumme Laban, dessen Blick nach mir sucht.

»Komm«, flüstert die Frau. »Durch die Küche kannst du nach hinten raus.«

Sie fasst mich an der Schulter und schiebt mich an der Theke entlang. Ich stolpere über ein paar Stühle.

»Keine Angst«, sagt sie. Doch was wissen die Menschen hier schon von Angst?

Die Frau schiebt mich in die geschäftige Küche. Der Mangoldgeruch wird stärker und ich wundere mich, dass das Gemüse in dieser Welt genauso riecht wie im Dorf.

»Komm morgen wieder«, sagt die Frau, während sie mich durch eine Tür ins Freie bugsiert. »Sprich mit Kassian, er kann dir alles erklären. Er hat für dich gebürgt, dass du nicht zu ihnen gehörst – also fall ihnen am besten nicht in die Finger.«

»Sie kennen ihn ...?«

Sie nickt mit zusammengekniffenem Mund und dann stößt sie mich in die Luft, die mir plötzlich eiskalt vorkommt, und ich laufe los, ohne zu wissen, wohin. Ich sollte nicht vor ihnen fliehen, denn vor Gott davonzulaufen, versuchen nur die Törichten. Trotzdem tue ich es.

Ich muss mich vor deinem Angesicht verbergen; rastlos und ruhelos werde ich auf der Erde sein, und wer mich findet, wird mich erschlagen.

Ich laufe los. Ich laufe und laufe und sehe nicht, wohin. Häuser hasten an mir vorbei, Menschen und Kinder und Hunde. Ich laufe durch sie hindurch; ich habe keinen Atem mehr, nur Angst. Diese Menschen gehen mich nichts an, denn sie kennen nur dieses Leben, aber ich weiß vom Volk des Herrn. Und ich habe es verlassen und deshalb wird er mich strafen und nicht sie, denn den Unwissenden verzeiht er. Aber mir wird er nicht verzeihen, denn sein Angesicht sieht alles und ich laufe vor ihm davon wie ein Mörder in der Nacht. Ich fliehe vor Benedikt und Laban, denen ich doch vertrauen sollte, weil sie Siegelträger sind wie ich, und vielleicht laufe ich auch vor mir selbst davor, weil ich mich nicht mehr kenne, nicht mehr weiß, wer ich bin und wo der Weg ist, den Gott für mich vorgesehen hat.

»Immer langsam, junge Frau!«

Ich schrecke zusammen, jemand hält meinen Arm fest. Ein älterer Mann schaut mich aus zusammengekniffenen Augen an. Ich schrecke zurück und reiße meinen Arm von ihm, am liebsten möchte ich darüberstreichen, um seine Berührung abzuwischen, denn ich kenne ihn überhaupt nicht und nie hat mich ein fremder Mann angefasst.

Der Mann hat graues Haar, das am Scheitel schon zur Hälfte fehlt, er trägt keinen Bart, so wie die meisten Männer hier keinen Bart tragen und so viel von ihrem Gesicht zeigen, dass es mich beschämt. Seine Augen hinter einer schwarz umrandeten Brille sehen mich ärgerlich an.

»Entschuldigung«, wimmere ich und hoffe, dass er mich gehen lässt.

Als ich weiterstürze, ruft er mir etwas hinterher, aber ich verstehe nicht, was es ist.

Und dann sehe ich mit unendlicher Erleichterung in Margas Gesicht. Sie steht vor mir und ich flüchte mich zu ihr wie ein Kind, das den Schutz seiner Mutter sucht.

»Laban«, keuche ich, »und Benedikt. Sie sind hier. Sie suchen mich.«

Marga greift nach meiner Hand, ohne etwas zu fragen.

»Lass uns die Straßenbahn nehmen«, sagt sie und ich nicke, obwohl ich Angst habe vor dem lauten, polternden Metallkasten, der durch die Straßen der Stadt pflügt wie ein riesiges Ungeheuer.

Marga legt den Arm um meine Schultern und ich höre nicht auf zu zittern.

»Es ist gut«, murmelt Marga. »Sie sind weg. Dir kann nichts passieren.«

Aber Marga weiß nicht, dass das nicht stimmt.

»Heute ist Sonntag«, sagt Marga, als wir in einem der ruckelnden Straßenbahnwagen sitzen. Ich kralle meine Hände rechts und links an meinem Sitz fest, um nicht umgeworfen zu werden. »Das ist wahrscheinlich ein wichtiger Tag für dich?«

»Wir denken jeden Tag an Gott«, gebe ich zurück. »Nicht nur am Sonntag.«

»Natürlich.«

Wir schweigen. Aus einem unerfindlichen Grund beruhigt mich das Geruckel in der Straßenbahn nach einer Zeit.

»Habt ihr eine Bibel?«, frage ich Marga, denn ich habe das dringende Bedürfnis nach etwas, das ich kenne, das mir das Gefühl gibt, noch mit Gott sprechen zu können, den ich zu verlieren drohe im Lärm dieser Stadt und den unbegreiflichen Dingen, die hier passieren.

»Nja«, antwortet Marga zögerlich, »irgendwo müsste noch eine rumstehen. Bisschen verstaubt, fürchte ich.« Sie lacht verlegen.

»Staub kann man wegfegen.« Ich fühle mich mit einem Mal Marga gegenüber wie eine Lehrerin einem unwissenden Kind.

Als wir endlich ausstiegen, dränge ich sie, schneller zu gehen. Der Wunsch, das Buch mit den vertrauten Worten aufzuschlagen, ist so mächtig, dass es mich körperlich schmerzt. Ich habe kein Zuhause mehr. Benedikt verfolgt mich und ich muss Passworte sagen, um mit meinem Bruder sprechen zu können, der tot sein sollte, aber noch lebt. Das Einzige, das mir in dieser erschreckenden, lärmenden und beängstigenden Welt das Gefühl geben kann, nicht gänzlich verloren zu sein, sind die Worte, die mich seit meinem ersten Augenaufschlag begleiten.

Als wir im Haus sind, ruft Marga nach Liz, aber niemand antwortet. Ich setze mich aufs Sofa, dem einzigen Ort, an dem ich mich sicher fühle hier, und irgendwann kommt Marga und setzt sich zu mir.

»Sie suchen nach mir.«

»Wer sucht nach dir?«

»Benedikt. Und Laban. Ich habe sie gesehen.« Als Marga mich immer noch fragend ansieht, erkläre ich: »Sie sind aus dem Dorf der Siegelträger. Es ist der einzige Ort, der noch heil ist, während hier die Welt ...« Ich zögere weiterzusprechen.

»Geht die Welt hier unter?«, fragt Marga.

Ich beiße mir auf die Unterlippe und nicke. Dann sehe ich sie an. »Hast du keine Angst davor?«

Sie lächelt mich traurig an. »Nein, ich glaube nicht«, antwortet sie.

»Morgen treffe ich Kassian. Die Frau sagte, er kommt um siebzehn Uhr ins Café.«

Marga nickt langsam. Sie sieht aus, als denke sie über etwas nach, ich wage aber nicht zu fragen, worüber.

Durch das Fenster sehe ich, dass es draußen beinahe schon dunkel ist. Durch die Häuser hindurch, die den größten Teil des Himmels verdecken und mir immer noch ein bedrückendes Gefühl von Enge vermitteln, kann ich erkennen, dass sich der Himmel zugezogen hat. Die Bäume, deren Spitzen bis vor die Fenster reichen, bewegen sich in einem aufkommenden Wind. Ich denke an Aaron. An Luca, wie er hier heißt. Ich frage mich, ob er es ernst gemeint hat, als er sagte, dass er nachkommt. Wie er mich finden will.

Marga drückt mit einer Hand gegen meinen Fußknöchel, dann steht sie auf, geht zum Bücherregal und findet tatsächlich eine Bibel, die sie mir in die Hand drückt.

Ich schlage sie auf und hoffe, dass Gottes Wort meine Gedanken beruhigt.

Wer im Schutz des Höchsten wohnt und ruht im Schatten des Allmächtigen

Der sagt zum Herrn: Du bist für mich Zuflucht und Burg, mein Gott, dem ich vertraue

Er rettet dich aus der Schlinge des Jägers und aus allem Verderben.

Du brauchst dich vor dem Schrecken der Nacht nicht zu fürchten, noch vor dem Pfeil, der am Tag dahinfliegt ...

Nach einer Weile kommt Marga wieder ins Zimmer, ein anderes Buch in der Hand, und sagt: »So, jetzt will ich dir mal etwas vorlesen.«

Ich schlucke und hoffe, dass mich die Worte, die in diesem unbekannten Buch aus dieser Welt stecken, nicht erschrecken.

Aber dann ist es ganz anders. Während Marga liest, treibe ich mit den Worten davon. Treibe an einen Strand, wo zwei übermütige Hunde spielen, sehe das Meer, ein endloses Wasser, das ich mir kaum vorstellen kann. Treibe mit den Worten, die mich in den Raum der Dunkelheit tragen, den ich mein ganzes Leben lang verbergen musste.

»Nun muss ich sitzen so fein und klar,
gleich einem artigen Kinde,
und darf nur heimlich lösen mein Haar,
und lassen es flattern im Winde!«

Marga klappt das Buch zu, aber ich zittere. Die Worte haben eine Kraft, die mich haltlos macht. Sie drehen sich spiralförmig in mich ein, und als ich dort lande, tief in mir drin, erfasst mich eine solch gewaltige Sehnsucht, dass mir schwindlig wird.

»Ich war noch nie am Meer«, sage ich und sehe Marga an, unbewegt, weil ich mich längst nicht mehr bewegen kann.

»Ich weiß«, sagt Marga und lächelt mich an.

»Ich war noch nie am Meer«, wiederhole ich, fassungslos. Marga legt das Buch zur Seite, steht auf, greift nach meinen Händen, und als ich schwankend zum Stehen komme, legt sie einen Arm um meine Schulter und zieht mich zum Fenster. Sie öffnet es und dann greift sie in meinen Zopf, löst das unterste Band und drückt es in meine halb geöffnete

Handfläche. Der Luftzug, der hereinkommt, ist frisch und kühl. Marga drückt meine Schulter und verlässt das Zimmer.

Wie im Traum greife ich in mein Haar und löse langsam, Strähne für Strähne, den dicken Zopf. Es ist eine tiefe Sünde und ein Teil von mir fürchtet um meine verlorene Seele. Doch ein anderer Teil streicht über mein Haar, das bis zur Taille fällt, als fasste ich es zum ersten Mal an. Ich bürste es nicht halb gewaltsam wie vor dem Baden. Ich tue nichts, als es anzufassen, und dann ergreift der Wind die erste Strähne und die zweite und ich bin erstaunt, dass Marga diesen Zeitpunkt so gut gewählt hat, wo ein Gewitter die Luft in heftiger werdenden Aufruhr bringt.

Und dann stehe ich da und die Haare tanzen um mein Gesicht – meine Haare! –, sie streicheln meine Wangen. Wild und zärtlich und ich halte die Tränen gewaltsam zurück, obwohl meine Brust davon schmerzt, aber ich habe Angst vor ihnen. Habe Angst, dass sie mich nackt machen und mich nackt davonspülen, irgendwohin, wo ich noch verlorener bin als hier.

Als Marga wieder hereinkommt, drehe ich mich zu ihr um. Sie legt vorsichtig die Arme um mich und ich lasse es zu. Nur ihr Duft dringt zu mir und tröstet mich, obwohl es keinen Trost gibt.

Luca

Als ich endlich aus dem Wald finde, bricht der Morgen bereits an. Und das bedeutet, dass ich Stunden dort verbracht habe; Stunden, die für Ada bereits tödlich sein können.

Ich folge Feldwegen und kleinen Straßen und habe keine Ahnung, wo ich bin. Ich habe höllische Angst, mich im Kreis zu bewegen und keinen Schritt weiterzukommen, denn meine Beine schmerzen und die Feldflasche ist längst leer. Immer wieder versuche ich, ein Auto anzuhalten, aber niemand nimmt mich mit. Ich frage mich, wann die Menschen aufgehört haben, einander zu helfen. Es muss jedenfalls schon eine Weile her sein, denn die meisten machen noch nicht einmal Anstalten, langsamer zu fahren. Einer hupt sogar, ohne sein Tempo zu drosseln.

Ich bin völlig durchgeschwitzt, meine Zunge lechzt nach Wasser und die Frühlingssonne ist bald schon so heiß, dass ich Kopfschmerzen bekomme. Doch dann passiert das Wunder: Ein weißer Kleinwagen hält neben mir und eine junge Frau, ebenfalls in Weiß, lässt mich einsteigen. Ich frage sie, ob sie mich zum nächsten Bahnhof bringen kann und sie nickt, ohne weitere Fragen zu stellen.

Die Landschaft verändert sich, die Felder werden eintöniger, der Wald verschwindet.

»So«, sagt meine Fahrerin, während sie den Blinker setzt und auf eine Seitenstraße abbiegt, »hier gibt es eine S-Bahn-Station. Reicht dein Geld noch für eine Fahrkarte?« Ich zögere ganz kurz, dann nicke ich. »Ich denke schon.«

Wenn ich wieder in meiner Stadt bin, schlage ich mich schon durch. Die Frau hält auf dem geschotterten Parkplatz und ich steige aus.

»Viel Glück!«, ruft sie mir hinterher, dann fährt sie davon.

Als der weiße Fiat mit der weißen Frau verschwunden ist, kommt es mir vor, als habe ich sie mir nur hergeträumt. Vielleicht träume ich immer noch. Es ist seltsam ungewohnt, mich plötzlich wieder in der Zivilisation zu bewegen. Fahrkartenautomat, Menschen mit kurzen Hosen und Tattoos, Lautsprecheransagen.

Laut Fahrplan habe ich knapp zwanzig Minuten Zeit. Ich setze mich auf eine Bank am Bahnsteig und schließe die Augen, während ich auf den einfahrenden Zug warte.

Bei all der schönen Zivilisation wird mir schmerzhaft bewusst, dass mir mein Handy selbst jetzt nichts nutzt. Wen soll ich bitte anrufen? Tante Anna? Den Dämon? Die Polizei? Wer würde mir diese wirre Geschichte von wahnhaften Gottesanbetern mitten im Wald schon glauben? Dr. Stephan vielleicht? Ich ziehe mein Handy hervor und sehe, dass mir die Entscheidung ohnehin abgenommen ist. Mein Handyakku ist leer.

Ich werde in die Stadt gehen, zum Bergcafé. Es ist der einzige Anhaltspunkt, den ich habe. Danach werde ich entscheiden, wie ich weitermache. Ich muss Ada finden. Ich werde Ada finden. Jedem anderen Gedanken verbiete ich den Zutritt zu meinem Gehirn.

Die Bahnfahrt dauert eine gute halbe Stunde und währenddessen kreisen meine Gedanken nur um Ada: ihr verschrecktes Gesicht, als ich sie in den Wald geschickt habe. Ihr winziges Lächeln auf der Wiese, als wir dem Summen der Insekten gelauscht haben und Frieden um uns herum herrschte, nur an diesem einen Ort, nur für diese wenigen Momente. Plötzlich bleibt mir die Luft weg, weil ich jetzt erst so richtig kapiere, was sie getan hat: Ada hat sich nicht einfach nur der Gefahr ausgesetzt zu sterben. Die meisten Völker haben ihren Kriegern vor der Schlacht erzählt, welche Belohnung sie erwarten wird nach dem Tod. Da ist mutig sein leicht. Aber was Ada tut, ist viel heftiger. In ihrer Schlacht gibt es keine Belohnung, sondern nur völlige Vernichtung und Einsamkeit. Trotzdem hat sie das auf sich genommen.

Weil sie die Wahrheit wissen wollte. Wenn sie jetzt hier

bei mir wäre, würde ich nicht einmal wagen, ihre Hand zu nehmen.

Wenn mir nach der ganzen Geschichte noch mal jemand was von der existenziellen Wichtigkeit guter Noten vorfaselt, werde ich nur laut lachen.

Als die Bahn langsam in den Bahnhof einfährt, atme ich tief durch.

Hilfe wird es geben, von irgendwoher wird vielleicht auch wieder ein weißer Engel auftauchen, und wenn nicht, dann muss ich mich eben selbst darum kümmern. Dann fällt mir eines von Adas Lieblingszitaten ein und ich sage es vor mich hin, obwohl ich mir nicht ganz sicher bin, dass die Worte hundertprozentig stimmen.

Die Liebe ist langmütig, die Liebe ist gütig, sie lässt sich nicht erbittern, sie rechnet Böses nicht zu.

Sie freut sich nicht über die Ungerechtigkeit, sondern sie freut sich mit der Wahrheit.

Sie erträgt alles, sie glaubt alles, sie hofft alles, sie erduldet alles.

Und zum ersten Mal habe ich das Gefühl, dass die Sache mit diesem Jesus auch irgendwas Gutes hat. Oder hatte. Vor vielen Jahrhunderten vielleicht einmal.

Liz

Fuck.

Ich renne wie ein aufgescheuchtes Huhn durch die Gegend, ohne zu wissen, wohin ich eigentlich will. Stoppen kann ich trotzdem nicht.

Erst, als ich irgendwann nur noch keuche, halte ich an

und lehne mich an einen Laternenpfosten, um nachzudenken. Nach Hause will ich nicht. Papa konfrontieren geht nicht. Also rufe ich Corinna an.

Sie nimmt erst nach dem fünften Klingeln ab. »Mein Alter hat 'ne Neue.«

»Scheiße«, murmelt Corinna, »echt blöd.«

Echt blöd? Was faselt sie da?

»Meiner Mutter ist es egal.«

»Na ja, sie sind schließlich nicht mehr zusammen, oder?«

»Ja und? Muss ihr da alles wurscht sein oder was?«

Kurze Pause. »Nein, natürlich nicht.«

Irgendwie sagt Corinna nicht das, was richtig gewesen wäre. Keine Ahnung, was das gewesen wäre, aber das sind definitiv nicht die Worte, die ich von meiner besten Freundin jetzt hören will.

»Und was willst du jetzt tun?«, fragt sie dann.

»Keine Ahnung. Ich kann jedenfalls nicht nach Hause gehen.«

Noch mehr Schweigen. Ich muss wohl noch deutlicher werden. »Kann ich heute bei dir pennen?«

»Na ja«, antwortet Corinna zögerlich, »also heute ist es schlecht.«

Im Hintergrund kann ich eine Stimme hören. Irgendwie kommt sie mir bekannt vor.

»Wer ist denn da bei dir?«

»Ach, niemand«, sagt sie schnell. Etwas zu schnell. Und dann höre ich die Stimme noch mal.

»Corinna? *Wer* ist da bei dir?« Mein Herz klopft mir bis zum Hals.

Sie antwortet nicht.

»Ist das Neal?«

»Liz, ich ...«

»IST DAS NEAL?!«

Ihr Schweigen ist Antwort genug. Mit zittrigen Fingern lege ich auf. Wenn das Scheißhandy nicht so teuer gewesen wäre, würde ich es jetzt mit allem Drama, zu dem ich fähig bin, auf den Boden knallen.

Stattdessen klicke ich mich hastig durch meine Facebook-Freundesliste. Zwei Mal. Zweihundertvierzehn Freunde. Und bei den meisten war ich noch nicht einmal zu Hause.

Ich poste: »Brauche eine Schlafmöglichkeit für heute Nacht. Wer hilft mir?«

Nachdem ich die Nachricht gesendet habe, sehe ich alle zwei Minuten auf meinen Status. Nichts tut sich.

Ich laufe weiter herum, das Handy in der Hand. Nach zehn Minuten habe ich sieben Likes. Aber niemand meldet sich.

Ich gehe Richtung Hauptbahnhof. Vielleicht muss ich ja in eine S-Bahn einsteigen, wenn mir jemand geantwortet hat und ich weiß, wo ich pennen kann. Die meisten Straßenbahnen fahren von hier ab.

Eine halbe Stunde später sitze ich immer noch auf den Stufen vor dem Haupteingang. Zwei Jungs aus meiner Klasse haben mir ein eindeutiges Übernachtungsangebot auf ihrer 90-cm-Matratze gemacht. Bezahlung in Naturalien. Vielen Dank.

Ich habe mich in meinem ganzen Leben noch nicht so hundeelend gefühlt. Was nützen mir zweihundert Facebook-Freunde, wenn mir niemand hilft, wenn ich sie wirklich mal brauche?

Und dann tue ich etwas, das ich noch nie getan habe: Ich schalte mein Handy aus. Augenblicklich fühle ich mich amputiert. Wie ferngesteuert gehe ich die Treppen rauf in die Eingangshalle. Hier wuselt es von Menschen und ich lasse mich mitziehen, bis ich auf einem Bahnsteig lande. Eine Weile schaue ich dem Treiben zu, bis es mich langweilt. Ich gehe nahe an die Bahnsteigkante und sehe auf die Gleise. Wer da runtersteigt, sich drauflegt und wartet, bis der Zug kommt, hat gehörige Probleme, so viel ist mal klar. So weit bin ich noch lange nicht. In diesem Moment fährt ein Zug ein und ich trete einen Schritt zurück.

Plötzlich habe ich keine Lust mehr, mir die ganzen Menschen anzugucken, die alle von irgendwoher kommen und irgendwohin gehen. Die ein Ziel haben. Oder sogar jemanden, der auf sie wartet und sich freut, wenn sie aussteigen. Neben mir knutscht ein Pärchen. Mir reicht's.

Ich trotte die Treppen vom Bahnsteig nach unten, schlurfe bis zur Eingangshalle und setze mich wieder an meinen Platz auf den Stufen. Dann schalte ich das Handy ein. Vielleicht haben jetzt alle mal kapiert, dass ich auch ohne sie kann. Wer weiß, vielleicht gab's schon Anrufe und ich habe es bloß nicht mitbekommen.

Aber als sich das Teil hochgefahren hat, gibt es bloß eine Nachricht von meinem Mobilfunkanbieter über einen neuen Tarif.

Ich könnte heulen. Und genau das tu ich dann auch. Mitten auf den Stufen in der Stadt, mitten am Hauptbahnhof. Es ist völlig peinlich, aber ich kann einfach nicht anders.

Langsam wird es dunkel, und wenn ich jetzt keine Nachricht mehr von irgendwem bekomme, muss ich hierbleiben. Oder nach Hause gehen, aber das kommt ja wohl noch weniger infrage. Damit Marga mir zum millionsten Mal erklärt, dass mein Vater an allem schuld ist? Ihre Ausreden widern mich an, ihr Mutter-Theresa-Getue widert mich an. Wegen ihr hab ich keinen Vater mehr. So ist das. Und ich glaube, jetzt ist echt mal 'ne Neuordnung fällig.

Als ich aufblicke, glotzen mich zwei Typen an.

»Was gibt's?«, fauche ich.

»Entschuldige«, sagt einer der beiden. Er hat 'ne hinterwäldlerische Topf-Frisur. »Geht's dir gut? Ich meine – du siehst nicht so aus, wenn ich das sagen darf.«

Sein Begleiter, einen Kopf größer als er, ähnliche Frisur, nur viel zerzauster, nickt.

»Seid ihr von der Heilsarmee oder was?« Ich wische mir mit einer kräftigen Armbewegung über die Augen und funkele sie an. Wahrscheinlich ist jetzt die Schminke über mein halbes Gesicht verteilt und ich sehe aus wie ein Vampir. Egal.

Er lächelt und scheint kein bisschen beleidigt. »Nein, das nicht. Aber wenn jemand Hilfe braucht, dann ist es doch normal, dass man hilft, oder nicht?«

Ich lache auf. »Das kannst du mal meinen Freunden erzählen!«

Er nickt, als wüsste er ganz genau, wovon ich spreche. Aber in meinen Augen sieht er nicht so aus, als ob er irgendeine Ahnung von irgendwas hätte.

»Hast du Ärger mit deinen Freunden?«

»Hey«, raunze ich ihn an, »bist du so 'ne Art Psychologe oder was? Oder willst du dich an mich ranmachen und mich dann auf den Strich schicken? Das zieht bei mir nicht, okay?« Keine Ahnung, warum ich so drastisch bin – ich will ihn einfach schockieren, weil er mich mit seinen blauen Augen ansieht, als hätte er noch nie davon gehört, dass die Welt ein großer Haufen Scheiße ist.

Jetzt bin ich zu weit gegangen. Er weicht zurück. Dann zieht ihn der andere am Ärmel. »Dafür sind wir jetzt nicht hier.« Der Typ klingt, als hätte er 'ne Tüte Sand gefressen.

Der erste nickt, während er immer noch in meine Richtung schaut. Es sieht definitiv so aus, als würde er die Unterhaltung mit mir nur ungern aufgeben.

Ich betrachte ihn genauer. Er schaut aus wie ein Langweiler. Seltsame Frisur, gut. Aber ansonsten: normales Gesicht. Normale Figur. Ziemlich breite Schultern. Auch die Kleidung ist irgendwie auffallend – normal: Jeans und ein Baumwollhemd. Aber was definitiv nicht normal ist, sind seine Augen. In denen leuchtet irgendwas, das mich mächtig anzieht. Als könne er irgendwas in mir sehen und ich will unbedingt wissen, was das ist. Ich tue gelangweilt, lasse die beiden aber nicht aus den Augen. Und als er wieder auf mich zukommt, bin ich fast erleichtert.

»Vielleicht kannst du ja auch uns helfen«, sagt er.

»Ach ja? Und wie?«

Er zieht ein kleines Blöckchen aus der Hosentasche und schlägt es auf.

»Wir suchen jemanden«, sagt er. »Eine junge Frau. Wir nehmen an, dass sie hier ankam vor Kurzem. Bist du öfter hier?«

Ich hebe die rechte Schulter und lasse sie wieder fallen.

»Vielleicht hast du sie ja gesehen«, redet er weiter und hält mir den Block hin.

Die Zeichnung ist nicht besonders gut, aber ich erkenne Ada trotzdem auf den ersten Blick. Betont lässig lehne ich mich zurück. »Hat die was ausgefressen?«

»Nicht direkt«, antwortet er und sieht selbst das Bild an, beinahe liebevoll. »Sie hat ein paar ... Probleme. Ist abgehauen.« Jetzt sieht er wieder mich an, aber sein Finger streicht immer noch selbstvergessen über die Zeichnung. Ich spüre, wie ich eifersüchtig werde. Dieser Typ mit den unglaublichen Augen will also was von Ada. Schön. Kann er haben. Dazu muss er aber erst mal was für mich dalassen.

»Und wenn?«, sage ich. »Was springt dabei für mich raus?«

Der andere, der sich bisher im Hintergrund gehalten hat, kommt auf mich zu. »Du hast sie gesehen?«

Mein Augenkönig winkt ihn mit einer Hand zurück. Es ist klar, wer hier das Sagen hat. Er gefällt mir von Sekunde zu Sekunde besser. Ich finde, er sieht doch nicht so normal aus, wie ich anfangs dachte. Seine Schultern sind breit und die Hände sehen aus, als könnten sie richtig anpacken. Wie alt er wohl ist?

»Wenn wir dir irgendwie helfen können, dann sag es uns.«

»Ich brauch einen Schlafplatz für die Nacht«, platze ich heraus und mein Herz klopft fürchterlich, während ich das sage. Oder bin das überhaupt nicht ich? Es ist, als sähe ich mir selbst dabei zu, wie ich das Bescheuertste tue, was man als Sechzehnjährige tun kann. Mit zwei wildfremden Männern mitgehen, die einen am Bahnhof anquatschen. Wenn Marga das mitkriegt, bringt sie mich um.

Er sieht mich an, fixiert mich und ich spüre, wie ich rot werde. »Wenn wir dir einen Schlafplatz besorgen, sagst du uns dann, wo das Mädchen ist?«

»Vielleicht«, sage ich und verschränke die Arme vor der Brust. Es soll cool aussehen, aber in Wahrheit muss ich mich zusammenreißen, um nicht schon wieder in Tränen auszubrechen. Was tue ich hier?

»Hast du das schon öfter gemacht?«, fragt er mich. »So bei irgendjemandem pennen?«

»Klar«, erwidere ich. Aber ich kann ihm ansehen, dass er mir nicht glaubt.

»Also, was is jetzt? Deal oder nicht?« Mein Gott, ich hab echt zu viele schlechte Filme gesehen.

»Also gut«, meint er schließlich. Dann reicht er mir die Hand. »Ich heiße Andreas. Das hier ist Erik. Und wer bist du?«

»Liz«, sage ich kurz angebunden.

Ada

Liz kommt nicht. Das Telefon, das sie immer dabeihat, ist aus und sie hat nicht auf Margas Nachrichten geantwortet, die Marga ihr schicken kann, indem sie auf ihrem eigenen Telefon herumtippt.

»Das macht sie sonst auch öfter mal nicht«, murmelt Marga vor sich hin, um sich selbst zu beruhigen, aber ich kann ihre Besorgnis hören.

»Wird sie wiederkommen?«

»Bisher kam sie jedenfalls immer wieder zurück.« Marga sitzt auf dem Sofa und ich schlage vor, etwas zu essen zu kochen.

Zum ersten Mal, seit ich hier bin, schaffe ich es, aufzustehen und für jemand anderen etwas zu tun. Plötzlich komme ich mir schlecht vor, weil ich hier lebe und völlig vergessen habe, was man tut, um am Leben zu bleiben: kochen und nähen, waschen und putzen, aufs Feld gehen, die Tiere versorgen. Das kann ich zwar nicht alles tun, aber ich kann für Marga kochen, auch wenn sie mir zeigen muss, wie ich die Geräte in der Küche bediene. Es ist ja kein Ofen und das Feuer kommt als roter Kreis, wenn man an einem Schalter dreht. Wenn man ihn andersrum dreht, verschwindet der Kreis wieder. Kein Holz, kein Funken. Ich will den Teufelskasten zuerst nicht anfassen, auch wenn

Marga mich beruhigen will und versichert, dass man nicht krank wird, wenn man darauf kocht. Aber schließlich tue ich es trotzdem, weil ich ja keine andere Wahl habe. Marga lobt meinen Gemüseeintopf, obwohl ich keine von den Kräutern nehmen konnte, die ich kenne.

In dieser Nacht schlafe ich schlecht.

Ich lausche auf den Flur, doch es sind keine Schritte zu hören und Liz kommt nicht. Ich sehe dem Sonnenaufgang zu und am Himmel erkenne ich, dass es bald regnen wird. Als es sieben Uhr ist, stehe ich auf, koche Tee und röste Brot mit Margas Hilfe.

Marga streicht mir dankend über die Wange, greift zum Telefon und geht damit ins Bad. Ich höre nicht, was sie sagt, aber als sie zurückkommt, ist ihr Gesicht ernst.

»Du darfst dort auf keinen Fall alleine hingehen heute Abend«, sagt sie dann. »Ich habe Spätdienst, aber Robert wird dich begleiten. Und ich habe Liz eine Nachricht hinterlassen, dass sie mit dir zusammen ins Bergcafé gehen soll.«

»Aber Liz antwortet doch nicht.«

Marga zuckt mit den Achseln. »Es ist einen Versuch wert. Vielleicht interessiert sie so ein Auftrag ja. Jedenfalls mehr als meine gut gemeinten Ratschläge.«

Dann erklärt Marga, wie man das Telefon bedient, obwohl ich es nicht anfassen will.

Als sie ein paar Stunden später wegfährt, lässt sie mir Roberts Telefonnummer da und die von Liz und jede Menge beruhigende Worte, von denen ich die Hälfte nicht mitbekomme, weil ich bereits warte und die Minuten zähle, bis ich Kassian sehen werde.

Ich sitze auf dem Sofa und spüre, ohne auf die Uhr zu sehen, wie die Zeit dahinkriecht. Wie die Sonne hinter dem linken Fenster verschwindet und im rechten auftaucht. Wie die Schatten langsam über den Boden wandern. Ich sehe auf die Uhr. In zwei Minuten ist es so weit. Dann muss ich aufstehen und losgehen. Da klingelt das Telefon.

Das Geräusch lässt mich zusammenfahren. Ich sehe es an und es kommt mir vor wie ein schrecklicher Feind. Wie die Glocken aus dem Dorf, die Unheil verkünden.

Ich stehe langsam auf und gehe noch langsamer näher. Das Läuten hört auf. Und fängt kurz darauf wieder an. Ich schlucke und halte die Luft an und dann greife ich danach und drücke auf die Taste, die Marga mir gezeigt hat, und dann halte ich es ans Ohr und sage: »Ja?«

»Ada?«

Es ist Roberts Stimme. Sie klingt etwas seltsam in diesem Kasten, aber es ist eindeutig Roberts Stimme. Ich erinnere mich nicht gut daran, wie er aussieht. Aber seine Stimme und die von Marga haben mich durch einen halben Tag und eine ganze Nacht begleitet, als ich nur dalag und nichts tun konnte, nicht einmal die Augen öffnen.

»Ada? Bist du das?«

Ich nicke, aber dann wird mir klar, dass er mich ja nicht sehen kann. »Ja.«

»Pass auf, Ada. Ich schaffe es nicht rechtzeitig. Hier war ein Unfall und es gibt einen Stau, ich komme nicht weiter. Bitte warte, bis ich da bin, ja?«

»Ja.«

»Geh nicht alleine, hörst du?!«

»Ist gut.«

Ich nehme das Telefon vom Ohr, drücke auf die Taste mit dem roten Zeichen und dann lege ich es zurück ins Regal.

Fünf Minuten halte ich es aus, dann kann ich nicht mehr auf dem Sofa sitzen.

Nach sieben Minuten klopft mein Herz so schnell, dass ich rennen müsste, um es einzuholen.

Und nach zwölf Minuten schlüpfe ich in meine Schuhe, nehme den Schlüssel und die Münzen, die Marga auf die Ablage hingelegt hat, und gehe raus in die große, lärmende, stinkende Stadt.

Es hat geregnet und jetzt dampft die Luft von dem verdunstenden Wasser. Es riecht ganz anders als zu Hause. Grau und nach Staub und Gift, nicht nach Gras und Heu oder dem Geruch von warmen, lebendigen Tieren. Mit immer noch klopfendem Herzen schaffe ich es, einen Fahrschein für die Straßenbahn zu kaufen. Ich weiß nicht, ob es der richtige ist, aber ich steige ein und bleibe so lange sitzen, bis ich den großen Platz erkenne. Ich steige aus und gehe darauf zu. Ich überquere den Platz mit feuchten Händen und dann stehe ich vor dem Bergcafé, und weil ich ohnehin noch wie durch einen Traum wandele, gehe ich, ohne nachzudenken, auf die Glastür zu, drücke sie auf und trete ins Innere.

Kassian sitzt mit dem Rücken zu mir. Es ist sein Rücken, denn er hat diesen einen Halswirbel, der vorsteht, schon immer, und jetzt steht er noch weiter vor als sonst.

Seine Haare sind kurz. Sie kräuseln sich nur etwas über den Ohren und er streicht sie zurück. Eine helle Strähne schimmert im Licht auf. Diese Geste, sie hat sich verändert, und da bleibt mir plötzlich die Luft weg. Er trägt einen Ring am Finger. Einen Moment lang überlege ich, umzudrehen und wieder zu gehen. Doch dann zwinge ich mich vorwärts, mit steifen Beinen, die ich kaum spüre. Da ist dieses Säuseln, das die absolute Leere meiner Gedanken ankündigt, und das ist gut. Dann kommen sie nicht, die Stimmen, die mir sagen, dass ich den Weg des Satans beschreite.

Kassian sieht auf. Er sieht mich an. Ich erschrecke und

sein Auge – das Auge, das nicht zugeschwollen ist, weitet sich und dann lächelt es und er springt auf. Er lacht noch einmal, ungläubig. Und bevor ich nach der schrecklichen Wunde auf seiner Stirn fragen kann, da, wo das Siegel war, und bevor ich zusammensacke, ist er da und er hält mich fest. »Ada.«

Es ist seine Stimme und dieser Raum, es ist sein von Schlägen entstelltes Gesicht und die Sonne und das Café mit den Gerüchen, die ich immer noch nicht erkennen kann, es sind die Tage des Unverständnisses, es sind die Arme meines Bruders, die sich um mich legen und mich halten sollen, all das ist es, was so richtig und so falsch ist. Und ich weine nicht, weil Tränen dafür nicht reichen.

»Du musst sie fragen«, höre ich jemanden sagen, der an dem Tisch sitzt, zu dem Kassian mich führt, und erst jetzt erkenne ich, dass Kassian nicht alleine ist. Dort sitzt … Nathanael.

Ich erinnere mich sofort an seinen Namen, obwohl er schon vor mehr als fünf Jahren gestorben ist, als ich gerade einmal zehn war.

»Es ist Ada«, widerspricht Kassian.

»Trotzdem.« Nathanael steht auf und kommt auf uns zu.

»Zweifel ist das Herz des Glaubens«, wispere ich.

Nathanels Gesichtszüge entspannen sich. »Tut mir leid«, sagt er zu mir, während Kassian mich zum Tisch schiebt. Meine Beine geben unter mir nach und ich lande unsanft auf einem Korbsessel. »Bisher weiß niemand aus dem Dorf, dass wir uns hier treffen. Und das soll auch so bleiben.«

Ich denke an Benedikt und Laban, die ich gestern hier am Fenster gesehen habe. Ich werde starr beim Gedanken daran, dass sie mich hätten entdecken können.

»Möchtest du etwas trinken?« Ohne auf Antwort zu warten,

winkt Kassian einer Bedienung und sagt: »Bitte bringen Sie ein Wasser. Ohne Kohlensäure, ohne Eiswürfel. Nur Wasser.«

Die Bedienung nickt und geht wieder weg.

Kassian schaut auf sein Telefon. Ich begreife nicht, wie er sich in dieser Welt so selbstverständlich bewegen kann. Ich kann es kaum ertragen, ihn so zu sehen, weil er dadurch so weit weg ist. Und gleichzeitig fühle ich die Gewissheit, dass meine Flucht aus dem Dorf nicht umsonst gewesen ist.

Plötzlich wird mir schlecht. Hier ist mein Bruder, der tot sein sollte – der tot war für mich, um den ich nur heimlich trauern und weinen konnte. Es macht mir Angst, hierzubleiben, während Kassian mit anderen Menschen spricht, die ich nicht kenne oder die ebenfalls tot sein müssten. Ich verstehe nichts von dem, was hier passiert, was es bedeutet für das Dorf, mein Leben und für alles, was mir jemals erzählt wurde und was ich aus tiefstem Herzen geglaubt habe. Dann schiebt sich vor meiner Brust eine Wand nach oben, durch die ich nicht hindurchkomme, und ich weiß, dass ich mehr nicht ertragen kann.

Ich schaffe es noch, »Kassian« zu flüstern, und dann zerrt etwas an meinem Brustbein. Ich schüttele den Kopf und schüttele ihn, schüttele meinen ganzen Körper, aber der Schmerz verschwindet nicht, ich kann nichts gegen ihn tun. Ich bekomme keine Luft mehr und ich sehe, wie Kassian aufspringt und zu mir kommt und seine Hand zwischen meine Schulterblätter legt, da, wo ich es nicht aushalten kann, da, wo es so schrecklich wehtut, und seine Hand ist heiß auf meinem Rücken, obwohl ich seine Berührung kaum spüre.

»Atmen«, ruft er laut. »Ada?! Du musst atmen!« Seine Stimme ist wie ein Befehl und ich versuche ja auch, ihm zu gehorchen, wirklich, ich versuche es.

Kassian sieht mir direkt ins Gesicht, ich habe sein geschwollenes Auge ganz dicht vor mir und das andere auch, das mich so klar ansieht wie früher, als wir uns bei den Obstbäumen versteckt haben, und ich kann noch weniger atmen, aber Kassian macht mir vor, wie es geht, und ich sehe ihn an und versuche, genau das zu tun, was er tut. Er nimmt einen Finger und schiebt damit mein Kinn nach unten, sodass sich mein Mund öffnet. Und dann kommt der Atem tatsächlich heraus, aber es ist nur ein leises Pfeifen. Bei jedem Ausatmen ein tiefes und bei jedem Einatmen ein hohes Pfeifen und die Leute am Nebentisch beginnen herzuschauen, aber Kassian zwingt meine Augen in sein Gesicht und das Pfeifen wird lauter, weil ich atmen muss und Kassian mich nicht aus den Augen lässt. Er weiß genau, was jetzt passieren wird, und ich beginne ebenfalls zu begreifen, was da wie eine Lawine heranrollt, aber ich kämpfe immer noch dagegen an, weil ich nicht glaube, es überleben zu können.

Als das erste Schluchzen über meine Lippen kommt, kann ich es nicht mehr aufhalten. Ich bin ein Kind, das sich vor Gott zu verstecken versucht in einer Höhle aus selbst zusammengezimmerten Ästen, aber es gibt keinen Himmel und vor Gottes Augen kein Versteck. Und die Erde tut sich nicht auf, um mich zurück ins Vergessen zu reißen.

Liz

Das Bett war weich, fast zu weich, aber ich hab trotzdem kein Auge zugemacht. Erst gegen Morgen bin ich eingeschlafen, und als ich aufwache, ist es schon acht Uhr und ich beschließe, die Schule zu schwänzen.

Ich gehe in die Küche, wo schon die beiden Typen sitzen, und lasse mich auf einen Stuhl fallen. »Gibt's Kaffee?«

Andreas zeigt auf eine Kanne, die auf dem Tisch steht, und ich gieße mir etwas in eine Tasse.

»Das ist ja Kamillentee«, protestiere ich, als sich die Tasse mit einer goldgelben Flüssigkeit füllt.

»Kaffee haben wir nicht.« Andreas lächelt mich an. »Gut geschlafen?«

»Miserabel.«

»Oh, das tut mir leid.« Er macht eine kurze Pause. »Müsstest du nicht in der Schule sein oder so?«

Ich ziehe die Nase hoch, obwohl sich weit und breit kein Schnupfen ankündigt. »Und wenn ich nicht will?« Ich sehe ihn herausfordernd an. Wahrscheinlich hält er mir jetzt gleich eine Moralpredigt.

Doch zu meinem Erstaunen nickt Andreas. Er nickt sogar ziemlich lange und dann sagt er: »Ja. Manchmal gibt es wichtigere Dinge im Leben.«

»Eben«, erwidere ich, aber es klingt nicht mehr sehr provozierend. Ich möchte gerne irgendwas sagen, das ihn beeindruckt. Aber dazu müsste ich erst mal seine Gedanken lesen können. Mit paranormalen Fähigkeiten bin ich aber leider nicht auf die Welt gekommen. Das wär doch mal ein Schulfach, das einem wenigstens was nutzen könnte!

Andreas hat mich eine ganze Weile angesehen und jetzt sagt er: »Du bist was Besonderes. Das merkt man gleich.«

Das ist ja wohl der einfallsloseste Anmachspruch des Jahrhunderts. Trotzdem merke ich irgendwie, er meint das ernst, und ich wachse innerlich zwei Zentimeter.

»Ach ja? Und woran bitte schön willst du das merken?«, frage ich, während ich betont gelangweilt meine Fingernägel inspiziere. Und trotzdem klopft mein Herz.

»An der Art, wie du sprichst, zum Beispiel. Und dass du dich nicht einfach zufriedengibst mit dem, was man dir sagt. Dass du nicht ständig am Handy herumhängst, wie es die meisten deiner Altersgenossen tun, denen sonst nichts einfällt.«

Ich schlucke und überlege blitzschnell, ob ich mein Handy ausgeschaltet habe. Tatsächlich hatte ich es seit gestern Abend nicht mehr an, aber ich war ja auch todmüde, als wir endlich hier ankamen.

Ich nehme mir vor, es die nächsten Stunden auszulassen, auch wenn es mir schwerfällt. »Na ja, die meisten wissen wohl sonst einfach nicht, was sie tun sollen.«

Andreas lächelt. »Ja. Aber ich glaube auch, dass du auf der Suche bist.«

Ich richte mich etwas auf, schiele auf den Korb mit den Croissants und Andreas schiebt ihn mir hin.

»Ich suche höchstens meinen Vater, diesen verdammten Idioten.«

»Das meine ich nicht. Etwas quält dich«, fährt Andreas fort und ich muss aufpassen, das Kauen nicht zu vergessen. »Aber es ist ganz unnötig, sich zu quälen, verstehst du? Gott hat für dich einen Platz vorgesehen, du kennst ihn vielleicht noch nicht, aber er ist da.«

»Gott?«, frage ich und kann mir einen spöttischen Unterton nicht verkneifen.

Andreas lacht verschwörerisch, dann steht er auf und füllt heißes Wasser aus einem Topf in die Kanne nach.

»Klingt erst mal komisch«, sagt er. »Ungewohnt. Oder nicht?«

Ich schlucke den Bissen herunter, den ich hastig zu Ende gekaut habe. »Allerdings.«

»Aber stell dir das mal vor: Was wäre, wenn Gott einen

Plan hätte für dich? Wenn er dich von Anfang an gesehen hätte?«

»Scheißplan«, schnaube ich. »Den hätte er sich echt mal besser ausdenken können.«

Andreas wiegt den Kopf hin und her. »Manchmal prüft er, wie stark wir sind. Erst, wenn man ganz am Boden ist, ist man manchmal bereit, ihn zu erkennen. Wirklich zu erkennen, meine ich.«

Ich sage nichts mehr und kaue lieber an dem Croissant herum, das wunderbar buttrig und süß ist.

»Vielleicht hat Gott dich zu uns geführt, damit du uns hilfst. Vielleicht ist das sogar Teil seines Plans.«

Es klingt seltsam, was er sagt. Aber andererseits – es ist schon ein unglaublicher Zufall, dass die beiden ausgerechnet nach Ada suchen und dabei auf mich stoßen. In einer Stadt mit einer halben Million Einwohnern.

»Und dass mein Vater ein Arschloch ist und meine Mutter eine Hinterwäldlerin mit Helfersyndrom, gehört das auch zu seinem Plan?«

»Manchmal verstehen wir den Plan eben nicht sofort«, erwidert Andreas. »Du fühlst dich alleine, nicht wahr? Es ist niemand da, der dich wirklich sieht, denkst du?« Er labert wirklich eine Heilsarmee-Scheiße, aber auch wenn ich es nicht will, bekomme ich einen Kloß im Hals und das Croissant bleibt auf halbem Wege in meinen Magen stecken. Jetzt kommen mir sogar noch die Tränen, ich glaub's nicht. Ich wische mir ärgerlich über die Augen, aber Andreas streicht ganz sanft über meine Hand und sagt: »Lass es ruhig zu. Tränen sind nichts Schlimmes. Sie können einem helfen, sich von altem Schmutz zu reinigen.«

»Ich heul doch nicht«, protestiere ich.

»Ihr werdet weinen und klagen, aber die Welt wird sich

freuen; ihr werdet bekümmert sein, aber euer Kummer wird sich in Freude verwandeln.«

Was zum Teufel redet der da eigentlich für ein schwülstiges Zeug? Ich will nicht, dass er mir so in den Kopf gucken kann, aber andererseits bin ich fasziniert.

»Das stammt aus der Bibel«, antwortet Andreas, als er die Fragezeichen in meinem Gesicht sieht, und lacht. Ich will, dass er mich ewig so ansieht mit diesen warmen Augen, die bis in mein Inneres zu dringen scheinen. Scheiß drauf, wenn sich das kitschig anhört. Scheiß auf meinen blöden Vater mit seiner blöden Schlampe. Und scheiß auf meine blöde Mutter, die einfach nichts kapiert und die mich in ihr Loser-Leben reinziehen will. Hier ist endlich mal jemand, der mich sieht. *Mich!*

»Und du weißt, wo Ada ist?«, fragt Erik. Er hat die ganze Zeit stumm dagesessen und war so unauffällig, dass ich ihn beinahe vergessen habe. Erik ist mir unheimlich. Seine Stimme hört sich an, als hätte er Kehlkopfkrebs oder irgendwas anderes Abartiges. Er trägt ebenso wie Andreas ein Tattoo mitten auf der Stirn, dasselbe, das auch Ada hat: ein Oval mit einem Kreuz darin. Ich will jetzt nicht über Ada sprechen. Ada interessiert mich nicht. Ich will noch mehr über mich erfahren, ich will hören, was Andreas noch alles in mir sieht. Ja, und vielleicht will ich sogar noch ein wenig mehr von Gottes Plan erfahren, was auch immer das für einer sein soll.

»Interessiere ich euch nur deshalb?«, frage ich. »Weil ich vielleicht weiß, wo Ada ist?«

»Nein«, sagt Andreas sofort. »Du interessierst uns, weil du Liz bist. Und was das Wichtigste ist: Gott interessiert sich für dich.«

»Davon hab ich bisher aber nicht viel gemerkt.«

»Hättest du es denn gemerkt, wenn es so gewesen wäre? Hättest du es geglaubt?«

Ich puste Luft aus. »Nö. Wahrscheinlich nicht.«

Ohne ein weiteres Wort steht Andreas auf und wäscht die Teller ab. Auch meinen, auf den ich einen Teil des Croissants gebröselt habe.

»Ja, soll ich euch jetzt sagen, wo Ada ist?«

»Du sagst es uns, wenn du es möchtest. Niemand zwingt dich zu irgendwas.«

»Gut«, sage ich. Ein bisschen zappeln lassen will ich ihn noch. Das muss ausgekostet werden.

Doch auf meinem Zimmer, ohne Handy, ohne Schule, ist es extrem langweilig. Nach einer halben Stunde gehe ich wieder in die Küche zurück.

»Habt ihr noch andere Bücher außer dem da?«, will ich wissen und deute auf die Bibel, die Andreas aufgeschlagen vor sich liegen hat.

Er sieht auf und lächelt. »Wenn man erst mal mit dem da angefangen hat, interessieren einen die anderen irgendwann nicht mehr.«

Ich runzele die Stirn, weil ich mir das beim besten Willen nicht vorstellen kann. »Also, wollt ihr nun wissen, wo Ada ist?«

»Wenn du es sagen möchtest?«, erwidert er, ohne aufzublicken.

»Sie wohnt bei uns zu Hause«, lasse ich die Bombe platzen.

Falls Andreas von dieser Nachricht schockiert ist, lässt er es sich nicht anmerken. Er liest die Seite zu Ende, erst dann sieht er auf. »Und wo ist das?«

Ich nenne ihm die Adresse und komme mir nun doch ein bisschen schäbig vor. Andererseits – Andreas meinte, dass Ada in Schwierigkeiten sei, und so wie sie auf unserem

Sofa herumlag, bewegungslos in ihrem Katadingsbums, dann hat er jedenfalls nicht gelogen. Ada hat ja kaum was erzählt und überhaupt kommt mir Andreas wesentlich vertrauenswürdiger vor als die seltsame Ada, von der ich noch nicht einmal sicher bin, dass sie überhaupt weiß, auf welchem Planeten sie sich befindet. Sie braucht auf jeden Fall Hilfe, so viel ist klar, und wahrscheinlich sind die beiden hier dafür hundertmal besser geeignet als meine Gutmensch-Mutter.

Andreas nickt nur, dann steckt er die Nase wieder in das Buch. »Danke, Liz, dank dir können wir sie jetzt besuchen und ihr sagen, dass sie wieder zurückkommen kann, wenn sie das möchte.«

»Sonst nichts?«

»Sonst nichts.«

Na, das ist doch nichts Schlimmes, rede ich mir ein.

Ada

Mein Körper fühlt sich an wie Brei, der zäh auseinanderfließt.

Ich bin froh, als es mir irgendwann gelingt, ihn wenigstens an seinen Enden wieder zusammenzuraffen, sodass ich sprechen kann. Ich sehe Kassian an und sage: »Warum haben sie mir gesagt, dass du tot bist? Musst du hier einen wichtigen Auftrag ausführen? Etwas Geheimes, das niemand wissen darf?«

Kassian wechselt mit Nathanael einen Blick, dann sagt er: »Das Dorf, Ada, ist nicht das, was du glaubst.«

Am oberen Ende meiner Welt hat sich längst ein Riss

aufgetan und er dehnt sich aus, aber ich versuche, das Bild zusammenzuhalten. Wie eine Leinwand, die aufzureißen droht, halte ich mit beiden Händen das dünne Bild fest, damit es nicht aufklafft.

Ich wage nicht zu fragen, was er damit meint, aber mein Bruder scheint den Riss zu erkennen. Er nimmt meine Hände in seine, die sich so vertraut anfühlen und doch so ungewohnt. »Ada.« Kassian sieht mich an. Ich habe Angst davor zu erfahren, was es mit seinem zugeschwollenen Auge auf sich hat. Was die Wunde auf seiner Stirn zu bedeuten hat, von der plötzlich ein schrecklicher, verbrannter Geruch auszugehen scheint.

»Es ist wichtig, dass du jetzt zuhörst. Ich weiß, es ist schrecklich, und du wirst glauben, dass du die Wahrheit nicht aushältst. Du wirst schreien wollen oder um dich schlagen. Das wollten wir alle. Aber du musst mir zuhören.«

Ich antworte nicht. Ich bringe kein Wort mehr über meine Lippen, mein Kopf ist leer.

»Das Dorf ist eine Lüge, Ada. Alles ist eine Lüge. Die Welt hier ist vielleicht nicht perfekt, sie ist sogar in ziemlich vielem ziemlich schlecht. Aber sie ist nicht kränker als das Dorf. Es wird kein Weltende kommen. Niemand muss gerettet werden. Die letzten Plagen gibt es nicht und die Reiter auch nicht.«

Ich lache auf. Seine Worte sind absurd.

»Aber ich habe sie gesehen«, sage ich bestimmt. »Ich habe die Reiter gesehen, sogar mit einem von ihnen gesprochen. Und da war Blut im Brunnen und ... Rahels Krankheit!«

»Welche Krankheit? Was hat Rahel?«, fragt Kassian alarmiert.

»Sie war im verbotenen Wald und hat Blasen als Male ihrer Verfehlung bekommen.«

»Herkulesstaude«, wirft Nathanael ungerührt ein.

»Was?«, hauche ich, denn ich verstehe nicht.

»Der Kontakt mit dieser Pflanze macht Blasen auf der Haut, sie sehen aus wie Verbrennungen. Besonders an der Sonne.«

Ich schüttele den Kopf. »Was soll das bedeuten?«

»Das bedeutet, dass es die Ältesten selbst sind, die die Zeichen machen«, sagt Kassian, jede Silbe betonend. »Sie sind es. Sie sind die Reiter. Sie erschaffen alle Zeichen selbst. Sie pflanzen Herkulesstauden im Wald, in Fallgruben. Alles, alles machen sie selbst. Nur so werden die Prophezeiungen zu Wahrheiten.«

»Nein«, sage ich laut. Es kommt wie von selbst, ich versuche, den verheerenden Brand, der sich in meinem Inneren auftut, damit zu löschen. Ich zerre an meinen Händen, um sie Kassian zu entziehen, aber er lässt mich nicht los. Ich will in seinem Gesicht lesen, dass er lügt, aber ich finde nur Mitgefühl, und das ist wie ein Wind, der das Feuer auflodern lässt, das mich von innen verbrennt.

»Aber«, flüstere ich. »Warum sollten sie das tun?«

»Wer einmal Macht über andere Menschen hat, will sie nicht wieder verlieren«, erklärt Nathanael. Sein Gesicht verzieht sich, als habe er auf etwas Bitteres gebissen.

»Manche von ihnen glauben vielleicht auch wirklich selbst daran«, fügt Kassian hinzu.

Ich will sie anschreien, will die Lügen aus dem Raum schreien. »Aber wer hat dich verletzt?«, frage ich. »Wer hat dir das Siegel genommen? Was hast du getan, dass man dir das Siegel nimmt?« Ich fange schon wieder an zu weinen, denn erst jetzt wird mir bewusst, dass Kassian tatsächlich verloren ist, wenn er sein Siegel geben musste.

Ich bemerke, dass die Menschen am Nebentisch herschauen, aber meine Stimme wird ganz von selbst laut, ich kann nichts dagegen tun, denn dieses Feuer, das in mir wütet, nimmt keine Rücksicht darauf, was es verbrennt.

»Es war einer der Reiter. Bisher waren sie noch nie in der Stadt«, meldet sich Nathanael zu Wort. Seine schwarzen Haare fallen ihm links und rechts in das breite Gesicht. Er hat zugenommen, seit er hier ist, aber vielleicht erinnere ich mich auch einfach nicht mehr richtig.

»Aber jetzt ist irgendeine Barriere gebrochen und sie trauen sich sogar in Kostümierung hierher.«

Kassian umfasst meine Hände, die wie tot sind, fester. Durch die Berührung habe ich einen winzigen Moment lang das Gefühl, dass da, wo seine Finger meine umfassen, das einzige Leben in meinem Körper ist. Er drückt fest zu. Der Schmerz hält mich wach.

»Aber die Reiter sind überall«, widerspreche ich, »ganz besonders hier. Nur manchmal kommen sie ins Dorf und dann müssen wir Auserwählten uns fragen, ob wir noch auf dem rechten Weg sind.«

Ich muss den Riss in meiner Welt wieder kitten. Ich muss ihn zuhalten, zustopfen mit irgendetwas, ich muss ...

Kassians Gesicht verzieht sich schmerzvoll. Die Wunde auf seiner Stirn sieht aus, als könne sie jederzeit aufbrechen. »Alles war eine Lüge, Ada. Dass die Welt vor dem Untergang steht. Dass alle Menschen krank sind, bis auf die, die wir retten. Dass die Siegelträger die Auserwählten Gottes sind. Lüge. Alles Lüge.«

Ich zittere. Kassian drückt seine Hände noch fester um meine. Jetzt steht Nathanael auf und kommt näher. Ich will von ihm weichen, doch es geht nicht. Und als er die Hände auf meinen Rücken legt, sind sie zu meinem Erstaunen weich und warm und zärtlich.

»Aber wenn ich das glaube, dann ist es wie ein Feuer, das mich von innen austrocknet«, flüstere ich. Und dann sehe ich, dass Tränen in Kassians Augen schimmern, selbst in dem verletzten. Er nickt.

»Ich weiß, Ada. Es tut entsetzlich weh. Es ist kaum auszuhalten. Sie haben uns unser Leben lang angelogen. Sie haben uns unser Leben genommen und unsere Seelen, unseren eigenen Willen. Die, denen wir am meisten vertraut haben, sind die Kranken. Nicht die Menschen hier.«

Etwas hämmert von innen gegen meinen Kopf. Ich möchte ihn gegen die Wand schlagen, um den Schmerz damit zu übertönen. Doch Kassian drückt mich in den Sessel. Die beiden sind jetzt ganz nah und sie halten mich fest und lassen nicht zu, dass ich davonlaufe. Dahin, wo es still ist und wo ich alleine bin und unbeweglich. Dorthin, wo keine Gefahr ist. Kassians schmerzhafter Griff lässt sich nicht abschütteln.

Nein!

Nein!

Nein!

»Ihr lügt«, bringe ich hervor. »Ihr seid vom Teufel geschickt, um mich zu versuchen!«

Warum klingt meine Stimme so dünn? Warum glaube ich selbst nicht, was ich sage? Warum springe ich nicht einfach auf und gehe davon?

»Du musst es ihr sagen«, höre ich Nathanaels Stimme. »Es ist die größte Chance, die wir jemals hatten. Unsere einzige wirkliche Chance!«

»Warte!« Kassian klingt unwillig. Sein Griff lockert sich etwas, aber als ich mich seinen Händen entziehen und aufspringen will, packt er mich wieder. »Das ist zu viel auf einmal«, sagt er in Nathanaels Richtung. »Das hält sie nicht aus.«

»Aber wenn sie wieder zurückgeht? Wir warten seit Monaten auf diese Möglichkeit und wir wissen nie, ob sie es schaffen! Zwei von drei gehen wieder zurück und dann geht alles von vorn los.«

»Quäl sie nicht!«, ruft Kassian. »Du machst es nur schlimmer!«

Wenn ich noch reden könnte, würde ich Kassian widersprechen: Ich bin schon im Allerschlimmsten und kann mir nicht vorstellen, dass es etwas Schlimmeres noch geben kann. Alles soll Lüge sein, was für mich Wahrheit ist. Mein Bauch brennt von den Feuerbällen, die Kassians Worte in mich gejagt haben. Mir klebt die Zunge am Gaumen, aber ich schaffe es nicht zu sagen, dass ich Durst habe.

Kassian bemerkt meinen Blick auf das Wasserglas und er flößt mir wie einem Kleinkind etwas Flüssigkeit ein. Als es meine Kehle hinunterrinnt, merke ich, dass mein Inneres davon nicht befeuchtet wird. Dort brennt es immer noch und hört nicht auf.

»Sag es ihr«, drängt Nathanael weiter, »sonst tu ich es.«

Kassian schluckt. »Nein. Lass mich das machen.«

Mein geliebter Bruder und ich. Wir haben gelernt, einander zu lesen wie ein Buch, und ich kann, als er mich ansieht und bevor er das erste Wort sagt, erkennen, dass seine Worte mich vernichten werden. Ich schaffe es nicht, mir die Ohren zuzuhalten. Ich kann nichts tun, als dazusitzen und zuzuhören, auch wenn die Worte in mich eindringen wie ein todbringendes Gift.

»Vor vielen Jahren sollte im Dorf ein Gottesbeweis erbracht werden.«

Mir wird kalt. Ein Gottesbeweis. Luca hat das gesagt und ich denke wieder an ihn und frage mich, ob er das kennt: wenn die Leinwand einreißt, wenn der Riss in der Welt größer wird und man spürt, dass man den Fall ins Leere nicht aufhalten kann. Ich frage mich, wo er ist, und habe den Geruch seiner Haare in der Nase. Sie dufteten nach Heu und etwas anderem, nach dem nur seine Haare geduftet haben. Ein Geruch, den ich von nirgendwoher sonst kannte.

»Ein Gottesbeweis dient dazu herauszufinden, ob ein Kind von Gott oder vom Teufel kommt«, fährt Nathanael fort, der hinter mir steht, und ich beuge meinen Kopf, der seinen Bauch berührt hat, nach vorn. Ich will ihn nicht berühren. Ich will nicht zuhören.

»Wir wissen nicht genau, was damals passiert ist«, fährt Kassian fort. »Was wir wissen, ist, dass dabei ein Kind gestorben ist. Ein Mädchen.«

Der Riss läuft von oben nach unten, er verzweigt sich wie ein Blitz in andere Risse und er ist nicht aufzuhalten. Mein Körper beginnt wie von selbst, sich vor und zurück zu wiegen.

»Die Eltern sind im Dorf geblieben, aber die Frau wurde krank. Depressiv. So lange, bis man ihr ein anderes Kind geholt hat.«

»Geholt«, lacht Nathanael auf.

»Die Heiler haben eines von draußen – gerettet«, sagt Kassian behutsam. Sein Gesicht ist eine einzige Wunde.

»Gerettet«, wiederholt Nathanael hämisch. »Das wird ja immer besser. Sie haben es *gestohlen,* Ada. Jemandem weggenommen.«

»Nathanael!« Kassian versucht vergeblich, ihn zu stoppen.

Nathanael löst seine Hände von meinen Schultern und an den Stellen, an denen sie lagen, brennt meine Haut. Ich möchte darüberstreichen, um das Brennen zu vertreiben, aber ich kann meine Hände nicht aus Kassians lösen.

Nathanael beugt sich zu Kassian vor. »Es hilft nichts, sie

zu schonen! Ich kann nichts dafür, dass es die Wahrheit ist. Sie haben einer Frau ein Kind weggenommen. Einer Frau, die am Ende war. Vielleicht war sie zuerst sogar froh, das Kind los zu sein. Sie suchen sich immer die Schwachen.« Er richtet sich auf und fährt mit der Hand durch sein Gesicht. »Sag es ihr. Sag ihr, wer sie ist!«

»Wir sind uns nicht sicher«, erwidert Kassian, ohne einen von uns anzusehen.

»Ebendeshalb brauchen wir Speichel von dir, Ada.«

»Was?«, bringe ich heraus.

»Für einen Gentest«, fährt Nathanael fort.

Mein Kopf schmerzt und irgendwo beginnt ein schriller Ton zu klingeln. Ich will den Riss aufhalten. Ich muss hier weg!

Ich nutze einen Moment, in dem sich Kassians Hände lösen, und springe auf.

Doch mein geliebter Bruder, der mit schwarzen Worten zur mir spricht, reagiert blitzschnell. »Ada.« Bei dem Klang seiner Stimme, als er meinen Namen sagt, bleibe ich stehen. »Du bist dieses Mädchen. Du bist das gestohlene Mädchen.«

Der Ton in meinen Ohren wird lauter. Ich stehe auf einer Felsspitze und unter mir tut sich ein abgrundtiefes Nichts auf.

»Wir brauchen einen Beweis«, ergänzt Nathanael. Er spricht schnell. Wie Kassian. Sie sprechen beide so schnell, als könnten sie dadurch etwas überholen, das auf uns zurast. »Dann können wir die ganze Sache hochgehen lassen. Dass du uns gefunden hast, ist das Gefährlichste, das dem Dorf jemals passiert ist. Und ich will sie endlich drankriegen, die uns alles genommen haben. Alles!« Nathanaels Gesicht ist zu einer Fratze verzerrt.

Ich schreie.

»Ada.« Kassian kommt näher und hält mich. Denn ich werfe den Kopf und hin und her und dann folgt er meinem Blick und sieht, was ich sehe, dort vor dem Fenster: Ein Pferd. Ein fahles Pferd. Und auf ihm sitzt der fahle Reiter.

Luca

Ich könnte mich ohrfeigen, dass ich Ada nicht mein Handy mitgegeben habe. Ich habe sie hinausgeschickt in eine Welt, die sie nicht kennt, die sie ängstigen wird auf eine Weise, die ich mir wahrscheinlich nicht einmal vorstellen kann. Und es gibt keine Möglichkeit für sie, mich zu erreichen. Und für mich keine, sie zu finden. Ich weiß nicht, wo sie ist, und die Stadt ist verdammt groß, wenn man einen Menschen sucht. Wo soll sie schon untertauchen, wenn sie nur die Adresse vom Bergcafé hat? Ich vollkommener Vollidiot!!

Ich zwinge mich dazu, klar zu denken, während die S-Bahn langsam in den Hauptbahnhof einrollt. Wo könnte sie sein?

Das Einzige, das Ada will, ist, ihren Bruder zu finden. Wenn ich Kassian finde, finde ich vielleicht auch Ada. Ins Bergcafé zu gehen, ist eine winzige Hoffnung, aber es ist die einzige, die mir bleibt.

Als ich mich am Hauptbahnhof mit Dutzenden anderer Menschen über den Bahnsteig und die Treppen zur Unterführung schlängele, bemerke ich mit einem Mal, wie hässlich die Stadt ist. Jeder hetzt sich ab, um möglichst schnell irgendwohin zu kommen. Ich habe bisher noch keinen Gedanken daran verschwendet, wo ich schlafen werde.

Wo Ada schläft. Wo zum Teufel könnte sie sich hier sicher fühlen? Was habe ich mir nur gedacht?!

Ich gehe, mit den Gedanken immer nur bei Ada, weiter. Meine Füße tragen mich ganz automatisch in die Innenstadt. Als ich schon am Ende der Gasse ankomme, die auf den Marktplatz mit den bunten Verkaufsständen führt, schreit mir das Scheißschicksal geradezu ins Gesicht. Ich kann mich gerade noch in einen Hauseingang flüchten und wende mich ab, als wollte ich die Tür aufschließen. Ich frage mich nicht mal, wie es sein kann, dass sie hier sind, ich höre nur das Hufgetrappel an mir vorüberziehen. Sie sind hier und sie suchen Ada. Und mich, wahrscheinlich. Ich weiß nicht, warum sie mit den Pferden gekommen sind und die Reiter-Maskerade tragen, aber ich muss vor ihnen da sein.

Es gibt einen Schleichweg durch die Altstadt, durch den man an den Hintereingang des Bergcafés gelangt. Ich glaube nicht, dass ich es vor den Reitern schaffen kann, denn der Weg führt an der Stadtmauer entlang, aber sobald das weiße Pferd an mir vorüber ist, fange ich an zu laufen. Ich quetsche mich rücksichtslos an Leuten vorbei, die hinter mir herschimpfen. Ich hetze Dutzende von Stufen hinauf und wieder hinunter, aber ich komme zu spät.

Als ich endlich einen Blick auf das Bergcafé erhasche, das am Fuß der Stadtmauer liegt, sehe ich, dass drei Menschen fluchtartig das Gebäude durch den Hinterausgang verlassen.

Ich renne die Treppen nach unten, versuche, sie nicht aus den Augen zu verlieren, doch es gelingt mir nicht. Ich bin mir sicher, dass es Ada war. Ihr langer dunkler Zopf ist unverkennbar. Wer sind ihre Begleiter? Ich bete, dass Benedikt und Laban nicht schneller waren.

Ich hetze die Steinstufen nach unten und da sehe ich sie

auf den Marktplatz laufen. Ich frage mich ernsthaft, welcher Teufel sie geritten hat, über den Platz zu gehen, wo sie die perfekte Zielscheibe abgeben werden.

Die drei haben Angst, das erkenne ich jetzt und in diesem Moment bin ich mir sicher, dass Ada Kassian gefunden hat und nun mit ihm und einem anderen Mann Zuflucht in der Marktkirche sucht. Zumindest steuern sie direkt darauf zu. Sie fliehen in eine Kirche – es ist so logisch und so klar und so unglaublich naiv, dass ich nicht weiß, ob ich lachen soll oder schreien.

Ada

Ich stolpere mit Kassian und Nathanael um zwei Ecken und sie ziehen mich durch eine schwere Holztür ins Innere eines riesigen Gebäudes.

In meinen Ohren summt es ohrenbetäubend. Und ich bin augenblicklich erschlagen von der Größe.

»Was ist das?«, flüstere ich.

»Eine Kirche.«

Dieses Gotteshauses ist voll von Bildern, Gerüchen und dem Geräusch unserer hallenden Schritte. Kassian und Nathanael ziehen mich langsam nach vorne und ich kann nichts tun als staunen.

Es gibt einen Altar und um ihn herum Bilder und Figuren in Gold und Rot und Blau.

Darf ich mich verstecken? Verbergen vor Gott? Das Summen in meinem Ohr wird ein wenig leiser, und als wir ganz vorn sind und Nathanael und Kassian mich auf eine Holzbank setzen, verstummt es fast ganz.

Der Gekreuzigte sieht mich an, und obwohl ich entsetzt bin davon, dass es Bilder gibt von ihm, denn man soll sich kein Bild von ihm machen, kommt es mir so vor, als könne ich mit ihm reden.

Und so rede ich mit ihm, stumm, während Nathanael und Kassian flüsternd überlegen, was als Nächstes zu tun ist.

So lange, bis über uns Gelächter ertönt.

»Abtrünnige verstecken sich in einer Kirche! Das ist lustig. Ja, das ist fürwahr zum Lachen!«

Der Klang dieser Stimme beendet mein Zwiegespräch mit Gott abrupt. Das Gelächter explodiert förmlich von der Empore und wir recken die Köpfe.

Benedikt. Er stützt beide Arme auf die Brüstung und sieht auf uns herab. *»In späteren Zeiten werden manche vom Glauben abfallen; sie werden sich betrügerischen Geistern und den Lehren von Dämonen zuwenden, getäuscht von heuchlerischen Lügnern, deren Gewissen gebrandmarkt ist.«*

»Gib dir keine Mühe!«, ruft Nathanael ihm entgegen. »Mit ein paar Bibelsprüchen kommst du hier nicht weit.«

Benedikt lächelt. »Und was habt ihr jetzt vor? Wollt ihr Ada in euer ›freies Leben‹ einführen? Wo es euch so gut geht und ihr alles habt, das ihr so viele Jahre entbehren musstet?« Sein Tonfall trieft nur so von Spott und Kassian zuckt zusammen.

»Ada!« Benedikts Stimme durchfährt mich wie ein Befehl und ich schlucke. Dann schaue ich zu ihm hinauf.

»Es ist noch nicht zu spät, Ada. Jesus vergibt, das weißt du.« Ich muss den Blick von ihm wenden. Mein Gesicht glüht vor Scham und ich wünschte, aufstehen, zu Benedikt nach oben gehen und endlich wieder das Gefühl haben zu können, dass ich auf der richtigen Seite stehe.

»Und was soll Jesus vergeben?«, zischt Kassian. »Dass Ada versucht hat, die Wahrheit herauszufinden?«

Benedikt schüttelt den Kopf und lächelt, als habe er ein paar dumme Kinder vor sich. *»Ihr unverständiges Herz wurde verfinstert. Sie vertauschten die Wahrheit Gottes mit der Lüge.«*

Nathanael lacht auf. »Ist das alles, was du kannst? Bibelverse zitieren? Hast du auch selbst schon mal über irgendwas nachgedacht?«

Benedikts Ausdruck verändert sich. Er umfasst mit beiden Händen das Holzgeländer und beugt sich nach vorn. »Ihr glaubt davonzukommen. Ihr glaubt wirklich, diese Welt sei frei? Ihr habt nicht die geringste Ahnung, worauf ihr euch da eingelassen habt.«

»Mir geht es seit fünf Jahren hier in der Freiheit besser als all die Jahre, die ich nach der Pfeife der Ältesten getanzt habe«, wirft Nathanael nach oben.

Benedikt lächelt. »Wirklich?«, fragt er sanft. »Hm. Wie sieht das eigentlich – wie heißt sie doch gleich – Carola? Sie hat dich verlassen, nicht wahr? Tja ...« Er schnalzt mit der Zunge. »So ein Psychiatrieaufenthalt ist alles andere als Freiheit, nicht wahr? Und auch jetzt nicht zu wissen, ob man irre ist ...« Er spitzt die Lippen. »Schwierig, schwierig.«

Nathanael ist blass geworden und auf seiner Stirn bilden sich Schweißtropfen. Warum spricht Benedikt so? Ich möchte verstehen, um was es hier geht, aber ich kann ihnen nicht folgen. Was will er von Nathanael und Kassian, wenn er sie doch totsagt? Hat er mit ihnen gesprochen in seiner Zeit als Heiler und mir nichts davon gesagt? Meine Gedanken ergeben keinen Sinn und drehen sich nur unaufhörlich im Kreis. *»Meine Schafe hören meine Stimme, ich kenne sie und sie folgen mir«*, sagt Benedikt. »Glaubst du, wir haben euch vergessen? Wir kennen jeden eurer Schritte, denn Gott lässt euch immer eine Tür offen. Wenn ihr aufrichtig bereut.«

»Ihr habt hier keine Macht«, erwidert Kassian. »Also versucht es erst gar nicht.«

Benedikt lacht leise auf. »Du glaubst, Gottes Macht hört an der Waldgrenze auf?«

»Nein«, sagt Kassian, »das glaube ich nicht. Aber ich weiß, dass das, was im Dorf passiert, nichts mit Gott zu tun hat.«

Benedikts Augen verengen sich. »Was du nicht sagst. Und wer hat dir das eingeflüstert? Der Wodka, den du unter deinem Bett hortest?«

Kassian zuckt zusammen. Ich sehe ihn entsetzt an und will in seinem Gesicht lesen, ob es stimmt. Ob er wirklich Alkohol trinkt. Aber Kassian meidet meinen Blick.

Benedikt dreht sich um und kommt nun die Treppen im Seitenschiff herunter und auf uns zu.

Während er die Reihe der Bänke vor uns abschreitet, sieht Benedikt mich unverwandt an. »Was haben sie dir erzählt, Ada? Dass dies hier die freie Welt sei? Das Gelobte Land? Dass du dich befreien sollst von den Fesseln, die dir das Dorf angelegt hat? Dass das hier das wahre, selbstbestimmte Leben ist?«

Er kommt unaufhaltsam näher und ich fühle mich wie ein Tier in die Ecke gedrängt. Ich habe Angst vor ihm, vor seinen Worten und dem Ausdruck seiner Augen, der mich an Gabriel erinnert und die Schläge und den ich noch nie zuvor bei ihm gesehen habe. Und ich habe Angst vor Kassians und Nathanaels Worten, die meine Welt zerreißen und mich mit einem eisigen Feuer ausbrennen lassen. Nichts gibt mir mehr Halt und ich spüre, wie ich langsam, aber sicher in ein bodenloses schwarzes Nichts falle.

Kassian springt auf und Nathanael ebenfalls. Sie stehen nun im Mittelgang, als könnten sie mich so vor Benedikts Worten schützen. Aber seine Stimme dringt ungehindert in mich ein.

»Haben sie dir auch erzählt von den Schweißausbrüchen? Den schlaflosen Nächten, in denen sie sich wälzen, weil sie nicht wissen, ob es nicht doch stimmt? Ob wir nicht doch recht haben? Ob der Zorn Gottes nicht doch in einem unbedachten Moment über sie kommt? Haben sie davon auch gesprochen?!« Er wird lauter, seine Stimme klingt schrill in meinen Ohren, obwohl er ruhig, fast sanft spricht.

»Hör auf!« Kassian versucht, sich ihm entgegenzustellen, aber Benedikt wischt ihn mit einer Handbewegung zur Seite, geht um ihn herum und bleibt vor mir stehen. Kassian und Nathanael sind wie erstarrt und rühren sich nicht.

»Sie können kaum atmen, wenn sie tanzen gehen oder am Sonntag liegen bleiben, während die Kirchenglocken läuten«, spricht Bendikt weiter, als er direkt vor mir steht. »Sie wachen nachts schweißgebadet auf, weil sie geträumt haben, wie die Reiter sie in die Hölle geschickt haben für ihr sündiges Leben. Und wenn sie behaupten, einen Menschen zu lieben – dann wollen sie nur eines: Unzucht treiben!« Er lacht auf. »Besser gesagt: Sie sehnen sich danach, aber dann können sie es nicht. Und das ist, weil Gott immer noch seine Hand über sie hält und sie davor bewahrt. Aber sie erkennen es nicht! Sie wollen dich, Ada, mit ins Verderben stürzen. Verstehst du das nicht?«

Benedikt ist jetzt ganz nah und ich habe Angst, ihm in die Augen zu sehen. Was ist, wenn es Gott ist, der durch ihn zu mir spricht? Wenn es Gott ist, der die spitzen Pfeile abschießt, die in mein Herz dringen und mir dort einen solchen Schmerz verursachen, dass ich aufstöhnen muss?

Ich will dich ins Feuer werfen, um dich zu prüfen, wie man Gold prüft.

»Du bist eines der reinen Kinder. Lass dich nicht beschmutzen!«, ruft Benedikt.

Mein Herz wollte Kassian und Nathanael glauben, weil sie mich so ehrlich angesehen haben – weil ihre Hände warm waren auf meiner Haut –, doch nun ändert sich in mir die Richtung.

Hier ist Benedikt, und wenn ich in der Liebe Gottes bleiben will, muss ich ihm glauben. Mir wird schwindlig.

»Welchen Teil von ›du sollst nicht falsch gegen deinen Nächsten aussagen‹ habe ich eigentlich nicht verstanden?«, erklingt da plötzlich eine andere Stimme. Eine, die das Zittern beruhigt und den Schmerz und mich daran erinnert, dass es Schönheit und Wärme wirklich gibt. Ich schlucke. Dann sehe ich mich um. Es ist wahrhaftig Luca. Luca, der mich anlächelt, einen winzigen Moment nur, und das ist wie ein Zeichen aus einer anderen, verbotenen Welt, wo es Lachen gibt und die Sonne und eine Hand, die auf meinem Bauch liegt und die ich nicht wegstoßen kann, weil meine Haut sich nach ihr sehnt.

Benedikt sieht von Luca zu mir und in seine Miene legt sich Verachtung. »Das hier hat mit dir nichts zu tun. Du warst von Anfang an ein Fremdkörper im Dorf und wärst es wohl immer geblieben. Geh, ich werde dich nicht aufhalten.« Er schüttelt die Hand, als könne er Luca wie ein lästiges Insekt vertreiben.

»Ada«, sagt Luca, näher kommend. Er sieht mich an mit seinen dunklen Augen und einen Moment lang leuchtet etwas in ihnen auf, zu dem ich hinwill. Ich stehe auf.

»Wer ist das?«, flüstert Kassian, als ich aus der Bank trete und an ihm vorbei auf Luca zugehen will.

Meine Stimme bricht und ich muss mich räuspern. »Das ist Luca. Er kam vor Kurzem ins Dorf.« Es ist wie ein Wunder, dass ich überhaupt sprechen kann.

»Ist er versiegelt?«, fragt Nathanael misstrauisch.

»Ganz sicher nicht«, höhnt Benedikt.

»Wer hat dich angelogen, Ada?«, fragt Luca. »Wer von ihnen war es?«

Ich sehe von Benedikt zu Luca und wieder zu Benedikt.

»Es ist der Teufel«, flüstert Benedikt, aber seine Stimme klingt ohrenbetäubend laut. »Der Teufel redet einem den Unglauben ein und er ist listig. Es hört sich klug an, was er sagt.«

Ich schlucke.

Kassian tritt von hinten an mich heran und legt beide Hände auf meine Schultern. »Denkt ihr nicht, ihr habt schon genug Unheil angerichtet?«

»Die Sünde lauert an deiner Tür«, ruft Benedikt. *»Du aber herrsche über sie!«*

»In der Bibel steht nirgendwo etwas von einem Gottesbeweis«, sagt Luca. »Das haben sie vielleicht im Mittelalter gemacht. Mit der Bibel hat das nichts zu tun.«

Benedikt schaut nun Luca an. Einen Moment lang herrscht eine schwere Stille in der Kirche und ich kann die Anstrengung spüren, die es Benedikt kostet, sich zu beherrschen. »Selig sind die geistig Armen, denn sie werden den Mund halten. Rate mal, ob das in der Bibel steht!«

Benedikt wendet sich wieder mir zu. Sein Blick ist durchdringend, funkelnd, kalt. Bevor er weitersprechen kann, frage ich in die Stille: »Ist es wahr?« Meine Stimme schraubt sich an den Wänden hoch.

»Aaron steht erst am Anfang seiner Erkenntnis«, setzt Benedikt an, und obwohl er laut spricht, übertönt meine Stimme doch die seine.

»Ist es wahr, dass ich nicht im Dorf geboren wurde, sondern ... hier?«

Benedikts Arm, mit dem er nach mir greifen wollte, fällt langsam nach unten. »Wer hat das gesagt?«

»Ist es wahr? Habt ihr mich gestohlen? Bin ich kein reines Kind?«

Benedikt schüttelt den Kopf. »Wir haben dich nicht *gestohlen«,* spuckt er aus. »Wir haben dich gerettet!«

»Ada, was haben sie getan?« Luca sieht mich fragend an. Aber ich kann ihm jetzt nichts erklären, blicke ihm nur ins Gesicht und nach ein paar Augenblicken nickt er, denn er hat auch ohne Worte verstanden. Luca erfasst die Welt mit seinen Augen so schnell, als brenne sie sich mit einem einzigen Blick in ihn ein, und ich weiß, er erfasst mich ebenso. Trotzdem ist keine Verachtung in seinen Augen, sondern nur Freundlichkeit und zum ersten Mal, seit ich in der Stadt bin, fühle ich so etwas wie Geborgenheit.

Liz

Gestern Abend erzählte mir Andreas eine Geschichte von einem Mann, der drei Tage und Nächte im Bauch eines Wals steckte und dann wieder ausgespuckt wurde. Ich fand die Geschichte reichlich seltsam, aber die Art, wie Andreas davon sprach, dass man seiner Berufung nicht entgehen könne und es manchmal eben eine Art Walfisch braucht, der einen verschlingt, bevor man bereit ist zu sehen, was es wirklich braucht im Leben, beeindruckte mich irgendwie.

Ich habe es bis nachmittags ausgehalten, doch jetzt schaffe ich es nicht mehr und schalte das Handy an. Ich will nur die Nachrichten checken, sage ich mir, nur ganz kurz, und ich hoffe, dass Andreas mir später nicht anmerkt, dass ich online war, sonst ist er enttäuscht von mir.

Als das Gerät hochgefahren ist, sehe ich mehrere entgangene Anrufe. Von Marga, von Corinna, von Marga. Und Nachrichten.

Ich mache die aktuellste auf.

»Wir brauchen dich! Ada trifft Kassian um siebzehn Uhr im Bergcafé. Die Leute, die hinter ihr her sind, sind gefährlich. Bin in der Spätschicht. Bitte ruf Robert an!«

Plötzlich überkommt mich eine überwältigende Übelkeit. Irgendetwas stimmt nicht. Und dann erkenne ich: die Nachricht war als »gelesen« markiert. Mein Mund wird trocken. »Die Leute, die hinter Ada her sind, sind gefährlich.«

Ich schalte das Handy aus und werfe es aufs Bett, als sei es vergiftet.

Die Vorstellung, dass Andreas oder gar Erik, vor dem es mich immer noch etwas gruselt, in meinem Zimmer waren, an meinem Handy – womöglich sogar in der Nacht, während ich geschlafen habe –, ist so irreal, dass mir nur irgendwelche Filmszenen von entführten Frauen in den Sinn kommen, mit denen ...

Ich gehe langsam zum Bett, nehme das Handy wieder auf und versenke es so tief wie möglich in meiner Jeanstasche. Dann gehe ich in die Küche. Erik sitzt am Küchentisch. Er hat einen Stadtplan ausgebreitet und beugt sich darüber.

»Wo ist Andreas?«, frage ich und tue unbefangen, aber

meine Stimme ist zittrig und ich hoffe, dass sie mich nicht verrät.

»Er hat zu tun.«

Ich lächele verständnisvoll, dann dehne ich mich übertrieben und sage: »Ich muss unbedingt mal raus, mir die Beine vertreten.«

»Gut«, sagt Erik und steht auf, »gehen wir raus.«

Ich lächele ihn unschuldig an, während die Übelkeit mich beinahe umhaut. »Ich wäre irgendwie gern mal ein bisschen alleine«, sage ich und lache. Klang das schrill oder kommt mir das nur so vor? »Hab so viele Gedanken zu sortieren, verstehst du?«

»Aber du bist jetzt nicht mehr alleine«, erwidert Erik. »Wir sind bei dir.« Er versucht sich an so was wie einem Lächeln. Das muss er definitiv noch üben.

»Aber manchmal braucht man das – Alleinesein, meine ich.«

»Das ist eine seltsame Idee.« Er fixiert mich und sein Lächeln gleicht mehr und mehr dem Grinsen eines Totenschädels. »Oder hast du was Bestimmtes vor?«

Herzklopfen. »Nein, wieso?«

»Dann ist ja gut«, sagt er. »Ich hole nur meine Jacke. Keine Sorge, du kannst ganz in Ruhe deinen Gedanken nachgehen. Ich werde den Mund halten, darin bin ich ziemlich gut.« Er grinst seltsam.

Ich warte, bis er aus der Küche ist, dann renne ich zur Tür. Sie ist abgeschlossen. Ich sehe mich hektisch nach dem Schlüssel um. Das Schlüsselbrett neben der Tür ist leer. Ich ziehe die oberste Schublade des Flurschränkchens auf, aber das ist ebenfalls leer, bis auf ein reichlich zerzaust aussehendes Päckchen Papiertaschentücher.

»Beine vertreten, ja?« Erik steht vor seiner Zimmertür und klimpert mit dem Schlüssel in seiner Hand.

»Ja«, sage ich. »Habe ich doch gesagt.« Ich lächele und hoffe, dass er mir die Unschuld wenigstens so weit abnimmt, dass er diese verdammte Tür aufschließt. »Warum habt ihr die Tür abgeschlossen?«

»Das machen wir in den ersten Tagen immer. Es ist wie bei Heroinsüchtigen. Denen kann man auch nicht den Schlüssel geben, sonst gehen sie und besorgen sich Stoff.«

Er hat definitiv ein Totenschädelgrinsen. Ich muss hier weg.

Luca

Ich muss versuchen, Adas Worte zusammenzusetzen und den Sinn zu verstehen. *Gestohlen? – Gerettet?*

»Wir werden es beweisen«, flüstert der aufgedunsen wirkende Mann, den ich nicht kenne, mit rauer Stimme. »Glaub mir, wir werden es beweisen.«

Benedikt hat einen Mundwinkel zu einem spöttischen Grinsen verzogen. Er ist an uns vorbei zum Altar nach vorn gegangen.

»Wir werden mit Ada einen DNA-Test machen«, erklärt der Begleiter von Kassian, der sich zu seiner vollen Größe vor Benedikt aufrichtet.

Benedikt kommt ganz langsam durch den Chor auf uns zu. Er hat etwas vor, das spüre ich. Ada ist in winzigen Schritten aus der Bank gekommen und steht nun mit Kassian, dem anderen Mann und mir im Mittelgang. Ich stelle mich vor Ada und sehe Benedikt ausdruckslos an. Ich weiß, dass er glaubt, mich nicht ernst nehmen zu müssen, aber das interessiert mich nicht. Das Einzige, das mich interessiert, ist Ada. Benedikt hebt lächelnd die Augenbrauen, dann schüttelt er den Kopf, legt die Hände hinter dem Rücken zusammen und geht hin und her wie ein Lehrer vor seiner Schulklasse, der sich fragt, wie er den Schülern einen komplexen Zusammenhang erklären soll. »Ihr habt es nicht kapiert, oder?«, sagt er und schnalzt mit der Zunge.

Dann springt er so schnell vor wie eine Kobra. Er packt Ada, reißt sie an sich und legt seinen Giftzahn an ihren Hals. Nur, dass der Giftzahn ein Messer ist. Keiner von uns hat gesehen, wo er es hatte. Es geht so schnell, dass mir klar wird: Er hat es die ganze Zeit genau so geplant. Du sollst nicht töten. Ich könnte mich ohrfeigen. Daran werden sie sich genauso wenig halten wie an »Du sollst nicht lügen«. Je lauter einer von Gott spricht, desto weniger hält er sich offensichtlich ans Menschliche. Ich bin nie gläubig gewesen, aber ich habe mich trotzdem irgendwie blenden lassen von der Bibel in ihren Händen. Die Abgründe, die darunterliegen, sind deshalb von der finstersten Sorte, weil nie jemand hineinsehen darf.

»Es wird keinen DNA-Test geben! Niemand tut hier etwas, wenn ich es nicht erlaube!«

Ada hat die Augen geschlossen, und als sie sie wieder öffnet, schluckt sie und ich kann ihren Kehlkopf auf und abwandern sehen. »Wer ist meine Mutter, Benedikt?«

Ich frage mich, ob sie das Messer an ihrem Hals überhaupt spürt oder ob sie es tatsächlich nicht bemerkt. Sie wirkt seltsam unbeteiligt und vielleicht, denke ich mir, nimmt sie sogar in Kauf, dass Benedikt sie tötet. Ich balle die Fäuste und will auf die beiden zustürmen, Benedikt das Messer entreißen, ihm in den Hals rammen, irgendwas, damit er die Finger von Ada lässt. Aber Kassian hält mich zurück. Wahrscheinlich weiß er, wozu Benedikt und die Leute aus dem Dorf fähig sind. Sie scheinen unberechenbare Tiere zu sein, deren Körpersprache ich noch nicht wirklich entschlüsselt habe.

Benedikt presst Ada jetzt nahe an sich heran und flüstert: »Deine Fragen lästern Gott, wie du weißt. *Denn die, die den Willen meines himmlischen Vaters erfüllen, sind für mich Bruder und Schwester und Mutter.«*

»Es gibt so was wie Gesetze!«, ruft der andere Mann. »Die gelten auch für euch.«

»Gottes Gesetz steht über den weltlichen Gesetzen.«

Ich stelle mich zwischen Benedikt und den Schwarzhaarigen, der gerade, ohne es zu wissen, dabei ist, es völlig zu versauen.

»Also ich an deiner Stelle«, sage ich leise und sehe dabei nur Benedikt an, nicht Ada, »ich würde nicht lange fackeln. Ich würde sie töten.«

»Du verdammter Mistkerl!«, schreit Kassian da hinter mir auf. Blitzschnell drehe ich mich um und sehe in sein Gesicht, das jetzt nur noch ein paar Zentimeter von meinem entfernt ist. Es dauert einen Moment, bis er versteht, dass wir Waffenbrüder sind. Dann drehe ich mich wieder um.

Benedikt hat Ada zwischenzeitlich etwas weiter nach hinten zum Altar bugsiert. Er fixiert uns.

»Ich meine – so oder so ist sie eine Gefahr für euch. Allein durch ihre Existenz. Sie hat euch einmal verraten und sie kann es wieder tun. Ein bisschen Speichel, ein paar Hautschuppen ... das ist so einfach heutzutage. Und dann war die ganze Arbeit im Dorf umsonst.«

Benedikt erwidert nichts und das ist gut, denn das bedeutet, dass er mir zuhört. Ich fühle mich stark, der Luchs geht auf und ab, bereit, zum tödlichen Sprung anzusetzen.

»Andererseits ... sie hier zu töten, ist keine so gute Idee. All das Blut, das bei einem Messerstich austritt. Und dann wird sie obduziert werden müssen. Man wird sie identifizieren. Und dann werden alle Kinder aus dem Dorf geholt werden. Alle. Man wird sie untersuchen. Wie viele von ihnen sind überhaupt gemeldet?«

Ich lasse meine Worte nachklingen und hoffe, dass sie bedrohlich genug wirken.

»So einfach ist das nicht.« Benedikt spricht bestimmt, aber ich kann in seinen Augen sehen, dass sich eine Unsicherheit beginnt, in ihm breitzumachen.

Jetzt muss ich improvisieren und ich kann nur hoffen, dass es stimmt, was ich mir zusammenreime. Wenn nicht, habe ich Ada genauso auf dem Gewissen wie alle anderen hier. »Es gibt eine bessere Möglichkeit.«

Benedikts Stirn legt sich in Falten.

»Nimm mich statt Ada. Ich kann euch nützlicher sein.«

Über Benedikts Gesicht zuckt ein abschätziges Grinsen. Dann bricht er in ein infernalisches Gelächter aus.

Das Messer an Adas Hals bewegt sich und macht kleine Schnitte, aus denen winzige Tröpfchen Blut quellen. Sie schließt die Augen, ihr Gesicht ist regungslos. Ich versuche, nicht dorthin zu schauen, um meine Beherrschung nicht zu verlieren.

»Rührend«, sagt Benedikt, nachdem er sich halbwegs beruhigt hat. »Wirklich. Netter Versuch. Aber weißt du, was: Für dich interessiert sich kein Mensch. Wirklich. Und das war schon immer so. Du bist völlig unwichtig!«

Ich weiche seinem Blick nicht aus. Ganz langsam nicke ich. »Ja. Das stimmt.«

Auf Benedikts Gesicht schleicht sich Misstrauen.

»Für mich haben sich noch nicht einmal die Menschen interessiert, die sich von Amts wegen für mich hätten interessieren müssen.«

Aus seinem Misstrauen wird Wachsamkeit. Und dann, allmählich, Furcht, die er sofort zu kaschieren sucht. Aber ich habe sie gesehen. »Ich habe mit denen vom Amt noch eine Rechnung offen. Und es wird mir ein Vergnügen sein, sie zu begleichen, das Jugendamt interessiert sich sicherlich brennend für entführte Kinder. Oder solche, die nicht zur Schule gehen. Die keine medizinische Versorgung erhalten, stattdessen Stockschläge.« Ich lächele Benedikt an und erkenne, dass in seinem Kopf die Gedanken rattern. Er scheint die Möglichkeiten abzuwägen und das lenkt ihn wenigstens für den Moment von Ada ab.

»Lass mich raten? Adas Eltern waren nicht eben wohlhabend oder angesehen, oder? Sozialhilfe, nehme ich an. Vielleicht spielten sogar Alkohol und Drogen eine Rolle? Viel Arbeit für einen überlasteten Jugendamtsmitarbeiter. Vor sechzehn Jahren, da war Frau Kraut-Benkert Jugendamtsleiterin, nicht wahr?« Ich lächele ihn an und sehe, wie er langsam begreift. Gut so.

»Wer war für Ada zuständig? Also bei mir war es Frau Müller nach dem dritten Knochenbruch mit achtzehn Monaten.« Ich lache. »Ja, sie hieß tatsächlich Müller. Vielleicht war das aber auch ein Deckname. War man froh, Ada los zu werden?«

Adas Unterlippe beginnt, kaum merklich zu zittern. Ich zwinge mich, sie anzusehen, während ich ihr einen unsichtbaren Dolch zwischen die Rippen bohre.

»Waren sie euch nicht dankbar, dass ihr euch um sie gekümmert habt? Bei guten Christen unterzukommen ...« Ich schiebe die Unterlippe vor und nicke. »Das ist doch ein Sechser im Lotto für so ein Kind. Oder war sogar Geld im Spiel? Habt ihr sie *gekauft?*« Ich warte keine Antwort ab und ignoriere die Unruhe hinter mir, die von Kassian und dem anderen Mann ausgeht. Wahrscheinlich scharren sie mit den Füßen und wissen nicht, ob sie losstürzen oder doch lieber zuhören sollen.

Ich lege nach: »Nein, ich schätze, sie haben euch Ada gern mitgegeben. Hat jemals einer nachgefragt, wie es ihr geht?« Ich lache auf. »Christen, die beten! Gemeinsam Mahlzeiten kochen! Die Frisuren sind ein wenig seltsam, aber was soll's. Christen, das müssen doch gute Menschen sein. Und außerdem gibt es ja noch so viele andere Fälle, da fällt es nicht auf, wenn eines ...«

»Schweig!«, faucht Benedikt.

Ada hat die Augen geschlossen und über ihr Gesicht rinnen stumme Tränen. Ich habe Ada noch nie weinen sehen. Der Anblick zerbricht mich beinahe.

»Wir haben sie gerettet«, schreit Benedikt mir entgegen. »Niemand wollte sie jemals haben! Gott war der Einzige, der nach ihr gefragt hat! Ihre Mutter war eine Alkoholikerin und eine Hure! Hier gab es nur Elend für Ada. Weil sie NIEMAND jemals haben wollte! NIEMAND!«

Ada sieht aus, als hielte sie nur noch Benedikts Hand mit dem Messer aufrecht, und ich brauche meine ganze Selbstbeherrschung, um nicht hinzurennen und sie an mich zu reißen.

Ada

Der Riss hat die Leinwand meiner Welt durchtrennt. Er ist von oben bis unten hindurchgerast; sie hat sich geöffnet und dahinter gibt es nur Leere und einen langen, schrillen Ton. Wenn ich aus ihr hinausgehe, werden die Schmerzen mich verbrennen, deshalb bleibe ich hier, wo es kühl ist und ruhig.

Ich höre Stimmen von Menschen, aber sie berühren mich nicht. Ich fühle etwas um meine Brust und meinen Hals und an meinem Arm und ich weiß, es ist Benedikt und vielleicht werde ich sterben, aber es kümmert mich nicht. In meinem Kopf beginnt eine Melodie. Eine leise Melodie, die mich zum Zittern bringt und die mich trotzdem trägt, weil ich sie in mir selbst singe.

Wo findet die Seele die Heimat, die Ruh?
Wer deckt sie mit schützenden Fittichen zu?
Ach bietet die Welt keine Freistatt uns an,
wo Sünde nicht herrschen, nicht anfechten kann?
Nein, nein, hier ist sie nicht; die Heimat der Seele
ist droben im Licht.

Ich schwebe davon, der Boden unter meinen Füßen ist nur eines der vielen Dinge, die mich nichts mehr angehen. Es ist hell und schön und niemand stört mich und ich weiß, wenn ich weit genug komme, dann werde ich Gott sehen und ER wird mich aufnehmen. Aufnehmen müssen. Doch wenn ER mich jetzt nicht aufnimmt, dann hat Gott seine Tür auf ewig vor mir verschlossen.

Wie selig die Ruhe bei Jesu im Licht!
Tod, Sünde und Schmerzen, die kennt man dort nicht;
das Rauschen der Harfen, der liebliche Klang
bewillkommt die Seele mit süßem Gesang.
Ruh, Ruh, himmlische Ruh im Schoße des Mittlers,
ich eile dir zu.

Es dringt etwas durch zu mir. Etwas, das mich daran erinnert, dass ich nicht gehen kann. Dass ich zurückmuss in diesen unaushaltbaren Schmerz und dass ich zurückmuss in diese Einsamkeit und dass ich niemals wissen werde, ob es das wirklich gibt: die Verbundenheit mit dem Licht.

Und dann öffne ich die Augen und sehe Luca. Sein Gesicht ist blass, voller Sommersprossen, seine Haare sind schwarz und seine Augen voller Liebe und Angst.

»Ada.« Seine Lippen formen meinen Namen und deshalb ist mir auch sein Name wieder eingefallen und ich wundere mich, warum er Tränen in den Augen hat. Da ist doch nichts zum Weinen.

Ich öffne den Mund und will es ihm sagen, aber kein Ton dringt heraus, weil ich in diesem Moment begreife, dass es keine Rettung gibt.

Ich bin alleine und alle Wahrheiten sind Lügen. Da ist nichts, auf das ich mich verlassen kann. Nur ein Abgrund.

Und dann stürze ich in eine Welt aus Schmerzen.

Liz

Erik hält Wort. Stumm läuft er neben mir her, aber seine Stummheit macht mich nervöser, als wenn er sprechen würde.

Ich frage mich, was er vorhat, dabei muss ich so tun, als sei es einfach ein Spaziergang, auch wenn mir das verdammt schwerfällt. Und dann habe ich eine Idee.

»Ich muss mal.«

Erik sieht mich verständnislos an.

Ich verdrehe die Augen. »Pinkeln. Austreten. Mein Gott, pissen halt! Müsst ihr so was nicht, oder wie?« Vielleicht gehen einem ja mit dem Grad der Frömmigkeit die Körperausscheidungen verloren, wer weiß.

»Gehen wir zurück.«

»Nein«, sage ich, »da vorn gibt's ein öffentliches Klo. Zwar nicht das hygienischste, aber für einmal geht's schon.«

Erik zögert.

»Oder willst du mir dabei zusehen?«

Täusche ich mich oder wird er tatsächlich ein wenig rot? Es lässt sein Totenschädelgesicht beinahe menschlich erscheinen.

Man muss ein Ein-Euro-Stück einwerfen, angesichts des Geruchs im Innenraum eine Unverschämtheit. Erik tritt nervös von einem Fuß auf den anderen, während ich hinter der automatischen Tür verschwinde.

Sobald der Riegel zu hören ist, hole ich das Handy raus und klicke mich durch meine Kontakte. Ich speichere die Nummern der Typen meiner Mutter nie ein, aber die von Robert habe ich aus irgendeinem Grund. Genau genommen war er ja ohnehin der einzige Typ meiner Mutter in den letzten fünf Jahren.

Also gut. Da ich keine Ahnung habe, wie schalldicht diese stinkende Notdurftanstalt hier ist, tippe ich eine SMS, statt anzurufen.

– *Wo bist du? Ist Ada bei dir?*

Mir fällt eine Tonne Steine vom Herzen, als er sofort antwortet: – War im Bergcafé. Ada wohl auch, ist aber wieder weg. Und du?

– *Du musst Ada finden. Sie ist in Gefahr!*

– Warte, ich ruf dich an.

– *Bloß nicht.*

– Wo bist du? Brauchst du Hilfe?

Ja, verdammt, ein bisschen Hilfe könnte wirklich nicht schaden.

Sekunden später klingelt mein Handy. Ich drücke hastig auf die Rufannahme.

»Wo bist du?« Roberts Stimme.

»Bei Leuten aus Adas Sekte.«

»Was?! Aber wie ...«

»Erklär ich dir später. Das ist so eine Art Gotteskrieger-WG. Aber ich bin geflüchtet.«

»Und jetzt?«

»Ich bin in der öffentlichen Toilette am Friedrich-Ebert-Platz«, flüstere ich. »Einer der Gotteskrieger steht draußen und fragt sich wahrscheinlich gerade, wie viel in so eine gottlose Blase passt.«

Robert lacht. Täusche ich mich oder klang das anerkennend? »Bleib, wo du bist, ich komme.«

Robert wird Ada sausen lassen, um mir zu helfen? Ich weiß einen Moment lang nicht, was ich sagen soll. Ich werde noch ganz gefühlsduselig hier.

Aus dem Handy kommen seltsame Geräusche. »Scheiße!«

»Was ist denn los?« Wenn ich nicht will, dass Erik Verdacht schöpft, muss ich langsam mal raus hier.

Robert antwortet nicht gleich. Es hört sich an, als ob er rennt. »Da sind irgendwelche maskierten Typen auf Pferden.«

»Die Reiter«, entfährt es mir.

»Was?«

»Davon hat Ada gesprochen.«

»Es sieht aus, als ob sie den Eingang zur Marktkirche bewachen wollen.«

»Dann ist Ada da wahrscheinlich drin.«

»Ich komm jetzt erst mal zu dir.«

»Das lässt du mal schön bleiben. Ich komme hier schon durch. Bin in fünf Minuten dort.«

Ohne eine Antwort von Robert abzuwarten, lege ich auf.

Luca

Ich halte es nicht aus, dass Ada lächelt. Sie sieht ganz entrückt aus mit diesem Lächeln und sie bewegt sich nicht. Durch ihre kaum geöffneten Lippen singt sie leise ein schier unerträglich süßes Lied.

Benedikt hat sich mit ihr bis in die Apsis vor den Altar zurückgezogen, während Ada ihr Lied singt und Kassian und Nathanael dastehen wie paralysierte Kaninchen.

»Das ist ein Gotteshaus«, sagt Kassian irgendwann. »Wir sollten uns entsprechend verhalten.«

Benedikts Gesicht verzerrt sich. »Das ist kein Gotteshaus! Das ist eine Räuberhöhle!« Er breitet den rechten Arm aus und räumt, ohne hinzusehen, alles ab, was ihm im Weg steht: Holzfiguren, Kerzenständer, Blumengestecke fliegen durch die Gegend und Benedikt schreit: »Schmuck und Tand! Du sollst dir kein Bild machen! Du sollst nicht den Mammon anbeten!«

Ada hat die Augen geschlossen und hört nicht auf zu singen und ich habe das unerträgliche Gefühl, sie zu verlieren.

»Ada kann froh sein, dass Gottes Gnade sie gefunden hat. Wenn sie diese Gnade mit Füßen tritt, ist das, als wenn sie Gott selbst ins Gesicht spuckt!«

»Das ist nicht Gott«, sagen Kassian und ich beinahe gleichzeitig.

»Ada ist eine Siegelträgerin! Sie muss ins Dorf zurück! Dort ist ihre Heimat und im Gegensatz zu euch weiß sie das. Sie hat hier nichts verloren. Wenn sie mitkommt, wird niemandem etwas passieren.«

Ada singt immer weiter. Als könnten die Töne sie vor dem schützen, was hier vor sich geht.

Benedikt beugt sich nahe an ihr Ohr und sagt: »Wenn du hierbleibst in diesem Sündenpfuhl, bildest du dir vielleicht ein, ein freies Leben zu führen, so wie es die beiden Abtrünnigen hier tun. Aber diese Welt hier wird untergehen. Sie wird untergehen, weil Gott es so bestimmt hat, aber das Dorf – du darfst das nicht zerstören. Dort sind Rahel, Niko und deine Eltern.«

Adas Singen verstummt. Ihr Blick kehrt ganz langsam aus der Tiefe zurück, in die er sich verkrochen hatte. »Ihr habt gelogen«, flüstert sie.

»Die Auserwählten werden herrschen über die Völker als Könige und Priester! Dabeizubleiben ist das Wichtigste, das es gibt! Die Abtrünnigen verbreiten Lügen und Zwietracht!«

»Hättet ihr mich getötet? Bei einem Gottesbeweis?«

Benedikts Gesicht verhärtet sich. »Wen Gott tötet, bevor er sündigt, den liebt er besonders. So groß ist er. So groß ist seine Güte! Du bist besser tot als ungläubig, Ada.«

Ich halte den Atem an.

»Esther und David haben dich geliebt wie ihre eigene Tochter«, spricht Benedikt weiter und in seiner Stimme erklingt jetzt der Trotz eines kleinen Kindes, das nicht einsehen will, dass seine Welt falsch sein soll. Er sieht Kassian an, dann den Dunkelhaarigen, dann mich. »Sie haben Ada aufgezogen wie eines der reinen Kinder, obwohl sie keines war«, erklärt er. »Ich hätte sie sogar geheiratet und hätte es in Kauf genommen, dass sie keines ist. Das hätte ich getan!« Er presst Ada fester an sich und weicht mit ihr zusammen von uns weg. »Ada wird mitkommen. Das Dorf wird nicht ihretwegen zerstört werden! Alles, wofür wir leben. Die Gemeinschaft der Auserwählten ist wichtiger als alle Schätze dieser Erde!«

»Töte mich«, flüstert Ada.

Hinter mir zieht Kassian scharf die Luft ein.

»Es ist egal«, sagt sie.

Ada presst den Hals gegen das Messer und dreht den Kopf hin und her. Ein rotes Rinnsal läuft an ihrem Hals entlang.

Kassian springt vor, aber ich halte ihn mit aller Kraft zurück. Er vibriert wie ein überdehnter Bogen.

Ada spricht weiter: »Ich hätte nie geboren werden dürfen.« Benedikt bleibt regungslos, er weiß ganz offensichtlich nicht, was er tun soll.

Und dann bricht ein gewaltiger Schrei durch die riesige Halle und er kommt aus Adas Brust und sie versucht, sich in Benedikts Messer zu pressen, und jetzt ist er es, der sich dagegen wehrt.

»TÖTE MICH! ES SOLL ENDLICH VORBEI SEIN!«

Liz

Ich krame ein Taschentuch heraus. Keine Ahnung, wie lange es in meiner Jackentasche schon sein armseliges Dasein fristet, aber als ich aus der Tür trete, wische ich mir trotzdem beherzt damit über den Mund. Ich gebe mein Bestes, um grau auszusehen, und vermute, dass ich dafür nicht einmal besonders schauspielern muss.

»Ooooh«, stöhne ich, »mir geht es nicht so gut, glaub ich.« Ich wische noch einmal über meine Lippen, als müsse ich die letzten Spuren von Erbrochenem beseitigen.

Erik sieht mit einem Mal besorgt aus und wirkt beinahe hilflos. »Sollen wir zurückgehen?«, fragt er und ich nicke leidgeprüft.

Ich lasse mir sogar seinen Arm geben und hake mich bei ihm unter. Mittlerweile zittere ich am ganzen Körper, was er hoffentlich auf meine Übelkeit schieben wird. Ich schleppe mich an Eriks Arm die Straße entlang und versuche fieberhaft, einen total schlauen Plan auszuhecken. Aber außer »in einem günstigen Moment davonrennen« fällt mir nichts ein.

Und genau das tue ich.

Erik ist größer als ich und wahrscheinlich auch schneller. In diesem verdammten Dorf gibt es keine Handys und keine Computer und Fernseher und wahrscheinlich sind alle topfit und rennen mit Leichtigkeit schneller als wir Zivilisationskrüppel.

Aber es gibt ein Überraschungsmoment und das habe ich auf meiner Seite. Ich achte nicht auf das Stechen in meinen Seiten und renne, renne, renne. Der Wind pfeift in meinen Ohren.

Ada

ADA! Ada hör auf!«

Ich höre die Worte, aber ich höre sie wie durch einen Schleier und es dauert, bis ich erkenne, dass es Luca ist, der zu mir spricht.

»Bitte«, fleht er. »Tu das nicht!«

Immer wieder falle ich in eine Welt aus Taubheit und dann kehre ich zurück und erkenne, dass ich immer noch an derselben Stelle stehe. Mein Hals brennt und es rinnt etwas Feuchtes in meinen Kragen.

Ich weiß nicht, wem ich glauben soll.

Und dann sagt Luca etwas Ungeheuerliches.

»Gott liebt dich doch, egal, wie du dich entscheidest.«

Ich sehe ihn an, sehe sein schönes Gesicht, das verzerrt ist von etwas, das vermutlich Schmerzen sind, auch wenn ich nicht recht verstehe, was ihm wehtut.

»Aber Luca«, sage ich sanft. »Gott hat mich verlassen.«

Er weint. Tatsächlich. Das ist eine Träne, die aus Lucas linkem Auge rinnt.

»Ada! Bitte! Du kannst doch auch eine Weile hierbleiben, hier in dieser Welt«, seine Worte zittern, er spricht schnell, »und du kannst wieder zurückgehen, wenn du es willst. Gott wird das verstehen, oder nicht?«

Ich frage mich, ob das stimmt. Ich sehe ihn an. Und da plötzlich, plötzlich verstehe ich, dass es Gott ist, der zu mir spricht. Denn das, was in Lucas Augen leuchtet, ist die Liebe.

»Hör nicht auf ihn!«, kreischt Benedikt und seine Worte klingen plötzlich unangenehm an mein Ohr. »Er weiß nicht, wovon er spricht! Er ist ein Ungläubiger!« Das letzte Wort spuckt er geradezu aus.

»Wenn ihr nur die liebt, die euch lieben, welchen Lohn könnt ihr dafür erwarten? Und wenn ihr nur eure Brüder grüßt, was tut ihr damit Besonderes?«, murmele ich.

»Schweig«, zischt Benedikt. »Du kannst die Worte nicht auslegen. Du verstehst alles falsch!«

Ich spüre wieder den Boden unter meinen Füßen. Er gibt mir Halt für den nächsten Schritt, für meine Frage. »Und warum kannst du es?«

Ich kann mich nicht aus Benedikts Umklammerung lösen. An meinem Hals spüre ich einen Schmerz, dort, wo das Messer ist, aber ich fasse nicht hin. »Warum kannst du das Wort auslegen und ich nicht?«, wiederhole ich.

»Ich bin auserwählt, ein Ältester zu sein. Und ich bin von Gott berufen, die Ungehorsamen zu strafen.«

Ich probiere vorsichtig, wie es ist, innerlich noch einen Schritt weiter fort von Benedikt zu nehmen. Der Boden unter mir bleibt fest. »Wer hat dich auserwählt, Benedikt? Wie hat Gott es gemacht?«

Ich sage ungeheuerliche Dinge, aber Benedikt tut nichts. Das Messer bleibt an derselben Stelle und mir wird klar, dass er mich nicht töten wird. Ich verstehe, dass er nichts anderes tut, als zu versuchen, den Riss in seiner eigenen Welt aufzuhalten, und da überkommt mich mit einem Mal Mitgefühl.

Bis Benedikt sagt: »Wir haben Liz.«

»Wer ist Liz?«, fragt Kassian, der nicht versteht, dass sie gewonnen haben, wenn das stimmt.

Mir wird kalt und ich merke, dass ich nicht mehr kann. Ich bin am Ende.

Da wird die Tür aufgestoßen. Männer in Uniformen kommen herein – und mit ihnen Liz. Sie sieht aus, als wollte sie Benedikt höchstpersönlich von meiner Kehle reißen, doch Robert, den ich nun auch an der Tür erkenne, hält sie zurück.

Plötzlich sehne ich mich nach Marga, aber ich kann sie nirgendwo entdecken.

»Lassen Sie das Mädchen los«, sagt einer der Uniformierten. Benedikts Hand zittert stärker, je näher die Männer kommen.

»Lassen Sie sie los.«

»Wir sind durch das Sterben Christi tot für das Gesetz, sodass wir einem anderen gehören, dem, der von den Toten auferweckt wurde. Ihm gehören wir. Jetzt sind wir frei geworden von dem Gesetz und dienen in der neuen Wirklich-

keit des Geistes, nicht mehr in der alten des Buchstabens«, erklingt da Benedikts Stimme.

Nur Nathanael, Kassian und ich verstehen, was er meint, und ich kann in den Gesichtern der Neuankömmlinge Unverständnis lesen. Sie wissen nicht, dass wir ihre Gesetze und Strafen nicht fürchten, sondern nur Gottes Gericht.

Und doch bin ich froh, dass die Männer da sind. Denn die Welt hier ist in unsere – in meine – Wirklichkeit gedrungen und wird daraus nie wieder verschwinden.

Die Uniformierten kommen näher und ziehen Kassian, Nathanael und Luca weiter nach hinten. Benedikt hält mich noch immer umklammert, als hielte er sich an etwas fest, das er nicht bereit ist aufzugeben.

Mit zittriger Stimme und voller Angst beginne ich zu singen, in der Hoffnung, Benedikt zu erreichen, denn trotz allem waren wir so lange in derselben Welt und ich kann seine Angst spüren.

»Und wenn ich Weissagung habe
Und alle Geheimnisse und alle Erkenntnis weiß
Und wenn ich allen Glauben habe
sodass ich Berge versetze,
aber keine Liebe habe,
so bin ich nichts.«

Der Druck an meinem Hals wird schwächer. Ich fasse nach Benedikts Hand und er lässt es zu und ich löse mich von ihm, ganz langsam, und singe immer noch. Er ist ein wildes, verängstigtes Tier, wie ich es war, und ich versuche, ihn zu beruhigen.

»Die Liebe ist langmütig
Die Liebe ist gütig
Sie neidet nicht

Die Liebe tut nicht groß
Sie bläht sich nicht auf
Sie lässt sich nicht erbittern
Sie rechnet Böses nicht zu.«

Jetzt stehe ich Benedikt gegenüber. Er hält das Messer noch, aber seine Hand sieht verloren aus. Dann blickt er auf und ich kann zusehen, wie er in einen Abgrund stürzt, wie seine Welt zerbricht und nichts als Verzweiflung übrig lässt. Doch bevor er sich das Messer in die Brust rammen kann, sind die Polizisten bei ihm. Sie werfen ihn auf den Boden und packen seine Hände. Benedikt gibt keinen Laut von sich.

In diesem Moment wage ich es, den Blick zu heben. Ich suche Luca. Und er ist da und dann rieche ich seine Haare, denn er hat seine Arme um mich gelegt und ich vergrabe zitternd mein Gesicht an seinem Hals.

»Na, die bist du los«, sagt Liz grimmig, als wir nach draußen gehen in das unnatürlich helle Licht.

Es stürzen plötzlich Menschen auf uns zu mit Geräten, von denen helle Blitze ausgehen, aber die Menschen mit den Geräten werden verscheucht und Robert schreit wütend herum und ich verstehe so vieles nicht, das in dieser Welt geschieht. Aber ich weiß, dass ich sie nicht los bin. Dass ich sie niemals loswerde, und vielleicht stimmt es, was Benedikt sagt und was ich in Kassians und Nathanaels Augen lese: dass wir niemals wirklich Teil dieser Welt werden können. Aber ich sehe, dass die Reiter weg sind, und später werde ich fragen, wohin die Uniformierten gefahren sind mit Benedikt und Erik und all den anderen. Aber jetzt sitze ich neben Luca in einem Auto. Draußen färbt sich der Himmel und kündigt für morgen Regen an. Und obwohl das Auto viel zu schnell fährt, nehme ich Lucas Hand fest in meine, damit ich ihn nie wieder verliere.

»Morgen wird es regnen«, sage ich.

Er nickt. »Irgendwann regnet es immer.«

Dank an

Alex – den Seher
Gerd – den Lichtkrieger
Antonia Thiel – die Hebamme
Birgit und Klaus – die Eltern, die mich schließlich gehen ließen

Quellenverzeichnis

Die Bibelzitate sind frei wiedergegeben oder stammen aus: Die Bibel, Einheitsübersetzung, Stuttgart 1980; mit Ausnahme des Zitats auf S. 5: Die Bibel nach der deutschen Übersetzung von Martin Luther, privilegierte württ. Bibelanstalt, Stuttgart 1907, und der Zitate auf S. 27, 102, 125, 301, 356, 356–357: Die Bibel, revidierte Elberfelder Übersetzung, Wuppertal 2005.

Das Zitat auf S. 297 entstammt dem Gedicht »Am Turme« von Annette von Droste-Hülshoff, aus: Gedichte 1844, Gesammelte Werke, Band II: Gedichte, Liechensteinverlag 1848.

Das Zitat auf S. 346 stammt aus dem »Pilgerschaftslied« von Ludwig Jörgens, aus: F. H. Eickhoff, Geistliche liebliche Lieder, Bertelsmann Verlag 1863.